Teil I

Ozean von Thule
Valgaard
Atvia
Andemir
Rondule
Kilore
Homana
Mujhara
Erinn
Lestra
Idrianischer Ozean
Solinde
Hondarth
N
Kristallinsel

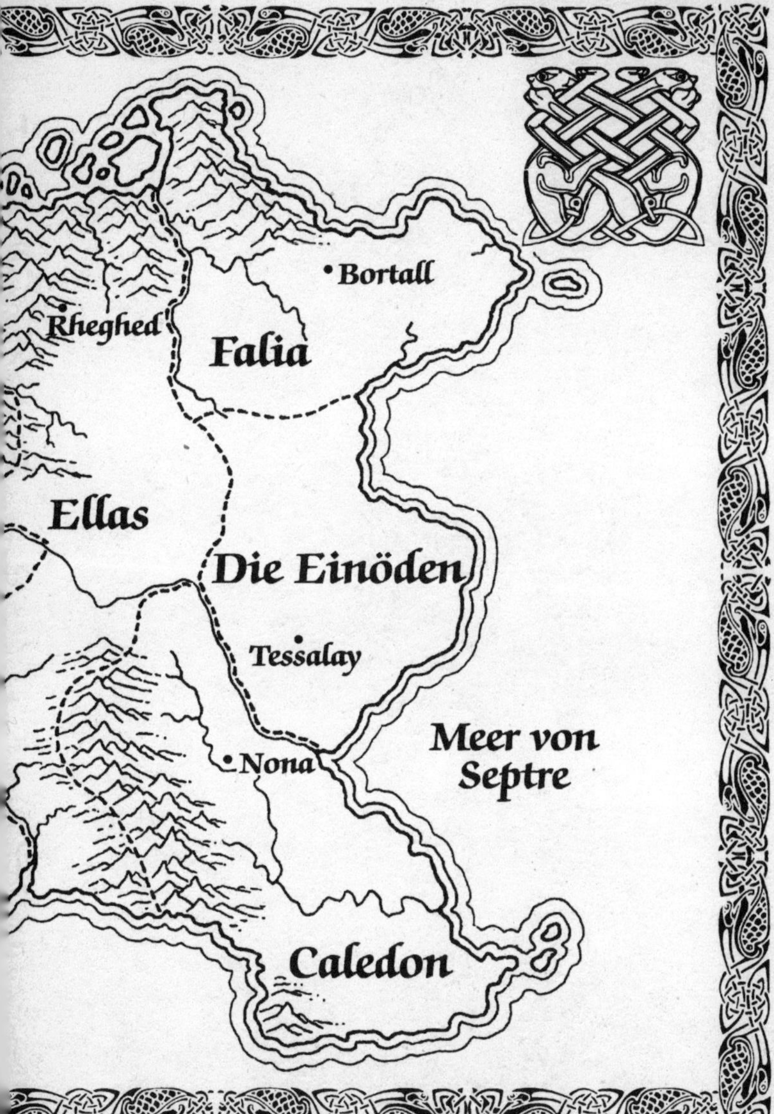

Bortall
Rheghed
Falia
Ellas
Die Einöden
Tessalay
Meer von Septre
Nona
Caledon

Kapitel Eins

Der Stammeskeep schien Kellin wie gewöhnlich. Er hatte natürlich auch anderes gehört. Der Keep war vor zwanzig Jahren, in der Nacht seiner Geburt, zerstört worden, als Lochiel mit Magiern von Valgaard dorthin geritten kam. Der Ihlini hatte den Stammeskeep zerstören und jeden lebenden Cheysuli töten wollen. Es war in keiner Weise ihrer Unzulänglichkeit zuzuschreiben, daß dies fehlgeschlagen war, sondern nur der erzwungenen Frühgeburt von Aidans Sohn. Daß Kellin vor dem Zeitpunkt der Geburt aus dem Leib seiner Mutter herausgeschnitten wurde, brachte sein Leben in Gefahr. Lochiel war mit ihm sofort nach Valgaard zurückgekehrt. Durch diesen Rückzug blieb ein Teil des Stammeskeeps mitsamt der Cheysuli unversehrt.

Kellin, der mit brennend müden Augen die wie Küken um eine Henne im Wald kauernden, bemalten Zelte betrachtete, dachte nicht an die Vergangenheit, sondern sah nur die Gegenwart. Es sagte ihm nichts über jene Nacht, daß die unverputzten Mauern um die Zelte unter Flechten- und Efeubewuchs noch immer verkohlt oder durch die Hitze aufgebrochen waren. Denn er erinnerte sich an nichts davon. Er hatte keine Vergleichsmöglichkeit, als er den jetzigen Stammeskeep betrachtete. Für Kellin war er einfach ein weiterer Teil seines Erbes, ohne das niederdrückende Gewicht der eigenen Erinnerung.

Er wurde, trotz der späten Stunde, sofort von den Kriegern, die das Tor bewachten, willkommen geheißen und sofort zum Zelt des Stammesführers geleitet. Es hob sich mit seiner Färbung von der Dunkelheit ab: hell safranfarben und mit in rötlichen Schattierungen gehaltenen Füchsen war es verziert. Das Mondlicht ließ es sanft leuchten.

Kellin stieg von seinem Pferd, während sein Begleiter geduckt Gavans Zelt betrat. Ein zweiter Krieger übernahm Kellins Pferd und führte es davon. Kellin war bis auf den Schatten, der in Katzengestalt neben ihm saß, auf den er aber überhaupt nicht achtete, allein.

Kurz darauf kehrte der erste Krieger zurück und winkte ihn ins Zelt, während er den Eingang beiseite zog. Kellin atmete tief durch und trat ein, wobei er sich seiner nachlässigen Kleidung überaus bewußt war. Er blieb innerhalb des Eingangs stehen, während sich seine Augen dem dumpfen Glühen einer Feuerstelle anpaßten, und neigte dann vor dem älteren, abwartenden Mann den Kopf. Gavan begrüßte ihn dem Ritual gemäß in der Alten Sprache und bedeutete ihm dann, sich auf ein dickes schwarzes Bärenfell zu setzen. Ein Honiggebräu und getrocknetes Obst wurden gereicht. Kellin setzte sich mit einem gemurmelten Dank und nahm Becher und Teller entgegen. Er betrachtete beides unentschlossen, stellte das Obst dann zur Seite und nippte nur an dem Alkohol. Er brannte in seinem verletzten Mund.

Gavan trug die übliche Lederkleidung, obwohl sein zerzaustes, ergrauendes Haar vermuten ließ, daß er hastig aus dem Bett aufgestanden war. In den von den glühenden Kohlen geworfenen Schatten wirkte sein dunkles Cheysuligesicht hohlwangig und auf unheimliche Weise wild. Es wurde von gelben Augen über schräg hervorstehenden Wangenknochen beherrscht. Dieses Gesicht spiegelte sich teilweise in Kellins Gesicht wider, obwohl Kellins weniger kantig war und ihm auch die Härte des höheren Lebensalters fehlte.

Der Stammesführer saß ruhig vor Kellin auf einem Bärenfell, während sich ein rötlicher Fuchs an seinem

Knie zusammenrollte. Gavans Augen verengten sich kurz, als er Kellins Zustand prüfte. »Du siehst mitgenommen aus.«

Kellin nickte, schluckte schwer und stellte dann auch seinen Becher beiseite. »Ihlini«, sagte er kurz. Die sofortige Regung in Gavans Augen freute ihn: die überaus gesammelte Aufmerksamkeit und eine zwar zurückgehaltene, aber dennoch deutlich spürbare Anspannung. Kellin fragte sich flüchtig, ob Gavan wohl während des Ihliniangriffs im Stammeskeep gewesen war. Dann ließ er von diesem Gedanken ab und dachte statt dessen nur an den Mann selbst. *Er wird mir mehr Aufmerksamkeit schenken als mein eigener Jehan.*

»Lochiel?« fragte der Stammesführer.

Kellin schüttelte den Kopf. »Einer seiner Günstlinge, Corwyth, der eigene Macht besitzt ..., aber nicht der Meister selbst.«

Gavan preßte leicht den Mund zusammen. »Also beginnt der Krieg erneut.«

Kellin schluckte schwer. »Lochiel will mich fangen und nach Valgaard bringen lassen. Er will mich nicht mehr sofort sehen, sondern mich *lebend* übernehmen.« Obwohl er sich den Mund ausgewaschen hatte, schmeckte er erneut Corwyths Blut. Es fiel ihm schwer zu sprechen. »Er will sich durch meinen Tod – oder welches Schicksal auch immer er mir zuweisen wird – unterhalten.«

Gavan stellte ebenfalls seinen Becher ab. »Du bist nicht zum Mujhar gegangen.«

»Noch nicht. Ich kam zuerst hierher.« Kellin unterdrückte ein Schaudern, als das Bild des kehlenlosen Corwyth vor seinem inneren Auge aufstieg. Dieser Mann würde eine solche Schwäche nicht verstehen. »Ich muß über etwas sprechen. Über etwas *Erschreckendes* ...« Er gab es Gavan gegenüber nicht gern zu, aber es war einfach die Wahrheit. »Außerdem ist es etwas, worum man sich kümmern muß.« Es fiel ihm schwerer als erwartet. Kellin warf einen Blick auf den Rotluchs, der ruhig neben ihm saß. Er wollte sie so gern loswerden, aber bevor nicht alles erklärt war, wagte er den Brauch nicht zu verletzen. Ein *Lir* mußte geehrt werden. Seine vollkommene Ablehnung würde sofort Gavans Feindseligkeit hervorrufen. »Ich habe Corwyth getötet, wie ich bereits sagte –, aber nicht mit den Mitteln eines Menschen.«

Gavan lächelte flüchtig, während er Sima ansah. »Es ist mir eine große persönliche Freude, daß die Verbindung endlich zustandegekommen ist. Sie war schon lange überfällig. Jetzt kannst du im Stamm als vollkommen gebundener Krieger willkommen geheißen werden ... Es hat uns einige Sorgen bereitet, daß sich die Verzögerung der *Lir*verbindung hätte als Schwierigkeit erweisen können.«

Kellins Mund wurde trocken. »Schwierigkeit?«

Gavan machte eine abwehrende Geste. »Das ist jetzt nicht mehr wichtig. Niemand kann dein Recht auf den Löwen leugnen.«

Dies war ihm neu. »*Hat* jemand es geleugnet?«

Ein Muskel an Gavans Wange zuckte kurz. »Es gab Gerüchte darüber, ob die Mischung so vieler Häuser in deinem Blut vielleicht eine ungute Verdünnung bewirkt hätte.«

»Aber diese Mischung wird *gebraucht*.« Kellin hatte Mühe, seinen Tonfall unter Kontrolle zu halten. Er erkannte verzweifelt und der Panik nahe, daß die Angelegenheit doch nicht so leicht zu klären sein würde. »Die Prophezeiung ist bezüglich eines Mannes *allen* Blutes sehr genau.«

»Natürlich«, unterbrach Gavan ihn sofort. »Ein Mann allen Blutes, ja ..., aber auch ein Mann, der ohne Zweifel ein Cheysuli sein soll.« Er blickte lächelnd zu Sima. »Mit einem so wunderhübschen *Lir* brauchst du als Krieger keine Zweifel mehr zu hegen.«

Kellin hatte Mühe zu atmen. Um Zeit zu gewinnen,

sah er sich im Innern des Zeltes um. Da lag der Fuchs neben Gavan, die glühende Feuerstelle, die bronzebeschlagene Kiste mit einer Handvoll Cheysuliornamenten, über ihren verschlossenen Deckel verteilt, der an der Kiste lehnende wuchtige Kriegsbogen – einst Jagdbogen genannt –, die Schatten der außen auf den Zeltstoff gemalten *Lirs.*

Und schließlich war da Sima. Die goldenen Augen blickten unverwandt.

Kellin nahm den Becher mit dem Alkohol und leerte ihn. Das Getränk brannte kurz und verwandelte sich dann in eine Wärme, die seine Sicht verschwimmen ließ, sobald sie seinen leeren Magen erreichte.

Seine Lippen fühlten sich starr an. »Carillon besaß keinen *Lir.*«

Gavan zog die noch nicht ergrauten, schwarzen Brauen zusammen. Er war durch diesen Trugschluß sichtlich verwirrt. »Carillon war Homaner.«

»Aber die Stämme haben ihn gewollt.«

»Er war das nächste Glied. Nach Shaine kam Carillon. Nach Carillon kam Donal.«

»Weil Carillon nur eine Tochter zeugte. Eine solindische Mischlingstochter.«

»Aislinn. Die Donal heiratete und Niall gebar.« Jetzt lächelte Gavan. Seine Verwirrung schwand. »Erwähnst du dies, weil Niall seinen *Lir* auch erst so spät bekam? Hast du befürchtet, wie es von ihm hieß, daß du gar keinen *Lir* bekommen würdest?« Er lächelte und deutete mit dem Kopf auf Sima. »Du brauchst nichts zu befürchten. Deine Zukunft ist gesichert.«

Kellin atmete tief ein, ohne auf das Stechen in seiner Brust zu achten. Gavans Worte schienen aus großer Entfernung zu kommen. »Was wäre, wenn ...« Er brach ab und begann dann erneut. »Was wäre, wenn ich niemals einen *Lir* bekommen hätte?«

Gavan zuckte die Achseln. »Es hat keinen Sinn, über Dinge zu reden, die nicht eingetroffen sind.«

Kellin zwang sich zu lächeln. »Es ist reine Neugier. Was wäre, wenn ich niemals einen *Lir* bekommen hätte, noch mich jemals mit einem *Lir* verbinden würde?« Er konnte nicht gut unaufrichtig sein. Sein Lächeln verblaßte. »Ich bin weit über das Alter hinaus, in dem ein Krieger einen *Lir* bekommt. Es muß doch bisher sicherlich einige Unterredungen darüber gegeben haben, was geschehen würde, wenn ich niemals einen *Lir* bekäme.«

Der Stammesführer machte erneut eine abwehrende Geste. »Ja, es wurde kurz besprochen. Es hat keinen Sinn, es vor dir zu verheimlichen. Es war eine ernste Angelegenheit, weil du der einzige Abkömmling mit allen erforderlichen Blutlinien bist ...«

»Bis auf eine.«

Gavan neigte leicht den Kopf. »... bis auf eine, ja ... Dennoch bleibt die Tatsache, daß *du* der einzige mit allen erforderlichen Merkmalen bist, der den von uns erwarteten Menschen zeugen kann.«

»Den Erstgeborenen.«

»Cynric.« Gavan strahlte. »So hat es dein *Jehan* prophezeit.«

Kellin wollte nicht über seinen *Jehan* sprechen. »Was wäre geschehen, wenn ich meinen *Lir* nicht bekommen hätte? Hättet Ihr mein Recht auf das Erbe in Frage gestellt?«

»Das Stammeskonzil wäre sicherlich zusammengetreten, um diese Möglichkeit bis zu einem gewissen Punkt zu besprechen.«

»Hättet *Ihr* es in Frage gestellt?« Das war jetzt plötzlich wichtig. Es war sehr wichtig. »Hätten die Cheysuli meinen Anspruch auf den Thron abgewiesen?«

»Der Mujhar befindet sich nicht in der Gefahr, *seinen* Anspruch bald aufgeben zu müssen.« Gavan lächelte. »Er ist ein starker Mann mit robuster Gesundheit.«

»Ja.« Kellin geriet immer mehr in Panik. Es schien, als könnte er die von ihm geforderte Antwort einfach nicht bekommen, ganz gleich wie vorsichtig er war und wie peinlich genau er seine Worte wählte. Und doch wußte er gleichzeitig, wie die Antwort ausfallen würde, und fürchtete sie. »Gavan ...« Er spürte Schweiß in einem Schnitt an seiner Schläfe brennen, während der Tropfen unter einer Haarsträhne herablief. »Würden die Cheysuli einen *lirlosen* Mujhar anerkennen?«

Gavan zögerte nicht. »Jetzt? Nein. Das steht außer Frage. Wir sind der Erfüllung zu nahe ... Ein *lirloser* Mujhar würde sich als ernsthafte Gefahr für die Prophezeiung erweisen. Wir können es uns nicht leisten, einen Mujhar zu unterstützen, dem die grundlegendste aller Cheysuligaben fehlt. Dadurch bekämen die Ihlini eine Gelegenheit, uns für immer zu vernichten.«

»Natürlich.« Die Worte waren wie Asche. Wenn er den Mund zu weit öffnete, würde er sie ausspeien wie eine gelöschte Feuerstelle.

Gavan lachte. Die gelben Augen blickten strahlend, belustigt und vollkommen harmlos drein. »Es ist nur natürlich, wenn du dich als Nachwirkung auf die geschlossene Verbindung unwürdig fühlst. Die Gabe – und die darin enthaltene Macht – bescheidet.« Er wölbte die schwarzen Brauen. »Sogar Mujhars – und Männer, die Mujhars sein *werden*.«

Alle möglichen Gründe für eine Trennung des teilweise vollzogenen Bundes mit Sima, die Kellin erwartet hatte, schwanden. Er würde bei Gavan kein Verständnis finden. Er würde wahrscheinlich kein Mitgefühl erfahren. Er würde einfach aus den Geburtslinien gestrichen und somit aus der Erbfolge ausgeschlossen werden.

Womit niemand übrigbliebe. »Blais«, sagte er plötzlich. »Es gab eine Zeit, in der einige Krieger Blais an meiner Stelle zum Prinzen ernannt sehen wollten.«

»Das war vor vielen Jahren.«

Kellin spürte Schweiß seine Oberlippe bedecken. Er

wollte sie trockenreiben, aber dies zu tun, hätte seine Verzweiflung offenbart. »Die *A'saii* gibt es noch immer, nicht wahr? Irgendwo in Homana, fern von hier … Sie wollen noch immer ihre eigenen *Tahlmorras* ohne die Prophezeiung gestalten.«

Gavan hob seinen Becher. »Es gibt immer Ketzer.«

Kellin beobachtete ihn, während er trank. *Wenn Blais überlebt hätte …* Er sprach es aus. »Wenn Blais überlebt und ich keinen *Lir* bekommen hätte – wäre er dann für den Löwenthron infrage gekommen?«

Gavan sah ihn fest an. »Es hätte keinen anderen, angemessenen Erben gegeben. Aber das hätte die Erfüllung der Prophezeiung um eine weitere Generation – oder vielleicht sogar noch länger – verzögert. Blais fehlten die solindische und die atvianische Blutlinie. Es hätte Zeit gebraucht … mehr Zeit, als wir haben …« Gavan trank erneut aus seinem Becher und stellte ihn dann zur Seite. »Aber welchen Sinn haben diese Überlegungen, Kellin? Du bist ein Krieger. Du besitzt einen *Lir*. Jetzt fällt diese Aufgabe fraglos dir zu. Alles fällt dir zu.«

Die Kohlen in der Feuerstelle zerfielen. Das Licht flackerte und beruhigte sich dann wieder. Es glomm in Gavans Augen.

»Zu schwer«, murmelte Kellin und schluckte angespannt.

Gavan lachte laut und deutete mit einer Hand auf Sima. »Keine Bürde ist zu schwer, wenn du einen *Lir* hast, der sie dir tragen hilft.«

Kapitel Zwei

Kellin nahm den ihm angebotenen Platz im Stammeskeep nicht an. Er wollte – *mußte* – etwas anderes tun. Etwas, das er schon vor Jahren hätte tun sollen. Er war dem bisher mit beharrlicher Unversöhnlichkeit aus dem Weg gegangen und hatte ein stilles, boshaftes Vergnügen daraus gezogen, daß man ihm Unrecht tat, weil es das Feuer der Rebellion schürte. Ein Teil von ihm wußte sehr wohl, daß sein Trotz ohne das, was er als wahren Grund begriff, dennoch zu etwas anderem als einer natürlichen Reifung seiner Persönlichkeit gebildet werden könnte. Man erwartete von ihm, daß er sich wegen seines Erbes und Rangs von anderen unterschied. Über sein aufbrausendes Temperament und übereilte Worte wurde aufgrund der Rolle, die er zu spielen haben würde, oft hinweggesehen. Das zwang ihn an sich bereits zu weiterer Auflehnung, weil er eine Regung hervorrufen mußte, die die Selbstverachtung mäßigen würde.

Er wußte sehr wohl, daß der Rotluchs recht hatte. Er *war* zu zornig und das schon seit Jahren. Aber er kannte den Grund dafür. Es war wohl kaum sein Fehler. Ein mutterloser Prinz im Kindesalter, der von seinem Vater willentlich verlassen wurde, hatte wenig Möglichkeit zu anderen Empfindungen.

Kellin stand außerhalb des Zeltes. Auch dieses Zelt wies auf den Seiten aufgemalte Füchse aus, obwohl seine Grundfarbe Blau statt safranfarben war. Das Zelt war in der Dunkelheit schwer auszumachen. Das Mondlicht wurde von dicht zusammenstehenden Bäumen und überhängenden Zweigen verdunkelt. Die

Cheysuli hatten den Stammeskeep nach dem Ihlinian-griff verlegt, da ein Teil des Waldes verbrannt war. Nur der einen oder zwei Tage später einsetzende Regen hatte eine weitgreifendere Zerstörung verhindert.

Sprich ihn jetzt an, gleich nach dem Aufwachen, damit er keine Zeit hat, sich auf Verteidigungen oder Ausflüchte zu verlegen. Kellin atmete tief durch, so daß sich seine wunden Rippen dehnten, und rief dann durch den geschlossenen Zelteingang, daß er den *Shar Tahl* zu sehen wünschte.

Es dauerte nur einen Augenblick, bis eine Hand den Eingang beiseite zog, so daß der Mann deutlich zu sehen war. Er trug Leder statt seiner Amtstracht, und *Lir*gold beschwerte seine Arme. Er war wachsam. Kellin dachte, daß der Mann vielleicht überhaupt nicht geschlafen hatte.

»Ja?« Und dann änderte sich der Gesichtsausdruck des Kriegers. Er wölbte spöttisch die Augenbrauen. »Ich hätte es erwarten sollen. Du bist all die Male, die ich dich am Tage eingeladen habe, nicht gekommen … dies entspricht eher deinem Charakter.«

Kellin mußte auf diese Worte sofort antworten. »Ihr wißt nichts über meinen Charakter!«

Der ältere Mann dachte darüber nach. »Das ist wahr«, sagte er schließlich. »Was ich – bis jetzt – über dich weiß, entstammt den Geschichten, die man sich erzählt.« Er zog den Zelteingang weiter auf. »Deinem Gesichtsausdruck nach zu urteilen, soll dies kein heiterer Besuch werden. Nun gut – ich hatte deinem andauernden Schweigen schon entnommen, daß du meine Hilfsangebote lediglich als Beleidigung aufgefaßt hast.«

»Nicht als Beleidigung«, sagte Kellin. »Nur als unnötig.«

»Aha.« Der Mann war Ende Fünfzig und damit nicht wesentlich jünger als der Mujhar. Sein dichtes

Haar schien bereits stark ergraut, doch seine Gesichtshaut war noch immer straff und sein Blick aufmerksam. »Aber jetzt besteht Notwendigkeit.«

Kellin beachtete Sima nicht. Er deutete nur auf sie. »Ich will sie loswerden.«

»Loswerden?« Der Spott in der Stimme des *Shar Tahl* schwand. »Komm herein«, sagte er nur.

Kellin duckte sich und folgte ihm ins Zelt. Feindseligkeit verbannte die durch Gavans Honiggebräu hervorgerufene Trägheit. Er war unruhig. Er stand in starrem Schweigen da, während der *Shar Tahl* den Rotluchs hereinließ.

Er wartete gereizt. Er wollte vieles sagen, und er erwartete einige scharfe Erwiderungen, die ihn abmahnen sollten. Der *Shar Tahl* würde seinen Wunsch nicht besser verstehen, als Gavan ihn verstanden hätte. Der Unterschied war nur, daß Kellin besser vorbereitet war, allem zu widerstehen, was der *Shar Tahl* vielleicht durch geschickte Begründungen verdeutlichen wollte. Er mochte den Mann nicht. Diese Abneigung verlieh ihm die Willenskraft, dem Mann, der den Göttern und der Erhaltung der Überlieferung innerhalb der Stämme diente, zu trotzen.

»Setz dich«, sagte der *Shar Tahl* kurz. Und dann zu Sima: »Du bist in meinem Zelt willkommen.«

Die Katze legte sich hin. Sie schlug einmal mit dem Schwanz. Dann lag sie ruhig da, die großen Augen auf Kellin geheftet.

Kellin setzte sich mit ungeduldigem Gesichtsausdruck hin. Ihm wurde weder etwas zu essen noch zu trinken angeboten. Das war eine stillschweigende Beleidigung, die ihm eines oder zwei Dinge klarmachen sollte. *Dann sind wir durchaus ebenbürtig. Ich habe auch einiges zu sagen.*

»Also.« Der Gesichtsausdruck des älteren Mannes wirkte verschlossen und in seiner Zurückhaltung streng. »Du willst deinen *Lir* loswerden. Da sehr wohl bekannt ist, daß du lange keinen hattest, kann ich nur annehmen, daß es erst eine sehr kurz andauernde Verbindung ist.«

»Ja, sehr kurz, seit gestern abend.« Und dann fügte Kellin mit Absicht hinzu: »Als ich ein Gefangener des Ihlini war.«

Der Gesichtsausdruck des *Shar Tahl* änderte sich nicht. Er schien nur auf ein Thema fixiert. »Aber jetzt möchtest du diesen Bund lösen.«

Kellin schloß seine Hände auf den überkreuzten Beinen zu Fäusten. »Bedeutet es Euch nichts, daß der Prinz von Homana von dem Ihlini gefangengenommen wurde, und noch weniger, daß er entkommen ist?«

Der *Shar Tahl* preßte kurzzeitig den Mund zusammen. »Darüber werden wir später sprechen. In diesem Augenblick gilt die größere Sorge der Tatsache, daß der Prinz von Homana lösen will, was die Götter für ihn geschaffen haben.«

»Weil es mit den Göttern zu tun hat und Ihr ein *Shar Tahl* seid.« Kellin machte sich nicht die Mühe, den Spott in seiner Stimme zu verbergen. »Also sprechen wir über das, was Ihr für wichtiger haltet. Was ist schon das Wohlergehen von Homanas zukünftigem Mujhar im Vergleich zu seinem Wunsch, einer Gabe der Götter zu entsagen?«

»Wenn du diesem Bund entsagtest, bestünde kein Anlaß mehr, uns um das Wohlergehen von Homanas zukünftigem Mujhar zu sorgen, da er nicht länger der Erbe *wäre*.« Die Augen des *Shar Tahl* loderten hell. »Aber das weißt du. Ich kann es in deinem Gesicht erkennen.« Er nickte leicht. »Also warst du bereits bei Gavan – und dir gefällt nicht, was du gehört hast. Daher muß ich annehmen, daß diese Begegnung nur dazu gedacht ist, dich zu beschweren, obwohl du sehr wohl weißt, daß das nichts nützen wird. Du kannst dem *Lir*bund nicht entsagen, sonst wirst du deines Ranges enthoben. Und das würdest *du* niemals zulassen. Es wäre eine Nachahmung der Handlungsweise deines *Jehan.*«

Kellin erwiderte sofort: »Ich bin nicht gekommen, um über meinen *Jehan* zu sprechen!«

»Aber wir werden darüber sprechen.« Der Tonfall des älteren Mannes ließ keinen Raum für Widerspruch. »Wir hätten diese Gespräch schon vor Jahren führen sollen.«

»Wir werden es auch jetzt nicht führen. Mein *Jehan* hat nichts hiermit zu tun.«

»Dein *Jehan* hat viel damit zu tun. Alles in deinem Leben hat damit zu tun, daß er dich verlassen hat.«

»Das reicht.«

»Ich habe noch kaum angefangen.«

»Dann werde ich es beenden!« Kellin starrte den Mann an. »Ich bin noch immer der Prinz von Homana. Ich bekleide einen höheren Rang als Ihr.«

»Tatsächlich?« Schwarze Brauen wölbten sich. »Das glaube ich nicht. Nicht in den Augen der Götter … Ah, natürlich – du erkennst ihre Oberherrschaft nicht an.« Der *Shar Tahl* hob Ruhe gebietend eine Hand. »Tatsächlich verabscheust du sie, weil du glaubst, sie hätten dir deinen *Jehan* gestohlen.«

So sehr es ihn auch danach verlangte – Kellin war klug genug, nicht laut zu werden. Sich so zu zeigen, würde seine Stellung schwächen. »Er sollte der Erbe sein. Nicht ich. *Noch* nicht. Meine Zeit sollte später kommen. Sie *haben* ihn gestohlen.«

»Ein Krieger folgt seinem *Tahlmorra.*«

»Oder hemmt die Prophezeiung?« Kellin schüttelte den Kopf. »Ich glaube, es ist wahr, was man von ihm behauptet: Er ist wahnsinnig. Kein Wahnsinniger gründet seine Handlungen auf Wirkliches. Er handelt, wie er handelt, weil sein Geist verwirrt ist.«

»Aidans Geist ist nicht verwirrter als dein eigener«, erwiderte der *Shar Tahl.* »Tatsächlich würden einige behaupten, er sei gesünder als dein Geist.«

»Meiner!«

Der Krieger lächelte grimmig. »Dein Ruf eilt dir voraus.«

Kellin schwieg nur einen Augenblick. Dann lachte er laut, ließ den Klang das Zelt erfüllen. »Weil ich trinke? Weil ich wette? Weil ich mit Huren schlafe?« Das Lachen erstarb, aber sein Grinsen blieb unvermindert bestehen. »Diese Tätigkeiten scheinen in meiner Familie üblich zu sein. Soll ich Euch die Namen nennen? Brennan, Hart, Corin ...«

»Das genügt.« Der Spott schwand. »Du bist gekommen, weil du deinem *Lir* entsagen willst. Laß mich meine Aufgabe erfüllen. Einen Augenblick, Mylord.« Der *Shar Tahl* erhob sich jäh und trat zum Zelteingang. Er ging gebückt hinaus und ließ Kellin mit einem schweigenden schwarzen Rotluchs allein. Kurz darauf kehrte der Priester zurück und nahm seinen Platz wieder ein. Er lächelte bitter. »Wie kann ich meinem Herrn dienen?«

Kellins Ungeduld verging. Die Feindseligkeit löste sich. Wenn der Mann ihm helfen *konnte*, sollte er besser selbst sein Verhalten ändern. »Die Verbindung erfolgte übereilt, um mir die Flucht vor dem Ihlini zu ermöglichen. Das gibt sogar sie selbst zu.« Er sah Sima nicht an. »Sie spricht von der Ausgewogenheit und der Gefahr, wenn sie fehle. Ich besitze sie nicht.«

Jetzt wurde der *Shar Tahl* ernst. »Du hast im Zorn *Lir*gestalt angenommen?«

»In Zorn, Angst und Panik ...« Kellin seufzte. Jetzt schwanden auch die letzten Reste Stolz und Feindseligkeit. Er erklärte ruhig, was geschehen war – und wie er einen Mann getötet hatte, indem er ihm die Kehle herausgerissen hatte.

Die dunkle Haut um die Augen des älteren Mannes legte sich in Falten. Seine Augen schienen zu altern. »Eine grausame Art, sich zu verbinden. Und außerdem eine unvollständige Verbindung. Sie ist erst halb vollzogen.«

»Halb?« Kellin betrachtete die Katze. »Wollt Ihr damit sagen, ich *kann* ihr noch entsagen?«

»Nein. Nicht wenn du sicher bleiben willst. Deine *Lirlosigkeit* ist beendet. Auch wenn die Verbindung erst halb vollzogen ist, wirst du niemals wieder sein, was du vorher warst. Die Frage lautet jetzt: Was wirst du dir *gestatten* zu sein?«

Kellin war zutiefst beunruhigt. »Was meint Ihr damit?«

»Du bist zornig«, sagte der *Shar Tahl*. »Ich verstehe das vielleicht besser als die meisten anderen – dein *Jehan* und ich haben manche Vertraulichkeit miteinander geteilt.« Der strenge Ausdruck auf seinem Gesicht wich jetzt menschlicher Wärme, die Kellin fast entkräftete. »Aidan und ich haben viel Zeit miteinander verbracht. Das war der Grund, warum ich schon früher mit dir sprechen wollte – um dir seine Beweggründe zu erklären.«

»Laßt *ihn* es erklären!«

Der *Shar Tahl* seufzte. »Der richtige Zeitpunkt ist noch nicht gekommen.«

Bitterkeit erfüllte Kellin. »Es *wird* niemals einen ›richtigen Zeitpunkt‹ geben!« schrie er. »Das ist der Punkt!«

»Nein.« Der *Shar Tahl* hob eine Hand und ließ sie dann wieder sinken. »Das ist nicht der Punkt. Ich verspreche dir, es wird eine Zeit kommen, in der die Götter euch zusammen führen werden.«

»Ihr meint, wenn *er* es will … Und er wird es niemals wollen.« Kellin wollte sich erheben. »Es ist sinnlos. Ich verschwende nur meine Zeit.«

»*Setz* dich.« Es klang wie ein Peitschenknall. »Du bist mit einer ernsthaften Sorge zu mir gekommen, der man sich annehmen muß. Schiebe deinen Haß und deine Feindseligkeit bitte ausreichend lange beiseite und laß mich dir erklären, daß du in ernsthafter Gefahr bist.«

»Ich bin dem Ihlini entkommen.«

»Dies hat nichts mit dem Ihlini zu tun. Es hat nur mit dir selbst zu tun. Ich spreche von der Ausgewogenheit.« Der *Shar Tahl* sah Sima an. »Hat sie dir erklärt, was geschehen könnte?«

»Daß ich in der Tiergestalt gefangen bliebe, wenn ich meine Ausgewogenheit verliere?« Kellin verzog den Mund. »Ja. *Nachdem* sie mich gedrängt hatte, *Lir*-gestalt anzunehmen.«

»Dann muß sie es für notwendig erachtet haben.« Der *Shar Tahl* betrachtete Sima mit etwas dem Mitgefühl sehr Ähnlichem, was Kellin seltsam erschien. Die *Lirs* wurden als sehr viel weiser angesehen als ihre Krieger. »Die *Lirs* dürfen keine Ihlini angreifen. Wenn sie dich gedrängt hat, vor der angemessenen Zeit *Lir*-gestalt anzunehmen, wobei sie sich des Risikos vollkommen bewußt war, dann hat sie es für notwendig erachtet, um dein Leben zu erhalten.« Die gelben Augen sahen Kellin aufmerksam an. »Das Leben wurde bewahrt. Jetzt müssen wir sicherstellen, daß der Geist in dem Körper ebenfalls erhalten bleibt.«

»Burr …« Kellin brach ab. Es war Zeit für die Wahrheit, nicht für den Widerspruch. Der Trotz wich angesichts seines Zugeständnisses. »Ich habe Euch jahrelang abgelehnt.«

»Ich weiß.« Der *Shar Tahl* griff nach einem Krug und zwei Bechern und goß sie voll. »Trink. Was du lernen mußt, wird deinen Mund austrocknen. Benetze ihn zuerst, und dann werden wir beginnen.«

»Kann ich es bis zur Dämmerung lernen?«

»Etwas so Wesentliches wie dies kann nicht in einer Nacht erlernt werden. Es braucht Jahre.« Burr trank von seinem Honiggebräu. »Ein junger Krieger lernt vom Tag seiner Geburt an, wie er bei allem die Ausgewogenheit wahren muß. Wir Cheysuli sind ein stolzes

Volk und außerordentlich anmaßend ...« – Burr lächelte –, »... weil wir immerhin die Kinder der Götter sind. Aber wir sind kein zorniges Volk, noch eines, das gern Krieg führt, wenn es nicht erforderlich ist. Die Homaner haben uns Bestien und räuberische Wesen genannt, aber nur wegen dem, was wir mit unseren Körpern tun können, nicht wegen einer Gier nach Blut. Wir sind ein friedliches Volk. Dieser Wunsch nach Frieden – sowohl im Geiste als auch vom Lebensgefühl her – wird uns von Geburt an gelehrt. Wenn ein junger Mann das richtige Alter erreicht, einen *Lir* zu bekommen, ist sein Wissen um die Selbstkontrolle fest verankert. Seine Sehnsucht nach einem *Lir* überwiegt den Leichtsinn der Jugend – kein junger Cheysuli würde den Zorn der Götter riskieren, der *Lirlosigkeit* bedeuten könnte.«

»Ist das wahr?« fragte Kellin. »Ihr seid ein *Shar Tahl* – würden die Götter einem Jungen einen *Lir* verweigern, weil er ihrer Vorstellung von einem wohlerzogenen Cheysuli nicht entspricht?«

Burr lachte. »Du bist der trotzigste und leichtsinnigste Cheysuli, der mir jemals begegnet ist. Und doch liegt hierin der Beweis, daß die Götter ihrem Willen folgen.« Er deutete auf Sima. »Du hast deinen Platz, Kellin. Du hast ein *Tahlmorra*. Jetzt ist es deine Aufgabe, den vor dir liegenden Weg anzuerkennen.«

»Und ihn zu gehen?«

»Wenn es das ist, was die Götter beabsichtigen.«

»Götter«, murmelte Kellin. »Sie bringen ein Leben durcheinander. Sie binden den Geist eines Mannes, so daß er nicht tun kann, was er tun will.«

»Ich glaube, du bist ein vollkommenes Beispiel für den Trugschluß dieser Logik, denn du tust stets genau das – und hast stets genau das getan –, was du willst.« Burr nippte an seinem Becher und stellte ihn dann beiseite. »Du mußt deinen *Lir* vollkommen bejahen. Nur halb verbunden zu bleiben, würde euch beide zu einem Leben verurteilen, dem kein Mensch – oder *Lir* – jemals unterworfen sein sollte.«

»Ein Leben in Wahnsinn«, sagte Kellin. Er zog einen kleinen Zweig aus dem Gewebe seiner verschmutzten Hose. »Was wäre, wenn ich Euch sagte, daß ich diesen Glauben, *Lirlosigkeit* habe Wahnsinn zur Folge, für völligen Unsinn halte? Daß ich glaube, daß das unangebrachte Vertrauen des Menschen in seine Götter nur ein Mittel ist, um ihn unter Kontrolle zu halten oder zu vernichten?«

Burr lächelte. »Du wärst nicht der erste, der das vermutet. Wärst du nicht der Erbe des Löwenthrons und daher deines Platzes sicher, würde ich sogar sagen, daß dein Trotz und deine Entschlossenheit an die *A'saii* erinnert.« Er trank einen Schluck, während er Kellin über den Rand seines Bechers hinweg beobachtete. »Es ist nicht leicht für einen Mann zu begreifen, daß er in einem Augenblick in der Blüte seiner Jahre steht, gesund und stark, während er im nächsten, trotzdem er weiterhin gesund und stark ist, dem Todesritual überantwortet wird. Das ist die wahre Prüfung dessen, was wir sind, Kellin. Kennst du irgendein anderes Volk, das den Tod bereitwillig willkommen heißt, wenn es anscheinend keinen Grund gibt, sterben zu müssen?«

»Nein. Kein anderes Volk wird durch die Götter auf so lächerliche Weise gebunden.« Kellin schüttelte den Kopf, während er mit dem kleinen Zweig gegen sein Knie schlug. »Es ist eine *Verschwendung*, Burr! Genau wie die Tatsache eine Verschwendung bedeutet, *der Verwandtschaft beraubt* zu werden!«

»Darin stimme ich mit dir überein«, sagte Burr. »Dieser Brauch hatte nur früher seine Berechtigung … Er war notwendig, Kellin.«

»Einen Menschen auszustoßen, weil er verkrüppelt ist?« Kellin schüttelte erneut den Kopf. »Der Verlust einer Hand bedeutet nicht, daß ein Mann seinem

Stamm oder seinen Verwandten nicht mehr nützen kann.«

»Einst war es vielleicht so. Wenn ein einhändiger Krieger wegen seiner Gebrechlichkeit darin versagte, auch nur ein Leben zu beschützen, entstand Schaden. Es gab eine Zeit, in der wir ein solches Risiko nicht einzugehen wagten, damit unser Volk nicht vollkommen ausstürbe.«

Kellin winkte ab. »Genug davon. Ich spreche jetzt von dem Todesritual. Ich behaupte, daß es nur ein Gewaltmittel ist, eines, durch das die Götter – und vielleicht auch die *Shar Tahls?* –« er grinste ironisch, »... andere zwingen können, ihrem Willen zu folgen.«

Burr schwieg. Seine Augen blieben teilweise hinter den gesenkten Wimpern verborgen. Kellin dachte, daß er den älteren Mann letztlich vielleicht doch verärgert hatte, aber als Burr ihn schließlich ansah, wirkte er nicht erbost. »Die Götter fordern Pflichtbewußtsein, Ehre und Rücksicht von den Menschen ...«

»... und Selbstaufopferung!«

»... und Opfer«, beendete Burr seinen Satz. »Ja. Ich leugne es nicht. Aber wenn wir das nicht beachtet hätten, Kellin, säßest du nicht hier vor mir und bestrittest die Notwendigkeit eines solchen Dienstes.«

»Worte!« fauchte Kellin wütend. »Ihr seid genauso schlimm wie der Ihlini. Ihr webt mit Worten Magie, um mich zu verhexen, mich Eurem Willen gefügig zu machen.«

»Ich sage nur die Wahrheit.« Burrs Stimme klang sehr ruhig und empfindungslos. »Wenn ein einziger Mann deiner Geburtslinie seinem *Tahlmorra* den Rükken gekehrt hätte, wärest du nicht der Krieger, dem es bestimmt ist, den Löwenthron zu erben.«

»Ihr meint, wenn mein *Jehan* seinem *Tahlmorra* den Rücken gekehrt hätte.« Kellin hätte am liebsten geflucht. »Dies ist nur ein weiterer Versuch, mich von der Notwendigkeit dessen zu überzeugen, was mein

Jehan getan hat. Ihr habt selbst gesagt, ihr wärt Freunde ... Ihr sprecht zu seinen Gunsten.«

»Es war notwendig«, sagte Burr. »Wer weiß, was vielleicht aus dir geworden wäre, wenn Aidan seinem Titel nicht entsagt hätte? Wege können sich ändern, Kellin – und auch Prophezeiungen. Wäre Aidan hiergeblieben, wäre er der Prinz von Homana. Du wärst hinter Brennan und Aidan erst als Dritter an der Reihe. Diese zusätzliche Zeit hätte die Vollendung der Prophezeiung durchaus verzögern und sie sogar vollkommen vereiteln können.«

»Ihr meint, es wäre mir vielleicht zugekommen, mit welcher Frau auch immer zu schlafen, mit der ich – *den Göttern gemäß* – schlafen soll, um Cynric zu zeugen.« Kellin warf den kleinen Zweig beiseite. »Es wäre nur eine Annehmlichkeit, nicht mehr. Niemand *weiß* es. Genauso wie niemand sicher weiß, ob ein Krieger wahnsinnig wird, wenn sein *Lir* getötet wird.« Er lächelte siegreich. »Seht Ihr? Der Kreis hat sich geschlossen.«

Burr grinste grimmig. »Aber ich kann dir die Beweise nennen: Duncan, der Cheysulistammesführer, der durch Ihlinimagie am Leben erhalten wurde, obwohl sein *Lir* tot war, und als Waffe gegen seinen Sohn, Donal, benutzt wurde, der Mujhar werden sollte.«

Kellin erschauderte. Er kannte diese Geschichte.

»Teirnan, Blais' *Jehan*, der die Rolle des Stammesführers der ketzerischen *A'saii* übernahm. Ein Krieger, der Brennan vom Löwenthron gezerrt hätte, wenn er die Gelegenheit dazu gehabt hätte, und ihn selbst eingenommen hätte.« Burrs Stimme klang fest. »Teirnan entsagte seinem *Lir*. Als er endlich vollkommen wahnsinnig war, warf er sich vor den Augen deines *Jehan* und deiner *Jehana* in dem Versuch, sich als für den Löwenthron würdig zu erweisen, in den Schoß der Erde. Er kam nicht wieder daraus hervor.«

Kellin wußte auch das.

Burr sagte sanft: »Zuerst werden wir über deinen *Jehan* sprechen, dann über die Ausgewogenheit.«

Kellin wollte es so gern. »Nein«, sagte er rauh. »Was ich über meinen *Jehan* erfahre, werde ich von ihm erfahren.«

Burr schaute an ihm vorbei zum Zelteingang. Er sagte nur ein Wort – einen Namen –, und ein Krieger trat ein. Er hielt ein schlafendes kleines Mädchen auf dem Arm. Neben ihm stand ein vielleicht dreijähriger Junge mit zerzausten Haaren.

»Es gibt noch einen«, sagte der *Shar Tahl*. »Einen weiteren Sohn, erinnerst du dich? Oder hast du vollkommen vergessen, daß dies deine Kinder sind?«

»Meine …«, platzte Kellin heraus.

»Drei königliche Mischlinge.« Burrs Stimme klang unerbittlich. »In den Stammeskeep abgeschoben wie unerwünschtes Gepäck, und niemals von dem Mann besucht, der sie gezeugt hat.«

Kapitel Drei

Kellin weigerte sich, die Kinder oder den Krieger, der sie hergebracht hatte, anzusehen. Statt dessen sah er Burr an. »Mischlinge«, erklärte er, entrang sich das Wort.

Die Stimme des *Shar Tahl* klang ruhig. »Daß sie Mischlinge sind, schließt die Tatsache nicht aus, daß sie Eltern brauchen.«

Kellins Lippen waren starr geworden. »Homanische Mischlinge.«

»Und was seid Ihr anderes, Mylord, als Homaner, Solinder, Atvianer, Erinnier …?« Burr brach ab. »*Ich* bin reiner Cheysuli.«

»A'saii«, forderte Kellin ihn heraus. »Ihr denkt, ich sollte ersetzt werden?«

»Wenn du deinen *Lir* verweigerst, sicherlich.« Burr war unnachsichtig. »Betrachte deine Kinder, Kellin.«

Er wollte es nicht. Er wollte es auf gar keinen Fall. »Mischlinge haben keinen Platz in der Erbfolge …«

»… und sind deshalb ohne Wert?« Burr schüttelte den Kopf. »Ich fürchte, das ist das Homanische in dir … Bei den Stämmen bedeutet es keine Schande, ein Mischling zu sein.« Er hielt inne. »Wußte Ian, daß du so empfindest? Auch er war ein Mischling.«

»Das reicht!« zischte Kellin. »Ihr versucht, mich zu verkehren, ganz gleich, was ich sage.«

»Ich werde dich auf jede Weise verändern, die ich für nötig erachte, wenn das erzielte Ergebnis das von mir erwartete sein wird.« Burr betrachtete den Jungen. »Er ist noch klein, aber schon vielversprechend. Er hat homanische Augen – sie sind haselnußbraun –, aber dein Haar. Und das Kinn …«

»Hört auf.«

»Das Mädchen ist noch zu klein, als daß man schon erkennen könnte, was aus ihr werden wird …«

»*Hört* auf!«

»… und der andere Junge ist natürlich erst wenige Monate alt.« Burr sah Kellin an, und alle vorgegebene Unparteilichkeit schwand. »Erkläre es bitte geradeheraus. Rechtfertige dein Handeln in bezug auf diese Kinder, obwohl du dich weigerst, deinem *Jehan* dieselbe Gunst zu gewähren.«

»Er hat mich für die Götter eingetauscht!« Es war ein aus dem Herzen kommender Aufschrei, den Kellin augenblicklich bedauerte. »Könnt Ihr nicht erkennen …«

»Ich erkenne nur, daß hier zwei Kinder ohne *Jehan* sind«, sagte Burr. »Ein weiteres schläft an der Brust einer Cheysulifrau, die ihr eigenes Kind verloren hat. Ich frage Euch, Mylord: Wofür habt Ihr *sie* eingetauscht?«

Worte drängten sich in Kellins Mund, so viele, daß er zunächst keines aussondern konnte, das in Verbindung mit anderen einen Sinn ergeben hätte. Er sprang wütend auf. Schließlich brachen sich die Worte Bahn. »Ich bekomme nichts von Euch. Keine Wahrheiten, keine Unterstützung, keinen Ehrendienst! Nur Geschwätz, von einem Mann hervorgebracht, der den *A'saii* treuer verbunden ist als seinem eigenen Mujhar!«

Burr blieb sitzen. »Bis du diese Kinder ansehen und deinen Platz in ihrem Leben anerkennen kannst, solltest du niemals wieder gegen Aidan wettern.«

Kellin streckte eine zitternde Hand aus. Er deutete auf Sima. »Ich will keinen *Lir*.«

»Du besitzt schon einen.«

»Ich will sie loswerden.«

»Und dem Wahnsinn die Tür öffnen.«

»Ich glaube nicht daran.«

Burrs Augen funkelten. »Dann probiert es aus, Mylord. Fordert die Götter heraus. Entsagt Eurem *Lir* und widersteht dem Wahnsinn.« Er erhob sich, nahm das kleine Mädchen aus den Armen des schweigenden Kriegers und barg sie an seiner Schulter. Dann sagte er über ihren Kopf hinweg: »Ich denke, es wird eine wahre Prüfung sein. Sicherlich genauso wahr, wie diejenige, der Teirnan sich im Schoß der Erde unterzog.«

Kellin erklärte verzweifelt: »In meinem Leben ist kein Platz für die Belastung durch uneheliche Mischlinge!«

»Das«, sagte Burr, »mußt du mit den Göttern abmachen.«

Kellin biß die Zähne zusammen. »Ihr irrt euch. Ihr alle. Ich werde es euch beweisen.«

»Tahlmorra lujhalla mei wiccan, Cheysu«, sagte Burr. Und dann, als Kellin sich zur Flucht wandte: *»Cheysuli i'halla shansu.«*

Kellin blieb die restliche Nacht über nicht im Stammeskeep, sondern nahm sein geborgtes Pferd und ritt nach Mujhara weiter. Er war jenseits der Müdigkeit in des Reich solch einer umfassenden Erschöpfung gelangt, daß er fast unnatürlich wachsam war. Leise Geräusche wurden zu Lärm, der seinen Kopf erfüllte, so daß kein Raum für Gedanken blieb. Das gefiel ihm. Denken erneuerte den Zorn, brachte die Enttäuschung wieder hervor, erinnerte ihn immer wieder daran, daß kein Cheysulikrieger ihn als einen der ihren anerkennen würde, gleichgültig, was er sagte – gleichgültig, was er *war* –, solange er keinen *Lir* besaß.

Sie würden mich eher dem Wahnsinn mit *einem Lir überlassen, als mich wahnsinnig werden zu lassen, weil ich ihm entsagt habe.*

Das ergab für Kellin keinen Sinn. Aber der Rotluchs, der seinem Pferd wie ein Schatten folgte, lief auch nicht unbekümmert dahin.

Er hatte versucht, sie fortzuschicken. Sima weigerte sich zu gehen. Da er seine Absicht, ihr abzuschwören, sehr deutlich gemacht hatte, schwieg die Katze. Die Verbindung war verdächtig leer.

Als wäre sie gar nicht mehr da. Und doch war sie da. Er brauchte nur über die Schulter zu schauen, um sie hinter sich zu sehen.

Wäre es nicht einfacher, wenn er diese Verbindung für immer abbräche? Es wäre sicherlich weniger gefährlich. Wenn Sima starb, solange sie noch nicht vollständig miteinander verbunden waren, konnte er dem Todesritual entkommen.

Obwohl Burr behauptet, daß ich es nicht tun werde.

Kellin regte sich im Sattel, versuchte, die Belastung seiner geprellten Brust zu erleichtern. Der *Shar Tahl* hatte ihn dazu herausgefordert, die Überzeugung auf die Probe zu stellen, daß ein *lirloser* Krieger wahnsinnig würde. Und er hatte die Herausforderung angenommen. Teilweise lag dies in seinem Stolz begründet, zum Teil aber war es natürlicher Trotz. Kellin fragte sich unbehaglich, was geschehen würde, wenn er der Herausforderung nicht standhielte. Wenn der Cheysuliglaube trotz allem auf Wahrheit beruhte.

Wie fühlt es sich an, wahnsinnig zu werden? Er verlangsamte sein Pferd, als er sich der Stadt näherte. Das Sternen- und Mondlicht, das jetzt von Mujharas Beleuchtung verfälscht wurde, erschwerte die Sicht auf den Weg. *Was dachte Teirnan, als er in den Schoß sprang?*

Was hatten sein Vater und seine Mutter gedacht, als der Krieger ohne *Lir* sein Recht auf den Löwenthron herausforderte und zurückgewiesen wurde?

Ich würde mich niemals in den Schoß der Erde werfen. Das war … Er hielt jäh inne. *Wahnsinn?*

Kellin stieß die übelsten Flüche aus, die ihm bekannt waren. Er rieb mit einem Arm heftig über sein Gesicht und versuchte vergeblich, diese Gedanken aus seinem Kopf zu vertreiben. Er verschmierte Schmutz und verkrustetes Blut – er hatte den Stammeskeep verlassen, ohne auch nur ein feuchtes Tuch zum Reinigen seines Gesichts mitgenommen zu haben – und zerzauste sein starres Haar. Seine Kleidung war von getrocknetem Blut hart geworden und kratzte auf der gequetschten Haut. Seine Knochen schmerzten.

Er ritt nicht durch das Östliche Tor in Mujhara ein, weil sie ihn dort erwartet hätten. Statt dessen lenkte er das Pferd nach rechts und ritt auf das Nördliche Tor zu. Es war von allen Toren das am wenigsten benutzte. Das Östliche Tor führte zum Stammeskeep, das Südliche Tor nach Hondarth, das Westliche Tor nach Solinde. Durch das Nördliche Tor gelangte man auf die Straße, die letztlich zum Blauzahn führte, jenseits von dem die Nördlichen Einöden und Valgaard lagen.

Kellin erschauderte. *Ich wäre dorthin geraten, wenn Corwyth ausgehalten hätte.*

Innerhalb des Nördlichen Tores lagen die ärmeren Gegenden Mujharas, einschließlich des *Midden*. Kellin wollte mitten hindurch- und auf Homana-Mujhar auf seiner niedrigen Erhebung inmitten der Stadt zureiten. Er sehnte sich sehr nach einem Bad und einem Bett …

Plötzlich scheute sein Pferd – Corwyths Pferd –, während Kellin gleichzeitig ein tiefes Grollen hörte. Er faßte die Zügel fester und fluchte, als ein Hund aus der Dunkelheit heranschoß.

Kellin setzte sich fester zurecht, erwartete einen Angriff, aber der Hund strich an ihm vorbei. Dann begriff er.

Die bisher so leere Verbindung erwachte plötzlich zum Leben und nahm ihn vollkommen ein. Er hörte das wilde Bellen und das Knurren. Dann erklang Simas klagender Schrei. Die Verbindung hallte vom rasenden Gegenangriff des Rotluchses wider, auch wenn sie noch nicht vollkommen geschlossen war.

»*Warte!*« Es war ein entsetzter Aufschrei. Von der

Erschütterung in der Verbindung wie benommen, saß Kellin unbeweglich da. Sein Körper dröhnte vor Schmerz und Zorn, und doch war es nicht sein Schmerz und Zorn. »Ihrer.« Sie hatte gesagt, sie seien miteinander verbunden, wenn auch nicht lückenlos. Er empfand, was immer die Katze empfand.

Von seiner Lähmung befreit, riß Kellin das Pferd herum und tastete nach dem von Corwyth zurückeroberten Langmesser. Er sah ein Gewirr von Schwarz in den Schatten und das Schimmern eines hellen, glatten Fells, als der Hund auf Sima losschoß. Er wurde von einem weiteren und dann noch von einem dritten Hund begleitet. Der Lärm würde in kürzester Zeit alle im Umkreis befindlichen Hunde auf den Plan rufen.

Sie werden töten ... Der Rest ging unter. Ein Schatten in Menschengestalt trat aus einem dunklen Eingang und schlug mit großer geballter Faust auf die Nase des Pferdes ein.

Kellin verlor vollkommen die Gewalt und fast auch seine Nase. Das Pferd scheute himmelwärts und verfehlte nur knapp Kellins gebeugten Kopf. Das Tier wich einen oder zwei Schritte zurück, geriet auf schmierigen Untergrund und warf erneut den Kopf auf.

Hände ergriffen Kellins linkes Bein, bevor er versuchen konnte, wieder Kontrolle über die Zügel zu bekommen. Sein Bein wurde schnell aus dem Steigbügel gerissen und gewaltsam verdreht, so daß Kellin gezwungen war, der Bewegung zu folgen, um seinen Knöchel zu schützen. Diese Stellung machte ihn verwundbar. Ein zweiter gewaltsamer Ruck – und Kellin wurde vom Pferd geworfen, obwohl er noch nach dem Sattel griff.

»*Ku'reshtin ...*« Er drehte sich in der Luft, befreite sich von den Händen, landete dann unbeholfen auf den Füßen – *leijhana tu'sai!* – und erlangte sein Gleichgewicht zufällig am vor Schreck zitternden Rumpf des Pferdes wieder.

Der Mann griff ihn an, bevor Kellin Atem holen konnte.

Es war belanglos, daß Kellin, während er kämpfte, die Ironie der Lage bewußt war. Er hatte kein Geld. Alles, was jemand von ihm bekommen würde, war ein Cheysulilangmesser – vermutlich eine ausreichende Beute.

Sein Atem klang laut, aber darüber hinweg hörte er das klagende Schreien des Rotluchses und den Lärm der Hunde. Seine Aufmerksamkeit war geteilt – auch wenn er keinen *Lir* bekommen wollte, wollte er doch auch nicht, daß sie getötet oder verletzt würde –, so daß es noch schwerer wurde, seinem Angreifer standzuhalten.

Seine Füße glitten auf dem schmierigen Untergrund aus. Die Gasse war schmal, in sich gewunden und lag in tiefen Schatten verborgen, weil die engstehenden Gebäude das Mondlicht weitgehend verdeckten. Kellin zögerte nicht, sondern griff sofort nach Blais' Messer. Wuchtige Hände packten augenblicklich seinen rechten Arm und rissen seine Hand von dem Messerheft fort. Der Griff um seinen Arm fühlte sich seltsam, aber sehr fest an. Dann verlagerte er sich. Finger schlossen sich eng um seine Haut und unterbanden Kraft und Blutfluß. Kellins Hand war nur noch ein lebloses Etwas aus Knochen, Haut und Muskeln am Ende eines nutzlosen Armes.

»Ku'resh ...«

Der Griff verlagerte sich erneut. Ein Knie wurde angehoben, Kellins gefangener Unterarm schnell herabgedrückt. Sein Handgelenk brach leicht auf dem Oberschenkel des Mannes.

Er empfand sofort Schmerz. Kellins Aufschrei klang wie ein Widerhall der Raserei des Rotluchses beim Bekämpfen der Hunde. Aber der Angreifer wurde dadurch nicht abgeschreckt. Noch während Kellin keuchend und wild fluchend seinen Widerstand zeigte, verschränkte der Fremde seine Fäuste in Kellins Wams, das vom Blut starr geworden war. Er hob ihn vom Boden hoch und ließ ihn dann gegen die nächste Mauer prallen.

Sein Schädel knallte gegen Stein. Seine Lungen versagten, drückten die Luft heraus. Ein Ellenbogen wurde absichtlich tief in Kellins sich abmühende Brust gebohrt und wühlte herrisch in den zerbrechlichen Rippen. Knochen gaben nach.

Kellin atmete hastig ein und brachte dann in einer Mischung aus Homanisch, der Alten Sprache und Erinnisch eine Reihe von Flüchen hervor – die Worte als Halt gedacht, auf den er sich stützen konnte. Der Schmerz erfüllte ihn vollkommen, war aber nicht annähernd so erstaunlich wie die Gewaltsamkeit des Angriffs selbst.

Simas Schreien hallte in der Schlucht der eng beieinanderstehenden Gebäude wider. Ein Hund jaulte, dann ein weiterer. Andere griffen erneut an.

Lir … Der Gedanke kam plötzlich. Es hatte nichts zu bedeuten. Der Appell wurde sofort wieder unwirksam, wenn das Wissen darum auch blieb.

Kellin sackte gegen die Mauer, von einem wuchtigen Körper dort festgehalten. Eine Schulter lehnte an seiner Brust. Seine gebrochenen Rippen blieben gefangen.

Der seltsame Griff wurde fester und verlagerte sich dann zu Kellins Unterarm. »Zuerst der Dàumen«, brummte der Angreifer.

Er bekam keine Luft, überhaupt keine Luft … und da war nur *Schmerz* …

»Zuerst der Daumen, dann die Finger …«

Kellin rang panisch nach Luft.

»… und zuletzt die *Hand* …«

Da erkannte er die Wahrheit. »Luce!« keuchte Kellin. »Götter …«

»Es ist sonst niemand hier, kleines Prinzchen. Nur ich.« In der bleichen Nacht teilte ein Grinsen Luces Bart. »Ich halte die Hand, damit …« Er tat es mit einer Hand, während er mit der anderen das Langmesser aus Kellins Gürtel riß.

Ein Wort, nicht mehr. »*Wartet* …«

»Warum? Wollt Ihr mich kaufen, Prinzchen? Nein, nicht Luce – er hat genug Geld, um zurechtzukommen, und kennt Möglichkeiten, noch mehr zu bekommen.« Luces Atem stank. Er riß einen Ellenbogen hoch und schlug ihn Kellin unters Kinn. Kellins Hinterkopf krachte erneut gegen die Steinmauer. Er spürte durch den Schlag einen Zahn abbrechen und spie die Stücke kraftlos aus. Luce lachte. »Das war nur ein liebevolles Tätscheln, nicht mehr … Und da wir gerade davon sprechen – vielleicht sollte ich Euch meinem Willen unterwerfen und Euch als königliche Scheide für mein Schwert benutzen …«

Kellin wand sich an der Mauer. Seine Sicht war durch den Schlag noch verschwommen, und er schmeckte Blut in seinem Mund. Er wußte nicht, ob es von dem abgebrochenen Zahn oder aus seinen durchbohrten Lungen stammte.

Luce hielt das gebrochene Handgelenk noch immer an der Mauer fest. In der anderen Hand schimmerte das Messer. Er setzte die Spitze zwischen Kellins gespreizten Beinen an und tippte damit an sein stoffgeschütztes Geschlecht. »Das *Midden* ist ein rauher Ort voller verzweifelter Menschen –, aber *Luce* würde Euch beschützen. Luce würde Euch zu seinem …«

»Sima!« rief Kellin und versprühte damit Blut und Verzweiflung. Er hörte in der Ferne Knurren und Jaulen und den klagenden Schrei einer zornigen Katze. »*Sim* …«

Aber Luce unterbrach ihn mit einem Stoß seines Ellenbogens in die gebrochenen Rippen. »Zuerst der Daumen«, sagte er.

Kellin begriff die Bedeutung eines *Lir*. Er hatte seinen zurückgewiesen. Was blieb nun noch?

Er hatte starke Schmerzen. Er war ernsthaft verletzt. Auch wenn Luce ihm nichts mehr antat, würde er wahrscheinlich sterben.

Sima hatte zuvor gesagt, sie hätte ihm den Schlüssel gegeben. Jetzt war es seine Aufgabe, die Tür erneut zu öffnen.

Kellin nutzte den Schmerz. Er nutzte den Schmerz, den Zorn, die Enttäuschung, die Angst. Er weidete sich daran und ließ seinen Geist davon erfüllen, bis nichts anderes mehr von dem Menschen übrig war als der tiefe Drang zu töten und sich zu nähren.

Als das Messer herabsank, um den Daumen von seiner Hand abzutrennen, war die Hand nicht mehr da. Statt dessen war da die sich ausstreckende Pranke eines Rotluchses.

Kapitel Vier

Luce ließ ihn mit einem Entsetzensschrei los. Das Messer blitzte kurz auf und fiel dann in den Schlamm. Kellin sank auf vier gespreizte, ledrig gepolsterte Pranken und wandte sich dann in seinem für fließende Bewegungen – wie Wasser über Stein, wie der Lauf in der uralten Rinne eines über steile Klippen herabbrausenden Wasserfalls – geschaffenen Körper um.

Er wird lernen, was es heißt, einem Cheysuli Schaden zuzufügen … Aber dann zerfiel der Gedanke in ein Gewirr irrsinniger Bilder, die ihrerseits durcheinanderfielen und alle wie Schichten von aufeinandergetürmten Blättern zusammenhafteten, bis seine Sicht verschwamm und es nicht mehr wichtig war. Wichtig war jetzt nur noch die Witterung und der Gestank eines ängstlichen Mannes, der Klang seines Wimmerns, der Geschmack versprochener Rache.

Die Katze, die Kellin war, griff an. Leicht – *so* leicht! – zog er eine Pranke lässig über den Oberschenkel des Riesen. Die Krallen gruben sich scharf ein. Blut schoß durch den zerrissenen Stoff.

Luce schrie. Die daumenlosen Hände umklammerten seinen blutenden Oberschenkel, versuchten die Blutung zu stoppen. Träge und in seiner Kraft triumphierend griff Kellin erneut an und schlug auf den anderen fleischigen Oberschenkel, so daß auch der zu bluten begann. Als Luce wimmerte und winselte, legte Kellin eine Pranke spielerisch um Luces Knöchel und grub seine Krallen in den Knochen. Mit einem Knurren, das sein Maul verzog, riß er den Mann zu Boden. Das Geräusch des sich spaltenden Schädels wurde von seinem Knurren verschluckt.

Der Lärm der Hunde war verhallt. Sein Schwanz schlug erwartungsvoll die kalte Luft. Kellin stellte sich über seine Mahlzeit, damit niemand sonst sie stehlen konnte.

Lir!

Kellin hörte nicht hin.

Lir! Tu es nicht!

Es war leichter, die Empfindungen und Bilder zusammenzusetzen als die Worte. Sein Mund hatte nichts Menschliches mehr. Sein Verhalten baute sich aus dem Instinkt auf, nicht aus der Logik eines Menschen. *Du willst es.*

Nein. Nein, Lir. Laß es sein. Eine blutende Sima hatte sich von den Hunden freigekämpft, von denen einige schon tot dalagen, andere im Sterben, während wieder andere jaulend davonliefen. *Laß es sein.*

Er forderte sie heraus. *DU willst es.*

Nein.

Ich habe Hunger. Hier ist Nahrung. Er hielt inne. *Bist du meine Gefährtin?*

Komm fort von hier.

Er keuchte. Der Speichel floß. Der Hunger war das einzige, aber Schmerz nagte an seinem Geist. Der leichteste Weg war nachzugeben, den Instinkt beherrschen zu lassen von der Einsicht, die ihm jetzt sogar noch schneller entglitt. *Ich habe Hunger. Hier ist Nahrung.*

Du bist ein Mensch, keine Katze.

Ein Mensch? Ich trage die Gestalt einer Katze.

Du bist ein Mensch. Ein Cheysuli. Ein Gestaltwandler. Du hast diese Gestalt nur geborgt. Gib sie zurück. Überlasse sie wieder der Erdmagie. Wenn du die richtige Ausgewogenheit erlernt hast, kannst du dir die Gestalt erneut borgen.

Er schlug mit dem Schwanz. *Wer bin ich dann?*

Kellin. Keine Katze. Ein Mensch.

Er dachte darüber nach. *Ich fühle mich nicht wie ein Mensch. DIES ist ein Mensch, diese Nahrung hier unter mir.* Speichel tropfte von seinem Kiefer. *Du willst sie für dich.*

Komm fort von hier, sagte sie. *Du hast Wunden, die versorgt werden müssen. Und ich ebenfalls.*

Die Hunde haben dich verletzt?

Ich habe Wunden. Und du auch. Komm fort von hier, Lir. Wir werden sie heilen lassen.

Eine Tür wurde in ihrer Nähe geöffnet. Jemand schaute auf die Straße hinaus. Kellin hörte ein Gewirr von Stimmen. Er verstand keines der Worte. Lärm, mehr nicht. Der Lärm schwächlicher Menschen.

Er senkte den Kiefer. Blut, Schweiß, Urin, Angst und Tod vermischten sich zu einem mächtigen Duft. Er würde ihn schmecken …

NEIN. Das Weibchen war an seiner Seite. Sie lehnte ihre Schulter an die seine. Ihr Kinn rieb über seinen Kopf. *Wenn du dies hier fressen würdest, gäbe es keine andere Möglichkeit, als dich zu töten.*

Wer würde mich töten? Wer würde es wagen?

Die Menschen.

Die Gewißheit spottete ihm. *Das könnten sie nicht tun.*

Sie lehnte sich stärker an ihn, rieb seinen Hals. *Sie könnten es tun. Sie würden es tun. Komm fort von hier, Lir. Du bist schwer verletzt.*

Eine weitere Tür wurde geöffnet. Ein Strahl Kerzenlicht fiel auf die Straße. In diesem Licht sah er die toten Hunde und die schlaffe Hülle eines Menschen. Stimmen schrien entsetzt auf.

Fort? fragte er. *Aber … die Nahrung …*

Laß sie liegen, sagte sie. *Woanders gibt es bessere Nahrung.*

Die große Katze hatte Schmerzen. Er hatte unzählige Wunden, die noch nicht behandelt waren. Er brauchte diese Behandlung. Dann ging er mit ihr, weil der Hunger vergangen war. Er fühlte sich verwirrt und losgelöst, seiner selbst unsicher. Sie führte ihn aus der Gasse fort in eine andere, nicht weit entfernte – und fand einen verborgenen Schlupfwinkel.

Hier, sagte sie und stupste ihn an.

Er sah, daß sie verletzt war. Blut verhärtete das Fell auf ihrem Rücken. Er wandte sich zu ihr um, leckte die Bisse, leckte das Blut fort. Sie war von den Hunden verletzt worden, durch die Unverfrorenheit bloßer Tiere verletzt und beschmutzt, die nicht wußten, was es bedeutete, göttergeweiht zu sein.

Laß es sein, sagte sie. *Erinnere dich daran, was du bist.*

Er hielt inne. *Ich bin …* Er dachte erneut nach.

Die goldenen Augen blickten ihn angespannt an. *Was bist du?*

Ich bin – wie du mich siehst.

Nein.

Ich bin … ich bin …

Erinnere dich! fauchte sie. *Erinnere dich deines Wissens – deiner selbst.*

Er konnte es nicht. Er war, was er war.

Sie lehnte sich an ihn. Er roch ihre Angst, ihr Blut. Sie war ihm, der nicht wußte, was sie für ihn war, fremd. *Bleib hier. Du bist zu schwer verletzt, um zu laufen. Warte hier auf mich.*

Das erschreckte ihn. *Wohin gehst du?*

Hilfe holen. Bleib hier.

Sie verließ ihn. Er kauerte sich an die Mauer, der Schwanz schlug gegen den Schmerz in seiner Vorderpranke, an seinen Rippen, an seinem Kiefer an. Zu lecken, verstärkte den Schmerz nur. Er legte die Ohren flach an den Kopf an und zog die Lefzen in einem wilden Grinsen des Schmerzes und der Angst von den Zähnen zurück.

Sie hatte ihn alleingelassen, und jetzt fühlte er sich hilflos.

Menschen kamen. Mit Fackeln. Die große Katze wich zurück, kauerte sich in die Ecke, knurrte dabei und grollte zur Warnung. Kellin verengte die Augen gegen die Flammen zu Schlitzen und sah Silhouetten, Menschengestalten mit Stöcken, von denen Feuer sprühte. Er roch sie: Sie stanken nach Erwartung, Befürchtung, dem trunken machenden, beißenden Geruch geschlechtlicher Erregung, als erwarteten sie, sich zu vereinigen, sobald die Aufgabe vollbracht war. Der Geruch war stark. Er erfüllte seine Nase, drang in seinen Kopf und zwang ihn, seine Kiefer zu öffnen. Rauhes Ein- und Ausatmen, als er den Mann witterte, ließ ihn wie einen Blasebalg klingen.

Lir. Es war das Weibchen. Sima. *Lir, hab keine Angst. Sie sind gekommen, um dir zu helfen, und nicht, um dir zu schaden*.

Feuer.

Nur einer von ihnen wird näher kommen. Sie glitt aus dem blendenden Licht in seine schmierige Ecke. Blutkrusten bedeckten ihre Schultern. Sie war gelaufen und hatte erneut geblutet. *Laß den Mann kommen*.

Er ließ es zu. Er preßte sich an die Mauer und wartete, eine geschwollene Pranke hing herab. Das Atmen schmerzte. Er grollte und schüttelte den Kopf. Ein Zahn in seinem Kiefer war abgebrochen.

Der Mann trat von dem Feuer fort. Kellin konnte ihn nur aus Katzensicht beurteilen: Sein Haar schien silbern wie Frost im Wintersonnenschein, und seine Augen glühten wie Kohlen. Metall glitzerte an den bloßen Armen, wurde sichtbar, weil er einen Umhang – trotz der winterlichen Bitterkälte – ablegte.

»Kellin.« Der Mann kniete sich hin, ohne auf den Schmutz zu achten, der seine Lederkleidung verdarb. »Kellin.«

Die Katze öffnete das Maul und fauchte. Schmerz ließ sie geifern.

»Kellin, du mußt die Katzengestalt ablegen. Du brauchst sie nicht mehr.«

Die Katze grollte. Sie konnte nicht verstehen.

Der Mann seufzte, stand auf und wandte sich wieder den anderen Männern mit den Flammen zu. Er sprach ruhig, und sie verschmolzen. Licht folgte ihnen, so daß die Ecke, trotzdem keine Menschen mehr da waren, noch immer schwach beleuchtet wurde.

Die Männer waren fort. Leere war an ihre Stelle getreten, ein verschwommenes Nichts, das die Gasse erfüllte. Und dann schlich ein lohfarbener Rotluchs mit noch einem zweiten neben sich aus dem verblassenden Flammennebel heran: ein riesiges, schwarzes Weibchen in der Blüte ihres Lebens. Ihre Anmut stellte die Schmächtigkeit Simas bloß, die immer noch kaum mehr als ein Kätzchen war.

Drei Rotluchse: zwei schwarze, ein lohfarben-goldener. In Kellins Geist formten sich die Bilder, die bei einem Menschen zu Sprache geworden wären. Diese Bilder versprachen ihm jetzt, daß er die benötigte Kraft und Heilung gewährt bekommen würde, die er so dringend brauchte.

Er sah einen Mann in ihren Augen. Menschlich, wie die anderen. Sein Haar hatte nicht die Farbe von Winterfrost, sondern war schwarz wie ein Nachthimmel. Seine Augen leuchteten wie grüne Kohlen, nicht rötlich oder gelb. An ihm schimmerte kein Gold. Er trug überhaupt keines. Er war sanft und glatt und stark, und das Blut pulsierte heiß durch seine Adern.

Der Schmerz brach erneut auf. Die gebrochenen Knochen protestierten.

Drei Katzen drängten heran. Das lohfarbene Männchen packte mit dem Maul Kellins Hals. Kellin legte die Ohren flach an und senkte den Kopf. Er hatte zu große Schmerzen, um einem anderen gegenüber, der ohne Zweifel weitaus älter und weiser als er selbst war, eine Überlegenheitshaltung einzunehmen.

Komm nach Hause, sagte die Katze. *Komm jetzt mit mir nach Hause.*

Kellin keuchte schwer. Seine Pranken waren in dem Schmutz schweißnaß geworden. Schwäche überwog die Vorsicht. Er ließ sie seinen Geist leiten, bis er erkannte, was ›nach Hause‹ bedeutete: sein wahrer Körper. Finger und Zehen statt Krallen. Haare statt Fell und eine durch die rauhe Behandlung leicht verletzte Haut.

Komm nach Hause, sagte die lohfarbene Katze, und an ihre Stelle trat ein Mensch mit Augen, die Kellins Qual und den Tumult in seiner Seele verstanden. »Ich war dort«, sagte er. »Meine Schwäche, das ist meine Angst vor engen, dunklen Orten … Ich werde dir darin beistehen. Ich verstehe, was es bedeutet, einen Teil deiner selbst zu fürchten, den du nicht unter Kontrolle hast.« Und dann sehr sanft: »Komm nach Hause, Kellin. Laß den Zorn los.«

Er ließ ihn los. Erschöpfung lähmte ihn, sowie eine verschwommene Verwirrtheit. Er sank ausgepumpt gegen das halb ausgewachsene Weibchen. Sie leckte ihm das Gesicht, schabte über seine Haut. Menschliche Haut, kein Katzenfell.

Kellin wich zurück. Er preßte sich an die Steinmauer.

»Kellin.« Brennan kniete noch immer vor ihm. Fackeln brannten hinter ihm. »*Shansu,* Kellin – es ist vorbei.«

»Ich … ich …« Kellin brach ab. Er schluckte schwer gegen den Geschmack von Galle in seinem Mund an. Er konnte die richtigen Worte nicht finden, als hätte er sie bei der Umwandlung vergessen. »Ich.«

Der Mujhar sah ihn unendlich liebevoll an. »Ich weiß. Komm mit mir.« Brennan hielt inne. »Kellin, du bist verletzt. Komm mit mir.«

Kellins Keuchen klang jetzt flacher. Er barg sein Handgelenk an einer Brust, die ebenso schmerzte. Er hatte seine Beine untergeschlagen, so daß er sich mit einer einzigen Aufwärtsbewegung erheben konnte.

Brennans Hand lag auf seiner Schulter.

Kellin spannte sich an. Und dann war es nicht mehr wichtig. Er schloß die Augen und sank erneut gegen die Mauer. Tränen rannen ungehindert durch Schmutz, Schweiß und altes wie neues Blut. Er schämte sich nicht.

Brennan berührte sanft sein vom Blut starres Haar, als suchte er Worte, die er nicht aussprechen konnte. Und dann war die Hand von Kellins Haar verschwunden und schloß sich statt dessen um seinen gesunden Arm. »Steht auf, Mylord.«

Sein Großvater hatte ihn lange Zeit nicht mehr durch sein Verhalten oder mit Worten geehrt, noch ihm die tiefe und beständige Zuneigung gezeigt, die seinem Tonfall jetzt anzumerken war.

Kellin sah ihn an. »Ich bin nicht … nicht …« Er war der Katzengestalt noch zu nahe. Er wollte heulen statt sprechen. »Bin. Nicht. Verdiene …« Er versuchte es wieder verzweifelt, mußte es sagen, die menschlichen Worte neu entdecken. »… nicht so *sorgen* …«

Tränen schimmerten in Brennans Augen. »Du verdienst vieles, wovon Sorge nicht das geringste ist. *Shansu*, mein Junge – wir werden einen Weg finden, wie du dein Gleichgewicht bewahren kannst. Wir werden das richtige Mittel irgendwie finden.«

Das Fackellicht kam jetzt näher. Kellin schaute an seinem Großvater vorbei und sah die königliche Wache. Einer der Männer war Teague.

Sie hatten gelernt, sich keine Empfindungen ansehen zu lassen. Aber er hatte es doch gesehen. Er hatte sie und die Angst in ihren Augen gesehen, als sie die Katze betrachtet hatten, die vorher für sie alle nur ein Mensch gewesen war.

Kellin erschauderte. »Ich war … ich war …« Das Heulen war sehr nahe. Er schloß den Mund davor, damit sie keinen weiteren Grund hätten, ihn voller Angst und Verständnis anzusehen.

Sie bildeten die Elitewache eines Kriegers, der willentlich ein Rotluchs werden konnte. Das war ihnen nicht neu, da sie es schon zuvor gesehen hatten. Aber Brennan war ein würdevoller Mann mit ungeheurer Selbstbeherrschung. Kellin besaß diese Selbstbeherrschung nicht und hatte auch noch nie seine Würde gezeigt. Sie sahen in ihm einen zornigen Mann, den es nach Blutvergießen verlangte.

Jetzt sahen sie in ihm statt dessen ein Tier.

Sie wissen, was ich geworden bin. Was ich stets für sie sein werde. Es drang, zusammen mit Blut, aus Kellins Mund. »Großvater … *hilf mir* …«

Brennan wich ihm nicht aus. »Wir werden zuerst den Körper heilen. Und dann den Geist.«

Kapitel Fünf

Er war nur halb bei sich, schwebte auf dem schwindenden Bewußtsein dahin, das ihm wenig mehr mitteilte, als daß seine Wunden endlich geheilt und seine gebrochenen Knochen wieder zusammengefügt waren – doch der Geist blieb kraftlos. Er wollte so gern schlafen. Die Erdmagie laugte einen Menschen aus, gleichgültig auf welcher Seite er sich befand.

Er hatte die Augen geschlossen, die klebrigen Wimpern ruhten auf den schmerzverzerrten Wangen. Die Erdmagie fügte die Knochen wieder zusammen, heilte aber nicht die Quetschungen und verhinderte auch die Narbenbildung einer Wunde nicht, die sonst hätte genäht werden müssen. Sie stellte die Gesundheit und die Kraft nur weit genug wieder her, daß die unmittelbare Gefahr gebannt war. Ein Krieger, der von der Erdmagie wiederhergestellt wurde, war sich dennoch sehr wohl bewußt, was geschehen war und die Erdmagie nötig gemacht hatte.

Kellins Gesicht zeugte von der ihm angetanen Gewalt. Die Haut auf dem Nasenrücken war von einem Dorn aufgerissen worden. Er hatte Striemen unter dem Kinn. Seine Unterlippe war angeschwollen. Er hatte getrunken und sich den Mund ausgespült, aber der Geschmack von Blut blieb durch die Schnitte in seiner Lippe und auf der Innenseite seiner Wange.

Eine Hand lag auf Kellins nackter Schulter. Die Fingerspitzen auf der glatten, frisch gereinigten Haut zitterten. Aileen hatte dafür gesorgt, daß er gewaschen wurde. *»Shansu«*, murmelte Brennan rauh und hob die Hand. Auch er war ausgelaugt, denn er hatte die Heilung allein vorgenommen. Es wäre besser gewesen, wenn ihm ein weiterer Cheysuli geholfen hätte, aber Brennan hatte nicht gewagt, Zeit damit zu verschwenden, nach einem anderen Krieger zu schicken. Er hatte die Heilung selbst vorgenommen und litt jetzt darunter.

Kellin war sich Aileens Murmeln dumpf bewußt. Der Mujhar sagte etwas Unverständliches, und dann schlug die Tür zu. Kellin glaubte, allein zu sein, bis er das leise Rascheln aneinanderreibender Rockfalten und das stille Gleiten dünner Schuhsohlen auf dem Stein, wo er nicht von Teppichen bedeckt war, hörte. Er roch ihren Lieblingsduft. Ihre Anwesenheit glich einem Fanal, als sie sich an sein Bett setzte.

»Sie ist hübsch«, sagte Aileen ruhig. »Sleeta muß ihr sehr ähnlich gesehen haben, bevor sie und Brennan sich miteinander verbanden.«

Er lag mit dem Rücken zu ihr zusammengekauert auf der Seite. Eine Schulter ragte himmelwärts. Um sein Rückgrat und die Wölbung seines Gesäßes lag Wärme, unglaubliche Wärme. Der lebendige Körper eines Rotluchses.

Kellin seufzte. Er wollte schlafen, nicht sprechen, aber er schuldete Aileen etwas. Er murmelte in die kraftlos an seinem Kinn ruhende Hand: »Ich wäre ohne sie besser dran, ob sie nun hübsch ist oder nicht.«

»Machst du ihr also Vorwürfe? Weil du bist, was du bist?«

Das riß ihn aus seiner Mattigkeit und ließ ihn mit Bestürzung vollends wach werden. Er wandte sich hastig um und stützte sich mit den Ellenbogen ab, um seinen von einem Leintuch bedeckten Oberkörper aufzurichten. »Glaubst du, *ich* ...«

»Du«, sagte Aileen scharf. Sie war keine Frau – und war es auch niemals gewesen –, die Dinge aufschob, noch milderte sie ihre Worte wegen seines Zustands.

»Vergißt du, mein Lieber, daß ich schon länger mit einem Cheysuli zusammenlebe, als du einer *bist?*«

Das verblüffte ihn. Er hatte Mitleid, Freundlichkeit, ihre ruhige, beständige Unterstützung erwartet. Aber Aileen bot ihm etwas anderes. »Ich habe … das wegen Sima getan.«

»Was getan? Einen Menschen getötet? Zwei?« Aileen blieb ernst. »Ich wurde dem Haus der Adler geboren. Glaubst du, das Wissen um Tötung sei mir neu? Mein Haus ist häufiger in den Krieg gezogen, als ich zählen kann … Meine Geburtslinien sind genauso blutbefleckt wie deine.« Sie saß sehr aufrecht auf dem Stuhl, während die rostroten Röcke ihre Füße rahmten. »Du hast einen Ihlinimagier und einen Homaner getötet, der dich töten – oder verstümmeln – wollte, was für einen Cheysuli dem Tod gleichkäme. Ich weiß genug über den Brauch, *der Verwandtschaft beraubt* zu sein.« Aileens Stimme und Blick waren fest. »Die erste Tötung wird nicht angeprangert. Er war ein *Ihlini*.«

Er preßte grimmig und verächtlich den Mund zusammen. »Aber der andere war ein Homaner.«

»Gleichgültig ob er ein Dieb war oder nicht«, sagte sie, »es wird Menschen geben, die dich eine Bestie nennen werden.«

Die Erinnerung kam gnadenlos. »Ich *war* eine Bestie.«

»Und wirfst es jetzt deinem hübschen *Lir* vor.«

»Sie ist nicht mein *Lir*. Noch nicht. Wir sind noch nicht vollständig miteinander verbunden.«

»Aha.« Aileens grüne Augen verengten sich. Sie sah so einer Katze ähnlich, und blickte ihn fest und beunruhigend an. »Du willst es also beenden?«

Sie durchschaute ihn zu leicht. Kellin sank in die Kissen zurück. Sie verdiente Ehre und Höflichkeit, aber er war sehr müde. Die Knochen schienen geheilt, aber der Körper war sich seiner besseren Verfassung noch nicht weiter bewußt, als daß der sengende Schmerz vorbei war. Die Steifheit blieb. Seine Spannkraft war, nach allem, was innerhalb von zwei Tagen geschehen war, geschwächt. Die Jugend konnte den Zustand nicht durchdringen. »Ich habe keine andere Wahl. *Sie* hat mich zu einem …«

»Das bezweifle ich.« Aileens Stimme klang ruhig, aber unversöhnlich. Sie bot keine Gemeinplätze, um seine Seele zu erleichtern, sondern statt dessen nur rauhe Wahrheiten. »Bei den Göttern, *das* bezweifle ich! Du bist Blut von meinem Blut, Kellin, und ich will von anderen kein Wort gegen dich hören –, aber *ich* werde sagen, was ich will. Ich werde meine Meinung in diesem Augenblick nicht hinter Freundlichkeit und Liebe verbergen, sondern sie dir offen sagen: Du bist ganz allein verantwortlich.«

Er widersprach sofort, wenn auch halbherzig. *»Ich?«*

»Kein lebender Cheysulikrieger ist ohne Zorn, Kellin. Die meisten kontrollieren ihn nur besser. Du kontrollierst überhaupt nichts und versuchst es auch nicht.«

Er hatte keine Zeit nachzudenken, sondern verspürte nur das Bedürfnis, die lähmende Stille zwischen ihnen auszufüllen, mit Worten zurückzuschlagen, die aus einem bis zum Bersten von Verzweiflung und Hoffnungslosigkeit erfüllten Herzen stammten: Konnte *sie* nicht verstehen? In ihren Adern floß das gleiche Blut. »Ich *wollte* sie nicht töten, Großmutter … Zumindest, ja, vielleicht den Ihlini – er hat *mich* immerhin bedroht! –, aber nicht den Homaner, nicht *so* … Er war ein Dieb, ja, und verdiente Härte, aber ihn so zu töten?« Er machte eine ungeduldige Geste. Ihm mißfiel seine Widersprüchlichkeit. Sie verfälschte die Tatsache, wie ernst es ihm war. »Ich habe ihn getötet, ja, weil er mich selber töten oder auf die Weise verstümmeln wollte, daß er mich von meinem Stamm getrennt hätte. Aber ich wollte niemals *ihn* töten – zumindest nicht als Katze … als Mensch, *ja* …«

Alle seine Muskeln hatten sich in stummer Ablehnung angespannt. »Mein *Lir* – oder das Tier, das mein *Lir wäre* – hat nichts damit zu tun.«

Aileen erhob sich. Sie war jetzt weniger seine Großmutter als die Königin von Homana. »Du bist ein Narr«, erklärte sie. »Ein verzogener, launischer, im Körper eines Mannes gefangener Junge und daher gefährlich. Ein Junge, der bis zum Bersten von Zorn und Bitterkeit erfüllt ist, kann wenig anrichten, aber ein Mann vielleicht schon mehr. Und ein Mann, der zur Hälfte ein Tier ist – noch mehr.«

»Ich bin *nicht* …«

»Du bist, was du bist«, sagte sie tonlos. »Was sollen wir glauben? Ja, ein Mensch, der angegriffen wird, wird tun, was nötig ist, um zu überleben – glaubst du, ich werde einen Mann *entschuldigen*, der meinen Enkel töten will? Aber ein Mensch wie du, der solch schreckliche Gaben besitzt, kann niemals nur ein Mensch *sein*.«

Der solch schreckliche Gaben besitzt. Er sah es nicht so. »Großvater kann auch Katzengestalt annehmen.«

Sie preßte die Lippen zusammen. Sie ließ sich angesichts ihres Mißbehagens keinen Spielraum. »Kein Mensch in ganz Homana, nicht einmal ein Dieb aus dem *Midden* braucht zu befürchten, daß der Mujhar von Homana sich jemals soweit verliert, daß er die Menschlichkeit abstreift und sich als Tier *nährt*.«

Das erschütterte ihn. Ihr Gesicht schien angespannt und blaß. Seines fühlte sich noch schlimmer an. Er hatte das Gefühl, als würde es sich anspannen, bis seine Schädelknochen hindurchbrächen, die dünner werdende Haut zerrissen und dadurch das wahre, zu nahe unter der Oberfläche liegende Wesen freilegten.

Mensch? Oder Tier? Kellin schluckte schwer. »Ich will nichts damit zu tun haben. *Du* bist keine Cheysuli – du kannst meine Gefühle sicherlich nicht verstehen. Ängstigt es dich nicht, daß der Mann, mit dem du dein Bett teilst, willentlich zu einer Katze werden kann?«

»Ich kenne diesen Mann«, sagte sie ruhig. »Ich kenne dich überhaupt nicht.«

»Aber … ich bin *ich!*«

»Nein. Du bist eine blankgezogene, blutdürstige Klinge, die von keiner Hand am Heft geführt wird.«

»Großmutter …«

»Er ist alt«, sagte Aileen, und die ersten, durch Verzweiflung entstehenden Risse in ihrer Selbstbeherrschung wurden jäh sichtbar. »Er ist der Mujhar von Homana, in dessen Adern das Alte Blut fließt, und er dient der Prophezeiung. Er hegt keinerlei Zweifel. Was er tut, tut er für den Löwenthron und für die Götter, die die Cheysuli erschaffen haben. Es ist nicht wichtig, was ich denke, obwohl er mich dafür ehrt. Er tut, was er tun muß.« Ihre Hände zitterten leicht, bis sie sie in den Falten ihrer Röcke verbarg. »Was glaubst du, was ich empfunden habe, als man mir einen winzigen Säugling übergab und mir sagte, die Zukunft eines Reiches hinge von diesem Säugling ab, weil der Vater des Kindes für die Götter, nicht für die Menschen, bestimmt sei?«

Kellin schwieg. Ihm fehlten die Worte.

»Was glaubst du, was er empfunden hat, als er erkannte, daß das gesamte Schicksal Homanas und seines eigenen Volkes *einzig* von diesem Kind abhing und daß es keine weiteren Kinder geben würde, die den Anspruch unterstützen konnten? Wenn dieses Kind stürbe, stürbe die Prophezeiung mit ihm. Aidan konnte keine weiteren Kinder zeugen.«

Sima regte sich neben ihm.

»Und was glaubst du, wie es für ihn gewesen sein muß zuzusehen, was aus dir wurde, zu erkennen, daß du dich an Huren verschwendest, obwohl es in Solinde eine Cousine gibt … zu sehen, daß du im *Midden* dein Leben riskierst, obwohl es in der Nähe sicherere

Spiele gibt … dich über Vaterlosigkeit toben zu hören, obwohl *er* in jeder Hinsicht – außer daß er dich gezeugt hat – ein Vater war, und selbst *dann* ist er noch dein Großvater! Was glaubst du, wie sich das anfühlt?«

Er benetzte seine trockenen Lippen. »Großmutter …«

Aileens Gesicht wirkte bleich und verzerrt. »Was glaubst du, wie es sich anfühlt zu wissen, daß deinem Enkel – der einzige Erbe des Löwenthrons – die Ausgewogenheit fehlt, die allein ihm seine Menschlichkeit erhalten kann und daß das Tier in ihm vorherrschen wird, wenn er sie nicht erlangt?« Aileen beugte sich zu ihm. »Er ist mein Ehemann«, erklärte sie. »Er ist mein *Mann*. Wenn du ihn damit bedrohst, sei versichert, daß du leiden wirst.«

Er war entsetzt. *»Großmutter!«*

Sie war noch nicht fertig. »Ich habe zu viele Jahre damit verschwendet, ihn nicht genug zu ehren. Diese Zeit ist vorbei. Ich werde tun, was nötig ist, um ihn davon abzuhalten, sich selbst zu vernichten, weil sich ein verzogener, trotziger Enkel weigert, erwachsen zu werden.«

»Großmutter, du kannst nicht wissen …«

»Ich weiß«, sagte sie. »Ich habe sein Gesicht gesehen, als er dich ansah. Ich habe seine Angst erkannt.«

Er verfiel jetzt ebenfalls in den erinnischen Akzent. »Ich weiß nicht, was ich *tun* soll!«

Aileen trat nahe ans Bett heran. Ihre Hand berührte Simas Kopf. »Sei, was du bist. Sei ein Cheysulikrieger. Du brauchst die Fürsorge der Götter mehr als jeder andere Mensch, den ich kenne.«

Es erfüllte seinen Mund, bevor er es verhindern konnte, und drang hervor, um zu verletzen. Die Frage kam höchst unerwartet, und doch wußte Kellin, noch während er sie stellte, daß er diese Worte schon seit vielen, vielen Jahren aussprechen wollte. »Bedeutet es dir überhaupt nichts, daß dein Sohn dich zurückweist?«

Alle Farbe wich aus ihrem Gesicht.

Kellin war erschrocken. Aber die Worte waren ausgesprochen. Er konnte sie nicht zurücknehmen. »Ich meine nur ...«

»Du meinst nur, daß er seine Mutter genauso im Stich gelassen hat wie seinen Sohn, und doch tut sie nichts?« Aileens Augen waren von einem klaren, aber fremden Grün und bar aller Tränen. »Sie hat nicht nichts getan, Kellin ... Sie hat alles in ihrer Macht Stehende getan, ihn davon zu überzeugen, nach Hause zu kommen. Aber Aidan sagt – *sagte* – stets nein, als er zunächst auf meine Briefe antwortete. Er antwortet jetzt nicht mehr. Er sagte, ich brauchte nur zu den Göttern zu sprechen.« Ihr Kinn zitterte kurz. »Das Vertrauen meines Sohnes ist mächtig ... so mächtig, daß es ihn den Nöten anderer Menschen gegenüber blind macht.«

»Wenn du dorthin gingest ...«

»Er verbietet es.«

»Du bist seine *Jehana!*«

Sie verschränkte die Finger in den Falten ihrer Röcke. »Ich gehe nicht als Bittstellerin zu meinem eigenen Sohn. Ich besitze ein gewisses Maß an Stolz.«

»Aber es muß dich verletzen!«

Ihre Augen trübten sich hinter einem Tränenschleier. »Wie es dich verletzt. Wie es Brennan verletzt. Aidans Abwesenheit hinterläßt bei uns allen Narben.«

Kalter Zorn erfüllte Kellin. »Und du wunderst dich, daß ich nichts mit einem *Lir* oder mit den Göttern zu tun haben will! Du brauchst dir nur *ihn* anzusehen – und was die Besessenheit aus ihm gemacht hat. Ich will nicht so gebunden sein.«

»Du wirst eines Tages Mujhar sein. Das wird dich genauso binden wie deinen Großvater.«

Kellin schüttelte den Kopf. »Das ist etwas anderes.

Welcher Mujhar riskiert sein Leben, indem er sich mit einem Tier verbindet, das vielleicht sein Tod sein könnte? Riskiert er daher nicht auch sein Reich – *und* die Prophezeiung?«

Aileens Stimme klang fest. »Was ist es wert, dies zu besitzen, wenn du nur ein Tier bist und dein Volk dich töten will?«

Kapitel Sechs

Einhundertundzwei Stufen. Kellin zählte sie, während er von der Großen Halle in das unterirdische Gewölbe Homana-Mujhars hinabstieg, wo innerhalb *lir*geschützter Mauern der Schoß der Erde lag. Als Junge war er einmal mit Ian dorthin gegangen, und auch einmal mit dem Mujhar. Aber er war noch nie allein hinabgestiegen.

Nicht vollkommen allein. Die Katze ist bei mir.

Er wollte sie nicht bei sich haben. Aber sie war der Grund, warum er überhaupt in den Schoß hinabstieg.

Einhundertundzwei Stufen. Er stand in einer kleinen Gesteinsnische und drückte auf den Keilstein. Eine Wand drehte sich, und der Schoß lag vor ihm.

Die Luft war schal, aber sie roch nicht nach Tod. Die Mauern des Ganges waren schmierig feucht und glänzten. Er trug eine Fackel bei sich. Sie rauchte und tropfte und warf fahles Licht in das Gewölbe, als er sie vorstreckte, um den Schoß auszuleuchten.

Kellin verkrampfte sich, obwohl er wußte, was zu erwarten war. Drei Besuche reichten nicht aus, die Wirkung zu schmälern. *Lirs* sprangen aus den Wänden und von der Decke herab, entrangen sich dem Gestein. Sie wirkten unfaßbar lebensecht, als hätte ein Bildhauer lebende Tiere eingefangen und sie in Marmor *eingeschlossen*, anstatt sie hineinzumeißeln. Sie erwiderten seinen Blick aus harten, herausfordernden Augen: von Gold durchzogenes, cremefarbenes Elfenbein.

Der Schoß gähnte. Sein Rand war in dem verzerrenden Licht nicht zu erkennen, so daß er auch seine mit

Runen versehene Kante nicht sehen konnte, sondern nur die tiefere Schwärze, die seine Öffnung anzeigte.

Kellin benetzte seine trocken werdenden Lippen und trat langsam durch die, ebenfalls mit *Lirs* versehene Tür, wobei er die Fackel ausstreckte, damit er keinen falschen Schritt tat und in den Tod stürzte.

Aber würde ich sterben? Ich bin zum Mujhar bestimmt ... jene, die Mujhar werden sollen, können die Wiedergeburt erleben.

Kellin hatte nicht den Mut, diese Herausforderung anzunehmen.

Er trat ein. Der Schlund des Schoßes weitete sich, als die mit zitternder Hand gehaltene Fackel die Wahrheit freilegte: eine vollkommen gerundete Öffnung, die schon früher Männer aufgenommen – und sich geweigert hatte, ihnen eine zweite Geburt zu gewähren.

»Carillon«, murmelte er. »Der letzte Prinz von Homana, der in den Schoß hinabgestiegen ist und in der Gestalt eines Königs wiedergeboren wurde.«

Er hatte die Geschichte gelernt. Er kannte seine Geburtslinie. Carillon von Homana, der letzte homanische Mujhar.

»Nach ihm Donal. Dann Niall. Dann ... Brennan.« Kellin biß die Zähne zusammen. *Mein Jehan hätte der Nächste sein sollen, wenn er den Mut gehabt hätte, zu begreifen.*

Aber Aidan hatte dem entsagt. Aidan war ein Feigling gewesen.

Sollte ich in den Schoß springen, um meinen Wert zu beweisen? Kann ich die Schwäche meines Jehan mit meiner eigenen Kraft wiedergutmachen? Er betrachtete angestrengt die Marmor*lirs*. »Ist es das, was sie wollen?«

Keine Antwort. Die *Lirs* erwiderten seinen Blick schweigend.

Kellin wandte sich um und steckte die Fackel in eine Halterung. Dann ging er vorsichtig drei Schritte bis zum Rand des Schoßes und hockte sich dort hin. Sein

Gesäß berührte die Absätze seiner Stiefel. Die wunden Oberschenkel schmerzten, ebenso die frisch verheilten Rippen.

Stille.

Kellins Mund wurde trocken. Er hatte in Gegenwart des Löwen vieles empfunden. Aber der Schoß war nicht der Löwe. Er sprach von einem weitaus älteren Erbe zu ihm als dem des Löwen, der, wenn man unbeeinflußt urteilte, lediglich etwas neu Erschaffenes war. Ein Junges des erwachsenen Schoßes. Die Mauern und die in den Stein gemeißelten *Lirs* waren von Menschen geschaffen, aber der Schoß war schon dagewesen, bevor sich die Menschen entschlossen hatten zu lobpreisen, was sie als den greifbaren Beweis der Macht verstanden.

»Ein Tor«, murmelte Kellin. »Wie viele sind schon hindurchgegangen?«

Eine Bewegung erregte seine Aufmerksamkeit. Ein schwarzer Schatten betrat das Gewölbe und umrundete dann den Schoß. Er ließ sich ihm gegenüber nieder, so daß der Schoß, schwarz und unergründlich, zwischen ihnen lag. Goldene, undurchdringliche und unheimlich verengte Augen spiegelten das rauchige Fackellicht wider.

Jetzt, sagte sie. *Du hast die Wahl.*

Er sprach nicht als *Lir*. »Tatsächlich?«

Es war immer schon deine Wahl.

»Der Prophezeiung nach kann es keine Wahl geben. Wenn ein Krieger seinem *Tahlmorra*, seinem Dienst an der Prophezeiung entsagt, wird ihm das zukünftige Leben verwehrt.«

Sie schlug einmal mit dem Schwanz und legte ihn dann über die gebeugten Pranken. Er hatte Hauskatzen so sitzen sehen. Es schien unvereinbar. Sie war nicht zahm und würde niemals zahm sein. *Ein Mann kann dem Leben nach dem Tod den Rücken kehren. Er hat das Recht dazu. Das ist der Preis des Lebens.*

»Sich auszusuchen, wie er leben möchte, wenn er tot ist?« Kellin grinste spöttisch. »Ich spüre Unbekanntes. Ich rieche die Art von Gründen, die meinem mit den Göttern verhandelnden *Jehan* gefallen müßten. Wie sonst könnte ein Mann dazu gebracht werden, seinem Sohn zu entsagen?«

Das hat er nicht getan. Er ist seinem Tahlmorra gefolgt. Sie schlug erneut mit dem Schwanz. *Er schuf als Folge seines Tahlmorras auch* deines.

Kellin runzelte die Stirn. »Ich mag geheimnisvolle Reden nicht. Sage, was zu sagen ist.«

Ich will nur sagen, daß ein Krieger die Wahl hat, etwas anderes zu sein, als die Götter von ihm erwarten.

»Und daher die Prophezeiung zu ändern?«

Dein Jehan würde vielleicht sagen, daß die Prophezeiung zu ändern auch bedeutet, den Weg zu verfolgen.

Kellin fluchte und setzte sich, streckte die Beine aus. Er ließ in himmelschreiender Mißachtung des Anstands beide Beine in die Leere baumeln. »Du sagst, daß ein Mann, der der Prophezeiung den Rükken kehrt, ihr gleichzeitig auch durch genau diese Zurückweisung *folgt.* Aber wie? Das ergibt keinen Sinn. Wenn ich keusch würde und keine Kinder mehr zeugte, gäbe es keinen Erstgeborenen. Wie würde das einer Prophezeiung dienen, die sich einzig darauf gründet, *daß* ein weiterer Erstgeborener gezeugt wird?«

Du hast bereits Kinder gezeugt.

Er dachte darüber nach. Es stimmte. Auch sie, jedes einzelne, hatten das richtige Blut. *Bis auf das letzte Haus, das letzte Glied in der Kette.* Kellin atmete tief ein. »Wenn ich nach Solinde ginge und mir eine Ihlinifrau suchte, mit der zu schlafen ich ertragen könnte, und mit ihr ein Kind zeugte, dann wäre meine Aufgabe beendet. Die Prophezeiung wäre erfüllt.«

Sima schlug erneut mit dem Schwanz. Sie schwieg.

»Ich könnte es morgen tun, wenn ich mich dazu entschlösse. Fortgehen. Nach Solinde ziehen. Mir eine Frau suchen und dieses Zerrbild auszulöschen.«

Sima zog die Lefzen zurück. *Niemand hat jemals behauptet, daß es schwer wäre.*

Kellin brauste auf. »Wenn es also so *leicht* zu bewerkstelligen ist …« Aber dann brach er ab. »Das Blut. Darauf läuft es hinaus. Ian hat mit Lillith geschlafen und Rhiannon gezeugt. Rhiannon hat mit meinem Großvater geschlafen und gebar – wen? Eine Tochter? Diejenige, die wiederum mit Lochiel geschlafen hat und *ihm* die Tochter gebar, mit der ich eine Wiege teilte?« Kellin zuckte die Achseln. »Und die zweifellos am wenigsten als meine Partnerin geeignet wäre – und daher genau die Frau ist, mit der zu schlafen die Götter in ihrer Verrücktheit von mir *erwarten*.«

Sima schwieg weiterhin.

Das Bild stand lebhaft vor ihm. »Lochiel wird mich kastrieren. Er wird mir die Frau zeigen – oder eher mich ihr zeigen – und dann wird er mich *kastrieren!* Damit ich weiß, und damit sie weiß, wie überaus nahe wir der Erfüllung der Prophezeiung waren – und wie überlegen die Ihlini trotz unserer Cheysuligaben sind.«

Sima beugte den Kopf und leckte sich ausgiebig eine Pranke.

»Keine Antwort?« fragte Kellin. »Keine Meinung? Aber ich dachte, die *Lirs* wären hierher gebracht worden, um ihren Kriegern zu *helfen*, und nicht, um die Wahrheit zu verschleiern.«

Die Katze senkte die Pranke. Sie sah ihn über die schwarze Ausdehnung des Schoßes hinweg offen an. Wilde goldene Augen beherrschten die Dunkelheit. *Ich bin nicht dein Lir. Hast du das nicht erklärt? Hast du meiner nicht entsagt, wie dein Jehan deiner entsagt hat?*

Hatte er das getan? Hatte er es getan?

Einem *lirlosen* Krieger war es bestimmt, wahnsinnig zu werden. Ein *lirloser* Cheysuli war überhaupt kein

Krieger. Ein *lirloser* Cheysuli konnte niemals Mujhar sein. Konnte niemals den Löwenthron innehaben. Konnte niemals den Erstgeborenen zeugen, weil die Cheysuli unter sich bleiben würden.

Eine Lösung zeigte sich. Eine Antwort auf die Fragen.

Kellin erschauderte. Schweiß lief seine Schläfen hinab und brannte in den Kratzern auf seinem Gesicht. Er atmete flach, obwohl seine Rippen wieder geheilt waren. In seinem Magen flatterte etwas, das sich dann bis zu seinem Geschlecht ausbreitete.

Er schluckte schmerzhaft, weil seine Kehle trocken und wie zugeschnürt war. Er preßte beide Hände rechts und links von seinen Oberschenkeln auf den kalten Stein. Die Fingerspitzen hinterließen feuchte Abdrücke. Er sagte in der Verbindung: *Sollen die Götter entscheiden*.

Kellin, der Prinz von Homana, warf sich in den Schoß der Erde.

Keine Decke. Kein Boden. Keine Seiten.

Kein Anfang und auch kein Ende.

Nur ein *Sein*.

Kellin biß sich die Lippen blutig, um nicht zu schreien. Es würde ihn entwürdigen zu schreien. Solcher Lärm würde die Götter entehren.

Götter? Was wußte er über Götter? Sie waren, wie er gesagt hatte, kaum mehr als von den Menschen erdachte Gebilde, die andere beherrschen und niedriger gestellte Menschen klein halten wollten, um *selber* die Macht zu behalten.

Götter. Sein Vater verehrte sie. *Jehan*, Vater, Erzeuger … es gab so viele Worte. Keines davon ergab einen Sinn. Überhaupt nichts ergab für einen Mann einen Sinn, der in den Schoß sprang.

Der einzige Sinn solcher Narrheit war die *Suche* nach einem Sinn, damit er vielleicht verstehen könnte, welche Art Mensch er war, und welche Rolle er im Plan der Götter spielen sollte.

Götter. Schon wieder.

Wenn er ihnen entsagte, wenn er sie zurückwies – würden sie ihn dann sterben lassen?

Wenn es keine Götter *gab*, dann war er sicherlich tot.

Kellin fiel. Es gab keinen Boden. Er schrie nicht.

Was waren die Cheysuli anderes als Kinder der Götter? Das bedeutete das Wort.

Durch solch unermüdliches Vertrauen wurde ein Volk gestärkt, um nicht von anderen vernichtet zu werden.

Menschen, die an nichts glaubten, glaubten bald an das Nichts. Nichts vernichtete einen Menschen. Das Nichts vernichtete ein Volk.

War das Nichts also ein Dämon?

Glaube ersetzte das Nichts. Glaube vernichtete den Dämon.

Die Cheysuli waren, wenn sonst nichts, so doch ein geweihtes Volk. Wenn etwas innerhalb des Plans ihrer Kultur einen Sinn machte, überwog der Glaube. Der Glaube war ihr Meister. Er überwältigte das Nichts, so daß der Dämon an Nutzlosigkeit und an Unglauben starb.

Kellin lachte im Schoß der Erde. Was hatte Sima gesagt, als er seine von Haut miteinander verbundenen Handgelenke betrachtet hatte? *Du glaubst zu leicht an das, was der Ihlini dir erzählt. Seine Kunst ist Einbildung. Verbanne sie, wie du den Löwen verbannt hast*.

Einbildung war der erfolgreiche Versuch eines anderen, einen Menschen an etwas glauben zu lassen, was es nicht wirklich gab. Der Schlüssel zur Verbannung der Einbildung war, *nicht* zu glauben.

Corwyth und andere Ihlini hatten alles versucht, die Cheysuli dazu zu bringen, nicht an die Prophezeiung zu glauben.

Die Ihlini glaubten nicht. Teirnan und die *A'saii* hatten nicht geglaubt – und glaubten auch jetzt nicht. Und wenn *Un*glaube die Einbildung besiegen konnte und die Prophezeiung dennoch überlebte – war sie dann etwas Wahres, etwas Wirkliches?

Oder war es einfach so, daß die Cheysuli, die daran glaubten, *so stark* glaubten, daß das Gewicht ihres Glaubens, der Inhalt ihres Geistes, den Unglauben vernichtete?

Der Meister der Götter, Glaube genannt, vernichtete den Dämon, dessen wahrer Name Unglaube war.

Kellin schrie in die Enge des Schoßes hinein: *»Ich verstehe nicht!«*

Die Geschichte stieg auf. So viel Gelerntes. Die Stunden und Tage und Wochen und Monate, die Rogan mit ihm verbracht und mühsam versucht hatte, ihn zu unterweisen, damit Kellin das Erbe der Völker, die er repräsentierte, verstehen könnte.

Er konnte alle Völker benennen, alle Häuser, die er in seinem Blut trug. Sie alle waren notwendig.

Also war es für ihn notwendig, einen *Lir* zu besitzen. Dem Bund zu entsagen, hieß, seinem ureigensten Selbst und dem Vermächtnis seines Blutes zu entsagen.

Ein *lirloser* Cheysuli hatte sich in den Schoß der Erde geworfen. Er hatte sein Schicksal in die Hände der Götter gelegt.

Kellins Schrei hallte wider: *»Tahlmorra lujhalla mei wiccan, Cheysu!«*

Er hatte sie aufgefordert zu entscheiden. Wenn ein Mensch *nicht* glaubte – würde er sein Leben dann so aufs Spiel setzen? Wenn ihn Unglaube beherrschte, würde er darum Selbstmord begehen, wenn er eine solche Herausforderung ausspräche, da eine Herausforderung ohne Empfänger überhaupt keine Herausforderung war, sondern nur der gegenstandslose Trotz eines unwissenden Kindes.

Selbstmord war ein Tabu.

Widersprüchlich, dachte Kellin: Selbstmord war ein Tabu, und doch vollzog ein *lirloser* Cheysuli das Todesritual. Sein Aufenthalt im Wald war dazu gedacht, den Tod zu finden, wie immer er ihn ereilen mochte. Es war nichts anderes *als* Selbstmord, obwohl der Mann sich nicht selbst erstach oder wissentlich Gift zu sich nahm.

Er starb durch Tiere. Er starb als Raubbeute, als Fleisch für die Geschöpfe der Götter.

Ein Mann wurde aus hautfarbenem Ton in den Händen der Götter zu Fleisch.

Das Rad des Lebens drehte sich, so daß der Ton in den Brennofen der Götter geschleudert und dann auf die Erde gesetzt wurde, um so zu leben, wie es der Ton wollte. Glaube oder Unglaube.

Kellin verstand.

»*Y'ja'hai!*« rief er.

Ton ohne Blut eines *Lirs* war nichts als farbloses Pulver. Unvermischt. Unfertig. Niemals auf das Rad des Lebens gelangt.

Kellin verstand.

Kellin glaubte.

Das Bild von Simas Gesicht blitzte vor seinen blinden Augen auf.

»Ich nehme dich an«, sagte er. »*Y'ja'hai.*« Und dann verzweifelt: »Wirst auch du mich annehmen?«

Die Worte erklangen in seinem Kopf. *Ja'hai-na*, sagte sie. *Y'ja'hai.*

Die *Lir*verbindung kam zustande, schloß sie zusammen, verschmolz. Nichts konnte sie jetzt mehr zerstören, außer dem Tod des Kriegers oder des *Lir*.

Das Wissen darum war für Kellin nicht mehr wichtig. Er war ganz da. Er war ein Cheysuli.

Der Schoß der Erde war fruchtbar. Die *Jehana* gebar nach fast einhundert Jahren erneut, um den neugeborenen Mann am Busen seines *Tahlmorra* zu nähren.

Der Prinz von Homana würde eines Tages Mujhar werden.

Er stieg in die fackelverrauchte Dunkelheit und vor den starren Blicken der Marmor*lirs* auf. Er lag auf dem Rücken, die Arme und Beine entkräftet und hingegeben ausgestreckt, als hätte eine große, nachlässige Hand ihn aus der Handfläche auf den Boden des Gewölbes geworfen.

Er dachte, daß es vielleicht wirklich so gewesen war.

»Lir?« fragte er laut keuchend, weil er sich zuvor geweigert hatte, sie in der Verbindung zu ehren. »Sima?« Und dann richtete er sich mühsam vom Boden auf und wandte sich zur Seite, um aufgeregt nach der Katze zu greifen, die ruhig an der Öffnung saß, in die er sich geworfen hatte. *Lir?* Nun in der Verbindung, damit kein Raum für Zweifel blieb. Er würde niemals wieder zweifeln. Er würde es nicht zulassen, konnte es sich nicht *erlauben* …

Sima blinzelte mit ihren großen Augen.

Er kroch auf Knien unbeholfen zu ihr, mußte ihr Fell berühren, brauchte es, den Körper zu berühren, in dem der flammende Geist wohnte. *Lir? Lir?*

Sima gähnte ausgiebig und zeigte dabei furchterregende Fänge. Dann schüttelte sie den Kopf, bewegte die drahtigen Schnurrhaare und erhob sich. Sie trat zwei Schritte vor, preßte ihren Kopf an seine Schulter und warf ihn damit um. Sie war grob. Sie wollte, daß er die ihrem Körper trotz seiner Unreife innewohnende Kraft anerkannte. Sie war immerhin ein *Lir* – und einer Katze damit weit überlegen.

Er konnte nur ihren Namen sagen. Er sagte ihn trotz des Fells in seinem Mund, als sie sich auf ihn lehnte, trotz des Gewichts auf seiner Brust, als sie sich über ihn legte, trotz der Behinderung seines Mundes, als sie mit der Zunge seine Lippen nachzog, viele Male.

Lir … Lir … Lir. Er konnte es nicht oft genug sagen.

Sima knetete seine Schultern. Dann sagte sie selbstgefällig:

Besser jetzt als niemals.

Während ihm die Tränen übers Gesicht liefen.

Kapitel Sieben

Kellin trampelte zielbewußt die Treppe zum ersten Stock hinab. Hinter ihm kam Sima, die im Licht des frühen Morgens schimmerte und deren goldene Augen glänzten. Jeden Tag schwand ihre Staksigkeit mehr und wurde durch eine sich entwickelnde Reife ersetzt, als hätte die vollendete Verbindung die Spuren des Kätzchenalters schließlich beseitigt. Kellin dachte, daß sie Sleeta eines Tages in Größe und Schönheit Konkurrenz machen würde.

Vor einem Monat hättest du es noch nicht für möglich gehalten, belehrte sie ihn.

Vor einem Monat war ich lirlos und daher ohne Seele. Welcher Mensch ohne Seele kann das Versprechen seines Lir annehmen?

Sie lachte in der Verbindung. *Wie wir uns in nur vier Wochen verändert haben!*

Er ließ die Treppe hinter sich und schritt zum Eingang. *Einige würden behaupten, ich hätte mich überhaupt nicht verändert, da ich noch immer Wirtshäuser aufsuche …*

Aber nicht jene im Midden.

Nein, aber ähnliche …

Mit ähnlichen Frauen darin?

Kellin grinste plötzlich, was eine vorbeigehende Dienerin verwirrte, die unbeholfen und mit rotem Gesicht einen Hofknicks machte. *Hast du versäumt, mir etwas zu erzählen? Ist mehr an einer Verbindung zwischen einem Krieger und einem weiblichen Lir, als ich bisher glauben sollte?*

Das ist unanständig, Lir.

Natürlich ist es das. Du solltest dich besser daran gewöhnen. Niemand hat jemals behauptet, ich sei anständig – hast du die Geschichten nicht gehört?

Sima trottete neben ihm und stupste ihn mit der Schulter an. *Ich brauche nichts zu hören, Lir. Was du bist, ist in meinem Geist* begründet.

Also habe ich meine Ungestörtheit aufgegeben, als ich mich mit dir verbunden habe.

Sie gähnte. *Wenn sich ein Krieger mit einem Lir verbindet, wünschte er keine Ungestörtheit mehr.*

Das stimmte. Er teilte alles mit Sima, bis auf die Vertrautheiten, auf die er mit seiner unanständigen Bemerkung angespielt hatte. Und obwohl sie nicht mit in das Bett stieg, das er mit einer Frau teilte, war sie sich doch vollkommen dessen bewußt, was darin geschah. Sie rollte sich dann auf dem Boden zusammen und schlief – oder gab zumindest vor, es zu tun. Kellin hatte sich daran gewöhnt, obwohl er vermutete, daß über eine gewisse widernatürliche Vorliebe für einen Rotluchs als Zuschauer ge*redet* wurde. Und er war sich nicht sicher, ob ihm das mißfiel. Sollten sie sich doch über ihn wundern. Es war ihm lieber, er erregte Anstoß, als wenn man ihn als gewöhnlich betrachtet hätte, wie es sich, seiner Auffassung nach, mit dem Mujhar verhielt.

»Kellin! Kellin?« Es war Aileen, deren Haar jetzt stärker ergraut war. »Hast du einen Augenblick Zeit?«

Er blieb stehen, während sie den Gang herabkam. »Jetzt?« Er zeigte ihr den Kriegsbogen, den er bei sich hatte, und den Wildlederköcher voller weißbefiederter Pfeile. »Ich wollte mit meinen Wachhunden auf die Jagd gehen.« Kellin grinste. »Sie brauchen Beschäftigung. Jetzt, da ich mich gebessert habe, langweile ich sie.«

Aileen hob ironisch eine Augenbraue. »Du hast dich nicht ›gebessert‹, mein Lieber, du *lenkst* nur von dir *ab*. Außerdem dauert es nur einen Augenblick. Ein Brief von Hart ist eingetroffen. Brennan möchte dich im Sonnenraum sehen.«

»Schlechte Nachrichten?«

Aileen legte einen Finger auf die Lippen. »Ich glaube nicht«, sagte sie. »Es kommt darauf an, wie man es sieht.«

»Wie man es ...« Ein Verdacht stieg in ihm auf, als er das Glitzern in ihren grünen Augen sah. »Götter ... es geht um Dulcie, nicht wahr? Großvater hat Hart lange genug abgewiesen, weil er darauf wartete, daß ich den gestellten Ansprüchen genügen würde ... Und jetzt, da er glaubt, daß ich es geschafft habe, verhandelt er wegen einer Heirat!«

»Das war schon vor Jahren im Gespräch«, erinnerte sie ihn. »Es ist nichts Neues und sollte dich nicht überraschen. Du bist erwachsen.«

Er hob abwehrend eine Hand. »Gut. Ich werde hingehen. Läßt du die Wachhunde benachrichtigen, daß ich mich verspäten werde?«

»Das ist bereits veranlaßt«, antwortete Aileen. »Jetzt geh zu Brennan. Welche Beschwerde auch immer du vorzubringen gedenkst – du solltest sie besser ihm vortragen.«

»Ja. Du hast dich damals *gegen* die Heirat ausgesprochen.« Kellin seufzte. »Aber jetzt bist du zweifellos auch dafür. Erwische den schwachen Krieger, bevor er weniger gefügig wird.«

»Du bist weder jetzt gefügig, noch wirst du es jemals sein«, erwiderte Aileen. »Du bist nur gelegentlich weniger geneigt zu widersprechen.« Sie deutete in Richtung des Sonnenraums. »Nun geh.«

Kellin ging.

Der Sonnenraum war jetzt, da die Sonne westwärts zog, weniger hell, lag aber noch nicht in Schatten. Der Mujhar saß in seinem gewohnten Sessel, die Beine auf einen Stuhl gelegt und einen Weinbecher in der Hand.

Auf seinen Oberschenkeln lag ein mit kraftloser Hand gehaltenes, gefaltetes, von Wachs beschwertes Pergament.

Die Tür war einen Spalt geöffnet. Kellin drückte sie mit der Schulter weiter auf und trat über die Schwelle, wobei er sich mit den klappernden Pfeilen gegen ein Knie schlug. »Also soll ich verheiratet werden. In diesem oder dem nächsten Jahr? In Homana oder in Solinde?«

Brennan lächelte. Das Alter machte sich bei ihm jetzt stärker bemerkbar. Die Heilung des Enkels hatte Spuren hinterlassen. »Hast du keine Einwände?«

»Einen ganzen Mund voll, aber du wirst keinen davon zu hören bekommen.« Kellin schlug erneut mit den Pfeilen gegen sein Knie, während er vor seinem Großvater stehenblieb. »Was sagt Hart?«

»Daß es keinen Sinn hat aufzuschieben, was später doch sein muß.«

»Wie behutsam mein Großonkel aus Solinde vorgeht.« Kellin seufzte. »Also muß es vermutlich sein. Die Häuser und Blutlinien müssen verbunden werden ... Und zweifellos muß das Kind gezeugt werden, das die Erfüllung der Prophezeiung bedeuten wird.« Die Ironie wich aus seinem Tonfall. »Wir haben beide keine Wahl, Großvater. Weder Dulcie noch ich. Wie es auch bei dir und Großmutter, bei Niall und Gisella, bei Donal und Aislinn der Fall war.«

»Und auch bei Carillon und der solindischen Electra, durch deren Blut die richtige Verbindung entstand.« Brennan verzog den Mund. »So viele Jahre, so viele Hochzeiten – alle dazu gedacht, uns hierher zu führen.«

»Sicherlich nicht *hier*her. Zu der Geburt, Großvater. Daß ich Dulcie heirate, bedeutet den Göttern überhaupt nichts, sondern allein der vielleicht aus dieser Verbindung entstehende Sohn.« Kellin machte mit dem Kriegsbogen eine Geste. »Laß es in Stein meißeln, wenn du willst, wie die *Lirs* im Schoß der Erde: Kellin von Homana wird Dulcie von Solinde heiraten und so den Erstgeborenen zeugen.«

Brennans Finger zerknitterten das Pergament. »Es bleibt dir überlassen ...«

Kellin ging darauf ein. »Wenn es mir überlassen bliebe, würde ich meinen Samen den restlichen Monat über zweifellos an ein Dutzend verschiedene Huren verschwenden und mich dann einem Dutzend weiteren Huren zuwenden.« Er zuckte die Achseln. »Ist das wichtig? Ich wußte schon, als ich zehn Jahre alt war, daß es hierzu kommen würde ... Und Dulcie wußte es auch. Es hätte genauso gut schon festgelegt werden können, als wir noch in den Windeln lagen. Es bestand für uns beide niemals eine Chance, uns anderweitig umzusehen.«

»Nein«, räumte Brennan ein. »Wir sind der Erfüllung so nahe, Kellin ...«

»Dann regele es. Laß sie herkommen, oder ich werde hingehen. Es ist mir gleich. Schreibe ihm jetzt, wenn du willst. Und laß mich auf die Jagd gehen. Meine Wachhunde warten.«

Brennan preßte den Mund zusammen, denn das hinter der Leichtfertigkeit verborgene, schwache Mißfallen war kaum so deutlich wie die Enttäuschung. »Dann soll es so sein. Ich werde die Nachricht morgen schicken lassen.«

Kellin nickte verdrießlich. »Meine letzte Jagd in Freiheit.«

Brennan lachte. »Ich bezweifle, daß Dulcie deine Jagdleidenschaft einschränken wird, Kellin! Sie ist so sehr Harts Tochter, sowohl im Geist als auch bei ihren Vorlieben.«

»Warum? Wettet sie? Nun, dann werden wir vielleicht doch zusammenpassen.« Aber die Leichtigkeit schwand angesichts der jetzt so nahegerückten Zukunftsvorstellungen schnell. Kellin zuckte die Achseln. »Es wird schon gehen. Sie ist zumindest zur Hälfte eine Cheysuli. Sie wird die Sache mit Sima verstehen.«

»Wahrhaftig«, sagte Brennan ernst. Ein Schimmern in seinen Augen unterstrich die Ironie dieser Feststellung, weil Sima noch vier Wochen vorher eher eine reine Behinderung als die Hälfte von Kellins Seele bedeutet hatte.

Kellin, dem dies bewußt war, der den Ausdruck in den Augen seines Großvaters sah und deshalb errötete, hob die Pfeile an. »Ich werde dabei helfen, die Speisekammer wieder aufzufüllen.« Das Erinnische stahl sich in seine Sprache. »Es wird einen oder zwei Tage dauern – erwarte mich vorher nicht zurück.« Er grinste. »Und ja – ich nehme meine Wachhunde mit. Sie werden ebenfalls jagen!«

Der Frühling begann wechselhaft, verwandelte Schnee in Matsch, Matsch in Schlamm und gefror dann alles in einem kurzen, trotzigen Aufbäumen wieder, bevor er sich erneut auf seine eigentliche Arbeit besann. Kellin verspürte eine Vorliebe für diese Jahreszeit, während er mit Teague und den anderen hinausritt. Er verlangte ihn jetzt mehr denn je danach, sich an den Winter zu erinnern, weil es *da* keinen Grund gegeben hatte, sich Gedanken über eine Ehefrau zu machen.

»Cheysula«, murmelte er.

Teague, der auf einem Rotgrauen neben ihm ritt, hob fragend die Augenbrauen. »Was?«

Kellin wiederholte das Wort. »Ein Wort der Alten Sprache«, erklärte er. »Für ›Ehefrau‹.«

»Aha.« Teague verstand sofort. »Also ist es jetzt soweit?«

Kellin wußte, daß der Zwischenfall in dem Wirtshaus im Midden ihre Freundschaft besiegelt hatte, obwohl Teague sorgfältig auf Abstand zwischen ihnen bedacht war, damit eine übergroße Vertrautheit seinen

Dienst nicht beeinträchtigte. Die anderen hatten sich jetzt, da ihr Herr ausgeglichener war, ebenfalls entspannt. Er wußte sehr wohl, daß es die vorherrschende Meinung war, daß Sima bezüglich des Temperaments des Prinzen Wunder bewirkt zu haben schien. Obwohl er sie anfänglich in der Nacht, in der er in der Katzengestalt gefangen gewesen war, beunruhigt hatte, zeigten sie jetzt keinerlei Angst mehr.

»Dieses Mal ja«, bestätigte Kellin verdrießlich. »Ich hatte gehofft, es hätte noch ein oder zwei Jahre länger Zeit gehabt – oder drei, oder vier ...«

»... oder fünf ...?«

»... aber sie wollen nicht länger warten. Ich wette, daß ich noch vor dem Sommer verheiratet sein werde.«

Teague lachte. »Dann wißt Ihr nichts über Frauen, Mylord. Sie wird eine sorgfältig geplante Hochzeit bekommen wollen, zu der alle Häuser der Welt eingeladen werden, damit sie ihr Geschenke bringen können.«

Kellin dachte darüber nach. »Sie schien nicht sehr auf solche Dinge bedacht zu sein, als ich sie das letzte Mal sah.«

»Wie alt war sie da?«

»Zwölf?« Er zuckte die Achseln. »Oder dreizehn. Ich habe die Zeit aus den Augen verloren.«

Der junge Wachhund grinste. »Dann wird sie jetzt *genau* in dem Alter sein, solch sorgfältige Ausführung zu fordern! Ihr werdet dem nicht entkommen, Mylord! Aber das verschafft Euch Aufschub. Es wird mindestens bis zum *nächsten* Winter dauern, solch ein Fest vorzubereiten!«

Kellin warf Sima über eine Schulter einen Blick zu. »Ich weiß nicht, was schlimmer ist: sofort mit wenig Zeremoniell zu heiraten oder noch ein Jahr zu warten, damit eine solch große Sache daraus gemacht werden kann!«

Einer der anderen Wächter schaltete sich in die Unterhaltung ein: ein Mann namens Ennis. »Besser jetzt als morgen«, meinte er. »Dann ist unsere Pflicht um so eher erfüllt.«

Kellin sah ihn verblüfft an.

Ennis grinste. »Glaubt Ihr, die Prinzessin von Homana wird unsere Gesellschaft wünschen?«

Daran hatte er nicht gedacht. Vielleicht würde ihm seine Heirat *tatsächlich* Abstand von den Wachhunden verschaffen. Aber Kellin war nicht davon überzeugt, daß es eine so gute Sache wäre, das eine gegen das andere einzutauschen.

Sie verließen Mujhara und ritten geradewegs nach Norden, auf die Wälder zu, die die Straße umgaben. Hier war die Jagd aussichtsreicher, weil nicht so viele Menschen die Nördliche Route benutzten. Es dauerte nicht lange, bis Kellin und seine Wachhunde das Spiel eröffneten. Er fiel ein wenig zurück, ließ die Homaner die Hauptarbeit machen und wartete, bis sie so sehr darin eingebunden waren, einen Hirsch zu jagen, daß sie ihn vollkommen vergaßen.

Er schaute zufrieden zu Sima. *Jetzt können wir es versuchen.*

Sie sah ihn unverwandt an. *Wir sollten wirklich erfahren, was die letzten vier Wochen bewirkt haben.*

Kellin stieg ab und legte die Zügel über einen Ast, der schräg von einem Baum abstand. Er ließ Pferd, Köcher und Kriegsbogen zurück und ging tiefer in die Wälder hinein, wobei er sich des erwartungsvollen Flatterns in seinem Magen bewußt war.

Sei nicht so ängstlich, riet Sima ihm, die ihm auf den Fersen folgte. *Wir haben Zeit.*

Wie viel? fragte er mit großem Unbehagen. *Was geschieht, wenn ich inmitten politischer Unruhen meinen menschlichen Staat vergesse und zu nichts als einem Tier werde?*

Zeit, wiederholte sie. *Welche Unruhen soll es geben?*

Du bist ein Prinz, kein König. Du kannst jetzt noch kaum in Unruhen verstrickt werden.

Eine demütigende Erinnerung. Kellin seufzte, bahnte sich seinen Weg durch Gestrüpp bis zu einer kleinen Lichtung und schloß dann seine Hand um das Wolfskopfheft von Blais' Messer. »Kraft«, murmelte er und beschwor die Erinnerung an seinen Verwandten herauf. »Du hattest deinen Anteil daran und auch am Mut. Verleihe mir ebenfalls ein gewisses Maß davon.«

Sima preßte sich gegen sein Knie und glitt dann davon, um ihre Stellung in seiner Nähe einzunehmen. Sie saß mit dem über die Pranken gelegten Schwanz da, die Pinselohren ständig zuckend. *Du hast in vier Wochen viel gelernt.*

Kellin rieb sich seine verkrampften Schultern, versuchte, die Spannung zu lindern. *Ich habe in vier Wochen Ratschläge bekommen. Die Umsetzung in die Tat muß erst noch erfolgen, und davor habe ich Angst.*

Sei, was du bist, sagte Sima. *Kellin. Das ist alles, was du, ungeachtet deiner Gestalt, sein kannst.*

»Mehr«, sagte er. »Ich war mehr, *zweimal*.«

Sima blinzelte. *Das war zuvor.*

»Vor dir?« Er grinste. »Ja, und darum zählte es nicht. Ich war *lirlos* und ungeweiht.« Die Heiterkeit schwand. »Nun gut. Sehen wir, zu was ich werde, wenn ich meine Gestalt gegen eine andere eintausche.«

Kellin umfaßte das Heft noch einmal und ließ seine Hand dann sinken. Er löste sich vorsichtig und bewußt von diesem Augenblick und ließ sein Bewußtsein vom *Hier und Jetzt* zum *Dort* ohne Zeitgefühl schweben, wo tief in der Erde die Magie ruhte.

Die Macht pulsierte. Zuerst war sie zurückhaltend, liebkoste sein Bewußtsein, damit er spürte, daß sie verfügbar war, und entschwebte dann, um ihn erneut mit Unwirklichkeit zu necken.

Es war enttäuschend. *Sima …*

Es ist deine Aufgabe, belehrte sie ihn.

Er dachte nach. Die Macht spielte mit ihm, lockte ihn. Es verlangte ihn danach. Sein Körper klang von der fast geschlechtlicher Anspannung, von einem tiefen und beständigen Verlangen danach wider. Er überließ sich den Empfindungen, bis das Bewußtsein des Selbst zum Bewußtsein des Verlangens nach dem wurde, was ihn befriedigen würde. Und dann entblößte sich die Macht wie eine Frau, die ihre Hüllen ablegte und sich von ihm berühren ließ.

... anders ...

Das war es. Vorher hatte er nur an das Tier gedacht und nicht darauf geachtet, sich daran zu erinnern, daß er ein Mensch mit menschlichen Bedürfnissen war. Das Tier hatte alles vereinnahmt, was menschlich war, bis er hilflos und sich seiner nicht mehr bewußt schien und seine Menschlichkeit auf tierhafte Triebe beschränkt wurde. Jetzt wußte er es. Sein Name war Kellin, nicht Katze, und er war ein *Mensch*. Ein vollkommen verbundener Cheysulikrieger, der Zugriff auf die Magie hatte, die im Schoß der Erde ruhte.

Er berührte sie. Sie ließ seine Fingerspitzen kribbeln.

Kellin, flüsterte er. *Mensch, nicht Katze – aber borge mir die Gestalt, und ich werde sie ehren*.

Seine Sinne entflammten. Bilder füllten seinen Geist. Keine menschlichen Bilder einer Menschenwelt mehr, sondern die Vorstellungen einer Katze.

Bin ich ...?

Noch nicht, sagte Sima. *Es muß noch mehr getan werden*.

Mehr. Er wußte nicht mehr.

Er fiel. Er befand sich erneut im Schoß der Erde, von allem befreit außer von einem unsicheren, aber brennenden Bewußtsein dessen, daß er ein Mensch war, der, wenn auch nur kurz, seine menschliche Gestalt an die Erde abgeben wollte, damit er, nur für eine Weile, als Katze durch die Welt gehen konnte.

Nicht so viel zu fragen.

Seine Sicht zerstob. Seine Augen waren geöffnet, aber er sah nichts in einer so gewaltigen Verwirrung, die sein Gleichgewicht bedrohte. Kellin streckte ruckartig haltsuchend eine Hand aus, wollte sich festhalten, aber sie brach durch die Erdkruste und sank tief in den Fluß von Homanas Macht ein.

Erdmagie. Zu seiner Verfügung.

Kellin nahm sie.

Also, sagte Sima. *Es ist doch gar nicht so schwer.*

Gerüche überwältigten ihn, ersetzten das verlorene Vertrauen in sein Sehvermögen. Kellin triumphierte in Katzengestalt.

Laß uns laufen, schlug Sima vor. *Laß uns als Katzen laufen, damit du erkennst, was es bedeutet, die Götter zu ehren.*

Er dachte kaum an die Götter. Aber jetzt, erfüllt von der Herrlichkeit der *Lir*gestalt, konnte Kellin nicht widersprechen.

Wenn die Götter ehrwürdig waren, würde er sie ehren.

Kapitel Acht

Kellin lief mit Sima, der wunderschönen, großartigen Sima – kein anderer *Lir* war auch nur halb so wundervoll! – an seiner Seite durch den sonnengesprenkelten Wald und erfreute sich an der reinen, fast sinnlichen Freiheit, die die Katzengestalt ihm gewährte. Er erkundete sie im Laufen, bemerkte die Unterschiede in seinem Geist – und doch auch die Ähnlichkeiten. Das Bewußtsein seines Selbst blieb trotz der Verwandlung seines Körpers unverändert. Er wußte sehr genau, daß er ein Mensch in einer *geborgten* Gestalt war, die er, wenn er es wollte, wieder gegen seinen eigentlichen Körper eintauschen konnte. Seine Seele war nur soweit geteilt, wie sein Geist es zuließ. Er wollte nicht das eine oder das andere sein. Er war einfach, was er war: ein Cheysulikrieger mit Magie im Blut, der, wenn er wollte, zu einem Rotluchs werden konnte.

Verstehst du? fragte Sima.

Kellin frohlockte. Er glaubte, sich und das Verlangen in seiner Seele endlich zu verstehen. Er konnte sich in dieser Gestalt genauso leicht spüren wie in menschlicher Gestalt. Er mußte sich nur daran erinnern, den Funken seiner Selbstkenntnis am Leben zu erhalten, der wußte, daß er Kellin und ein Mensch war, damit die Ausgewogenheit nicht von der *Lir*gestalt zur Tiergestalt ausschlug.

Nicht so schwierig. Sein muskulöser Körper streckte sich, wirkte in seinen anmutigen Bewegungen geschmeidig und weitaus stärker als die menschliche Gestalt. *Sie hat mich in den vergangenen Wochen vieles gelehrt. Ich verstehe besser. Ich verstehe, was es* bedeutet.

Sima unterbrach ihn. *Ein Rothirsch, direkt vor uns. Für Homana-Mujhar?*

Er sah ihn. Er war gut. Ein schöner, großer Rothirsch mit einem riesigen Geweih.

Kellin wurde langsamer und blieb dann, genau wie Sima, ganz stehen. Der Hirsch stand unbewegt, schwebte in einem Flecken Sonnenschein. Seine Flanken hoben und senkten sich beim Atmen. War er die Beute eines Menschen auf der Jagd?

Kellin kümmerte es nicht. Der Rothirsch gehörte jetzt *ihnen*, denn er war tatsächlich für Homana-Mujhar geeignet. Er war groß und würde sich zweifellos als schwierig zu erlegen erweisen. Aber sie waren zu zweit. Zusammen konnten sie es schaffen.

Du hast den ersten Sprung, sagte Kellin.

Das freute Sima. Sie kauerte sich genauso zusammen wie er, und ihre Schwanzspitze zuckte kaum merklich. Sie spannte sich vollkommen lautlos an, die Pinselohren regungslos.

Jetzt ... Und schon sprang sie los: ein schwarzer, glänzender Fleck, der mühelos vom Boden hochschnellte und sich durch die Luft schleuderte.

Sima schrie. Kellin legte kurz die Pinselohren an und fragte sich, warum sie den Rothirsch zur Flucht antreiben und so riskieren sollte, die Beute zu verlieren, als er den befiederten Schaft eines Pfeils aus ihrer Flanke herausragen sah. Sie drehte sich mitten in der Luft und fiel dann herab.

Sie schrie erneut und er ebenfalls. Ihr Schmerz und Schreck waren auch sein Schmerz und Schreck. Sie lag am Boden und wand sich, um wie rasend nach dem Schaft zu beißen.

Kellin hörte eine menschliche Stimme verängstigt und entsetzt aufschreien. Ein Mann brach zu Fuß durchs Gebüsch. Sein Gesicht war bleich, und als er die beiden Katzen sah, wurde sein Entsetzen noch größer. »Mylord! Mylord, das wollte ich nicht. Es war der Rothirsch ... Ich habe den Pfeil geschossen, bevor ich sie sah!«

Die *Lir*verbindung entflammte unter Simas Schmerz. Kellin erschauderte, und sein Rückenfell richtete sich auf. Der Wutschrei, der sich seiner Kehle entrang, war nicht der eines Menschen, sondern ganz und gar der eines Tieres.

Der Pfeil in Simas Haut hatte sich auch tief in seine Haut gegraben. Schmerz, Entsetzen, Schwäche und die Einsicht in die schreckliche Wahrheit vermischten sich mit seinem Zorn: Sein *Lir* starb. Und er würde ebenfalls sterben.

Kellin schrie und sprang los.

Der Mann riß abwehrend einen Arm hoch, versuchte aber nicht, das Messer zu ziehen, das vielleicht sein Leben gerettet hätte. Er verzog entsetzt den Mund, aber er regte sich ansonsten nicht. Es war, als glaube er nicht, daß sein Cheysuliherr ihn, auch wenn er jetzt in *Lir*gestalt war, jemals wirklich verletzten würde.

Der Mann ging unter der Katze zu Boden und gab sein Leben sofort verloren. Er schrie nicht einmal auf, als ihm die Kehle aus dem Körper gerissen wurde.

Weitere Männer drangen zu Pferde durchs Gebüsch, rissen ihre Pferde jäh zur Seite und fluchten. Kellin forderte sie heraus anzugreifen. Er stand über seiner Beute und forderte sie heraus, sie ihm abzunehmen.

Ein durchdringender Schrei wallte in seiner Brust auf und entrang sich dann seiner Kehle. Ihre Gesichter zuckten und wurden blaß. Keiner von ihnen regte sich.

»Teague«, sagte einer, obwohl das Wort wenig Sinn machte. »Götter ... er hat *Teague* getötet!«

Sima keuchte hinter ihm. Kellin wandte seinen bluttropfenden Kopf um und sah sie ausgestreckt auf der rechten Seite liegen, der befiederte Schaft tief in ihre linke Flanke eingesunken. Er trug die Farben des Mujhar und das üppige Karmesinrot ihres Blutes.

Sie keuchte. Ihre Zunge hing heraus. Die goldenen Augen wurden trüber.

Lir! schrie Kellin.

Sie konnte nicht mehr sprechen. Er spürte nur ihre Angst und ihren Schmerz und die verwirrte Frage danach, was geschehen war.

Der Zorn loderte wild. Kellin fuhr zu den anderen Männern herum und trat einen Schritt auf sie zu. Die Pferde schnaubten unruhig. Eines riß am Gebiß.

»Mylord«, sagte einer der Männer. Seine Hände an den Zügeln zitterten. Einer seiner Kameraden gab auf und floh, dann ein zweiter und ein dritter. Derjenige, der Kellins Beute benannt hatte, blieb zurück. »Mylord«, sagte er erneut, und sein junges Gesicht verzog sich in einer Mischung aus Entsetzen und Wut. »Wißt Ihr überhaupt, wen Ihr da getötet habt?«

Kellin versuchte es zu sagen: *»Den Mann, der Sima beinahe getötet hat!«* Aber keines der Worte drang hervor. Nur ein scharfes Grollen.

»Er war Euer Freund!« schrie der Homaner mit Tränen in den Augen. »Oder seht Ihr jetzt, da Ihr zu einem Tier geworden seid, nur noch *sie* als Freunde an?« Der junge Mann zog in seinem Zorn sein Messer und warf es zu Boden. »Da! Ihr könnt es haben. Ich will es nicht mehr. Ich entsage meinem Dienst. Ich entsage meinem Rang. Ich will nichts mit einem Prinzen zu tun haben, der seine Freunde tötet, denn er ist sicherlich nicht der Mann, den ich als meinen König sehen will!« Er rieb sich hastig übers Gesicht. »Der Mujhar ist ein Mann, den ich ehre, aber Euch schulde ich nichts. Ich *gebe* Euch nichts. Ich trete in diesem Augenblick aus dem königlichen Dienst aus!«

Kellin konnte die Worte nicht aussprechen. Er verdrängte mühsam den Schmerz in der Verbindung und das Wissen um Simas Zustand und bemühte sich lange, die Gestalt abzulegen, die das Gespräch verhinderte. Die menschliche Gestalt stellte sich schnell, zu schnell, wieder ein. Er fiel stolpernd auf die Knie, stützte sich mit einer Hand im Laub ab. »*Wartet …*«, platzte er heraus.

»Warten? Warten?« Es war Ennis. Kellins menschlicher Blick erkannte ihn jetzt. »Worauf? Daß Ihr Euch wieder verwandelt und mir *meine* Kehle herausreißt?« Ennis empfand tiefen Kummer. »Er war mein Freund, Mylord. Wir sind zusammen aufgewachsen, und jetzt habt Ihr ihn getötet. Erwartet Ihr von mir, daß ich *warte*, während Ihr Euch eine Erklärung ausdenkt?«

»Sima …«, keuchte Kellin. Er kauerte dort auf Händen und Knien und rieb sich dabei das blutige Gesicht. »Mein *Lir* … Ich hatte mich wegen ihres Schmerzes nicht in der Gewalt.« Simas Schmerz beherrschte ihn noch immer, obwohl er jetzt wieder ein Mensch geworden war. Er betonte atemlos: »Er hat sie angegriffen! Was sollte ich sonst tun? Zulassen, daß er sie tötet? Dann hätte er auch *mich* getötet!«

»Er wollte den *Rothirsch*, Mylord! Keiner von uns hat die Katze gesehen.« Ennis zügelte sein unruhiges Pferd. Sein Gesicht war vor Qual verzerrt. »Erlaubt Ihr mir, Mylord, den Körper zu bergen? Ich möchte ihn angemessen begraben, bevor Ihr beschließt, ihn zu fressen!«

Die Verwirrung schwand. Die Verbindung blieb stark, wie auch der darin spürbare Schmerz, aber Kellin war keine Katze mehr und empfand Simas Schmerz jetzt auf andere Weise. Er verstand den Unterschied zwischen ihren und seinen eigenen Empfindungen.

Ein Mann war tot? Und es war sein Werk? Da er von der Plötzlichkeit seines Gestaltwandels noch immer geschwächt war, wandte Kellin sich eher unbeholfen um und betrachtete den auf dem Laub ausgestreckten Körper, die zerrissene und blutige Kehle. Er erkannte den Mann. Und in diesem Augenblick begriff er vollkommen, was er getan hatte. *»NEIN!«*

»Ja«, erwiderte Ennis. »Ihr habt Blut am Mund, Mylord. Ganz gleich, ob Ihr einer königlichen Familie entstammt oder nicht – Ihr könnt die Wahrheit vor niemandem verbergen, der den Prinzen von Homana einen unschuldigen Mann hat töten sehen.«

Sima keuchte neben ihm. Blut befleckte ihre Flanke.

Die vorübergehende Einsicht wich den Regungen, die der neuerliche Schmerz hervorrief. Die Verbindung war davon erfüllt und füllte auch Kellins Kopf vollkommen aus. Er konnte an nichts anderes als an seinen *Lir* denken. »Sima ...«

»Kann ich den Körper nehmen?« fragte Ennis erneut. »Ihr findet vielleicht eine andere Mahlzeit.«

Teague. Es war Teague. Er hatte Teague getötet.

Lir? Simas Stimme klang schwach. *Lir, du mußt mich heilen. Verschwende keine Zeit.*

»Erlaubt Ihr mir, meinen Freund zurückzubringen?« fragte Ennis.

Jetzt, sagte Sima. Die Zunge hing aus ihrem Maul. *Lir ...*

Teague war tot. Sima lag im Sterben. In diesem Augenblick hätte Ennis es zweifellos vorgezogen, auch seinen Prinzen sterben zu sehen, aber Kellin tat ihm diesen Gefallen nicht. Er würde nicht zulassen, daß dieses Zerrbild fortgesetzt würde.

»Nehmt ihn mit«, stieß er rauh hervor und trat dann zu der Katze, dachte nur an die Katze, um der Wahrheit zu entgehen. »Bringt ihn zu meinem Großvater.«

Ennis lachte rauh auf, wobei seine Qual deutlich zum Ausdruck kam. »Seid versichert, daß ich das tun werde! Der Mujhar soll hiervon erfahren. Er muß wissen, welche Art Bestie sein Enkel ist.«

Kellins Stimme wurde scharf. *»Geht!«* schrie er. »Es geht um die Ausgewogenheit – ich habe keine Kontrolle darüber! Wenn *Ihr* am Leben bleiben wollt, dann nehmt Teague und geht!« Er kniete sich neben Sima. *Was soll ich tun? Wie heile ich dich?*

Du bist ein Cheysuli, sagte sie. *Vertraue auf das, was dich zum Krieger macht, und nutze es, um mich zu heilen.*

Er fand die Anweisung unverständlich, aber ihr Zustand beunruhigte ihn. Er mußte sich beherrschen, nicht den Kopf zurückzulegen und seine Angst und Qual herauszuheulen. »Magie«, keuchte er. »Götter … gebt mir die Magie.«

Er *war* ein Cheysuli. Die Macht folgte seinem Ruf.

Als es vorbei war, erwachte Kellin plötzlich und erkannte in seiner Benommenheit, daß er einem Schlafzustand oder einem Zusammenbruch nahe war. Er hielt seine blutigen Hände noch immer auf Simas Flanke gepreßt, aber der Pfeil war fort. Er sah einige Federn und den Pfeilkopf selbst auf dem Boden liegen, aber der Schaft war fort, als sei er zu Asche verbrannt. Er kam unerwartet wieder zu Atem, entwickelte neu, was zusammengebrochen war, füllte wieder auf, was sich entleert hatte. Er hustete unter Schmerzen. Die Welt glitt zur Seite. Die aufgestützten Arme trugen ihn nicht mehr, und er fiel zu Boden, landete flach auf dem Rückgrat. Sein Hinterkopf schlug dumpf auf dem blätterbedeckten Boden auf.

Sima regte sich neben ihm. *Die Heilung ist vollzogen. Du hast es gut gemacht.*

Er konnte nicht einmal die Augen öffnen. *Hätte ich es nicht geschafft, wären wir beide der Nachwelt verschrieben gewesen. Damit hatte ich es noch nicht so eilig.*

Ich auch nicht. Sie rückte noch näher an ihn heran, drängte die Wärme ihres Körpers an seine rechte Seite. *Die Magie laugt einen Menschen aus. Auch darin liegt die Ausgewogenheit. Wir haben Zeit, Lir. Wir brauchen nicht sofort weiterzugehen.*

Er fühlte sich danach, überhaupt nicht wieder weiterzugehen, ganz davon zu schweigen, es sofort zu tun. Kellin seufzte und genoß die Kühle des Laubes unter sich. Sein überkrustetes Gesicht juckte. Es verlangte ihn danach, es zu kratzen, aber dann hätte er eine Hand bewegen müssen. Das war zu viel, um es zu versuchen.

Lir. Wieder Sima, die ihr Kinn auf seine Schulter legte. *Es tut mir leid wegen des Mannes.*

»Welcher M …« Er brach ab. Er richtete sich mühsam auf Hände und Knie auf und drehte sich um, um hinzusehen, zu suchen, sich zu versichern, daß nichts von alledem wahr war.

Teagues Körper war fort, aber die blutbeschmierten Blätter und die Hufabdrücke bestätigten die Wahrheit, der Kellin hatte entgehen wollen. Teague war tatsächlich gestorben, und Ennis hatte ihn nach Hause gebracht.

Kellin berührte mit zitternden Fingern sein verkrustetes Gesicht. *Teagues Blut.*

»Götter«, platzte er erstickt heraus, »warum *laßt* ihr das *zu?*«

Lir. Sima erhob sich, stupste seinen Arm an. *Lir, es ist vorbei. Es kann nicht ungeschehen gemacht werden.*

»Ich tötete …« Er konnte es nicht aussprechen, konnte die Worte nicht finden. »Ich tötete *Teague* …«

Ein Instinkt, belehrte sie ihn. *Um sich zu schützen, greift eine Katze zuerst an. Und du hast angegriffen, um mich zu schützen.*

»Teague«, sagte Kellin.

Nicht einmal der Trost der *Lir*verbindung reichte aus.

Er hatte einen Mann getötet, der kein Ihlini, kein Dieb, kein Feind war.

Ich habe einen Freund getötet.

Kellin sank zu Boden und preßte sein Gesicht darauf, ohne auf die blutdurchtränkten Blätter zu achten.

Ich habe einen Freund getötet.

Er erinnerte sich an Teagues Anwesenheit in dem

Wirtshaus im *Midden* – als Luce die Oberhand behielt – und wie der Homaner ihm geholfen hatte. Er erinnerte sich daran, daß Teague ihn in der Nacht, als er Luce fast getötet hatte, von allen am wenigsten als Bestie angesehen hatte, weil Teague besser verstanden hatte, was im Geist seines Herrn vorging.

Ich habe geschworen, keine Freunde mehr haben zu wollen, weil ich sie alle verloren habe … Und jetzt, als ich nach so langer Zeit wieder einen Menschen habe näher herankommen lassen, töte ich ihn SELBST …

Er verkrampfte die starren Hände in seinem Haar und erlaubte sich dann, so zu schreien, wie ein Mensch vielleicht nur schreien konnte, um seinem Kummer und seiner Qual Ausdruck zu verleihen.

Aber der hervordringende Laut klang in Kellins Ohren nur wie das Heulen eines Tieres.

Kapitel Neun

Als Kellin in Homana-Mujhar eintraf, war es offensichtlich, daß Ennis und die anderen Männer die Nachricht vor ihm überbracht hatten. Der Pferdebursche, der sein Tier übernahm, tat dies mit abgewandten Augen, führte das Pferd schnell fort und wartete nicht einmal auf sein übliches Trinkgeld. Nicht diensttuende Männer, die sich vor dem Wachhaus im Hof versammelt hatten, verstummten, als Kellin an ihnen vorüberging, brachen ihre Unterhaltung ab und beobachteten ihn aus den Augenwinkeln. Er wußte, daß sie ihn ansahen. Sie suchten in seinem Gesicht, an seiner Kleidung, im Ausdruck seiner Augen nach einem Beweis.

Was sehen sie?

Er hatte sich das Blut von Gesicht und Händen abgewaschen und sein Wams gereinigt. Er glaubte, daß keine Blutflecke übriggeblieben waren, aber vielleicht waren auch keine nötig. Er trug die Schuld ungewollt in seiner Haltung zur Schau.

Sima trat neben ihn. Sie beobachteten sie ebenfalls und bemerkten ihre offensichtliche Unversehrtheit. Sie hinkte nicht und zeigte auch keinerlei andere Anzeichen dafür, daß nur Stunden zuvor ein Pfeil beinahe ihren Tod bedeutet hätte. Es hatte eine natürliche Heilung stattgefunden, aber für die Homaner, die nur wenig über solche Dinge wußten, schien es zu bedeuten, daß Kellin aus einer Laune heraus gemordet hatte und nicht aus Notwendigkeit. Als hätte er Teague getötet, weil es ihm gerade in den Sinn gekommen war und er Lust dazu hatte.

Kellin fragte im Palast nach, wo der Mujhar sei, und

erfuhr, daß er schon in der Großen Halle erwartet wurde. Kellin sank insgeheim der Mut. *Nicht unter vier Augen? Oder will er als Mujhar mit mir sprechen, nicht als Großvater und auch nicht als Cheysulikrieger.*

Sima stupste gegen sein Bein. *Ich bin bei dir.*

Nein. Kellin hielt inne. *Dem muß ich mich allein stellen. Geh in mein Zimmer hinauf und warte dort.*

Sie zögerte, wandte sich aber dann um und trottete davon.

Kellin wischte sich den Schweiß von der Oberlippe und ging dann zur Großen Halle weiter. Eine Vorahnung beunruhigte seinen Geist, und er zuckte deshalb zusammen. Ihn überkam erneut das Verlangen, seine juckende Haut zu kratzen.

Brennan saß auf dem Thron. Der Löwenkopf ragte als hölzerne Pracht über dem Mujhar auf. Die alten Augen starrten blind. Kellin war dankbar, daß der Löwenthron nicht sehen konnte, was aus einem Prinzen geworden war, der ihn eines Tages erben würde.

Die Sonne würde bald untergehen. Licht fiel durch die Buntglasscheiben und bildete auf dem Steinboden Gitter, so daß Kellin durch scharf abgegrenzte Teiche reiner Farbe lief. Im Frühjahr war die Feuergrube nicht entzündet. Kellin schritt ruhig daran entlang, wenn auch langsamer, als er es gewohnt war. Er konnte sich vor der Begegnung nicht drücken, aber er hatte es damit auch nicht eilig. Was kommen würde, würde kommen. Es mußte nicht beschleunigt werden.

Er erreichte das Podest nur zu bald. Und dann sah er Aileen – eine Hand auf dem Löwenthron – an Brennans rechter Seite stehen. *Es ist ernst …* Kellin biß die Zähne zusammen und spürte wieder die Lücke, die durch den von Luce ausgeschlagenen Zahn entstanden war. Die Wunde war verheilt, aber der Zahn war für immer verloren.

Sein Großvater wirkte alt. Die Zeit war lange freundlich mit ihm umgegangen, aber jetzt war diese

Freundlichkeit geschwunden. Die Heilung vor vier Wochen und die von Ennis überbrachte Nachricht hatten ihre Spuren hinterlassen. Die dunkle Haut war nicht mehr so elastisch und fest, sondern bildete jetzt an Nase und Mund Falten, und ein feines Netzwerk von Falten war auch um die Augen zu erkennen. Die Hände des Mujhar ruhten leicht auf den geschwungenen Krallenarmlehnen, aber die Knöchel waren angeschwollen.

Kellin blieb vor dem Podest stehen. Er beugte Aileen gegenüber kurz den Kopf und ehrte dann auch den Mujhar. Er wartete angespannt schweigend und wünschte, Sima wäre bei ihm, was er sich als Schwäche auslegte. Es war an der Zeit, daß er es zugab.

Brennan sah ihn unverwandt an. Seine Stimme klang fest. »Wenn ein König nur einen Erben hat und nicht auf weitere hoffen kann, geht er oft über Dinge wie die Heißblütigkeit der Jugend und die Schwierigkeiten, die ein Junge bereiten kann, hinweg. Gold besänftigt den verletzten Stolz und baut zertrümmerte Wirtshäuser wieder auf. Es kann sogar gelegentlich einen verärgerten *Jehan* beschwichtigen, dessen Tochter geschwängert wurde. Aber es kann kein Leben zurückkaufen. Darüber geht selbst ein König nicht hinweg.«

Kellin benetzte seine trockenen Lippen. »Ich bitte dich auch nicht darum. Ich bitte dich nur, es zu verstehen.«

»Ennis und die anderen Männer haben mir gesagt, daß sie Teague aufschreien hörten, daß er wußte, daß er einen Fehler gemacht hatte.«

»Das stimmt, Mylord.«

»Und doch hast du die Macht der *Lir*gestalt benutzt, um ihn zu töten.«

Kellin dachte, es wäre besser gewesen, wenn der Mujhar ihn angeschrien hätte, weil er sich auf den Zorn hätte verlassen können. Aber das tat Brennan nicht. Er traf nur ruhig und mit ernster und gewohnter Würde Feststellungen – eine Art, der Kellin, wie er sehr wohl wußte, niemals ebenbürtig war.

Er atmete unsicher ein. »Mylord, ich fühle mich genötigt, Euch an das zu erinnern, was Ihr bereits wißt: daß ein Krieger in *Lir*gestalt allen Schmerz empfindet, den sein *Lir* erleidet. Er … beeinträchtigt ihn.«

»Das weiß ich *in der Tat*«, bestätigte Brennan. »Aber ein Krieger in *Lir*gestalt ist dennoch immer noch ein Mensch und erkennt, daß ein Homaner, der seinen Fehler zugibt, nicht getötet werden darf.«

Kellin ballte hinter dem Rücken die Fäuste. Es würde seinem Anliegen schaden, wenn er schrie, und außerdem *war* er schuldig. »Sima war verletzt. Sie lag im Sterben. Ich konnte nur daran denken, daß er sie angeschossen hatte, daß sie schwer verletzt war und daß auch ich sterben müßte, wenn *sie* stürbe.« Die Worte drangen nur mühsam durch seine verengte Kehle. »Er war mein Freund, Mylord. Ich wollte ihn nicht töten.«

»Du hast es getan. In diesem Augenblick wolltest du ihn tatsächlich töten.« Brennans Hände schlossen sich fester um die Lehnen. »Glaubst du, ich könnte das nicht erkennen? Ich bin auch ein Cheysuli.«

Kummer und Qual überwältigten Kellin. »Warum stellst du dich mir dann so entgegen?« schrie er. »Bei den Göttern, Großvater …«

Aber Brennan unterbrach Kellin mit einer scharfen Geste. »Das genügt. Es gibt wichtigere Dinge, um die wir uns kümmern müssen, als daß ich verstehe, was zu dem Angriff geführt hat.«

»Welche wichtigeren Dinge?« fragte Kellin. »Du hast selbst gesagt, daß wir Teagues Leben nicht zurückkaufen können, aber ich tue, was auch immer nötig ist, um für meinen Fehler zu büßen.«

Brennan beugte sich vor. »Hörst du, was du sagst? Du bezeichnest Teagues Tod als einen Fehler, als unglücklichen Umstand, den du nicht verhindern konntest.«

»Das war es!«

»Und trotzdem hast du, als er einen Fehler machte, diesen damit bestraft, daß du ihn getötet hast.« Brennans Gesicht wirkte angespannt. »Erkläre mir den Unterschied. Warum wird der eine Fehler entschuldigt – weil du ein Prinz bist? –, während der andere mit dem Tod bestraft wird?«

»Ich ...« Kellin schluckte schwer. »Ich konnte nicht anders handeln.«

»In *Lir*gestalt.«

»Ja.« Er verstand jetzt, was Brennan ihm klarmachen wollte. »Ich habe ihren Schmerz, ihre Angst gespürt ...«

»Und deinen eigenen Schmerz und deine eigene Angst.«

»Und meinen eigenen Schmerz und meine eigene Angst.« Kellin verzog kurz das Gesicht. »Ich hatte Angst um sie, Großvater ... Ich hatte sie noch nicht sehr lange und konnte mir nicht vorstellen, was es bedeuten würde, sie zu verlieren. Der Kummer, die Qual ...« Er sah Brennan an. »Ich dachte, ich würde wahnsinnig.«

»Wäre sie gestorben, dann wärst du wahnsinnig geworden.« Der Mujhar sank in den Löwenthron zurück. »Das ist der Preis, den wir bezahlen müssen. Alle deine Gründe gegen das Todesritual sind jetzt bedeutungslos.«

Kellin starrte auf den Steinfußboden. »Ja.«

»Ihr Schmerz war durch die Verbindung zu deinem Schmerz geworden ... und du fürchtetest, daß sie sterben könnte. Wohl wissend, was es dich kosten würde.«

»Mein Leben«, murmelte Kellin.

»Also hast du ihm seines genommen, obwohl du dich vielleicht sofort Sima hättest zuwenden und mit der Heilung beginnen können, wodurch zwei Leben gerettet worden wären: ihres und Teagues.«

Sein Mund fühlte sich starr an. »Ich konnte nicht anders handeln.«

»Nein«, stimmte Brennan ihm niedergeschlagen und erschöpft zu, »du hast niemals anders handeln können. Und darum stehst du jetzt hier vor uns: damit wir entscheiden, was zu tun ist.«

Er schaute jäh auf. »Was zu tun ist?« wiederholte er. »Aber ... was *ist* zu tun? Für Teague gibt es Rituale und man muß sich um seine Familie kümmern. Und für mich gibt es das *I'toshaa-ni* ...«

»Kellin.« Brennans Stimme klang fest. Er schaute kurz zu Aileen, deren Gesicht schrecklich angespannt war, preßte dann die Lippen zusammen und sah erneut seinen Enkel an. »Sage mir, warum das *Qu'mahlin* entstanden ist?«

Das war überraschend. Kellin sperrte fast den Mund auf. »Jetzt?«

»Jetzt.«

»Du willst einen Geschichtsvortrag hören?«

»Ich will, daß du tust, was immer ich von dir fordere.«

»Ja.« Kellin platzte damit heraus, bevor er darüber nachdenken konnte. Verwirrt die Stirn runzelnd, begann er seinen Vortrag. »Eine homanische Prinzessin brannte mit einem Cheysuli durch. Lindir, Shaines Tochter – sie lief mit Hale, Shaines Gefolgsmann, davon.« Angesichts Brennans erwartungsvoll geduldigem Gesichtsausdruck versuchte Kellin, sich weiter zu erinnern. »Sie sollte Ellic von Solinde heiraten, um ein Bündnis zwischen Homana und Solinde zu besiegeln, aber sie lief statt dessen mit Hale davon.« Er hielt inne. »So hat man es mich gelehrt, Großvater. Willst du noch mehr hören?«

»Soweit zu den politischen Belangen, Kellin. In bezug auf Homana und Solinde hat das Davonlaufen jegliche Aussicht zerstört, zum Frieden zu gelangen. Die beiden Reiche blieben im Krieg miteinander. Aber *das* sollte nicht der Grund für das *Qu'mahlin* sein, das nur eine Auseinandersetzung zwischen den Homanern und den Cheysuli war.«

»Shaines Stolz trieb ihn dazu, sie für entehrt zu erklären und dazu aufzufordern, daß sie bestraft werden mußten.«

»Das ist ein Teil davon, Kellin. Aber denk noch einmal genauer darüber nach … überlege dir noch mehr.« Brennans Finger schlossen sich noch fester um das alte Holz. »Es ist eine Sache, wenn ein König seine Tochter und seinen Gefolgsmann für entehrt erklärt. Er hat das Recht, ihre Leben zu fordern, wenn er es will. Aber es ist eine ganz andere Sache, wenn dieser König ein *ganzes Volk* für entehrt erklärt und ganz Homana gegen sie aufbringt.«

Kellin wartete, daß er noch mehr sagen würde. Aber Brennan schwieg jetzt. »Ja«, stimmte Kellin ihm endlich zu. »Aber Shaine war wahnsinnig …«

»Selbst ein Wahnsinniger kann sein Volk nicht in einen Bürgerkrieg führen, wenn die Menschen *nicht glauben*, was er behauptet. Was hat er behauptet, Kellin?«

Er wußte es sehr genau. Rogan hatte sich Mühe gegeben, ihn zu unterweisen, und die Cheysuli im Stammeskeep ebenfalls. »Er behauptete, wir seien Dämonen und Magier und müßten vernichtet werden.«

»*Und warum* sollten wir Dämonen und Magier sein? Was war sein hauptsächlicher Beweis dafür?«

»Daß wir willentlich Tiergestalt annehmen konnten …« Kellin brach ab. Er starrte seinen Großvater blind an. »Daß wir Tiergestalt annehmen und alle Homaner töten konnten.« Er fühlte sich elend. »Wie … ich Teague getötet habe.«

»Wie du Teague getötet hast.« Brennan seufzte schwer. »Zu Shaines Zeit glaubten die Homaner sich in Gefahr. Es war weitaus leichter, alle Cheysuli zu töten, als ihre Oberherrschaft zuzulassen. Und so versuchten sie es. Shaine rief zum *Qu'mahlin* auf, und andere führten es aus. Es dauerte viele Jahre, einschließlich der Herrschaft der Ihlini und der Solinder, bis die Cheysuli Homana wieder betreten durften, ohne Angst vor Ausrottung haben zu müssen.«

»Carillon«, murmelte Kellin. »Er hat das *Qu'mahlin* beendet.«

»Und hat einen Cheysuli zum Prinzen von Homana ernannt, weil er keine eigenen Söhne zeugen konnte.« Eine silberne Stirnlocke war inzwischen schneeweiß geworden. »Bevor der Löwenthron in die Hände der Homaner fiel, war er ein Cheysulivermächtnis. Das Königreich von Homana war ein *Cheysuli*reich. Aber wir haben es lieber aufgegeben, als zuzulassen, daß die Homaner uns fürchteten, wohl wissend, daß er uns und dem Erstgeborenen, der vier Reiche und zwei magische Völker in wahrem Frieden vereinen würde, eines Tages wieder zufallen würde.« Brennan atmete tief ein. »Wie können die Homaner einen Mann regieren lassen, der sich nicht unter Kontrolle hat, wenn er *Lir*gestalt annimmt? Er ist für sie ein Alptraum, eine Bestie ohne Selbstbeherrschung. Und ich bin mir – gerade jetzt – nicht sicher, daß sich die Homaner irren.«

Kellin war bestürzt. *»Großvater …«*

»Ich weiß, was es bedeutet, durch die Verbindung am Schmerz teilzuhaben. Ich weiß, was es bedeutet, vor Angst halb wahnsinnig zu werden – ich weiß, daß du die Geschichten darüber gehört hast, wie es mir an beengten Orten geht –, aber ich *töte* nicht.«

»Großvater …«

»Was ist, wenn es wieder geschieht?«

»Wieder!« Kellin sah ihn an. »Du glaubst, das könnte geschehen?«

»Ich muß es glauben. Du hast in diesen vier Wochen viel gelernt, aber offensichtlich gehört die Selbstbeherrschung in *Lir*gestalt nicht dazu. Ich kann es nicht riskieren, Kellin.«

»Wenn ich genug Zeit und Anleitung bekomme …«

»Ja. Aber ich kann es nicht riskieren, solange du in Homana-Mujhar bist. Das bietet den Homanern ein zu deutliches Ziel.«

Kellins Magen verkrampfte sich. »Also der Stammeskeep.« Wo er Gavan und Burr und anderen Männern und Frauen, die es nicht verstehen würden, erklären müßte, wie ein Cheysulikrieger im Namen seines *Lir*, dem er einst hatte entsagen wollen, eine solche Greueltat zulassen konnte. »Ausgewogenheit«, murmelte er. »Wenn ich die Ausgewogenheit erlernen kann …«

»Es gibt noch eine andere Ausgewogenheit, Kellin. Eine, die dich dein ganzes Leben lang gemieden hat und die dieses Leben zu zerstören ich in meiner Einfältigkeit zuließ. Ich habe hieran genauso viel Schuld wie du.«

Aileen regte sich. »Nein. Du nicht. Ich werde nicht zulassen, daß du dir Vorwürfe machst.«

Kellin sah sie an. Aileens grüne Augen loderten vor Überzeugung, als sie ihren Mann ansah. Von ihr würde Kellin keine Unterstützung bekommen. Er sehnte sich nach Sima, würde sie aber nicht zu sich rufen. »Also die Verbannung.«

»Das Konzil hat es empfohlen.«

Kellin zuckte zusammen.

»Es wird nicht für immer sein. Du kannst wieder nach Hause kommen, wenn man mir versichert, daß du gelernt hast, was du wissen mußt.«

»Und wenn die Gerüchte still geworden sind.« Kellin seufzte. »Ich verstehe, Großvater. Aber …«

»Ich weiß.« Brennan sah ihn mitfühlend an. »Es ist schon früher geschehen. Mein eigener *Jehan* wurde der Ausschweifungen seiner Söhne müde und verbannte zwei von ihnen. Er schickte Hart nach Solinde und

Corin nach Atvia. Beide sind genauso ungern gegangen wie du. Und was mich betrifft …«, er lächelte Aileen kurz an, »ich wurde zur Heirat gezwungen, bevor wir beide dazu bereit waren.«

Aileens Gesicht wirkte starr. »Ich bedaure es jetzt nicht mehr.«

»Damals haben wir es beide bedauert.« Brennan wandte sich wieder an seinen Enkel. »Für sechs Monate, ein Jahr – nicht länger als notwendig.«

Kellin nickte. »Wann?«

»Morgen früh. Ich habe Anordnungen für die Reise getroffen. Ein Schiff wird warten.«

»Schiff?« Kellin sah ihn verständnislos an. »Ein Schiff? Warum? Wozu brauche ich ein Schiff?« Seine Sorge wurde zu Bestürzung. »Wohin schickst du mich?«

»Zur Kristallinsel. Zu deinem *Jehan*.«

Aus der Bestürzung wurde Wut. *»Nein!«*

»Es ist bereits geregelt.«

»Mach es *rückgängig*. Ich werde nicht gehen!«

»Du wolltest das seit Jahren.«

»Nicht jetzt. Nicht für *zehn* Jahre, Großvater! Ich habe nicht die Absicht, zu meinem *Jehan* zu gehen.«

Brennan sah ihn fest an. »Du wirst gehen. Trotz all deines Zorns und deiner Verbitterung und der Vielzahl deiner kleinen Auflehnungen bist du noch immer ein Krieger des Stammes. Ich bin der Mujhar. Wenn ich dich zu gehen heiße, dann wirst du gehen.«

»Was hat *er* damit zu tun? Dies ist eine Sache, die ich allein durchstehen muß. Ich brauche keine Hilfe von einem Mann, der seinen Sohn nicht behalten konnte, sondern alles aufgeben mußte, um auf einer *Insel* zu leben …«

»… wohin auch du gehen wirst.« Brennan erhob sich. »Aidan hat viel damit zu tun. Wir hätten es damals nicht voraussagen können, und ich bezweifle, daß es ihm selber in den Sinn gekommen ist – er befand sich im Bann der Götter und dachte an nichts anderes als an das ihm zugedachte *Tahlmorra* –, aber jetzt müssen wir uns damit befassen. Du wirst zur Kristallinsel gehen und deinen *Jehan* aufsuchen.«

»Warum? *Warum* glaubst du, daß mir das helfen wird?«

»Weil er den Zorn des Jungen vielleicht bannen und durch sein eigenes Verständnis dafür ersetzen kann, daß der Mensch mit dem, was die Welt – und die Götter – ihm zuteilen, vernünftig, angemessen und ohne Flucht in einen Zorn umgehen muß, der Menschen tötet, wenn er sich durchsetzt.« Brennans Kinnmuskeln mahlten. »Und weil ich dich nirgendwo sonst hinschicken kann, ohne Angst haben zu müssen.«

Kellin sah ihn an. Scham verbannte den Zorn. »Um mich? Du hast Angst um *mich?*«

»Das muß ich. Ich habe gesehen, was geschieht, wenn der Zorn einen Menschen beherrscht.« Seine Augen wirkten ausdruckslos. »Du mußt zur Quelle deines Schmerzes gehen. Zu jemandem, der dir helfen kann.«

»Ich will nichts mit *ihm* zu tun haben!«

»Er hat dich geprägt. Er hat dich gerade durch seine Abwesenheit, durch sein eigenes *Tahlmorra* geprägt. Ich denke, es ist an der Zeit, daß der *Jehan* – und nicht mehr der Großvater – den Ton bearbeitet, den seine eigenen Lenden gezeugt haben.« Brennan fuhr sich mit zitternder Hand über die Stirn. »Ich bin jetzt zu alt, um dich zu erziehen. Aidan ist an der Reihe.«

»Warum«, stieß Kellin zwischen zusammengebissenen Zähnen hervor, »hast du so lange darauf gewartet? Ich habe dich all die Jahre darum gebeten!«

»Er wollte es nicht, und ich glaubte, du brauchtest es nicht.«

»Will er es jetzt?«

»Nein.«

»Aber jetzt glaubst du, daß ich es brauche.«

»Ja.«

Er erstarrte in Verbitterung. »Würde ich es jetzt brauchen, wenn ich es *damals* gehabt hätte?«

Brennan schloß die Augen. »Götter ... ich weiß es nicht ... Wenn ja, dann bin *ich* schuld an dem, was aus dir geworden ist ...«

»Nein!« rief Aileen. »Bei allen Göttern von Erinn, Brennan, ich habe es schon einmal gesagt – ich werde nicht zulassen, daß du dir deshalb Vorwürfe machst! Was soll ich tun, um dich zu überzeugen? Er ist, was er ist. Soll er damit zu seinem Vater gehen. Aidan ist geeigneter als jeder andere von uns, mit diesen Verirrungen umzugehen!«

»Warum?« fragte Kellin. »Weil er selber eine ›Verirrung‹ ist, wie ich jetzt auch?«

Aileen sah ihn an. »Du bist mein Enkel«, sagte sie. »Darum liebe ich dich – ich werde dich darum *immer* lieben –, aber ich kann einen Menschen nicht verstehen, dem die nötige Selbstbeherrschung fehlt, die ihn am Töten anderer Menschen hindern könnte.« Sie ballte die Hände zu Fäusten. »Ich bin Erinnierin, keine Cheysuli – ich kann die Seele eines Cheysuli nicht begreifen. Ich weiß, daß sie wild und ungezähmt ist und sich von den Seelen anderer unterscheidet. Aber es ist auch eine ehrbare Seele, durch die Götter und die Pflicht gebunden ... Deine Seele ist wild. Deine Seele ist – anders als Brennans oder Corins – anders als jede andere mir bekannte Seele. Sie ist in ihrer Wechselhaftigkeit Aidans Seele ähnlich, aber mit einer Düsterkeit des Geistes, die dich gefährlich macht. Das war Aidan nie.« Aileen sah kurz Brennan an und dann wieder ihren Enkel. »Geh zu deinem Vater. Du brauchst es – und ich glaube, Aidan braucht es auch.«

Kellins Kiefer schmerzten. »Du sagest, ›nicht länger als nötig‹. Woher soll ich wissen, wie lange es nötig ist?«

Brennan nahm Aileens Hand. »Du wirst es wissen, wenn Aidan dich zurückschickt.«

Er sah Aileen verzweifelt an. »War das deine Idee?«

Sie antwortete ausweichend, obwohl ihr Gesicht wie verheert wirkte. »In Erinn«, erwiderte sie, »erkennt ein Mann seine Strafe an. Und den Willen seines Herrn.«

Kellin stand lange Zeit vor ihnen. Dann sammelte er den wenigen, ihm noch verbliebenen Stolz, verbeugte sich und ging.

Intervall

Er hatte, seit er zur Kristallinsel gekommen war, dafür gesorgt, daß ein großer Teil ihrer Wildheit gezähmt wurde, zumindest soviel, daß ein Mann unbekümmert einen Weg entlanggehen konnte, ohne Angst zu haben, durch einen lästigen Ast ein Auge zu verlieren. Und doch wurde nicht soviel Wildheit gezähmt, daß ein Mann, ein Cheysuli, seinen Geist durch eine *zu* große Veränderung vielleicht bedroht fühlen konnte.

Es schien widersinnig: die Wildheit nützlich werden zu lassen, ohne ihre Kraft zu schwächen. Und Veränderung innerhalb einer Kultur zu bewirken, deren ureigenste Kraft die Wildheit war.

Er trug, wie immer, Lederkleidung, die eng an seiner Haut anlag und dennoch im Laufe der Zeit nicht brüchig wurde – und *Lir*gold an den bloßen Armen, das die Muskeln nicht beengte. Er war in guter Verfassung, wenn er auch um einige wenige Jahre zu unreif wirken mochte. Ein junger Mann von zwanzig Jahren hätte ihn als alt bezeichnet – oder vielleicht freundlicher als *älter* –, aber für andere verkörperte er, was an einem Cheysuli bemerkenswert war.

Er hielt an der Grenze zwischen dem Waldgebiet und dem Strand inne. Das Sonnenlicht spiegelte sich auf dem Wasser und putzte den weißen Sand noch blanker, so daß er gezwungen war, seine Augen mit einer Hand vor dem blendenden Glanz abzuschirmen.

Flecken tanzten vor seinen Augen, die er durch die Helligkeit der Sonne nicht deutlich erkennen konnte. Sie verschmolzen am Horizont, wo das Meer heranschwappte. Er sah die Flecken Gestalt annehmen,

Beine, Schwänze, Köpfe bilden. Er pfiff. Die Flecken hielten inne und flogen dann heran, so daß ihre Gestaltlosigkeit in der Sonne zu Körpern wurde, die als gischtbesprühte Hunde erkennbar wurden.

Zungen hingen aus Schnauzen. Schwänze peitschten. Sie strengten sich an, zu ihm zu gelangen, um eine so vollständige Ergebenheit zu zeigen, daß Worte unnötig waren.

Sie gehörten jetzt ihm. Der große Rüde war vor fast zwanzig Jahren gestorben – aus Kummer, wie er glaubte –, aber andere hatten trotz des Todes der Frau überlebt, die sie gezüchtet hatte. Die meisten jener Hunde waren jetzt ebenfalls tot – große Hunde starben eher –, aber sie hatten auch Nachkommen gezeugt, so daß es auf der Insel immer genug von dieser Art Begleitung gab, wie sie kein Cheysuli zuvor gekannt hatte. Sie hielten keine Haustiere.

Auch *diese* waren keine Haustiere. Sie waren durch ihr Dasein und im Rhythmus ihrer großen Herzen lebende Erinnerungen an Shona.

Sie bedeuteten ihm geistige Gesundheit.

Er blieb stehen, als sie ihn erreichten. Ihre stürmische Begrüßung brachte die geschätztesten Körperteile eines Mannes in Gefahr. Er grinste und drehte sich jedes Mal zur Seite, wenn ein Schwanz ihn bedrohte, griff sich dann zwei oder drei davon, bis die Hunde herumfuhren, um ihre Schwänze wieder zu befreien. Dann begann das Spiel erneut, bis er ihnen nur halb im Ernst sagte, daß es vorüber sei und daß sie jetzt ruhig sein sollten.

Er setzte sich in den Sand und wehrte ihre aufdringlichen Nasen ab, bis sich auch die Hunde brummend und seufzend niederließen. Kluge Augen beobachteten ihn, warteten auf das Zeichen, daß er aufstehen und für das Spiel mit ihnen einen Stock suchen wollte. Aber er tat es nicht, und nach einiger Zeit schliefen sie ein oder lagen nur ruhig da: ein Meer von sturmfarbenen Wolfshunden auf dem Strand einer Insel, die Nachkommen – ihren Seelen sehr unvertraut. Sie blieben Erinnier, obwohl keiner dieser Hunde jemals dort gewesen war.

Sie waren alles, was er noch von ihr besaß. Den Sohn, den sie in den Flammen eines brennenden Keeps im Sterben geboren hatte, versorgte er nicht und hatte ihn niemals versorgt. Ein anderer Mann wäre darüber vielleicht bekümmert gewesen und hätte dann alles in seiner Macht stehende getan, die lebende Seele, deren Herz ein Teil von ihr war, aufzuziehen, aber ihm wurde dieser Trost verwehrt. Alles, was er am Tage und bei Nacht von ihr hatte, waren Erinnerungen und Hunde.

Er ehrte die Götter mit seinem Dienst. Er stellte seine Notwendigkeit oder den Weg, den er eingeschlagen hatte, nicht in Frage. Es war sein *Tahlmorra*. Dem Wissen, daß das, was er tat, einem höheren Zweck diente, daß die im Namen dieses höheren Zwecks gebrachten Opfer, gleichgültig wie schwer sie fielen, letztlich seinen scheinbaren Wahnsinn erträglich machen würden, wohnte eine große Sicherheit inne. Sollten sie seinen Namen jetzt mit Verachtung aussprechen, doch eines Tages, lange nachdem seine Knochen verrottet waren, würden sie anders reden.

»Aber mein Funke ist nichts im Vergleich zu seiner Flamme.« Aidan lächelte. »Mein Name ist ein Funke, und Kellins Name ist ein Freudenfeuer –, aber *Cynrics* Name wird im ganzen schrecklichen Glanz eines verheerenden Feuers entflammen, das das umliegende Land verschlingen wird.«

Er wußte, daß sie ihn verfluchen würden. Menschen waren oft blind, wenn eine Veränderung nötig wurde. Wenn sie erkannten, was geschehen war – und was noch geschehen würde –, würden sie ihn den Abgesandten eines Dämons nennen, der ihnen mißfiel, obwohl er doch nur den Göttern gedient hatte, die Zerbrochenes wieder heilen wollten.

»Ein Umschwung«, sagte er. Die Ohren der Hunde zuckten. »Wenn sie wüßten, was kommen soll, würden sie alle dagegen sein. Sie würden alle *A'saii* werden.«

Aber das würde er nicht zulassen. Das war sein Zweck – sein Volk näher an die wahre Einsicht heranzuführen, daß sich aus den alles verschlingenden Flammen eine neue Welt erheben würde.

Es würde schwierig werden. Aber die Götter würden dafür sorgen, daß er ein Mittel in die Hand bekäme, um ausharren zu können. Wenn dazu eine Waffe nötig war, würde sie ihm gegeben werden.

Aidan war zufrieden. Er kannte seinen Weg sehr gut. Er brauchte nur auf diese Waffe zu warten, und sie dann auf *ihren* Weg zu bringen.

Teil II

Kapitel Eins

Die Kapelle war aus Steinen erbaut, die in einem engen Kreis aufgerichtet waren. Die meisten davon standen noch immer leicht geneigt, wie schief sitzende Zähne in einem kranken Kiefer. Aber jemand hatte sich die Zeit genommen – wahrscheinlich Jahre –, viele der Steine wieder auszurichten. Der Kreis war vollständig, mit einem gemeißelten Sturz über dem verdunkelten Eingang und einem davor aufgestellten Runenstein. Kellin ging langsam darauf zu, von seiner einzigartigen Pracht angezogen.

Die ihm zugewandte Seite war künstlich abgeflacht, abgebröckelt und dann glattgerieben worden. Über der dunkelgrauen Vorderseite verliefen Runenzeichen, die er erst einmal vorher gesehen hatte: bei seiner Ehrenzeremonie. Er erkannte die meisten Zeichen, doch war er in der Alten Sprache vielleicht nicht so bewandert, wie er es sein sollte. *Ich habe zu lange unter Homanern gelebt.*

Kellin war von den in den Stein gemeißelten Formen wie gebannt. Die Runen waren tief eingeschnitten. Er dachte, daß sie nicht älter als fünfzehn oder zwanzig Jahre sein konnten. Der Absatzstein war zwar älter, aber nicht so uralt wie der Kreis selbst. *Ein Kind, das im Schatten seiner Väter steht.*

Der Runenstein reichte Kellin im Stehen bis zur Brust. Als er sich hinkniete, konnte er die Runen deutlicher sehen. Er legte einen Finger darauf und zog sie nach. »Eines Tages … Blut … magisch.«

»Eines Tages wird ein Mann allen Blutes vier kriegführende Reiche und zwei magische Völker in Frieden ver-

einen«, sagte eine Stimme. »Und wenn jene wenigen Worte, die Ihr gerade sagtet, alles sind, was Ihr von der Alten Sprache kennt, ist es gut, daß Ihr zur Unterweisung zu mir gekommen seid.«

Kellin regte sich nicht. Seine Finger blieben ausgestreckt und berührten nach wie vor die Runen. Nur die Fingerspitzen zitterten. *Das war nicht das, was ich von einem Jehan zu sagen erwartet hätte, der seinen Sohn zum ersten Mal sieht.* Dieser Gedanke nährte seinen Zorn.

Aidan stand im Eingang der Kapelle. Das Sonnenlicht schien ihm mitten ins Gesicht, spiegelte sich in dem Gold, das seine Arme und sein Ohr beschwerte. Es erschien Kellin widersinnig. Seltsam, er hatte einen einfachen Mann erwartet, keinen Krieger. Aber Aidan wirkte wie ein Krieger – und noch mehr. Daran sollte sich Kellin besser erinnern.

Er wollte so gern alles Mögliche sagen, aber der Wunsch, eine angemessene Herausforderung zu finden, war größer. Also sollte Aidan den Anfang machen. Er würde den richtigen Augenblick abwarten.

»Steht auf«, sagte Aidan. »Ich bin nicht der Mensch, der diese Ehrerbietung braucht.«

Er erkennt mich nicht. Das erschütterte Kellin. Er hatte erwartet, daß Aidan ihn sofort erkennen würde. Es änderte seine Absicht. »Ihr habt sie aufgegeben«, sagte Kellin ohne Geduld. »Die Ehrerbietung.«

Aidan lächelte. »Sie und andere unnötige Dinge.« Er zögerte. »Nun, wirst du aufstehen? Oder seid Ihr mit gebrochenen Beinen hierhergekommen, um sie wieder heilen zu lassen?«

Kellin war zum Lachen zumute, aber er unterdrückte den Drang. Er war sich nicht sicher, daß er ihn unter Kontrolle halten konnte. »Nein«, sagte er nur.

»Gut. Ich bin kein Gott. Ich vollbringe keine Wunder.«

Kaum wahrnehmbare Verachtung. »Ihr könnt aber sicherlich heilen. Ihr seid ein Cheysuli.«

»O ja – ich habe Zugriff zur Erdmagie. Aber du bist zu gesund, um sie zu benötigen.« Aidan machte eine Geste. »Steh auf.«

Kellin erhob sich. Ihm fehlten die Worte, und er wartete unbeholfen, aber wachsam ab.

Aidan wölbte die rötlichen Brauen. »Ihr seid größer, als ich dachte ... Seid Ihr sicher, daß der Stamm Euch verlieren will?«

Kellin war verwirrt. »Wie kommt Ihr darauf, daß der Stamm mich verlieren könnte?«

»Seid Ihr nicht zur Unterweisung gekommen?« Jetzt war Aidan verwirrt. »Die Stämme schicken jene Männer – und Frauen – zu mir, die die Aufgaben eines *Shar Tahl* erlernen wollen. Ich diene den Göttern, indem ich göttliche Absichten deute und lehre ...« Er zuckte die Achseln. »*Ich* mache keinen Unterschied zwischen einem Mann, der körperlich eher für den Krieg, und einem, der mehr für das Lernen geeignet ist, aber die Stämme tun dies häufig. Ich bin überzeugt, daß sie sich eifrig bemühen würden, es Euch auszureden hierherzukommen.« Etwas blitzte kurz in seinen Augen auf. »Sicherlich würden die Frauen es versuchen.«

Es klang besänftigend, aber Kellin wollte seine Verärgerung nicht vertreiben lassen. Er versuchte, sich aus der Erinnerung heraus, daß seine Erscheinung von den meisten – und besonders von Frauen – als angenehm beurteilt wurde, in Aidan wiederzufinden. Er erkannte wenig. Aidans Haar war üppig und tief kastanienbraun, in dem schwachen Licht fast schwarz, bis auf die auffallend weiße Strähne über dem linken Ohr. Seine Augen würden von einem Cheysuli als gewöhnlich beschrieben werden, obwohl Homaner ihre entschiedene Gelbheit doch gewiß als beunruhigend empfanden. Seine Haut war nicht so dunkel wie die beim Stamm aufgewachsener Cheysuli, aber das galt auch für Kellins Haut.

Darin stimmen wir überein: in unserer Hautfarbe. Aber ich fühle mich bemüßigt zu sagen, daß wir in der Farbe unserer Herzen nicht übereinstimmen.

Aidans Stimme klang höflich. »Seid Ihr gekommen, um zu lernen?«

Diese Frage entlockte Kellin fast ein wildes, schrilles Gelächter. Was er lernen wollte, hatte nichts mit den Göttern zu tun. Er sagte mit unterschwelligem Spott in der Stimme: »Wenn Ihr mich lehren könnt.«

Aidan lächelte. »Ich werde gerne tun, was in meiner Macht steht. Es obliegt den Göttern, Euch zum *Shar Tahl* zu machen.«

»Ist das …?« Kellin stieß einen scharfen Laut des Unglaubens aus. »Ihr glaubt, daß ich das will?«

»Was sonst? Das ist hier meine Aufgabe: jene vorzubereiten, die den Göttern ergebener dienen als andere.«

Kellin trat um den Runenstein herum. Er bemerkte, daß die Sonne Aidan in die Augen geschienen hatte, daß sein Vater kaum mehr als eine Silhouette oder einen fahlen Schatten hatte sehen können.

Er sieht einen Krieger, etwas größer als erwartet, aber dennoch in Gemeinschaft mit den Göttern niederkniend. Nun, ich werde dafür sorgen müssen, daß er mich als das erkennt, was ich bin und nicht als jemanden, den er voraussetzt. Er trat vor den Stein, um von Aidan deutlich gesehen werden zu können. *Was sagst du jetzt?*

Aidans Haut färbte sich eigenartig grau-weiß. Sie schien eine Kalkklippe in der Sonne, durch Regen und Feuchtigkeit und das Alter beschadet. Sogar die Lippen, wie aus Granit gemeißelt, waren hell wie Alabaster.

»Das Ebenbild …«, stieß Aidan hervor, »… aber Shonas. Das *Kivarna* …« Er zitterte sichtbar.

Kellin glaubte nicht, daß er seiner verstorbenen

Mutter sehr ähnlich war. Es hieß, sie sei blond und ihre Augen seien braun gewesen. Aber offensichtlich war doch eine Ähnlichkeit vorhanden. Aidan hatte sie nur zu schnell bemerkt. *Oder er spürte sie allein durch sein Kivarna.*

Verachtung wallte in Kellin auf. Er wollte den Mann so gern verletzen. »Sie hat mich geboren«, sagte er. »Es sollte etwas von ihr in mir sein.«

Aidans Gesicht war bis auf die Knochen entblößt, so daß seine Schädelform erkennbar wurde. Der zuvor so ruhige Blick hatte vorübergehend eine Tiefe angenommen, die seiner vorherigen Selbstbeherrschung spottete. Sein Mund wirkte starr, als wäre er versiegelt worden.

Habe ich das all die Jahre gewollt? Oder will ich noch mehr?

Aidan atmete tief ein und dann langsam wieder aus. Er lächelte ein trauriges, müdes Lächeln. Die Kalkklippe, die Aidans Gesicht jetzt zu sein schien, verlor im Schein des Lichtes – und weil er es durchschaute – eine weitere Schicht. »Ich wußte, daß du mich hassen würdest. Aber ich mußte dieses Risiko eingehen.«

Kellin wollte schreien. »Tatsächlich?« gelang es ihm hervorzubringen. »Und war es das wert?« Er hielt inne und sprach dann das Wort aus, in dem die Jahre der Verbitterung mitklangen: *»Jehan.«*

In Aidans Augen spiegelten sich genauso viele Jahre der Überzeugung. »Komm herein«, sagte er. »Was ich zu sagen habe, sollte am besten dort drinnen gesagt werden.«

Kellin wollte der Aufforderung nicht folgen – er hatte das Gefühl, es würde seine Stellung schwächen, wenn er dem nachkam –, aber er folgte Aidan dennoch. Das Innere der Kapelle wirkte nicht geräumig und auch nicht übermäßig hell. Ein festes Dach aus Gitterwerk schloß die Sonne aus. Kellin ließ seine Augen sich an das Licht gewöhnen und sah sich dann kurz in der Kapelle um. In der Mitte stand ein runenversehener Altar. An den schrägen Wänden waren Bänke aufgestellt. Die in den Zwischenräumen zwischen den Mauersteinen befestigten Fackelhalterungen waren leer.

»Wo ist dein *Lir?*« fragte Aidan.

»Sie hat mich hergeführt und ist dann verschwunden.«

»Aha.« Aidan nickte. »Teel verschwand heute morgen ebenfalls, so daß ich nur noch die Hunde hatte. Es war also eine Verschwörung, damit wir uns ohne Zutun der *Lirs* begegnen konnten.«

Kellin kümmerte es nicht allzusehr, zu welchem Zweck die *Lirs* sich verschworen hatten. Er war vollkommen darauf fixiert, das Eingeständnis zu erlangen, demzufolge der vor ihm stehende Mann den Samen gesät hatte, der in Shonas Bauch gewachsen war, nur um dann in einer feuererfüllten Nacht herausgerissen zu werden. *Es heißt, er hätte sie geliebt. Hätte er ihren Sohn nicht auch lieben können?*

Aidan setzte sich auf eine der Bänke. Kellin blieb absichtlich stehen. Er sagte verbittert: »Du mußt durch dein *Kivarna* – ja, ich weiß davon – doch sicherlich geahnt haben, daß ich komme.«

Aidans Gesicht hatte wieder Farbe bekommen. Es wirkte nicht mehr so angespannt, nicht mehr der Ruhe beraubt, die denjenigen störte, dem sie fehlte. »Ich stelle dein Recht auf Verbitterung und Haß nicht in Frage, aber hier ist nicht der geeignete Ort dafür.«

Kellin lachte rauh. »Hast du mich deshalb hier hereingeführt? Um meine Zunge zu zähmen und mich zu weniger als einem Mann werden zu lassen?« Er wollte sich lustig machen. »Du vergißt, *Jehan* – ich besitze weder deine Würde noch deine Demut. Wenn ich die Götter ehren will, dann tue ich es auf meine eigene Weise – und weniger kunstvoll, könnte ich noch hinzufügen.« Er warf einen verächtlichen Blick durch die

Kapelle. »Ich wußte nicht, daß ein Mann in der Lage sein kann, die Haut seines eigenen Sohnes gegen die Beengtheit von *Gestein* einzutauschen.«

Aidan antwortete ihm sofort. »Ich würde von dir auch keine Würde und Demut erwarten. Du bist dafür nicht geschaffen.«

Darin lag eine verborgene Beleidigung, wenn Kellin es so verstehen wollte. Ein Anderer hätte es vielleicht als die einfache Feststellung einer Tatsache angesehen. »Glaubst du, ich wäre zu schwach, so zu sein, wie du bist? Nein, *Jehan:* zu stark. Ich bin kein Feigling. Ich wende mich nicht von dem mir zugedachten Platz ab und verstecke mich mit einem Mund voller Prophezeiungen auf einer Insel.«

»Du bist wirklich nicht sehr schwach. Und du bist auch kein Feigling.« Aidan zuckte die Achseln. »Das bin ich auch nicht, aber ich gewähre dir die Freiheit zu glauben, was du glauben willst – im Augenblick ist anderes wichtiger. Du bist ein verwirrter, zorniger junger Mann, der erst jetzt seinem Erbe gegenübersteht – und erkennt, daß sein endgültiges Schicksal in anderen Händen liegt.« Er unterbrach Kellin, als der widersprechen wollte. »Du hast mein *Kivarna* erwähnt – wollen wir dieser Gabe zugestehen, mich in der Beurteilung deiner Seele zu leiten?« Er lächelte freundlich und erinnerte so schweigend daran, daß er tun konnte, was nur wenige andere zustande brachten. »Du wirst dasselbe tun wie ich, wenn die Zeit gekommen ist: erkennen und vollkommen bejahen, was die Götter in deinem Leben für dich bestimmt haben.«

»Wenn du es weißt, dann sage es mir!« rief Kellin. »Du behauptest, in Gemeinschaft mit den Göttern zu leben. *Sage* es mir jetzt und erspare mir die Zeit, die ich damit vergeuden müßte, es selbst herauszufinden!«

»Womit ich dir die Chance nehmen würde, zu dem Mann heranzuwachsen, der zu sein die Götter für dich bestimmt haben?« Aidan lächelte. »Ein Krieger kann seinem *Tahlmorra* nicht so einfach ausweichen... Er muß werden, was er in der Entwicklung seiner Seele werden *soll*. Wenn ich dir *sagte*, was aus dir wird, könnte ich vielleicht sogar verändern, was geschehen soll.«

»Unklarheit«, warf Kellin Aidan vor. »Das lehrst du hier: wie man in Rätseln spricht, damit niemand verstehen kann.«

»Der Mensch *lernt*«, erwiderte Aidan, »und dann versteht er.«

Kellin lachte. »Sage es mir«, forderte er Aidan heraus. »Wenn du es wirklich kannst. Prophezeie mir. Deinem einzigen Sohn.«

Aidan rührte sich nicht. Er hatte die Hände auf den Schoß gelegt. »Vergißt du, wer ich bin?«

»Wer *du* bist? Wie könnte ich? Du bist der Mann, den ich mein ganzes Leben lang suchte – selbst als ich es nicht zugeben wollte –, aber jetzt, da ich dich gefunden habe, kann ich dir wenigstens genau sagen, was ich von dir und deinen törichten Ansprüchen halte!«

»Ich bin das Sprachrohr der Götter.«

Kellin lachte ihn aus.

Und dann erstarb sein Gelächter, denn Aidan begann zu sprechen. »Der Löwe soll mit der Hexe schlafen. Aus der Dunkelheit soll Licht entstehen, aus dem Tod: Leben, aus dem Alten: das Neue.«

»Nichts als Worte«, begann Kellin, wollte den Mann anklagen, der sie aussprach, um sie ihrer Macht zu berauben, aber seine Herausforderung erstarb.

»Der Löwe soll mit der Hexe schlafen, und das hexengeborene Kind soll sich mit dem Löwen verbinden, um das Haus Homana und alle seine Kinder zu verschlingen.«

»*Jehan!*«

Die gelben Augen waren schwarz geworden. Aidan

sah Kellin starr an, eine Hand erhoben und auf seinen Sohn deutend. »Der Löwe«, sagte er, »soll das Haus Homana verschlingen.«

»Halt …«

Aidan erhob seine Stimme. »Glaubst du, du könntest dem Löwen entkommen? Glaubst du, du könntest deinem Schicksal entrinnen?« Er schürzte die Lippen. »Kleiner, törichter Junge – du bist für die Götter *nichts*. Sie wollen das Junge des Löwen, nicht den Löwen selbst … Du bist ein Mittel zum Zweck. *Der Löwe soll mit der Hexe schlafen.*«

Kellins Gedanken wanderten augenblicklich davon und versetzten ihn zeitlich zehn Jahre zurück, in die Zeit des Sommerjahrmarkts, als er seine zweitbeste Tunika angelegt hatte, um sich unter die Menschenmenge zu mischen und zu sehen, was er zu sehen vermöchte, um wieder *Suhoqla* zu schmecken und einen Steppenkrieger herauszufordern. Um das mit einem übelkeiterregenden, süßlichen Geruch erfüllte Zelt zu betreten und den alten Mann wiederzusehen, der auf seinem Kissen saß und ihm sagte, wer er war und wie sein Schicksal aussehen würde.

»Der Löwe …«, flüsterte Kellin und sah seinen Vater an. »Es gibt also doch einen Löwen.«

Aidan lächelte ein seltsam unmenschliches Lächeln. »Kellin«, sagte er einfach, »du *bist* der Löwe.«

Kapitel Zwei

»Es tut mir leid.« Aidans Stimme klang ruhig, aber ihr fehlte die zuvor erkennbar gewesene Kraft. »Doch ich habe dich gewarnt. Es ist niemals einfach – und selten erfreulich –, sein *Tahlmorra* zu erfahren.«

Kellin klammerte sich haltsuchend an den Runenstein. Er erinnerte sich nicht genau, wie er dorthin gekommen war. Er erinnerte sich, wenn auch nur undeutlich, daß er aus der schattenverhangenen Kapelle ins klare Sonnenlicht hinausgestolpert war – und dann auf die Knie gesunken wäre, wenn er nicht den Runenstein umklammert hätte wie ein Kind den Hals seiner Mutter.

Er umfaßte ihn weiterhin. Er wandte den Kopf und fragte über die Schulter: »Erinnerst du dich an das, was du sagtest?«

Aidan blinzelte gegen das Sonnenlicht an, seufzte und nickte. »An das meiste davon. Ich kann mich niemals *genau* an das erinnern, was ich sage, wenn ich prophezeie, aber die Bedeutung bleibt mir im Gedächtnis.« Sein Blick ruhte fest auf Kellin, auch wenn er durch das Geschehen verhangen war. »Ungeachtet dessen, was du mich in bezug auf Unwissenheit über dein *Tahlmorra* hast glauben machen wollen, hast du solche Worte nicht zum ersten Mal gehört.«

»Ich war zehn Jahre alt.« Kellin stellte sich aufrecht hin und ließ den Stein los, wobei er sich einer feuchtkalten Klebrigkeit in seinen Handflächen bewußt wurde. »Aber ich *erkannte* nicht ...«

»Nein«, bestätigte Aidan ihm, »als Kind konntest du es nicht erkennen. Auch viele Erwachsene erkennen es nicht. Du warst nicht bereit dazu. Du bist auch jetzt noch nicht bereit.«

Der Groll erstarrte. »Also hast du es getan, um etwas zu beweisen.«

Aidan sagte sanft: »Du hast gefragt. Mit einfachen und ungehobelten Worten.«

Zu einer anderen Zeit hätte er sich deshalb auf einen Streit eingelassen. Im Augenblick erschien ihm etwas anderes wichtiger. »Du sagtest …« Er betrachtete vorsichtig die Kapelle, als sei sie für die Gedanken in seinem Kopf verantwortlich. »Du sagtest, *ich* sei der Löwe.«

»Das bist du.«

»Aber *wie?* Ich bin ein Mensch. Ich bin nicht einmal in *Lir*gestalt ein Löwe!«

Aidan nickte. »Wo Worte nichts nützen, helfen oft Zeichen weiter.« Er zog die in den Absatzstein gemeißelten Runen nach. »Dies sind solche Zeichen. Und der Löwe ist ebenfalls eines.«

»Der Löwe ist ein Thron.«

»Auch er ist ein Zeichen.« Aidan lächelte. »Du bist nach allen üblichen Maßstäben ein wahrhafter Mann. Fürchte nichts. Aber du bist auch das nächste Bindeglied in der Prophezeiung der Erstgeborenen. Es wertet meine Bestimmung vielleicht ein wenig ab, wenn ich es so offen sage, aber Prophezeiungen sind manchmal nur wenig mehr als bunte Bilder, wie die *Lirs*, die wir auf die Zelte malen.«

Das gab Kellin etwas, ein klein wenig Kraft, durch die er sich der Herausforderung erneut stellen konnte. »Also ist nichts Wahres daran?«

»Natürlich ist etwas Wahres daran. Bedeutet die gemalte Tiergestalt, daß es keine lebenden *Lirs* gibt?« Aidan schüttelte den Kopf. »Eine Prophezeiung lügt nicht. Manchmal ändern sich die Umstände, und dadurch wird das Schicksal selbst verändert. Die Götter gaben uns den freien Willen – das Endergebnis wird vielleicht anders sein, aber was als Verstärker diente, war niemals falsch. Es ist nicht in Stein gemeißelt.« Er tippte mit den Fingerspitzen auf den Runenstein. »Dies wird ewig bleiben – solange die Welt besteht –, um von der Prophezeiung und ihren Folgen zu erzählen. Achtzehn Worte.« Sein Lächeln war nicht herablassend, sondern wirkte einfach gelassen. Er war sich seines Platzes innerhalb der Prophezeiung gewiß. »Achtzehn einfache Worte regieren unser Leben schon seit der Zeit, bevor wir auch nur gezeugt wurden.«

Kellin betrachtete die Runen. »Eines Tages …«, sagte er unwillkürlich, brach aber dann wieder ab. Eine andere Sache war ihm wichtiger. »Wie kann ich der Löwe sein?«

»Du *bist* es. Nur das. Du bist der Löwe … genau wie ich das zerbrochene Bindeglied war.«

Kellin wollte das alles leugnen, den *Shar Tahl*, der auch sein Vater war, beschuldigen, daß gezielte Unklarheit niemandem eine Antwort gewährte. Aber dann drang nur eine einfache Wahrheit aus seinem Mund: »Ich verstehe nicht.«

»Das ist eine meiner Aufgaben hier: Dinge gründlicher zu erklären.«

Die Verbitterung gewann wieder die Oberhand. »Anderen Menschen, deren Leben von ihren *Tahlmorras* verwirrt wurden?«

»Komm mit mir.«

Es reizte ihn. »Wohin? In diesen Palast? Ich habe ihn bereits gesehen. Du lebst nicht dort.«

»Zu meinem Zelt.« Sein Lächeln, das jetzt nicht mehr so fremd wirkte wie während seiner Prophezeiung, zeugte nur von Gastfreundschaft. »Ich bin ein Cheysuli, Kellin. Vergiß das niemals.«

Aidans Zelt stand dichtgedrängt zwischen anderen in einer kleineren Ausgabe des Stammeskeeps. Es war hellgrün, und Raben waren auf die Seiten gemalt. Auf der Querstange des Zeltes saß ihr Vorbild.

Sima, die auf einem Teppich vor dem Eingang lag, blinzelte schläfrig in die Sonne. *Du hast ihn gefunden.*

Kellin runzelte die Stirn. *Wie du es wolltest. Darum hast du mich verlassen.*

Sie blieb ungerührt. *Teel und ich hielten es für das beste.*

Ich mag es nicht, wenn mein eigener Lir Geheimnisse vor mir hat.

Dein Jehan auch nicht. Sie schlug mit dem Schwanz. *Gerade jetzt bestraft er Teel.*

Er hat es verdient. Und du auch. Er beugte sich nicht herab, um die Katze zu streicheln, sondern ging an ihr vorbei und betrat das Zelt, nachdem sein Vater den Eingang zur Seite gezogen hatte.

Aidan setzte sich auf ein braunes Bärenfell und bedeutete Kellin, es sich ebenfalls bequem zu machen. »Wir haben diesen Keep hier erbaut, weil ich keinen Sinn darin sah, einen Palast zu bewohnen. Wir sind Cheysuli. Wir sind hier, um, was immer uns möglich ist, vom alten Glauben wiederherzustellen und ihn mit einem neuen zu durchdringen.« Er lächelte. »Ich bin in meinem Glauben ein wenig zwiegespalten. Einige der Älteren bezeichnen mich als einen Narren.«

Kellin schwieg. Er war nicht aus diesem Grund hierher gekommen.

»Dies ist ein geschichts- und magieträchtiger Ort«, fuhr Aidan fort, »und wir behandeln ihn als solchen. Paläste haben hier keinen Platz.«

Kellin begehrte sofort auf. »Ich dachte, die Cheysuli hätten ihn erbaut. An den Säulen befinden sich Runen. Runen in der Alten Sprache – wie jene auf dem Runenstein.« Dies war ein Beweis. Es genügte. Es hatte seinen verräterischen Vater ertappt.

»Runen können auch später eingemeißelt werden, wie die auf dem Runenstein.«

Kellin atmete geduldig durch. Er war es müde. »Also ist es doch ein homanischer Palast. Aber ist das wichtig? Die Homaner sind auch unser Volk.«

Aidan lächelte. »Wenn das eine Prüfung war, dann hast du sie gewiß bestanden.«

Kellin fluchte in knappem Homanisch. »Ich bin nicht darum hierher gekommen!«

»Nein.« Aidan legte die Hände auf die Knie. »Frage mich, was du wissen willst, Kellin.«

Kellin zögerte nicht. Die Frage war schon fast zwanzig Jahre vorher gestellt worden. Er hatte sie jede Nacht ausgesprochen, in seinem Bett geübt, hinter den zugezogenen Bettvorhängen so sicher wie ein Kind im Leib seiner Mutter. Jetzt konnte er die Frage offen und im Hellen dem Mann stellen, der die Antwort darauf kannte. »Warum hast du mich aufgegeben?«

Aidan zögerte nicht. »Es war ein ganz und gar cheysulibedingter Grund und einer, den du zweifellos anfechten wirst, obwohl du klüger sein solltest. Auch du bist ein Cheysuli.«

Kellin atmete vor Zorn heftig ein. »Das *Tahlmorra*. Das ist deine Antwort.«

»Die Götter haben von mir gefordert, meinem Titel, Rang und Erbe zu entsagen. Ich war das *zerbrochene* Bindeglied. Die Kette konnte nur wieder vereint – und daher weitaus gestärkt – werden, wenn ich dem nächsten Bindeglied Vorrang gab. Sein Name war Kellin.« Aidan sah ihn fest an. Er sprach mit fester Stimme. Er wirkte entspannt. Aber seine Selbstbeherrschung stand sehr im Gegensatz zu seinen Worten. »Es war das Schwerste, was ich jemals tun mußte.«

Kellin sagte durch zusammengebissene Zähne: »Und doch hast du es nur zu leicht getan.«

Aidans Fassade bekam den ersten Riß. »Nicht ohne Bedauern. Nicht ohne Schmerz. Als ich dich in die Arme meiner *Jehana* legte ...« Aidan brach ab, als fürchte er, doch noch zuviel von sich preiszugeben.

Seine Stimme klang jetzt rauh. »Du warst Shonas Kind. Du warst alles, was ich von ihr hatte. Aber ich war, in diesem Augenblick, ein Kind der Götter …«

»Es ist einfach, die Götter dafür verantwortlich zu machen.«

Aidans Lippen teilten sich. »Es geschah für Homana.«

»Homana! Homana wäre mit einem zufriedenen Prinzen besser bedient gewesen als mit einem, dem der *Jehan* fehlte. Weißt du, wie mein Leben gewesen ist?«

»Jetzt, ja – das *Kivarna* hat es mir gezeigt.«

»Und was bedeutet dir das? Nichts? Daß ich meine Kindheit in dem Glauben verbrachte, unwürdig zu sein, und als Erwachsener erkennen muß, daß *ich* überhaupt keine eigene Bedeutung habe, es sei denn die, ich zeuge einen Sohn?« Kellins Hände, auf seinen Oberschenkeln zu Fäusten geballt, zitterten. »Benutze dein berühmtes *Kivarna* und sieh, was du getan hast, indem du deinem Sohn zugunsten der Götter entsagtest.«

»Kellin.« Die Kalkklippe stieß eine weitere Schicht ab. Bald würde sie bloßliegen und der wahre Mensch enthüllt werden. »Ich habe niemals gewollt, daß du so leidest. Ich wußte, daß es schwer werden würde, aber es mußte sein … Du bist ein sehr eigenwilliger Mensch. Du wählst deinen eigenen Weg – hast *stets* deinen eigenen Weg gewählt –, gleichgültig unter welchen Umständen.«

»Ich war ein *Kind* …«

»Das war ich auch!« unterbrach Aidan ihn heftig. »Ich hatte *Träume,* Kellin … Alpträume. Für mich bedeutete der Löwe ein höchst erschreckendes Wesen.« Er ließ mühsam los. Er lächelte traurig und gab seine Wahrheiten nun preis. »Weißt du, wie es sich für einen *Jehan* anfühlt, endlich anzuerkennen, daß das, was ihn am meisten erschreckt, sein eigener Sohn ist?«

Kellin war zweifellos verwirrt vor Zorn. »Ist das deine Entschuldigung dafür, daß du mich im Stich gelassen hast? Daß du *Angst* hast …«

»Es war notwendig. Es machte für mich Sinn – und, ich glaube, auch für dich.«

Kellin spottete. »Gewandte Worte, *Jehan*.«

»Wahre Worte, Kellin.«

»Warum solltest du Angst vor mir haben? Ich bin dein *Sohn*.«

»Du bist der Löwe. Du sollst mit der Hexe schlafen. Du sollst den Erstgeborenen zeugen.« Aidan sah Kellin weiterhin fest an. »Es ist eine Sache, den Göttern zu dienen, Kellin, wohl wissend, worauf du hinarbeitest, aber es ist eine vollkommen andere Sache zu erkennen, daß das, was du tust, in der Weltordnung *wichtig* ist.« Er lächelte bitter. »Menschen, die keine Götter ehren, die den Göttern nicht dienen, können die Ungeheuerlichkeit der Wahrheit nicht verstehen: daß der Same der Lenden eines einzigen Mannes die Gestaltung einer Welt für immer verändern wird.«

Kellin wurde wütend. »Du wirst nicht *mich* dafür verantwortlich machen! Du wirst *mir* dies keinen Augenblick lang zuschieben! Hältst du mich für einen Narren? Glaubst du, ich wäre so dumm, daß man mich mit geschickten Worten überlisten kann? Bei den Göttern, *Jehan* – bei den *Göttern irgendeines Narren* – ich werde mich von deinem Glauben, von deiner bewundernswerten Ergebenheit, von den Worten eines Wahnsinnigen nicht davon abbringen lassen, die Antwort auf eine einzige, einfache Frage hören zu wollen!«

»Ich habe dir den Grund genannt!« Kellin hatte Aidans Gefaßtheit endlich erschüttert. Die letzte Schicht der Klippe war abgestoßen worden und legte den Kern des Menschen, nicht des *Shar Tahl*, frei, eines einst als Prinz von Homana geborenen Menschen, der alles seinem noch im Säuglingsalter befindlichen Sohn übergeben hatte. »Mein *Tahlmorra*. Du solltest ein wenig davon verstehen, jetzt, da du deines kennst.«

»*Jehan* ...«

»Möchtest du, daß ich dich an die Hand nehme und dich hindurchführe? Bist du so blind – oder so selbstsüchtig –, daß du dir nicht erlauben kannst, den Schmerz eines anderen Menschen zu sehen?«

Kellin stieß in der Alten Sprache einen Fluch aus. »Welche Art Schmerz könnte einen Mann dazu bringen, seinem Sohn zu entsagen?«

»Der Schmerz zu wissen, daß ein ganzes Volk vernichtet werden könnte, wenn er es nicht täte.«

»*Jehan* ...«

»Der Thron war niemals für mich bestimmt. *Hierher* zu kommen war meine Bestimmung. Das Bindeglied – *mein* Bindeglied – wurde in Valgaard zerstört. Verstehst du, was ich meine? Ich war zerbrochen, Kellin ... *Ich* war es ... mein Bindeglied – ein Zeichen – war zerstört. Deines war heil geblieben. *Heil*, Kellin, um mit der restlichen Kette verbunden zu werden, wenn Brennan stirbt und ein neuer König antritt. Verstehst du? Ich war im Weg. Ich war *unnötig*. Die Götter brauchten einen Propheten, keinen weiteren Bewerber auf den Thron ... jemanden, der die Ankunft des Erstgeborenen ankündigen sollte. Jemanden, der den Weg bereiten sollte.«

»*Jehan* ...«

»Du bist der Löwe. Du bist dazu bestimmt, das Haus Homana zu verschlingen.«

Kellins Gesicht verkrampfte sich. »Du sagtest erst, daß ich der Löwe sei, und dann, ich sei ein Bindeglied in einer Kette ...« Er schüttelte heftig ablehnend den Kopf. »Ich verstehe nichts von alledem!«

Aidans Stimme klang heiser. »Wir sind alle nur Bindeglieder. Meines wurde zerstört. Dadurch riß die Kette entzwei. Sie liegt noch jetzt in Valgaard, in Lochiels Obhut.«

»Eine *wirkliche* Kette?«

»Eine wirkliche Kette.«

»Zerbrochen.«

»Ich habe sie zerbrochen. Ich habe *mich* zerbrochen, um dich zu stärken.«

Kellin entblößte die Zähne. »Was nützt es aber, wenn Lochiel die Kette besitzt?«

»Jemand muß sie zurückholen.«

»Von *Lochiel?*«

»Jemand muß die beiden Hälften nehmen und sie wieder zusammenfügen.«

Kellin verstand. Er sprang auf. »Bei den Göttern – nicht *ich!* Ich werde mich nicht für eine persönliche Rache einspannen lassen, die nur dich betrifft.«

Aidans Augen blickten tief gelb. »Lochiel hat deine *Jehana* getötet.«

Kellin nahm den Kampf an und schlug sofort und mit allen seinen Waffen zurück. »Ich habe sie niemals kennengelernt. Warum ist das wichtig?«

»Er hat dich aus ihrem Körper herausgeschnitten, während er den ganzen Stammeskeep niederbrannte.«

Es schmerzte furchtbar. Er hatte sich so lange selbst für den Tod seiner Mutter verantwortlich gemacht. »Nein …«

»Er wollte den Samen«, sagte Aidan. »Er wollte dich als deinen Sohn aufziehen, um dich gegen unser Haus einzusetzen, um den Löwen in höchstem Maße zu entehren, bevor er die Reife erreichte.«

Kellin klammerte sich an eine Sache, eine kleine, grausame Sache, weil er es tun mußte, um seinen Zorn zu retten, um seine Verbitterung zu unterstützen. Es waren ihm bekannte Dinge. »Wo warst *du*«, fragte er boshaft, »während Lochiel, der Ihlini, meiner Mutter den Bauch aufschnitt?«

Aidans Augen spiegelten Kellins Verzweiflung wider. »Was glaubst du, woher dies kommt?« Eine zitternde Hand berührte die weiße Strähne in seinem

Haar. »Ein Schwert. Es teilte meinen Schädel und vergoß all meinen Verstand, alle Worte, alles, was einen Menschen ausmacht … und verwandelte mich in jemanden, den niemand, nicht einmal ich, wirklich verstehen konnte.« Sein Gesicht wirkte verheert. »Glaubst du in all deinem Haß, wenn du nachts wachliegst und den Mann verfluchst, der dich im Stich gelassen hat, daß irgendein Mensch, irgendein Vater die Götter darum *bitten* würde, ihm ein solches Schicksal zuzuweisen?«

Kellin zitterte. Er konnte es nicht aufhalten. »Ich will … ich will …« Er benetzte seine trockenen Lippen. »Ich will von dieser Bestie befreit werden.«

»Dann töte sie«, sagte Aidan.

»Wie?«

»Geh nach Valgaard. Füge die beiden Hälften eines Ganzen wieder zusammen.«

»Und was wird *mich* wieder heil machen?« Kellins wildes Lachen zerrte an seiner Kehle. »Buße für *deine* Schwäche kann meine Schwäche nicht zerschlagen!«

»Geh nach Valgaard.«

Kellin entblößte erneut die Zähne. »Du hast nicht erkannt, was aus mir geworden ist!«

»Lochiel auch nicht.« Aidan erhob sich und öffnete den Zelteingang. »Vielleicht ist die Bestie in dir eine uns allen zur Verfügung stehende Waffe.«

»Ich habe einen Freund getötet!« schrie Kellin. »Willst du also jetzt noch sagen, es sei notwendig gewesen, und die Götter *hätten das* gebraucht, um eine Waffe zu schmieden?«

Die Kalkklippe wurde zu Granit. »Die Götter brauchten es, daß ich meinen Sohn aufgab. Jetzt zeigt uns dieser Sohn den Weg, einen Ihlini zu vernichten, der *uns* alle vernichten würde, wenn er die Gelegenheit dazu bekäme. Er würde den Löwen in Stücke zerschlagen und ihn dann dem Tor Asar-Sutis verfüttern.« Aidans Stimme blieb fest. Sein Blick verdammte die Schwäche, die es einem Menschen gestattete zu verweigern. »Laß es das Opfer wert sein. Laß den Tod deines Freundes etwas nützen – wie Shonas Tod etwas genützt hat.«

Kellins Kehle schmerzte. »Darum bin ich nicht hergekommen.«

»Doch«, erwiderte Aidan. »Habe ich dir nicht gesagt, daß ich das Sprachrohr der Götter bin?«

Kellin machte eine hilflose Geste. »Alles, was ich jemals wollte – alles, was ich *jemals* wollte –, war ein Wort, irgendeinen Hinweis darauf, daß ich dir wichtig wäre, daß du wüßtest, daß es mich *gibt* ..., aber du gewährtest mir nichts. Überhaupt nichts.«

Das Schweigen lastete schwer auf ihnen. Dann erklangen leise Geräusche, so fein, daß sie zu einer anderen Zeit, in einem anderen Augenblick, niemand bemerkt hätte. Es war der leise zischende Laut der Hand eines Mannes, die Stoff zerknittert.

Tränen standen in Aidans Augen, während er sich an den Zelteingang klammerte. »Was ich dir gewährte – was ich dir gewährte, war das, wovon ich glaubte, daß du es besitzen müßtest.« Sein Mund verkrampfte sich. »Glaubst du, ich hätte nicht gewußt, was es dich kosten würde?«

»Aber du bist niemals *gekommen*.«

Aidan lächelte bitter. »Wäre ich gekommen, dann hätte ich dich mit zurückgenommen. Hätte ich eine Nachricht gesandt, dann hätte ich gesagt, daß du kommen solltest. Zum Nutzen deines Sohnes, Kellin, mußte ich meinen Sohn aufgeben.«

»Für *meinen* Sohn.«

»Cynric«, flüsterte Aidan, und die Schwärze in seinen Augen verschlang das Gelb. »Das Schwert und der Bogen und das Messer ...«

»Nein!« rief Kellin. »Was ist mit mir? Was ist mit *mir? Ich* bin dein Sohn, nicht er! Was ist mit mir?«

Aidans Augen waren nur noch von der Prophezeiung erfüllt. »Du bist der Löwe, und du wirst mit der Hexe schlafen.«

»Jehan …«, sagte Kellin gebrochen. »Haben sie das getan, deine geliebten Götter? Dich in das verwandelt?«

»Der Löwe wird das Land verschlingen.«

Kellin berührte seinen Vater zum ersten Mal in seinem Leben.

Aidan legte zum zweiten Mal in seinem Leben die Arme um seinen Sohn. »Schäme dich nicht«, sagte er. »Tränen sind keine Schande.«

Kellin sagte dumpf: »Ich bin … ein Krieger.«

»Ich ebenfalls«, bestätigte Aidan. »Aber die Götter haben uns dennoch die Tränen gegeben.«

Kapitel Drei

Sie standen auf dem Dock und schauten zur Stadt Hondarth, die sich am fernen Ufer undeutlich abzeichnete: der frühere Prinz von Homana, der einmal Mujhar hätte sein können, und der gegenwärtige Prinz, sein Sohn, der eines Tages Mujhar sein *würde*.

Die meersalzbeladene Brise blies ihnen ins Gesicht, zauste ihr Haar, kitzelte die Wimpern, liebkoste ihren Mund. Hinter ihnen, an der Abgrenzung zwischen dem hölzernen Dock und dem helleren Sand, versammelten sich leise die Wolfshunde und warteten auf ihren Herrn. Auf einem nahestehenden Baum hockte der Rabe namens Teel, während das wunderschöne Rotluchsweibchen, das im Sonnenlicht blauschwarz schimmerte, stumm neben ihrem Krieger wartete.

Kellin warf einen nachdenklichen Blick auf seinen Vater. Er fand, daß sie einander nicht sehr ähnelten. Der Sohn von Shona und Aidan schien eine Mischung aus allen seinen Vorfahren zu sein – was, wie er es empfand, ein Gemisch ungleichartiger Zutaten war –, und nur die Katze an seiner Seite und das Gold auf seiner Haut kennzeichneten ihn genauer.

Er sieht nicht so alt aus, wie ich gestern dachte. Kellin strich sich eine widerspenstige Haarsträhne aus dem Gesicht und blinzelte gegen das störende Gefühl an. *Wenn man sich jedoch die Augen ansieht, scheint er älter als jeder andere Mensch zu sein.* »Also erwartest du von mir, daß ich gehe.« Er schnippte mit den Fingern. »Einfach so.«

Aidan lächelte flüchtig und ein wenig spöttisch. »Es wäre tatsächlich töricht, *so* viel Ergebung zu erwarten ... Du hast sicherlich noch immer Fragen.«

»Eine Menge. Zunächst diese: Woher weißt du, daß ich der Löwe bin, der mit der Hexe schlafen soll? Mit welcher Hexe? Wer ist sie? Wie soll es geschehen?« Kellin machte eine verständnislose Geste. »Gerade jetzt bespricht mein Großvater eine Heirat zwischen Dulcie und mir –, und ich bezweifle ernsthaft, daß *Dulcie* diese Hexe sein könnte.«

Aidan lächelte noch immer, und zwar nicht ohne Spott. »Hochzeiten finden nicht immer statt, selbst wenn sie sorgfältig geplant sind.«

Kellin antwortete sofort. »Wie sie auch zwischen Aileen von Erinn und dem Prinzen von Homana beinahe nicht stattfand?«

Aidan lachte unbeeindruckt. »Das gehört zur alten Geschichte. Sie sind jetzt sehr zufrieden. Diese Heirat *hat* stattgefunden.«

»Was ist mit meiner?«

»Oh, ich glaube, du wirst tatsächlich verheiratet sein.« Aidan nickte. »Eines Tages.«

Es schien ihm, als sollte er es wissen. »Mit dieser Hexe?«

Aidans Stimme klang bedächtig, ähnlich wie Rogans Stimme, wenn der Lehrer einen leicht ablenkbaren Schüler zu unterrichten versuchte. »Was habe ich *genau* gesagt, als ich dir prophezeite?«

»Daß der Löwe mit der Hexe schlafen wird.« Kellin seufzte resignierend. »Ich habe es mehr als einmal gehört.«

»Daß du mit einer ›Hexe‹ schlafen wirst, heißt nicht unbedingt, daß du sie auch heiratet.«

»Aha.« Schwarze Brauen schossen in die Höhe. »Also empfiehlst du Untreue.«

Aidan sah ihn mit einem herausfordernden Grinsen an, was, wie Kellin überrascht feststellte, seinem eigenen Grinsen sehr ähnelte. »Ich empfehle nur, daß du tust, was getan werden muß. *Wie* es getan wird, bleibt dir überlassen.«

»Mit einer Ihlini zu schlafen ...« Kellin hob die Schultern, weil die Haut zwischen den Schulterblättern kribbelte. Der Gedanke gefiel ihm nicht. »Das ist diese Hexe, nicht wahr? Eine Ihlini?«

»Es ist auch früher schon geschehen.«

»O ja – Großvater hat mit einer Ihlini geschlafen. Ian hat mit einer Ihlini geschlafen. Ich kenne die Geschichten.«

»Tatsächlich?« Aidan hob fragend die Augenbrauen. Die Strähne weißen Haars, die sich deutlich vom tiefen Rotbraun abhob, blendete im Sonnenlicht. »Weißt du auch, daß *ich* mit einer Ihlini geschlafen habe?«

»Du!« Das kam von einem Mann, der ein *Shar Tahl* war, völlig unerwartet. »Es heißt, du hättest mit keiner Frau mehr geschlafen, seit meine *Jehana* gestorben ist.«

»Das habe ich auch nicht getan. Ich kann es nicht. Sicherlich hat man dir vom Preis des *Kivarna*, erzählt – man bezahlt ihn, wenn der Partner stirbt. Er ist dem Preis sehr ähnlich, den ein *lirloser* Krieger bezahlen muß, nur daß der Körper nicht stirbt. Allein der Teil des Körpers, der, wenn er die Gelegenheit und die Mittel dazu hätte, vielleicht ein weiteres Kind zeugen könnte.«

»Aber ... ich bin das einzige Kind.«

»Und du wirst immer das einzige sein.« Aidan sah ihn an. »Ich habe in Atvia, bevor ich Shona heiratete, mit einer Ihlinifrau geschlafen. Beim zweiten Mal wußte ich es.«

»Freiwillig?«

»Mit Lillith?« Aidan seufzte. »Um mich zu entschuldigen, um meine Handlungsweise zu rechtfertigen, würde ich vielleicht lieber sagen, daß sie mich auch beim zweiten Mal verhext hätte ..., aber es wäre eine Lüge. Was ich tat, habe ich getan, weil ich es wollte, weil ich mir in meiner Männlichkeit nicht die Befriedigung mit einer Frau verweigern konnte – ungeachtet dessen, wer sie vielleicht war.«

»Lillith …« Kellin kostete den Namen und fand ihn seltsam betörend. »Sie hat auch mit Ian geschlafen und ihm ein Kind geboren.«

»Rhiannon, die später mit meinem *Jehan* schlief und *ihm* ein Kind gebar. Dieses Kind heißt Melusine.«

»Du weißt es?«

»Sie ist die Frau, die mit Lochiel schläft. Sie hat *ihm* ein Kind geboren … Obwohl Melusine selbst sowohl Cheysuliblut, als auch Ihliniblut in sich trägt, dient sie dennoch Asar-Suti.«

Das schien über die Maßen seltsam. »Woher weißt du das alles?«

»Lochiel sorgt dafür, daß ich es erfahre. Lochiel und ich …« Aidan lächelte angespannt und seltsam schief »… waren lange Zeit auf mehr als nur den sichtbaren Schlachtfeldern Gegner. Er schickt mir Nachrichten.«

»Lochiel?« Das war für Kellin unverständlich. »Warum?«

»Um sicherzustellen, daß ich alles erfahre.« Der Wind zauste die weiße Strähne an Aidans Schläfe. »Ihr Name ist Melusine, und sie gebar ihm eine Tochter. Mit dieser Tochter hast du eine Wiege geteilt.«

Kellin brummte. »Ich weiß davon.«

»Tatsächlich?« Aidan sah ihn fest an. »Soll ich dir dann alles erzählen, damit du noch etwas hast, wofür du mich hassen kannst?«

»Was? Noch mehr?« Früher hätte es vielleicht weh getan. Damals wäre der Schmerz vielleicht eine Waffe gewesen, die Kellin stolz geführt hätte, aber jetzt nicht mehr. Vieles stand noch zwischen ihnen, doch ein Teil des Schmerzes war vergangen. »Dann erzähle es mir, und ich werde entscheiden, ob ich meinen Haß neu entfachen sollte.«

Aidan sah ihn offen an. »Ich habe um dich *gehandelt*. Für ihn war es wirklich kaum mehr als ein einfacher

Handel. Ich sollte *wählen* …« Er rieb sich kurz die Stirn, als schmerze sie, und wandte den Blick dann dem entfernten Hondarth zu. »Es gab zwei Kinder, wie du weißt: dich und Lochiels Tochter. Ich konnte nicht sagen, welches davon welches war. Ihr wart beide eingehüllt und habt geschlafen. Es ist ein wenig schwierig, unter solchen Umständen ein Kind vom anderen zu unterscheiden.«

»Ja. Wie hast du uns unterschieden?«

»Ich habe es nicht gekonnt.«

»Aber … du hast *mich* erwählt.«

»Ich habe Valgaard mit einem Kind in meinen Armen verlassen. Ich wußte nicht, welches Kind es war.« Aidan seufzte. »Nicht bevor ich dich nicht ausgewickelt und gesehen hatte, daß du ein Junge warst. Da wußte ich, und *erst* zu diesem Zeitpunkt, daß meine Wahl richtig gewesen war.«

»Aber … wenn du das *Mädchen* gewählt hättest …« Kellin brach ab. Die möglichen Auswirkungen waren zu verworren, um darüber nachzudenken.

»Wenn ich das getan hätte, wärst du als Lochiels Sohn aufgezogen worden.«

Und das Mädchen wäre im Herzen Homana-Mujhars als Prinzessin aufgewachsen, wo sie vielleicht gegen uns gearbeitet hätte. Kellin bekam eine Gänsehaut. Er rieb sich heftig die Arme, denn ihm mißfiel die Schwäche, die seine Angst so deutlich machte. »So.« Das schien ausreichend.

»So.« Aidan nickte. »Jetzt weißt du alles.«

Kellin starrte unbewegt über das heranschwappende Wasser. Er konnte seinen Vater nicht ansehen. Er hatte zuviel Zeit damit verbracht, ihn aus einer Entfernung zu hassen, die ihm dieses Gefühl erleichtert hatte und es eine Größe hatte annehmen lassen, die einen Mann vielleicht davon überzeugen konnten, seinen Sohn zu vergessen. »Du hast viel riskiert.«

»Es war meine einzige Chance. Es war Homanas einzige Chance.«

Kellin runzelte heftig die Stirn. »Du sagtest – der Löwe wird das Haus verschlingen. Ist das nicht genau das Schicksal, das Lochiel uns gönnt?«

»Es ist ein Unterschied, ob man Länder verschlingt oder sie *zerstört*. Worte, Kellin – Zeichen. Die Absicht wird mit Worten verbreitet. Denk an die Prophezeiung.«

»Wieder die achtzehn Worte?«

»›... wird in Frieden vereinen ...‹«, sagte Aidan. »Nun?«

Kellin seufzte und nickte. »Um die Länder zu vereinen, muß ich sie also verschlingen. Sie zu verschlingen, so könnte man sagen, ist eine Art, sie zu vereinen.«

Aidan lächelte. »Ein anschauliches Bild. Es hilft einem Mann, sich zu erinnern.« Er betrachtete das wartende Schiff. »Wir treffen alle Entscheidungen. Du wirst deine Entscheidung ebenfalls treffen.«

Kellin sah seinen Vater die vieldeutige Cheysuligeste machen, die er so lange verabscheut hatte. Er ahmte sie nach. »*Tahlmorra*.«

Aidan lächelte als Antwort aus heiterem Gesicht. »Du bist lange genug davor davongelaufen.«

»Also schickst du mich jetzt *hin*. Zu Lochiel und Valgaard – und zu der Hexe?«

»Das wissen nur die Götter«, sagte Aidan.

Kellin seufzte angewidert. »Ich bin den Göttern noch nicht allzu häufig begegnet. Ich bin jedoch überzeugt davon, daß sie launische, engstirnige Wesen sind.«

»Vielleicht sind sie das wirklich, wie auch noch anderes, nicht so Tadelnswertes.« Aidan war nicht verärgert. »Aber wir sind alle ihre Kinder.«

»Sogar die Ihlini?«

»Eigensinnige, reizbare Kinder, die durch ihre

Macht verwöhnt sind. Es wird Zeit, daß sie sich daran erinnern, wer sie ihnen gab.«

Kellin kaute auf der Unterlippe. »*Warum* soll ich dir diese Kette bringen? Was willst du damit tun?«

»Den Löwen zähmen.«

»Mich *zähmen!*« Er hielt inne. »*Mich* zähmen?«

»Der du wiederum die Häuser verschlingen – sie *vereinen,* Kellin! – und vier kriegführenden Völkern Frieden bringen sollst.«

Er biß die Zähne zusammen. »Alles wegen einer Kette. Die du zerbrachst. Und wie ein Narr in *Valgaard* zurückgelassen hast!«

»Ja«, gab Aidan zu. »Aber ich habe auch niemals behauptet, etwas anderes zu sein.«

»›Sprachrohr der Götter‹«, murrte Kellin. »*Das* behauptest du zu sein.«

»Und das bin ich auch. Aber die Götter haben alle Menschen erschaffen, und es *gibt* Narren.« Er lächelte. »Bring mir die Kette zurück, und die Bestie wird gezähmt werden.«

»Eine Suche«, stieß Kellin zwischen zusammengebissenen Zähnen hervor.

»Die Götter scheinen Gefallen daran zu finden. Sie ist ein Zeitvertreib.«

Kellin schüttelte den Kopf. Er wollte so vieles sagen, aber es war zu wenig Zeit, es auch zu tun. Er war bereits verabschiedet worden. Jetzt schien es Zeit, daß er danach handelte und ging.

»Shansu«, sagte Aidan. *»Cheysuli i'halla shansu.«*

Kellins erwiderte in spöttischem Tonfall: »Wenn es so etwas in Valgaard gibt.« Er hielt inne. »Du sagtest, du wolltest nicht nach Homana-Mujhar gehen, weil du befürchtetest, mich mit hierher zurückzunehmen.«

»Ja.«

»Jetzt bin ich hier. Die Gefahr ist vorüber.« Er zögerte. »Wirst du jetzt nach Hause gehen?«

Der Wind zauste das kastanienbraune Haar. »Dies ist mein Zuhause.«

»Dann – zu einem Besuch. Als Gast des Mujhar und seiner Königin.« Es war schwer, die Worte an dem Kloß in seiner Kehle vorbeizuzwingen. »Sie will nicht mehr, *Jehan*. Und er auch nicht. Kannst du ihnen das jetzt gewähren?«

Aidan lachte weich und heiser. »Du hältst mich für solch ein Scheusal ...« Er seufzte. »Es gibt hier noch immer viel zu tun.«

»Aber ...«

»Aber eines Tages werde ich nach Homana-Mujhar zurückkehren.«

Kellin lächelte. »Ist das eine Prophezeiung?«

»Nein. Es geht um einen *Jehan*, der auch ein Sohn ist und seine Eltern gern wiedersehen würde.«

Kellin seufzte. Eines blieb noch.

Er blickte zum fernen Ufer, wandte den Blick dann wieder zurück und sah Aidan fest an, während Sima bereits auf das Schiff sprang. »Väter verlassen ihre Kinder.« Er gebrauchte absichtlich die homanische Sprache. Er wollte in diesem Augenblick nicht über seinen eigenen Vater sprechen, sondern über die Väter anderer Kinder.

Der Wind strich Aidan das kastanienbraune Haar aus dem Gesicht. Darunter wurde die unsäglich cheysulihafte Gestaltung seiner Knochen sichtbar, wenn sie auch in hellerer Haut geborgen waren. »Ja.«

»Andere Väter ... Homaner, Ellasier, Solinder – sie tun es wohl auf der ganzen Welt ...« *Ich habe es selbst getan. Ich habe drei Kinder in den Stammeskeep verbannt.* »Gibt es jemals einen Grund dafür?«

»Viele Gründe.«

Das war nicht die richtige Antwort. Kellin stellte die Frage neu. »Gibt es jemals eine *Rechtfertigung* dafür?«

»Nur diejenige, die in der Seele eines Mannes begründet liegt«, antwortete Aidan. »Für das Kind, das eines Vaters beraubt wurde und das nicht das *Kivarna* besitzt, das ihm die Gefühle erklären könnte, die seinen Vater zu gehen veranlaßt haben, bleibt nichts als eine immerwährende Leere und Sehnsucht.«

»Auch noch, wenn ...« Kellin zögerte. »Auch dann noch, wenn der Vater tot ist?«

»Dann ist es noch schlimmer. Ein verlassenes Kind träumt davon, daß die Dinge in Ordnung gebracht werden, daß alle fehlenden Teile gefunden und wieder zusammengefügt werden. Ein verlassenes Kind, dessen Träume mit dem Tod seines Vaters sterben, empfindet nur stille Verzweiflung, eine dauerhafte Unvollständigkeit, weil der Traum, auch wenn er aus Haß, Schmerz und Verbitterung entstand, jetzt niemals mehr wahr werden kann.«

Kellin schluckte mühsam. Dann sagte er rauh: »Eine harte Wahrheit, *Jehan*.«

»Und die einzige, die es gibt.«

Kapitel Vier

Kellin kaufte sich in Hondarth ein Pferd, ritt es durch die Stadt und tauschte es dann in einem zweiten Stall gegen ein anderes ein. Das zweite Pferd, ein einfacher brauner Wallach, erwies sich als weitaus angenehmer, da er sich nicht alle vier Schritte heftig und ausgiebig schüttelte. Dementsprechend ging der Ritt vonstatten.

Als Kellin und Sima sich der Straßenbiegung nach Mujhara näherten, kam es ihm flüchtig in den Sinn, daß er nach Hause gehen könnte. Was würde der Mujhar tun – ihn wieder fortschicken? Aber ihm war befohlen worden, bei seinem Vater zu bleiben, bis Aidan es für angemessen hielt, ihn wieder nach Hause zu schicken. Kellin erwog zu behaupten, daß dies geschehen sei.

Aber er wußte es besser. Es war ganz entschieden noch *nicht* geschehen, sondern ihm stand noch die seltsame Aufgabe bevor, zwei Hälften einer Kette aus Valgaard herauszuholen, die sein Vater zerbrochen und dann törichterweise dort zurückgelassen hatte.

Er hätte sie behalten und mir die Mühe ersparen sollen.

Sima lief neben seinem Pferd her. *Ja. Dann wären wir jetzt dort, wo wir vor drei Wochen waren: auf die Insel verbannt*. Sie hielt inne. *Wo es Hunde gibt*.

Kellin lachte laut auf. »Sind wir wählerisch? Abgeneigt, mit *Hunden* zu verkehren?« Er grinste und wußte, daß die Katze seine Heiterkeit durch die Verbindung spüren konnte. »Es sind gute Hunde, Sima, ungeachtet unseres Geschmacks. Sie bellen nicht wie Terrier, schnappen nicht nach den Knöcheln, wenn man sich bewegt … und sie schlagen auch morgens, wenn man dringend ausschlafen will, nicht an.«

Nein, gab sie zu. *Aber ich bin sogar noch ruhiger als diese erinnischen Bestien.*

»Meist«, sagte Kellin. »Obwohl dein Schnurren neben meinem Ohr mir durchaus den Schädel sprengen könnte.«

Du hast mir einmal gesagt, es würde dir helfen einzuschlafen.

»Wenn ich *nicht* schlafen kann, dann ja. Es wirkt beruhigend. Aber wenn du dich neben mir ausbreitest und zu brummen beginnst, *wenn* ich bereits schlafe …« Er ließ sie sich den Rest denken. *Du bist keine Hauskatze, Lir. Du bist in vielerlei Hinsicht erheblich größer, was sich besonders an den Lauten zeigt, die du machst – und am Kneten deiner Pranken.*

Sima schwieg.

Es wurde kalt, als sie sich dem Blauzahn näherten. Kellin war dankbar, daß er daran gedacht hatte, sich in Hondarth einen schwereren Umhang zu kaufen. Er wünschte jetzt, er wäre noch dazu fellgefüttert. Aber es war fast Sommer, und die Menschen im Tiefland dachten nicht an solche Dinge, wenn die Sonne so hell schien.

Er erschauderte. *Wenn ich doch nur schon zu Hause in Homana-Mujhar wäre oder in den Armen einer Frau läge …* Kellin seufzte. *Das ist meine liebste Wärme.*

Ich dachte, ich *gäbe dir deine liebste Wärme.*

Er grinste. *Es gibt gewisse Arten von Wärme, die nicht einmal ein Lir geben kann.*

Dann muß ich annehmen, daß du eine Kellnerin und ihr Bett einer kalten Nacht auf dem Boden vorziehen würdest.

Er richtete sich im Sattel auf. *Ist hier ein Wirtshaus?*

Ein Wirtshaus oder ein Wirtshaus und eine Kellnerin?

Eins von beidem. Eine Frau ohne Wirtshaus würde eine ebenso ausreichende Wärme bieten wie ein Wirtshaus ohne

Frau. Aber eine Frau in einem Wirtshaus wäre das beste von allem.

Dann hast du es heute nacht gut getroffen. Hinter der Straßenbiegung steht ein Wirtshaus.

Es stimmte. Kellin ritt zufrieden auf den Stall des Wirtshauses zu und stieg mit erleichtertem Seufzen vom Pferd. Es gab keinen Pferdeknecht, der ihm die Arbeit hätte abnehmen können, so daß er das Pferd selbst in das verputzte Lehmgebäude führte, ihm Sattel und Zaumzeug abnahm, es dann abrieb und mit Stroh und etwas Korn in eine leere Box führte. Er ließ Sattel und Zaumzeug unter trocknenden Decken liegen und trat dann ins Dämmerlicht, um nach Sima zu sehen.

Sie wartete unter einem Baum, verschmolz mit der Dämmerung. Kellin sank auf ein Knie und rieb seine Stirn an ihrer. *Morgen ziehen wir weiter.*

Sie zog sich zurück. *Tatsächlich?*

Du hast das Grenzmal an der Straßenbiegung gesehen. Es sind nur noch drei Meilen bis zur Fähre. Wir werden gleich morgen früh übersetzen … bei Sonnenuntergang werden wir in Solinde sein.

Sima drehte den Kopf und rieb ihn an seinem Kinn, so daß ein Zahn ein wenig über seine Haut schabte. *Und bei Sonnenuntergang des darauffolgenden Tages in Valgaard?*

Sein Magen verkrampfte sich. *Ich würde es lieber meiden – aber ja, so wird es sein.*

Sima stieß gegen seine Wange und kitzelte mit einem ihrer Pinselohren sein linkes Auge. Er barg das Gesicht in ihrem seidigen Fell und stand dann wieder auf. *Bleib bei den Bäumen.*

Bleib bei einem Wein.

Kellin grinste. *Aber nicht bei einer Frau? Soviel Vertrauen zu mir, Lir!*

Nein, antwortete Sima. *Es* gibt *nur eine Frau.*

Kellin kümmerte es nicht. Eine würde genügen.

Der Schankraum war klein, aber gut beleuchtet und sauber. *Ein gutbesuchtes Wirtshaus ...* Kellin sah sich um. Das sollte es auch sein, da es nahe an der Fähre und der Nordroute von Ellas lag und häufig von Händlern aufgesucht wurde. Er mietete ein Zimmer, trat zu einem Tisch und schaute sich nach dem Mädchen um.

Es dauerte nicht lange, bis er sie ausgemacht hatte – und ebenso schnell hatte auch sie ihn ausgemacht. Noch während er einen Stuhl unter dem kleinen Tisch hervorzog, stand sie bereits neben ihm. Geschickte Hände öffneten seinen Umhang und streiften ihn ihm von den Schultern.

Das Mädchen erstarrte. Die schwarzen Augen schauten gierig drein, als sie das Gold an seinen Armen bemerkte. Ein schneller Blick zu seinem Ohr versicherte ihr, daß sie ihn richtig eingeschätzt hatte.

Sie lächelte, wobei die schwarzen Augen bronzefarben schimmerten, während das *Lir*gold glänzte. Sie war auf eine wilde, schwarzäugige Art jung und hübsch, legte ein kühnes Verhalten an den Tag und ließ ihre Blicke herausfordernd schweifen. Zufrieden mit dem Ausmaß seines Reichtums, betrachtete sie die Paßform seiner Hose.

Das Mädchen fiel sehr auf, obwohl ihr Aussehen mit der Zeit herber werden würde. Im Augenblick würde sie ihm jedoch genügen. *Besser als die meisten anderen.* Kellin erwiderte ihr Lächeln. Sie erreichten dieses Einverständnis mühelos und ohne ein Wort zu wechseln. Als er die Silbermünze auf den Tisch warf, um Essen und Getränk zu bezahlen, fing sie sie ab, bevor sie aufkam. *Sie wird wahrhaftig genügen – weitaus besser als erwartet.*

»Spaß, Mylord?«

Kellin grinste. Es war eine zweideutige Frage, wie sie sehr wohl wußte, da sie sie stellte. »Erst einmal *Usca*. Wenn ihr welchen habt.«

»Wir haben welchen.« Weiße Zähne blitzten auf, während sie die Münze in einer Tasche ihres weiten Rocks verschwinden ließ. Sie trug eine Bluse, deren Karmesinrot verwaschen wirkte, und eine gelbe Schürze darüber, aber beide waren weit geöffnet und gaben Ausblick auf kleine hohe Brüste. Ihr dichtes schwarzes Haar war im Nacken hochgesteckt, aber einige Locken hatten sich gelöst und fielen ihren Rücken hinab. Einige dünnere Strähnen ringelten sich auf der Blässe ihres schlanken Halses.

Kellin fand ihre nachlässige Kleidung und den Hals ausgesprochen anziehend. »Und was noch?« fragte er.

Sie lächelte erneut. »Lamm.«

»Lamm wird genügen.« Er sah sie offen an. Sie würde das Glitzern seiner grünen Augen als Schmeichelei verstehen. »Wie nennt man dich?«

»*Man* nennt mich, wie immer man will«, sagte sie offen. »So könnt auch Ihr es halten. Aber mein Name ist Kirsty.«

»Kirsty.« Er gefiel ihm. »Mein Name ist Kellin.«

Sie betrachtete ihn gierig. »Ihr seid Gestaltwandler, nicht wahr, mit all dem Gold ...?« Sie nickte, bevor er antworten konnte. »Ich habe noch nie einen Gestaltwandler gesehen, der keine gelben Augen hatte.«

Er fand ihren nördlichen Akzent genauso anziehend wie ihren schlanken Hals mit dem schweren Haar. Er gewährte ihr das träge, einladende Lächeln, das er schon vor Jahren als höchst wirkungsvoll einzuschätzen gelernt hatte. »Erschrecke ich dich?«

Ihre schwarzen Brauen schossen in die Höhe. »Ihr?« Kirsty lachte. »Ich bin schon mein ganzes Leben lang Schankmädchen ... Ein Mann *kann* mich nicht mehr sehr erschrecken!« Sie hielt nachdenklich inne. »*Wollt* Ihr es denn?«

Ihre Hand ruhte auf dem Tisch. Er streckte die seine aus und berührte sanft die Haut, der die glatte Seidigkeit der Hofdamen fehlte, die er gekannt hatte, bevor er sich dem *Midden* zugewandt hatte. Ihre feste, geschickte Hand war ihm vertraut und daher um so anziehender. »Nein«, sagte er weich. »Ich würde *dich* niemals erschrecken wollen.«

Kirsty versprach viel mit ihren Augen, die ohne Ausflüchte von Erfahrung zeugten. »Also werde ich Euch Lamm und *Usca* bringen ..., aber ich muß jetzt noch arbeiten. Ich kann Euch erst später Gesellschaft leisten.«

Er legte seine Hand auf die ihre, so daß sie das blutrote Schimmern des Rings an seinem Zeigefinger sehen konnte. Es war unwahrscheinlich, daß ein Landmädchen aus dem Norden die Krone erkennen würde, aber sie würde den Wert des Rings nur zu gut einschätzen können.

Die schwarzen Brauen wölbten sich erneut. »Ihr würdet mir *das* doch nicht für eine Nacht geben – nicht einmal für eine *Woche* voller Nächte!«

»Vielleicht nicht das ...« Er durfte es nicht. Der Ring bewies seinen Rang. »Aber sicherlich dies.« Er berührte den Reif um seinen Hals.

Ihre Augen weiteten sich. »Das ist *zuviel!* Für ein Schankmädchen? Habt Ihr kein weiteres Geld?«

»Ich habe Geld. Aber du hast einen hübschen Hals.«

Sie betrachtete den Halsreif erneut. »Es ist der Schmuck eines Mannes, nicht der einer Frau ... Er würde tief herabreichen – bis hierhin ...« Sie berührte ihr Schlüsselbein, führte die Finger dann ganz langsam bis zu dem Spalt zwischen ihren hohen Brüsten und lächelte ihn an.

Er verstand das Spiel. »Du willst ihn also nicht bekommen?«

Für sie war das Spiel beendet. Träume standen in ihren Augen, während sie heftig ausatmete. »*Damit* könnte ich nach Mujhara gehen! Bin ich eine Närrin? Nein, ich nehme ihn. Aber was wollt Ihr dafür?«

»Deine Gesellschaft. Jetzt.«

»Aber …« Sie sah sich um. »Tam wird mich rauswerfen, wenn ich mich nicht um die anderen Gäste kümmere.«

»Ich werde Tam auch bezahlen.«

Sie runzelte die Stirn. »Ist es also schon so lange her, daß Ihr *derart* hungrig seid?«

»Hungrig nach all den Dingen«, sagte er, »die einen Mann glücklich machen.« Er ergriff kurz ihre Finger und ließ ihre Hand dann los. »Zuerst etwas zu essen und zu trinken. Und dann komm, wenn du kannst.«

Ihr Blick war auf den Halsreif gerichtet. »Manchmal wird ein Versprechen nicht gehalten. Haltet Ihr mich doch für eine Närrin?«

Kellin stand zur Antwort auf und nahm seinen Halsreif ab. Er legte ihn um ihren Hals und rückte ihn auf ihrem zarten Schlüsselbein zurecht. Seine Patina schimmerte auf ihrer hellen Haut üppig.

Sie berührte ihn mit den Fingerspitzen. »Oh …«

Kellin grinste. »Aber du wirst ihn dir verdienen, mein Mädchen, mit *mir*.«

Kirsty lachte laut und beugte sich dann nahe zu ihm heran. »Nein, das glaube ich nicht – er ist ein *Geschenk!* Für Euch mache ich es umsonst.«

»Umsonst!«

»Ja!« Sie lachte kehlig. »Ich habe in meinen ganzen Leben noch keinen Mann wie Euch erlebt!«

Er gab ihr einen Klaps aufs Hinterteil und fand es fest und rund. »Also Lamm und *Usca*, bevor ich vor Hunger sterbe.«

»Es wird nicht der Hunger sein, woran *Ihr* sterben werdet!« Sie fuhr herum und war fort, bevor er etwas erwidern konnte.

Kellin aß Lamm, trank *Usca* und wettete bei einem friedlichen Spiel an einem anderen Tisch einige Male auf Würfelzahlen. Er wurde als Cheysuli erkannt, aber niemand schien sich daran zu stoßen. Die Blicke folgten dem Schimmern des Goldes, wenn er ins Lampenlicht trat, aber es war eine freundliche, keine boshafte Begierde.

Schließlich erschien Kirsty und ließ geschickt die Finger seinen Arm hinabgleiten. Dann berührte sie seine Gürtelschnalle und zog daran. »Ich bin fertig«, sagte sie. »Ihr auch?«

»Das kommt darauf an«, sagte er, während er seine bescheidenen Gewinne einsammelte, »welches Spiel du bevorzugst. Mit diesem bin ich sicherlich fertig. Das andere hat noch nicht begonnen ...«, er grinste, »... und wird wahrscheinlich die ganze Nacht dauern.«

Sie lachte weich. »Dann kommt und beweist es mir.«

Er stand auf und verhakte einen Finger in dem Halsreif. Er hob ihn an, und dann benutzte er ihn, um sie zu sich heranzuziehen, ganz nah, so daß sein Atem ihr Gesicht wärmte. »Welchen Beweis für meine Absichten brauchst du noch?«

Sie ließ ihre Hand geschickt zwischen seine Beine gleiten. »Da ist der Beweis – und da ist das Beweis*mittel*.«

Kellin lächelte. »*Shansu, Meijhana* – oder hättest du dabei gerne Zuschauer?«

»Diese Worte«, sagte sie mit erhobenen Augenbrauen. »Was bedeuten diese *Worte?*«

Er flüsterte es ihr ins Ohr. »Ich werde sie dir woanders erklären.«

Kirsty lachte und legte einen Arm um seine Taille, während er seinen Arm um ihre Schulter legte. »Hier entlang, mein Tierchen ...«

»Nein.« Er hielt sie sofort auf und seine gute Laune schwand. »Nenn mich nicht so.«

»Es war nur ...« Sie gab nach und nickte.

Kellin zog sie an sich und bedauerte, daß er die Stimmung verdorben hatte. »Du weißt besser, wo sich mein Zimmer befindet.«

Kirsty brachte ihn dorthin.

Er erwachte Stunden später und bemerkte den sauren Geschmack des *Usca* in seinem Mund und eine gewisse Steifheit in den Schultern. Kirsty hatte ihren Eifer bewiesen und ihn ganz offensichtlich des seinen beraubt.

Der Raum war dunkel. Kellin brauchte einen Augenblick, um die Augen daran zu gewöhnen. Der Kerzenstumpf war schon lange heruntergebrannt, so daß die einzige Beleuchtung in dem Streifen Mondlicht bestand, der durch die schlecht schließenden Fensterläden hereindrang. Er lieferte gerade genügend Licht, um Kirstys helle Schulter zu erkennen, die dachwärts ragte. Rabenschwarzes Haar und Decken verhüllten ihren restlichen Körper.

Ich mag schwarzes Haar – und solch weiße, weiße Haut. Sie lag wie eine Katze zusammengerollt an ihn geschmiegt, das Gesäß an seiner linken Hüfte. *Wird sie wie Sima schnurren?*

Aber seine Gedanken entschwebten auf der Suche nach einer Antwort auf eine unbekannte Frage. Er fragte sich, was ihn geweckt hatte. Sonst schlief er nachts durch, es sei denn, er träumte vom Löwen. Aber den letzten Alptraum hatte er vor Wochen gehabt, und er glaubte, daß Kirsty die Bestie für diese Nacht wirkungsvoll verbannt hatte. Er lag vollkommen still und lauschte auf ihren Atem.

Lir, sagte Sima, *hat das Mädchen dir unter anderem auch deinen Verstand geraubt? Ich habe dich schon drei Mal gerufen.*

Kellin seufzte und rieb sich die Augen. *Was ist los?*

Wenn du nach Valgaard reiten willst, solltest du besser aufstehen.

Warum? Willst du jetzt aufbrechen? Es war lächerlich. *Ich sagte, daß wir morgens losreiten.*

Dein Pferd verschwindet jetzt schon. Sima klang selbstgefällig.

Mein Pferd … Er verstand sofort.

Kellin setzte sich auf, fluchte und warf die Decken beiseite. Kirsty murmelte protestierend und zog die Decken wieder hoch. Seine Kleidung lag in einem wirren Haufen auf dem Boden, und das Leder war spürbar kalt. Kellin fluchte erneut und griff nach seiner Hose.

Kirsty drehte sich um, als er die Gürtelschnalle schloß. »Wohin gehst du?«

»Mein Pferd retten.« Er wollte seinen Umhang nehmen, aber Kirsty hatte ihn um ihre Schultern gezogen.

Sie sah ihn an. »Woher weißt du, daß es gerettet werden *muß?*«

»Mein *Lir* hat es mir gesagt.« Er beugte sich herab, um seine Stiefel anzuziehen.

»Deine *Bestie?*«

»Keine Bestie. Sie ist ein Rotluchs.« Er grinste kurz. »Ihr Fell ist genauso schwarz und wunderschön wie dein Haar.«

Kirsty setzte sich unter den Decken und dem Umhang auf, unsicher, wie sie mit dem Kompliment umgehen sollte. »Wirst du zurückkommen?«

Kellin öffnete die Tür. »Wäre ein Mann so töricht, *dich* mitten in einer kalten Nacht zu verlassen?«

Kirsty lachte. »Dann werde ich dir etwas geben, was dich an mich erinnert.« Sie schlug den Umhang und die Decken zurück und bot ihm ihre vor Kälte straffen Brüste dar. Kellin konnte sich nur mühsam von dem Anblick losreißen.

Als er das Wirtshaus verließ, bedauerte Kellin, daß er den Umhang zurückgelassen hatte. Die Nacht war klar und kalt und spottete der Jahreszeit. Eine Gänsehaut überzog seine bloßen Arme. Er rieb sie heftig, ließ die Fingerspitzen über das kühler werdende *Lir*gold gleiten und schritt auf die Ställe zu, um die Angelegenheit sofort zu erledigen und dann ins Bett zurückzueilen.

Das Gebäude schien im Mondlicht ein schwarzer, kantiger Fleck, blockähnlich und mit schiefem Dach. Er näherte sich leise, daran gewöhnt, durch geschmeidige Bewegungen keinerlei Geräusche zu verursachen, und berührte kurz sein Messerheft.

Simas Stimme klang deutlich. *Sie nehmen auch den Sattel.*

Kellin fluchte leise. Gerade als er den Stall erreichte, tauchten zwei Männer mit einem Pferd auf. *Seinem* Pferd. Der Wallach war aufgezäumt und gesattelt, als wollten sie sofort losreiten.

Er erkannte in ihnen Gäste des Wirtshauses. *Habsüchtiger als ich dachte ...* Kellin trat aus den Schatten ins Mondlicht. »Ich bezweifle, daß ihr den von mir verlangten Preis zahlen könntet. Ihr habt in dem Spiel heute abend verloren.«

Sie erstarrten. Ein Mann hielt sich am Pferd fest, während sein Begleiter sich neben ihm verkrampfte. Dann hob der erste Mann das Kinn an. »Geht wieder zu Kirsty«, sagte er, »und wir belassen es dabei. Wird 'ne ziemlich kalte Nacht.«

Er sprach mit schwerem Dialekt. Aber Kellin verstand ihn und machte dann ebenfalls einen Spruch. »Wird 'ne ziemlich kalte Nacht – für *einen* von uns ...« Er nahm den Akzent an, den er von seiner Großmutter gelernt hatte, und er dem Erinnischen ähnlich klang. »Denn ich werde das Pferd genauso behalten wie das hübsche Mädchen.«

Beide Männer zogen ihre Messer. Kellin ergriff seines ebenfalls. Das war Anlaß zu einer leisen Unterhaltung zwischen den beiden Homanern, während Kellin abwartete.

Schließlich schwand seine Geduld. »Jeder von uns hat ein Messer. Darin sind wir alle ebenbürtig. Aber vergeßt ihr, daß ich ein Cheysuli bin? Wenn euch ein Messer nicht davon überzeugen kann, wer der Bessere ist, wird es die *Lir*gestalt tun.«

Das genügte. Der Mann, der die Zügel hielt, ließ den Wallach sofort los, während der andere zurücktrat. Das Pferd strebte wieder auf den warmen Stall zu.

Kellin seufzte. »Geht. *Dort* entlang.« Er deutete in eine bestimmte Richtung. »Ihr werdet euch woanders niederlassen müssen.«

Die Männer stierten ihn an. »Wir haben ein Zimmer!«

»Nicht mehr.«

»Das könnt Ihr nicht *tun!*«

»Es ist bereits getan.« Er grinste sie an. »Ihr habt mein Pferd zu stehlen versucht, aber das ist für heute nacht erledigt. Jetzt habe ich euer Bett gestohlen.« Er machte eine Geste. »Geht.«

Sie flüsterten einander etwas zu und wandten sich dann zur Straße.

Kellin erhob seine Stimme. *»Cheysuli i'halle shansu.«*

Keiner der beiden gab eine verständliche Antwort.

»Nein, das dachte ich auch nicht.« Kellin ging zu seinem Pferd, nahm die schleifenden Zügel auf und führte den Wallach dann in den Stall. »Sie haben deinen Schlaf gestört, nicht wahr?« Er griff nach dem verknoteten Sattelgurt. »Dann passen wir gut zusammen, obwohl ich zu behaupten wage, daß ich die Frau mehr vermisse als …« Er wandte sich um. Es war nur ein leises Geräusch, aber sein Gehör war besser als das der meisten anderen Menschen.

Aber es war bereits zu spät. Ein Gewicht sank auf ihn herab. Kellin ging mit nur gedämpftem Protest zu Boden.

Kapitel Fünf

Die Eiseskälte weckte ihn schließlich auf. Der Erdboden war hart wie Stein und doppelt so kalt. Das ausgestreute Stroh bot keinen Schutz. Kellin bekam sofort nach dem Aufwachen eine Gänsehaut und zitterte anhaltend und erschauderte in Krämpfen, bis die Benommenheit aus seinem Kopf entwich.

»Götter …« Sein Kiefer verkrampfte sich und blieb so – gegen ein Zittern zusammengebissen, das er nicht wahrhaben wollte.

Wieder wach?

Er wollte sich auf einen Ellenbogen aufrichten, überlegte es sich aber fast augenblicklich anders und blieb, wo er war. Er rollte den Kopf zur Seite, tastete nach seinem Hinterkopf und bemerkte die Beule. Er spürte etwas Hartes unter den Fingern: vermutlich getrocknetes Blut. Zumindest floß es nicht mehr.

»*Lir?* Wo bist … uh.« Er runzelte die Stirn, als er sie sehr dicht neben sich sitzen sah, – und sagte gekränkt: »Du hättest dich wenigstens *an* mich legen können! Ein wenig Wärme ist besser als gar keine!«

Als wir das letzte Mal über Wärme sprachen, hast du behauptet, die Wärme einer Frau sei besser als meine Wärme.

»Das bezog sich aufs *Bett*. Bin ich jetzt im Bett? Nein! Ich liege ausgestreckt auf einem eiskalten Stallboden und habe nicht einmal eine *Sattel*decke für mein …« Er brach erstaunt ab. »… und auch überhaupt keine Kleider! Meine Lederkleidung …«

Sima verengte die goldenen Augen vor einem Strom von Schmähungen. Als ihm die Flüche schließlich ausgingen, hörte er auf, hielt den Atem an und schloß die

Augen vor den Schmerzen in seinem mißhandelten Kopf.

Er fühlte sich sonderbar *leer* –, und dann griff Kellin jäh nach seinem bloßen Ohrläppchen. »Mein *Lir*gold!« Er setzte sich, ungeachtet seines Kopfschmerzes, ruckartig auf. »Götter – sie haben mir mein *Gold* genommen!«

Sima schlug mit dem Schwanz. *Gold ist Gold. Geweiht oder ungeweiht – sein Wert bleibt für einen Menschen gleich.*

»Aber ... ich habe so lange gebraucht, um es zu bekommen ...«

Du hattest keine Eile, erinnerte sie ihn geschickt. *Du hast es dir* – und *mir – sehr lange Zeit verweigert.*

Kellin rieb sich heftig den Hinterkopf, spürte dann die Steifheit der überdehnten Halssehnen und versuchte, den Schmerz fortzumassieren. »Häme steht dir nicht.«

Alles steht einem Lir.

»Blais' Messer ist auch fort.« Die Erkenntnis einer weiteren Ungeheuerlichkeit ließ seinen Körper erschaudern. »O Götter – o *Götter* ... mein Ring. Mein Siegelring. Götter, *Lir* ... Dieser Ring zeigt meinen Rang und Titel!« Er umklammerte den bloßen Finger. »Er hat die Hand jedes Prinzen von Homana geschmückt seit ... seit ...« Er gab auf. *»Lir ...«* Und dann brach sich sein Schreck in spöttischem Gelächter Bahn. »Das paßt, nicht wahr? Zehn Jahre lang wehre ich mich gegen die Beschränkungen meines Ranges – und jetzt stehlen Diebe mir dessen Zeichen. Dabei hatten sicherlich die Götter die Hände im Spiel.«

Oder ein törichter Krieger.

Die Leichtfertigkeit schwand. »Du bist nicht im geringsten überrascht.«

Ich habe dich gewarnt. Sie leckte sich eine Pranke.

»Bedeutet es dir nichts, daß das, was sie taten,

Ketzerei ist? Einen Cheysulikrieger seines *Lir*goldes und den Prinzen von Homana seines Siegels zu berauben …«

… ist mutig, wenn sonst auch nichts. Ich bewundere sie für ihre Frechheit. Sima blinzelte und verengte dann erneut die Augen. *Du kannst dir alles zurückholen.*

»In eine Satteldecke gehüllt? Sie haben mir alles andere genommen!«

Das Mädchen kann dir sicher Kleidung beschaffen.

»Das Mädchen hatte wahrscheinlich die Hände mit im Spiel.« Dieser Gedanke verletzte ihn. »Das Geld, das ich noch besitze, liegt in meinem Zimmer« – er überdachte diese Behauptung kurz – »oder *lag* in meinem Zimmer.«

Dann wirst du dich selbst darum kümmern müssen.

Kellin fluchte erneut. Schließlich stand er unendlich vorsichtig von dem kalten Boden auf, nahm die nächstliegende Satteldecke und wickelte sie um seine Lenden. Er steckte gerade ein Ende der Decke fest, als sich die Stalltür knarrend öffnete.

Kirsty stand vom Mondlicht umspielt und in seinen Umhang gehüllt da. Er sah ihre übrige Kleidung. Das Haar hing ungebunden und von der Nacht noch zerzaust bis über ihre Hüften.

Sima blinzelte erneut. *Eine Schlußfolgerung, die man vielleicht nicht so leicht treffen sollte.*

»Diebe«, erklärte Kellin als Antwort auf Kirstys Gesichtsausdruck. »Hast du nichts davon gewußt?«

Sie reckte das Kinn empor. »Wenn ich etwas davon gewußt hätte, wäre ich nicht hier! Hältst du mich für so dumm, daß ich zu dir *kommen* würde, wenn ich davon gewußt hätte?«

»Eine kluge Frau würde es tun, schon um mich irrezuführen.« Er sprach aufgrund der Kopfschmerzen und der Demütigung in barschem Ton. »Hast du irgendwelche Kleidung, die ich anlegen könnte?«

Kirsty schob ihre ungebändigte Mähne zurück. »Du

würdest in meinen Kleidern sicher ziemlich töricht aussehen.«

Kellin seufzte. »Ja, das stimmt. Besitzt du vielleicht *Männer*kleidung, die ich anziehen könnte?«

»Tam wird welche haben. Er wird etwas dafür verlangen, und sie wird dir nicht gefallen, aber du wirst besser aussehen als jetzt.« Ihr Grinsen wurde plötzlich schelmisch. »Nicht daß es *mir* etwas ausmacht.«

»Das kann ich mir denken«, erwiderte er trocken. »Ich werde Tam bezahlen. Obwohl die Götter wissen, daß ich mir allein mit dem Halsreif eine ganze Truhe voll Kleidung kaufen könnte.«

Sie umklammerte den Reif. »Er gehört mir! Du hast es *gesagt!*«

»Er gehört dir. Das habe ich gesagt. Behalte ihn, Kirsty – lauf und hol die Kleider.« Und zu sich selbst sagte er: *Wenn ich darauf vertrauen kann, daß du zurückkommst*.

Kirsty machte auf dem Absatz kehrt und eilte davon, während Kellin sich auf einen losen Haufen Kornsäcke setzte und die Kälte und das Pochen in seinem Kopf nicht zu beachten versuchte.

Sie kam schon nach wenigen Augenblicken zurück, und es erwies sich, daß sie recht gehabt hatte. Die Kleidung gefiel ihm überhaupt nicht. Aber er legte das schmutzige Hemd und die ausgebeulte Hose klaglos an und stopfte dann Stroh in Tams übergroße, schadhafte Stiefel, damit sie wenigstens hielten. Die Sohlen waren durchgescheuert und die Hacken abgelaufen, aber sogar beschädigtes Leder an den Füßen schien besser als ganz und gar barfüßig gehen zu müssen.

Sein Ohrläppchen schmerzte. Die Diebe hatten kaum auf den feinen Befestigungsdraht geachtet und auch nicht darauf, wie er eingehängt gewesen war. Sie hatten ihn aus dem Ohrloch gerissen, ohne auf seine Haut zu achten. Aber das Ohrläppchen war heil geblieben, wenn auch wund. Er erinnerte sich sehr deutlich, daß seinem Großvater das ganze Ohrläppchen fehlte.

Kirsty berührte seine Arme. »Es ist ohne Gold nicht mehr dasselbe.«

Zorn erfüllte ihn. »Hast du das die ganze Zeit gewollt?«

Sie wich zurück, verbarg den Halsreif vor seinem Blick. »Nein! Ich meinte nur, daß du ohne das Gold anders aussiehst, nicht daß ich es *haben* wollte! Jetzt siehst du wie ein Homaner aus, und noch dazu wie ein armer Homaner!«

Er lachte bitter. »Das stimmt. Man könnte mich irrtümlicherweise als einen bettelnden Wirtshausbesitzer ansehen.« Er bedauerte seine Worte sofort. Was hatte sie getan, daß sie so etwas verdient hätte? »Es tut mir leid – ich bin im Augenblick ein schlechter Gesellschafter. Danke für die Kleidung. Nun – in welche Richtung sind sie geritten?«

»Sie?«

»Die Diebe. Du kennst sie doch, nicht wahr?«

Kirsty schwieg.

»Ich habe sie gestern abend im Schankraum gesehen. Sie kannten dich, Kirsty, und du kanntest sie.« Er hielt inne. »Ich habe nicht die Absicht, sie zu töten. Ich will nur meine Sachen zurückholen. Was sie mir genommen haben ist – heilig.« Er beließ es dabei.

Kirsty kaute auf einer Haarsträhne. »Nach Norden«, sagte sie schließlich. »Über den Fluß.«

Es dämmerte schon fast. Der Himmel hinter ihr begann bereits heller zu werden. »Nach Solinde.«

Sie zuckte die Achseln. »Sie sind Solinder. Sie kommen alle vier Wochen her.«

»Um zu stehlen.«

»Um zu arbeiten.«

»Ist das vielleicht ein und dasselbe?« Kellin seufzte. »In welcher Richtung haben sie den Fluß überquert?«

»Nach Westen.« Sie reckte das Kinn empor. »Sie hätten dich schlimmer verletzen können.«

»Ich sagte bereits, daß ich sie nicht töten will.« Er schaute zu den Ställen. »Ich brauche ein Pferd.«

Sima stellte diese Forderung in Frage. *Was ist mit der Lirgestalt?*

Er lehnte ihren Vorschlag durch die Verbindung ab. *Zu gefährlich. Ich besitze nicht die nötige Ausgewogenheit, noch nicht – und wir haben jetzt nicht die Zeit, in der ich sie erlernen könnte.* Kellin erschauderte. *Im Augenblick werde ich lieber reiten.*

Kirsty sah ihn an. »Du willst *jetzt* ein Pferd? Du hast nicht mehr genug Geld. Ich habe nachgesehen … *hier* ist die Geldbörse … *Ich* wollte sie nicht stehlen!« Sie warf sie ihm zu. »Ich meinte nur – wie willst du das Pferd kaufen?«

»Mit meinem Versprechen.«

»Mit welchem Versprechen? Du hast nichts mehr. Das hast du selbst gesagt.«

Er wandte sich von ihr ab und trat zur nächsten Pferdebox. »Dies wird genügen. Wo ist das Zaumzeug? Aha.« Er nahm es von seinem Pflock, öffnete die Box und schlüpfte hinein.

»Du willst doch nicht zum *Dieb* werden«, sagte sie. »Das ist Tams Pferd.«

»Also nicht deins.«

»Nein. Mir gehört nichts außer dem, was ich am Leibe trage – und dies.« Sie umklammerte den Halsreif. Ihre schwarzen Augen glänzten, aber nicht, weil sie gut gelaunt war. Kellin dachte, es wären vielleicht Tränen. »Es sei denn, du willst es zurückhaben.«

»Nein, das will ich nicht. Hier, nimm das Geld wieder an dich – ich werde für die Kleidung bezahlen. Aber ich brauche auch ein Pferd. Wenn du willst, daß Tam *dafür* entschädigt wird, kannst du etwas tun.« Er zäumte den Schecken auf und führte ihn aus dem Stall. Er würde nicht auch noch einen Sattel nehmen.

Er hatte bereits zuviel genommen. »Wenn du Tam entschädigen – und auch noch selbst Geld einstreichen – willst, brauchst du nur nach Mujhara und dort nach Homana-Mujhar zu gehen.«

»Homana-Mujhar!« Sie sperrte den Mund auf. »Zum Palast?«

»Sie werden dir für den Halsreif Geld geben.« Er schwang sich auf den bloßen Rücken des Schecken und zuckte zusammen. Sein Rückgrat schmerzte. »Auf diese Weise wird er bei seinesgleichen bleiben, anstatt beim Geldverleiher zu enden ... Sage ihnen, daß ich ihn eingesetzt habe, um damit eine Schuld zu begleichen.«

»*Wem* soll ich das sagen?« Sie warf den Kopf zurück. »Dem Mujhar selbst?«

Kellin grinste. »Man kennt mich dort.«

Sie wurde sofort mißtrauisch. »Ich soll ihnen sagen, Kellin hätte mich geschickt, um dies gegen Geld einzutauschen? Ja, natürlich – sie werden mich auf die Straße werfen!«

»Nicht sofort. Vielleicht erst nach einer Mahlzeit.« Er sah Sima an. *Kommst du?*

Sie erhob sich aus den Schatten, schüttelte sich das Stroh aus dem Fell und glitt dann aus der Dunkelheit in die Dämmerung eines neuen Tages. Kirsty schrie erschreckt auf und sprang drei Schritte zurück.

»Mein *Lir*«, erklärte er nur kurz. »Verstehst du jetzt, was ich über ihr Fell und deine Haare sagte? Beides ist so wunderschön schwarz und glänzend.«

Das Mädchen umklammerte den schimmernden Halsreif. »Die Augen«, murmelte sie. »Sogar *ohne* das Gold.«

»Ich danke dir«, erwiderte Kellin. »Das ist für mich ein Kompliment.«

Als er vom Stall fortritt, rief ihm Kirsty einen Abschiedsgruß zu. »Homana-Mujhar, also wirklich! Ich werde dies für *mich* behalten!«

Kellin seufzte, während er sein Rückgrat vorsichtig streckte. »Eine Truhe Kleidung und eine ganze Pferde*herde* wert.«

Aber weniger als dein fehlendes Lirgold, der Ring – und das Messer deines Verwandten.

Kellin antwortete nicht. Sima hatte, wie immer, recht.

Als sie die Fähre erreichten, entsprach Kellins Unbehagen in seinem Rücken dem Pochen in seinem Kopf. Er fühlte sich insgesamt schlecht und wünschte sich sein Pferd und sein Gold und das Messer und ganz besonders den Sattel zurück, der die Dinge – auch auf *diesem* Pferd – weitaus erträglicher gemacht hätte.

Er glaubte, sein Kopf würde platzen. Eine genauere Untersuchung mit den Fingern hatte ihm nichts offenbart, was er nicht bereits wußte – die Schwellung fühlte sich weich an, der Schnitt verkrustet. Er fragte sich, womit sie ihn niedergeschlagen hatten – vielleicht mit dem ganzen Wirtshaus?

Er begann sich bei Sima zu beklagen. *Sie waren vielleicht* … Er brach seine Bemerkung in der Verbindung mitten im Satz ab. Sein Kopf schmerzte jetzt noch schlimmer. Er winkte ab, um der Katze zu erklären, daß die Unterhaltung beendet war. Sie zuckte mit den Pinselohren und schwieg seiner Geste entsprechend, aber Kellin fand, daß sie erheitert wirkte.

Die Fähre hatte am Flußufer angedockt. Kellin zügelte den Schecken erleichtert und stieg vorsichtig ab, um seinen Kopf nicht zu erschüttern. Ein Mann, der einen Pfeifenstiel zwischen den Zähnen hielt, saß zusammengesunken an einem Bündel Pfähle. Er hatte die Augen geschlossen, schlief aber nicht.

Kellin führte das Pferd zu ihm hin. »Habt Ihr heute morgen zwei Männer über den Fluß gebracht? Unmittelbar vor der Dämmerung?«

Ein Auge öffnete sich. Ergrauendes braunes Haar

hing – unter einer fadenscheinigen Mütze hervor – wirr um sein Gesicht. »Es wäre schwer für jemanden, hinüber *zu laufen*, meint Ihr nicht?«

Kellin unterdrückte eine Erwiderung. »Dann habt Ihr es getan.«

»Ich habe niemanden im Fluß gesehen. Ihr denn? Obwohl sie inzwischen fortgespült worden wären.« Jetzt wurde auch das andere Augen geöffnet. »Sie ist im Frühling zornig.«

Kellin schaute an dem Mann vorbei, den er für den Fährmeister des dahinterliegenden Flusses hielt. Es *war* Frühling, und der Blauzahn schien tatsächlich zornig zu sein. Das Tauwetter hatte den Fluß anschwellen lassen, so daß er fast über die Ufer trat und eine starke, schnelle Strömung aufwies, die einen Menschen nur zu leicht mitreißen würde.

»Sie haben mich ausgeraubt«, sagte Kellin. »Ich bin auch zornig.«

Der Fährmeister blinzelte. »Sieht nicht so aus, als hättet Ihr viel gehabt, was man Euch stehlen könnte.«

»Jetzt nicht mehr. Vorher schon. Mehr als dies konnte ich so schnell nicht bekommen.« Er hielt inne. »Habt Ihr zwei Solinder über den Fluß gebracht?«

»Wenn ich ja sagte, würdet Ihr dann auch hinüberwollen?«

»Die Frau sagte, sie wollten hinüber.«

»Kirsty?« Der Mann strahlte. Kellin hielt ihn für fast genauso alt wie den Mujhar. »Hat sie Euch also geschickt?«

»Ja, sie hat mich geschickt.«

Er betrachtete Kellin mit einem Blick aus seinen, tief in dunklen Höhlen liegenden braunen Augen. »Dann müßt Ihr ihr gefallen haben. Sie braucht keinen ausgeraubten Mann hinter den Männern herzuschicken, die gekommen sind, um sie alle vier Wochen zu sehen.«

Kellin bewahrte nur mühsam Geduld. Das Pochen in seinem Kopf machte es zunehmend schwieriger.

»Wir mögen einander recht gern. Haben die Männer hier übergesetzt?«

»Sie sind nicht gelaufen, nicht wahr?« Er hievte sich hoch und deutete mit dem Pfeifenstiel auf Sima. »Ist Eure Katze zahm?«

Kellin öffnete den Mund, um heftig abzustreiten, daß ein *Lir* gezähmt werden könnte. Aber er schloß ihn wieder, als er sich an Kirstys Worte erinnerte: daß er in Tams Kleidung als Homaner gelten konnte. So nahe an Solinde, so nahe an Valgaard, war es vielleicht besser, nichts über seinen *Lir* zu erzählen. »Ja«, sagte er. »Einigermaßen zahm.«

»Dann solltet Ihr besser nicht weiter nach Norden gehen«, warnte der Fährmeister. »Jenseits des Passes gibt es einen Mann, der für Katzen wie sie Gold und Edelsteine bezahlt.«

Kellin war empört. »*Wer* tut das?«

Der Fährmeister machte eine Geste, die Böses abwehren sollte. »Ein Mann«, sagte er nur. »Er würde *sie* schneller erwischen, als der Fluß einen Menschen verschlänge.« Jetzt war seine Roheit verschwunden. »Ja, sie haben übergesetzt. Wollt Ihr auch hinübergebracht werden?«

»Ja. Sofort.«

Der Mann löste das Seil, mit dem die Fähre festgebunden war. »Habt Ihr Geld dafür?«

»Ich habe ...« Nein. Er hatte es nicht. »... dieses Pferd.«

»*Dieses* Pferd! Dieses? Was sollte ich mit Tams alter Mähre anfangen?«

»Meins wurde gestohlen«, sagte Kellin angespannt durch zusammengebissene Zähne. »Ich habe dieses gekauft, um die Diebe zu verfolgen, damit ich mein *eigenes* Pferd vielleicht zurückbekommen kann – was, wie ich vielleicht hinzufügen könnte, erheblich wertvoller ist als ›Tams alte Mähre‹.«

»Ja, das muß es wohl. Nicht viele sind *schlechter* als

Tams alte Mähre.« Er deutete mit dem Kopf auf die Fähre. Dann kommt an Bord, Ihr und die Katze. »Wenn Kirsty Euch hinter ihnen hergeschickt hat, gibt es einen Grund dafür. Ich werde die Mähre nicht nehmen.« Er grinste flüchtig. »Kirsty wird es wiedergutmachen.«

Da Kellin wußte, wie Kirsty ihre Nächte verbrachte, wettete er darauf. Aber er war dennoch dankbar.

Fast unmittelbar, nachdem Kellin an Bord gegangen war, tat es ihm schon leid. Der Blauzahn bekämpfte die Fähre auf jedem Zentimeter ihres Weges, schäumte über die Seiten der flachen, dicken Plattform, bis die Bohlen vor Gischt weiß waren. Der alte Schecke spreizte die Beine und ließ den Kopf hängen, während Kellin ein Seil umklammert hielt. Sima grub ihre Krallen in das alte Holz und schlug im Takt mit den Zügen des Fährmeisters an den Seilen verärgert mit dem Schwanz.

Als sie das andere Ufer erreichten, war Kellins zerlumpte Kleidung durchnäßt. Sima zeigte die Zähne und schüttelte Tropfen aus ihrem Fell. Sobald die Fähre rumpelnd anlegte, sprang sie an Land. Kellin führte auch den Schecken an Land und dankte den Göttern dafür, daß sie ihm wieder festen Boden unter den Füssen gewährten.

»Ja«, sagte der Fährmeister, »sie ist im Frühling eine ziemlich boshafte Hure. Im Sommer ist es besser.« Er deutete mit dem Kopf nach Westen. »Sie sind dort entlang geritten. Sie werden Euch nicht erwarten, also brauchen sie sich nicht zu beeilen. Ihr werdet sie bei Sonnenuntergang haben.«

Kellin nickte dankend. »Tut Ihr das wegen Kirsty?«

»Oh, das Mädchen ist in Ordnung ..., aber Ihr habt einen bedrückten Ausdruck in den Augen, der mir sagt, daß sie Euch zu hart getroffen haben.« Er grinste hinter seiner Pfeife. »Und Ihr sprecht zu gut für einen Mann, der für Tams Kleider geboren wäre.« Er deutete erneut mit dem Kopf gen Westen. »Also los. Ihr werdet morgen zurücksein und könnt die Überfahrt dann *bezahlen*.«

Kellin lächelte. *»Cheysuli i'halla ...«* Er brach sofort ab und verfluchte die Kopfschmerzen, die seinen Geist auf diese Weise verwirrten.

Die Augenbrauen des Fährmeisters schossen unter einer Strähne fettigen Haars in die Höhe. »Ah. Nun gut. Also ist sie doch nicht zahm?« Er hustete. »Eure Katze.«

»Nein.« Kellin schwang sich auf den Schecken und wünschte sich sofort, sein Stolz hätte ihm erlaubt, eine Unterkunft und ein besseres Pferd – und eine Frau – zu suchen. »Manchmal wünschte ich, sie wäre es.«

Die braunen Augen betrachteten ihn scharf. »Dann wollt Ihr also nicht das Pferd oder das Geld ..., sondern eher Gold, das wie eine Katze geformt ist, hm?«

»Eher«, sagte Kellin. Er trieb das Pferd an.

»Ja, nun ... Ich weiß, daß sie schon früher so töricht waren.« Er grinste kurz und zeigte dabei Zahnlücken, die dem Pfeiferauchen zuzuschreiben waren. »Paßt in Solinde auf. So nahe bei Valgaard ... nun ...« Er brach ab. »Sie würden vielleicht mehr wollen als nur Eure Katze.«

Dieses Mal zögerte Kellin nicht. *»Leijhana tu'sai. Cheysuli i'halla shansu.«*

Kapitel Sechs

Die Straße nach Westen war nicht so belebt wie diejenige, die vom Blauzahn ins Herz Homanas führte. Sie war schmal und kurvenreich und wand sich durch ein verschlammtes Gewirr von umgestürzten Bäumen und großen Flächen vom Wasser glattgeschliffener Flußsteine, die von einem launischen Strom, der über die Ufer getreten war, um dann wieder zurückzuweichen, hin- und hergetragen wurden. Tams alte Mähre war kein sehr trittsicheres Pferd, und Kellin hatte Mühe, ihren Kopf auf dem Hals ruhig zu halten, während das Pferd dahinstolperte.

»Bei Sonnenuntergang«, murmelte Kellin, sich auf die Vorhersage des Fährmannes beziehend, als der Schecke erneut stolperte. »Bis dahin habe ich vielleicht überhaupt keinen Kopf mehr. Er wird herabgefallen und mitten zwischen diesen Stapel Flußsteine – *dort* – gerollt sein, und wenn die Krähen ihn saubergepickt haben, wird niemand mehr den Unterschied zwischen ihm und einem Stein erkennen.«

Sima nutzte die Möglichkeit der *Lir*verbindung. *Ich werde vorausgehen. Laß mich sie finden … Dann werde ich zurückkommen und dich holen.*

Sein Schädel pochte. Kellin stieß vor Schmerz zischend den Atem aus und bedeutete ihr dann sein Einverständnis. »Geh nur. Ich wäre kaum eine Bedrohung für sie, wenn ich sie in diesem Zustand fände. Sie würden lachen und weitermachen, ohne mich zu fürchten.«

Die Katze schlug mit dem Schwanz und lief dann mit großen Sprüngen voraus.

Das Pferd stolperte weiter. Nach einer Weile fand Kellin sein Gleichgewicht wieder, schloß die Augen und überließ sich in der Hoffnung, daß der Schmerz, wenn er wieder erwachte, gebannt sein würde, einem dem Schlaf sehr ähnlichen Zustand.

Er wurde von einer ruhigen Stimme geweckt, die über dem Wasserrauschen erklang. »Ich hatte erwartet, allein zu essen, aber Euer Pferd hat andere Vorstellungen.« Eine Pause. »Ich bin froh über die Gesellschaft. Wollt Ihr meine Mahlzeit mit mir teilen?«

Kellin öffnete die Augen. Er kauerte auf dem Schecken, der die Straße verlassen hatte und zu einer Ansammlung übereinandergestürzter Flußsteine nahe am Flußufer gelaufen war. Er roch Rauch und Fisch – und sein Magen knurrte.

Der Fremde lachte. »Ich nehme das als Einverständnis.«

»Wo bin ich?« Kellin sah sich um. Die Straße war nicht weit entfernt. Er konnte sie sich westwärts winden sehen.

»Hier«, sagte der Mann belustigt. »In meinem Lager, so wie es aussieht. Ich hatte Glück beim Fischen, so daß genug für uns beide da ist.« Seine haselnußbraunen Augen blickten freundlich drein. Der Schecke schnaubte gegen die Hand am Zügel an. Der Fremde grinste und schob seine Nase fort. »Ihr wirkt sehr mitgenommen. Ich habe Wein gegen die Schmerzen.«

Er war ein junger Mann mit edlen Gesichtszügen – vielleicht in Kellins Alter oder ein oder zwei Jahre älter. Er hatte dunkles, fast schwarzes glattes Haar, das ihm bis auf die Schultern fiel. Er trug gute Kleidung, einheitlich im Stoff: eine blau gefärbte Tunika mit schwarzer Stickerei am Kragen, eine schwarz gefärbte Hose, gute Stiefel und einen karmesinroten Umhang, der lose um seine Schultern lag. Kellin sah in ihm einen wohlhabenden Mann.

Er erwog, die Einladung abzulehnen. Er mußte an die Diebe denken. Aber sein Kopf schmerzte, sein Magen knurrte – und Sima war ihnen bereits auf der Spur. Er brauchte nur auf sie zu warten, und wenn sie zurückkehrte, wäre er schon in besserer Verfassung.

»Ich danke Euch«, sagte er. Dann erinnerte er sich seines Aussehens. »Aber ich habe nichts ...«

Der Fremde winkte ab. »Eure Gesellschaft genügt. Ich bin nicht mehr weit von meinem Ziel entfernt. Ich kann es mir leisten, großzügig zu sein.« Er lächelte erneut. »Ihr solltet vielleicht besser laufen, als auch nur noch einen Schritt auf *diesem* Pferd zu reiten.«

»Ja.« Kellin lächelte schief und glitt vom Pferd, wobei er gegen das Pochen in seinem Kopf die Zähne zusammenbiß. Es schien ihm schlimmer geworden, nicht besser. Aber die Straße war auch hart und das Pferd schwerfällig. Er hatte Glück, daß sein Kopf noch auf den Schultern saß.

»Ich heiße Devin«, sagte der Fremde, während Kellin die Zügel über den Kopf des Schecken streifte. »Dies ist solindischer Weißwein. Wird das genügen?«

Kellin ging darauf ein. »Jeder Wein wird genügen. Ich bin nicht imstande, seinen Geschmack zu beurteilen.« Ein Blick von Devin zeigte Kellin, daß er seine Antwort vielleicht falsch formuliert hatte. Er hatte mit ihr auf den Zustand seines Kopfes angespielt, aber Devins schneller Blick zeigte ihm, daß der Fremde annahm, er meine seinen Stand. *Er hält mich für einen armen Mann. Nun, im Augenblick bin ich es.* Er führte den Schecken zu einem vom Wasser beschädigten, entwurzelten Baum am Ufer und band ihn neben Devins Pferd, einem glänzenden Kastanienbraunen, der Kellins gestohlenem Pferd ähnelte, an einen Ast.

Ein Feuer war zwischen einem Gewirr umgestürzter Steine und dem Flußufer entfacht worden und briet zwei gesprenkelte, aufgespießte Fische, die mit dem Bauch nach oben zwischen zwei abgebrochenen, vom

Laub befreiten Astgabeln hingen. Das Geräusch des nur wenige Schritte entfernt ans Ufer schwappenden Flusses klang laut. Devin hockte nahe dem Feuer und durchforstete seine Satteltaschen. »Hier.« Er warf Kellin einen Weinschlauch zu. »Ich habe noch einen. Trinkt, soviel Ihr wollt. Ich werde mich um den Fisch kümmern.«

Kellin fing den Weinschlauch auf, während er sich von dem Schecken wegwandte, trank dann daraus und spürte erfreut den Alkohol brennen. Wenn er genug tränke, würde das Pochen in seinem Kopf gelindert werden – aber dies könnte als schlechtes Benehmen gelten. Er schuldete Devin nüchterne Gesellschaft, nicht die Unhöflichkeit eines vom Pech zugrunde gerichteten Mannes.

Devin hielt die Unterhaltung aufrecht, während er den brutzelnden Fisch begutachtete. »Ich habe die Entfernung falsch eingeschätzt«, sagte er, »sonst hätte ich die Nacht im letzten Wirtshaus verbracht, an dem ich vorbeikam. Der Erdboden ist ein hartes Bett, wenn man Besseres gewohnt ist.« Er hob einen der aufgespießten Fische hoch. »Hier. Forelle. Ich wage zu behaupten, daß sie zum Wein passen wird.«

Kellin nahm den angebotenen Fischspieß dankend an und setzte sich hin, den Rücken an den nächsten Flußstein gelehnt. Er dachte, daß Devin wirklich Besseres gewohnt sein mußte. Ein Saphir schimmerte an einer Hand und ein Ring aus ziseliertem Gold an der anderen.

Devin nahm den zweiten Fisch für sich selbst, setzte sich dann ebenfalls, den Rücken an seine Satteltaschen gelehnt, und blies auf den Fisch, um ihn abzukühlen. »Seid Ihr verheiratet?« fragte er.

Kellin schüttelte den Kopf. Er hatte den Mund voller Fisch.

»Aha. Nun, ich auch nicht – noch vier Wochen lang!« Er grinste. »Ich bin auf dem Weg zu meiner

Hochzeit. Wünscht mir Glück, mein Freund, und daß das Mädchen hübsch ist … Ich will mein Bett nicht mit einer unscheinbaren Frau teilen.«

Kellin schluckte. »Habt Ihr sie noch nie gesehen?«

»Nein. Diese Heirat ist eine von Herrschern beschlossene Angelegenheit. Um die Blutlinien enger miteinander zu verbinden.« Devin kaute nachdenklich auf seinem Fisch. »Ein Mann wie Ihr heiratet aus Liebe oder Begierde – oder weil die Frau schwanger geworden ist und ihr Vater darauf besteht! –, aber ein Mann wie ich, nun …« Er seufzte. »Wir haben beide keine Wahl. Die Verbindung wurde von ihrem Vater vorgeschlagen, und mein Vater hat den Vorschlag bereitwillig aufgegriffen. Man kann im Dienst für einen mächtigen Herrn nur aufsteigen.«

Kellin lächelte bitter. »Ja.«

»Ich beneide Euch. Ihr braucht überhaupt nicht zu heiraten, wenn Ihr nicht wollt – nun, ich sollte mich nicht beklagen. Das Schicksal meint es besser mit mir als mit Euch.« Devin verhielt sich ausreichend freundlich, aber er war sich nur zu gewiß, daß Kellin niedrigen Standes sei. »Welchem Gewerbe geht Ihr nach?«

Kellin wollte lachen. Wenn er Devin die Wahrheit erzählte … Er grinste, als er an die Diebe dachte. »Welches andere Gewerbe gibt es, als nach Höherem im Leben zu streben – und nach dem Geld, das dies ermöglicht?«

Devin verengte nachdenklich die Augen, während er die Forelle mit Wein hinunterspülte. »Ihr seid ein recht guter Schauspieler.«

»Ein Schauspieler?«

»Ja. Legt edlere Kleidung an, wascht Euch den Schmutz aus dem Gesicht, und Ihr könntet als hochgeborener Mann gelten.« Er schloß seinen Weinschlauch. »Ihr könntet tatsächlich ein Schauspieler sein.«

Kellin lachte, als er an seine Großeltern dachte. »Ich

wurde bereits früher dessen beschuldigt. Man sagte, ich würde die Rolle nur spielen – und ermahnte mich dann, sie besser zu lernen.« Er deutete mit dem Kopf gen Westen. »Wenn Ihr diese Straße entlang gekommen seid – sind Euch zwei Männer mit einem dem Euren sehr ähnlichen Kastanienbraunen begegnet?«

Devin zuckte die Achseln. »Ich bin vielen Leuten begegnet. Ich erinnere mich nicht an das Pferd.« Er sah Kellin über seinen Fisch hinweg aufmerksam an. »Warum?«

»Das Pferd, das sie bei sich haben, ist meines. Es wurde mir gestohlen ...« Er fuhr sich mit einer Hand durch das zerzauste Haar. »Wißt Ihr, ich bin eigentlich nicht der Mann, der ich zu sein scheine.« Kellin zupfte an Tams schmutziger Tunika. »Sie haben mir noch mehr als nur mein Pferd genommen.«

»Und haben Euch mit diesem Schecken und der Kleidung eines anderen Mannes zurückgelassen?« Devin lachte auf. »Ja, das leuchtet ein – Ihr verhaltet Euch wirklich nicht wie ein Mann niedrigen Standes.«

Kellin dachte an das *Midden* und seine dortigen Besuche. »Darüber würden manche Leute streiten.«

»Nun, zumindest haben sie Euch Euer Leben gelassen. Haben sie Euch auf den Kopf geschlagen?« Er grinste, als Kellin zur Antwort das Gesicht verzog. »Das dachte ich mir schon. Die Glanzlosigkeit in Eurem Blick ... ja, nun, trinkt noch etwas Wein.« Er aß seinen Fisch zu Ende. »Würde ich nicht erwartet, ich würde Euch helfen, die Diebe zu erwischen. Ich habe gewisse Gaben, die die Aufgabe erleichtern könnten.«

»Gaben?«

Devin grinste. »Künste.« Er griff nach seinem Weinschlauch und wandte sich dann um, als eine Bewegung auf der Straße seinen Blick anzog. Er erstarrte fast augenblicklich. »Bleibt ruhig!« Er streckte eine Hand aus. »Rührt Euch nicht – Götter, welch eine Schönheit ... und ein angemessenes Geschenk für den

Vater des Mädchens. Er begehrt sie. Ich muß versuchen, sie zu fangen.«

Kellin wandte sich und fragte: »Er begehrt was …?« Aber er brach sofort wieder ab. Ein Verdacht keimte in ihm auf.

Er ließ den Fisch fallen, legte den Weinschlauch ruhig beiseite und wünschte, er besäße noch sein Messer. Er sah den freundlichen Fremden gespannt an.

»Sie ist *wunderschön!*« flüsterte Devin.

Kellin antwortete nicht. Er streckte ganz vorsichtig die Hand aus und umfaßte das Heft von Devins Messer.

Devin fuhr sofort herum und schlug auf Kellins Hand. »Was tut Ihr … *wartet* …« Er rollte sich herum und sprang auf – zum Angriff bereit. Das Leuchten in seinen Augen war verschwunden und wurde durch eine kalte, schneidende Ruhe ersetzt. Er sagte ruhig: »Nur ein Narr stiehlt einem Ihlini etwas.«

Der kalte Knoten in Kellins Magen verhärtete sich. Er kniete am Boden, den anderen Fuß fest aufgestützt, und umklammerte ein gestohlenes Messer. »Und nur ein Narr denkt, daß er einen *Lir* fangen kann.«

Erkenntnis loderte in Devins Augen auf und erstickte dann zu glühenden Kohlen. Er schüttelte den Kopf. »Ihr habt in meiner Gegenwart keine Macht.«

»Und Ihr auch nicht in meiner.«

Devin hob die Hände. »Ich habe sie.«

»Und ich habe Euer Messer.«

Devins Augen verengten sich. Die Haut seines jungen Gesichts spannte sich straff über die hervorstehenden Wangenknochen. Seine Lippen waren blutleer. Er beobachtete Kellin genau und murmelte dann leise etwas. »Es heißt …« Er brach ab und begann dann erneut. »Es heißt, Ihlini und Cheysuli seien einander sehr ähnlich, wären miteinander verwandt.« Er blieb in halb kauernder Stellung hocken, bereit, einen Angriff abzufangen. »Glaubt Ihr das?«

»Ist das wichtig?«

»Ja. Wenn etwas Wahres daran ist. Wenn wir einander töten müssen.«

»Müssen wir es denn?«

Devin zuckte die Achseln. »Um Asar-Suti zu dienen, werde ich töten, wen immer ich töten muß ...« Er riß sich mit einer geschmeidigen Bewegung den Umhang von den Schultern und schleuderte ihn auf Kellin.

Das karmesinrote Lodern kam auf Kellins Gesicht zu, genau auf seine Augen. Kellin duckte sich leicht darunter hinweg, aber es hatte nur als Ablenkung gedient. Devin hob einen Flußstein auf und warf ihn Kellin fast an den Kopf.

Ku'resh ... Als Kellin dem Stein auswich, warf sich der Ihlini vorwärts.

Sie prallten zusammen hart auf dem Boden auf, fielen auf ausgespieene Felsen des Blauzahns. Devins Finger gruben sich in Kellins Kehle. Er wand sich unter dem Ihlini, trat mit den Beinen um sich, um Hebelwirkung zu erzielen. Es gelang ihm, ein Knie hochzureißen, so daß Devins Gleichgewicht gefährdet wurde. Der Ihlini spannte sich an, veränderte seine Lage, und Kellin warf ihn ab. Das Messer ging irgendwie verloren, aber Kellin kam gerade in dem Augenblick wieder mühsam auf die Beine, als Devin ihn erneut packen wollte.

Es war ein häßlicher Tanz, ein Zusammentreffen zupackender Hände, die Kehlen zerdrücken wollten. Kellin war sich Simas Nähe durch ihr Grollen und Fauchen bewußt, aber die Verbindung schien vollkommen leer. An ihre Stelle war eine seltsame Verwirrung getreten, die ihm nur zu deutlich klarmachte, was er schon vorher hätte wissen sollen. Was er schon zuvor gewußt *hätte*, wenn sein Geist nicht so verwirrt gewesen wäre.

Sie waren dem Fluß zu nahe. Sand gab nach. Steine

rollten fort. Kellins Füße in den zu großen, mit Stroh ausgestopften Stiefeln rutschten. *Kein Halt* … Er glitt in dem Augenblick aus, als Devin seinen Griff änderte. Kellin stolperte. Er schlug seinen rechten Handballen unter Devins Kinn, wollte ihm das Genick brechen, aber der Ihlini riß den Kopf jäh zur Seite.

Dann dies … Kellin verhakte einen Fuß um Devins Knöchel. Er brachte den Ihlini zu Fall, wandte sich dann um und sprang auf das nur einen Schritt entfernt liegende Messer zu.

Devins Füße scherten aus. Kellin, den er erwischte, fiel hart zu Boden und versuchte, sich noch wegzudrehen, aber Devins Hände hatten ihn bereits gepackt … *Messer* …

Der Ihlini hatte es. Kellin sah das kurze Glitzern, sah die Spitze den Stoff von Tams schmutziger Tunika berühren und dann hindurchgleiten.

Götter … Sima … Er wand sich, zog den Bauch ein.

Devin stieß ein triumphierendes Lachen aus. Der Stahl grub sich durch die Haut und glitt zwischen die Rippen. Der Mund des Ihlini zeigte Siegesgewißheit, aber auch Anstrengung. »*Wer* gewinnt diesen Kampf?«

Kellin riß sich von der Klinge frei und zwang sich, nicht über den Schmerz, den Schaden und das Risiko nachzudenken. Er sah den blutverschmierten Stahl, sah karmesinrote Tropfen in den feuchten Sand fallen, wollte es aber nicht wahrhaben.

Er drehte seinen Oberkörper und riß einen Fuß hoch. Ein wuchtiger Tritt gegen Devins Oberschenkel, und dieser zuckte zurück. Es genügte. Kellin schwang sich auf, ergriff Haare und Tunika und warf Devin um. Er ließ sich mit seinem Gewicht auf den Ihlini fallen, hielt ihn fest, ergriff dann Händevoll seines dunklen Haars und schlug den Schädel mehrmals auf den Sand.

Kellin war schwer verletzt. Wenn er Devin nicht

bald tötete, würde er verbluten. Welch süße Ironie, wenn sie *einander* töteten.

Devin stemmte sich hoch. Ein aufwärts gerissenes Knie verfehlte Kellins Leiste, nicht aber seinen Bauch. Schmerz und Blut brachen erneut auf. Seine Tunika war getränkt davon.

»... warten ...«, keuchte Devin. »... man muß nur *warten* ...« Aber er wartete nicht. Er stemmte sich erneut hoch, entriß sich Kellins Griff und kroch von ihm fort. »Jetzt ...«

Kellin stand stolpernd auf und hielt die Wunde mit seinem fest gegen die Rippen gepreßten linken Arm zu. Er wich zwei Schritte zurück, stolperte über einen Stein und versuchte, wieder Halt zu finden. Seine Kraft schwand schnell.

Devon lachte. Sein Gesicht war zerkratzt und an manchen Stellen gerötet. Es würde sich stark verfärben, wenn er lange genug lebte. »Cheysuliblut ...«, keuchte er, »... ist genauso rot wie Ihliniblut ... genauso rot wie mein *eigenes* Blut ... Sind wir also miteinander verwandt?« Er wischte sich mit einem Arm über das Gesicht. »Ich muß nur warten – Ihr werdet mir den Gefallen tun zu sterben, auch wenn ich Euch niemals wieder berühre.«

»Mein *Lir* ... wird *Euch* ... berühren ...« Mehr konnte Kellin nicht hervorbringen, weil er seinen Atem zu bewahren versuchte.

»Euer *Lir?* Das glaube ich nicht. Den *Lirs* ist es verwehrt, Ihlini zu verletzen. Habt Ihr Euch jemals gefragt, warum das so ist?« Devin kam wieder zu Atem.

Kellin wich zurück. Er hörte das Rauschen des Flusses, das Versprechen seines Gesangs. Er brauchte Zeit, um sich zu erholen, aber er hatte keine Zeit. Devin dagegen hatte Zeit.

Er konnte das Blut nicht aufhalten. Es sickerte durch seine Finger und tropfte in den Sand. Ein Stein wurde erst rot, dann schwarz. Der Fluß hinter Kellin brüllte lauter.

»Das reicht«, sagte Devin und beugte sich herab, um das Messer aufzuheben. »Ich werde in Valgaard erwartet. Dieser törichte Tanz kostet mich nur Zeit.«

Kellin beugte sich ebenfalls herab und nahm einen runden Stein auf. Er warf ihn, nahm einen weiteren Stein und warf erneut. Devin duckte sich, ließ aber das Messer nicht los. Er wußte es besser. Warum sollte er die einzige Waffe loslassen und riskieren, daß der Feind sie sich nahm?

Der Ihlini kam vorwärts. »Noch ein Wurf, und Euer Herz wird bersten. Glaubt Ihr, ich erkenne das nicht?«

Kellin wich zurück, während er den blutgetränkten Stoff über seiner Brust umklammerte. Die Welt um ihn herum verschwamm. *Nicht so – das ist nicht der Tod, den ich mir wünschen würde …*

Sima schrie. Devin sprang vorwärts.

Kellin drehte sich von dem Messer weg, als die Klinge in seine Richtung gestoßen wurde. Er ergriff den ausgestreckten Arm mit beiden Händen und verdrehte ihn, überdehnte ihn, versuchte das Körperglied mit grimmiger Entschlossenheit ganz zu brechen.

Devin schrie. Das Messer fiel herab. Dann stolperte der Ihlini vorwärts und warf sich mit seinem ganzen Gewicht gegen Kellin.

Eine eigenartige Wärme durchströmte seine Brust. Kellin sah den Mund des Ihlini sich bewegen, aber er hörte keine Worte. Er sackte zusammen, streckte einen stützenden Fuß vor und klammerte sich an Devin.

Das Ufer hinter ihnen bröckelte. Beide Körper stürzten um sich schlagend in den Fluß.

Kellin ließ Devin los, als sich das Wasser über seinem Kopf zusammenschlug. Er stieß sich hoch, schlug um sich. Die schlecht sitzenden Stiefel sogen sich voll Wasser und zogen ihn wieder hinab.

Sima …

Er griff um sich, preßte den Mund zusammen und versuchte hochzukommen, um wieder atmen zu können. Die Stiefel wurden ihm von den Füßen gezogen.

Sima ...

Der Fluß wogte. Kellin brach kurz durch die Oberfläche und sog Luft ein. Dann ergriff ihn die Bestie erneut, warf ihn zurück, schleuderte ihn abwärts. Er stürzte hilflos hinab, klammerte sich an die Strömung, hielt den Atem in den Lungen, die ihn schon schmerzten.

Er geriet kurz in die trügerische Umarmung eines tief im Wasser versenkten Baumes. Dann löste sich seine Tunika, und er kam dadurch von den Ästen frei. Er schlug erneut um sich, konnte aber nicht mehr ausmachen, wo die Oberfläche und wo der Grund des Flusses waren.

Er atmete Wasser ein. Er wurde gegen einen Felsvorsprung geschleudert, wieder weitergetragen und stürzte dann hilflos um sich schlagend tiefer. Sein rechtes Bein verfing sich, verkeilte sich in einem Spalt zwischen den Felsen. Kellin drehte sich in der Strömung, wurde hilflos hin- und hergeworfen und spürte dann das dumpfe Knacken.

Kein Schmerz. Sein Bein war taub. *Beide* Beine waren taub. Sein ganzer Körper war nur noch ein Klumpen nutzloses Fleisch, zu verletzlich, zu zerbrechlich, um der Bestie standzuhalten.

Der Fluß riß ihn frei und warf ihn dann achtlos gegen einen weiteren Felsvorsprung. Er kam kurz an die Oberfläche, schnappte hustend und abgehackt nach Luft, bat um Hilfe, aber der Fluß forderte ihn zurück.

Die Strömung war grausam. Sie schleuderte ihn in ihre Tiefen und hielt ihn dort wie einen im Flutgang gefangenen Korken fest. Und als sie ihn wieder in ruhigeres Wasser ausspie, kümmerte es sie nicht, ob der zerschlagene Körper noch atmete oder nicht mehr.

Intervall

Der Herr von Valgaard war tief in den Gewölben der Festung mit dem Füttern seiner Katzen beschäftigt. Sie saßen nicht zu seinen Füßen, wie es Hauskatzen, Leckerbissen erschmeichelnd und Zuneigung fordernd, gewöhnlich tun, denn sie waren keine Haustiere, sondern Rotluchse, lohfarben, rostrot und schwarz, die die Begrenzung ihrer Käfige entlangstreiften, ihre großen Zähne zeigten und fauchten, wenn er vielversprechende rote, blutige Fleischabfälle vor ihnen hin- und herschwenkte.

Er war ein gutaussehender Mann und wußte dies auch. Dieses Wissen erfreute ihn, obwohl seine Herkunft allein ihm schon genug Gewißheit gab. Und er war jung, nicht einmal dreißig Jahre alt, in der Blüte seines Lebens, obwohl er sie durch den Sucher erlangt hatte und sie darum nichts Natürliches war. Er hielt sein dunkles, federndes Haar auf seinem, auf einem schlanken Hals sitzenden, wohlgestalteten Kopf kurzgeschnitten und schmückte seine schmalen Hände mit einer Ansammlung von Ringen. Sie schimmerten im Fackellicht blutrot und bronzefarben.

Ein Mann kam heran. Er stand im Eingang, betrat den Raum aber nicht. Er sprach sehr leise, als wollte er die Katzen nicht erregen. Und, was noch wichtiger war: als wollte er den Herrn nicht erregen. »Mylord.«

Lochiel wandte den Blick nicht von seinen Katzen ab. Ihm gefiel ihre Wildheit. »Hast du Neuigkeiten von Devin?«

Der Mann faltete die Hände vor sich, den Blick zu

Boden gerichtet, um Lochiel nicht zu beleidigen. »Wir sind nicht sicher, Mylord. Wir glauben es.«

Lochiel wandte sich um. Seine Augen waren von reinem Braun. Sie lagen unter geschwungenen Brauen, die bei einem anderen Mann vielleicht weiblich gewirkt hätten, was aber bei ihm nicht zutraf. Kein lebender Mensch hätte ihn als etwas anderes als einen Mann bezeichnet. Sein Gesicht zeigte eine eigentümliche Klarheit, als hätten die Götter lange daran gearbeitet, ihn vollkommen zu gestalten. »Warum bist du nicht sicher?«

»Wir fanden ein Pferd und Packtaschen, die Devin gehörende Dinge enthielten – darunter befand sich der Ring, den Eure Tochter ihm geschickt hat –, aber Devin war nicht bei dem Pferd. Es gab Anzeichen von Gewalt, Mylord: blutbespritzter Sand und ein herabgefallenes Messer, aber keine Leiche. Zumindest nicht dort.« Der Diener hob den Blick nicht an. »Wir fanden flußabwärts, nicht weit von dem Pferd entfernt, einen Mann, der wie Treibholz ans Ufer geworfen worden war.«

»Tot?«

»Er war es nicht, als wir ihn fanden. Vielleicht ist er es aber jetzt. Er ist schwer verletzt.«

Lochiel warf den Katzen, einer nach der anderen, Fleischstücke zu und lächelte, als er sah, wie die Krallen sich ausstreckten, um das Fleisch zu erwischen. »Wo ist meine Tochter?«

»Bei ihm, Mylord. Sie passierte gerade den Engpaß in der Schlucht – sie sah, wie wir ihn hochbrachten.«

Lochiel seufzte. »Nicht die beeindruckendste Art, seiner Braut zu begegnen.« Er betrachtete seine blutbeschmierten Hände und wischte sie dann sauber. »Es wäre ärgerlich, wenn Devin stürbe. Ich habe ihn sehr sorgfältig seiner Abstammung nach ausgesucht.«

»Ja, Mylord.«

Lochiel beobachtete die Katzen. Sein Tagesablauf

war jetzt gestört. »Sie werden warten müssen. Sie sollen außer von mir kein Fleisch bekommen.«

»Ja, Mylord. Mylord?«

Lochiel wölbte fragend eine Augenbraue.

»Wir haben eine Katze gesehen, Mylord. Als wir über den Paß kamen. Ein glatthaariges schwarzes Weibchen, jung, aber recht vielversprechend. Sie versteckte sich fast augenblicklich.«

»Hatte sie einen Gefährten?«

»Wir haben keinen gesehen. Wir dachten vor allem an den Mann und sind deshalb sofort zur Festung zurückgekehrt.«

»Sehr gut. Ich werde euch morgen wieder hinausschicken, um mehr über sie herauszufinden.« Er betrachtete einen schwarzen Rotluchs, der ihn hungrig beäugte. »Wenn du brav bist, besorge ich dir eine Gefährtin.« Er runzelte nachdenklich die Stirn. »Es wäre schade, wenn meine Tochter ihren Gefährten verlieren würde. Ich brauche Kinder von ihnen.« Er berührte einen seiner Ringe. *Wenn Cynric geboren ist …* Er preßte den Mund zusammen, was seine klare Linie verdarb.

Wenn Cynric endlich geboren wäre, gäbe es nur einen sicheren Weg, ihn zu besiegen. Aber eine solche Versicherung war kostspielig und verlangte ein Opfer. Und doch war *er* mit allen seinen Versuchen gescheitert. Asar-Suti duldete kein Versagen.

Der Ihlini betrachtete seine Ringe, dachte nach, kannte die Antwort aber bereits. Wenn Kellin überlebte und das Kind zeugte – jener sichere Weg –, müßte dieser korrigierende, endgültige Weg eingeschlagen werden.

Lochiel seufzte. *Wenn wir den Erstgeborenen verhindern wollen, werden wir dem Sucher ein Kind beschaffen müssen.*

Teil III

Kapitel Eins

»Du solltest besser nicht hier sein«, erklärte meine Mutter.

Ich hörte das Rascheln über den Boden schleifender Röcke. Sie trägt sie lang und nimmt dafür wertvolle Stoffe, die besser unter mehreren Frauen aufgeteilt würden, als nur von einer Frau getragen zu werden. Aber das war meine Mutter. Sie lebte für ihre Stellung als Lochiels Frau. Als könnte dies einen Fremden vergessen lassen, was sie selbst verabscheute: daß in ihren Adern auch das makelhafte Cheysuliblut floß.

»Zweifellos«, stimmte ich ihr zu. »Aber jetzt bin ich hier. Schicklichkeit ist nicht mehr nötig.« Dann betrachtete ich sie und bemerkte, daß ihre Röcke das tiefste Rot des schweren homanischen Weins aufwiesen. Sie trug glitzernde Gagate. *Ganz Schwarz und Rot und Weiß ...* Bis zu den karmesinroten Lippen auf ihrer blassen Haut. Sie bleicht sie totenblaß, um ihre Cheysulifärbung zu verbergen.

»Wer ist er?« Sie trat näher heran.

»Ein Mann«, antwortete ich gleichmütig. Und dann, um sie zu treffen: »Er könnte durchaus Devin sein.«

Sie warf mir einen gewollt scharfen Blick zu, der nach der Wahrheit verlangte. Ich verbarg sie hinter einer Maske. Das hatte ich von meinem Vater gelernt, der sagte, *er* wiederum hätte es gelernt, um die Hexe von der Schwelle zu weisen.

Er sagte es spaßhaft. Wir sind alle Hexen.

»Ob es nun Devin ist oder nicht – du solltest lieber verschwinden«, sagte sie. »Diener können sich um ihn kümmern, und ich bin besser geeignet für den vertrauten Umgang als du.«

Ja, das stimmte. Sie forderte ihn ständig heraus.

Ich zuckte die Achseln. »Ich habe ihn bereits gesehen. Ich bin ihm in der Schlucht begegnet, als sie ihn heraufbrachten. Sie hüllten ihn in eine Decke, die aber abgenommen wurde, als man ihn aufs Bett legte.« Ich hielt inne. »Ich weiß, wie ein Mann aussieht.«

Ihre karmesinroten Lippen preßten sich zu einer dünnen, aber festen Linie zusammen. Sie betrachtete den Mann, der so still in seinem Bett lag. Er war jetzt gut zugedeckt, aber ich hatte die nackte Haut schon gesehen. Sie war vom Wasser blau und mit blutenden, durch den Ritt wieder blutig gerissenen Kratzern übersät. Sie hatten ihn wie einen frisch getöteten Hirsch verschnürt nach Valgaard gebracht. Die Abdrücke an Handgelenken und Knöcheln waren noch immer deutlich zu sehen.

»Wird er leben?« fragte sie.

Ich zuckte die Achseln. »Wenn mein Vater es wünscht.«

Sie sah mich erneut scharf an. »Wenn es Devin *ist*, dann sei versichert, daß dein Vater es tatsächlich wünschen wird.«

Ich zuckte erneut die Achseln. Jedermann in Valgaard wußte, daß ich Devin von High Crags heiraten sollte, gleichgültig was *ich* wollte. Männer, besonders Väter, sind nicht oft geneigt, Frauen nach ihren Wünschen zu fragen.

Und mein Vater war noch weniger geneigt, irgend jemanden nach irgend etwas zu fragen. Lochiel brauchte es niemals zu tun. Was ihm nicht gegeben wurde, nahm er sich. *Oder* er schuf es sich.

Nun, ich tat dies ebenfalls. Wenn ich die Gelegenheit dazu bekam.

Ich betrachtete den Mann im Bett. *Devin? Bist du Devin?*

Meine Mutter gab einen Laut von sich. Sie beugte sich herab, betrachtete sein zerkratztes und angeschwollenes Gesicht und schüttelte dann leicht den Kopf. »Er ist schwer verletzt.«

»Ziemlich«, bestätigte ich trocken. »Wer auch immer er ist – er hat den Blauzahn überlebt. Und dafür gebührt ihm Achtung … Würdest du von einem gutaussehenden Mann erwarten, daß er dem Fluß in besserer Verfassung entkäme?«

Er sah im Augenblick entschieden *nicht* gut aus. Der Fluß beraubt einen Körper des Blutes, das der Haut Farbe verleiht, des Herzens, das das Leben erhält und des Geistes, der das Herz antreibt. Er sah aus wie ein zu einem Menschen gestaltetes Stück Fleisch mit zwei Armen, einem Kopf und zwei Beinen, von denen eines gebrochen war. Ich hatte das eine Ende des Knochens hart gegen die geprellte Haut unterhalb des Knies drücken sehen, wodurch sie weiß und dünn wirkte. Aber der Knochen war nicht hindurchgebrochen.

»Sein Ohr ist eingerissen«, sagte sie, »und seine Lippe schlimm aufgeplatzt.«

»Ja«, bestätigte ich. Er hatte noch weitaus mehr Verletzungen. Die gesamte linke Seite seines Gesichts war voller schwarzer Quetschungen, und aus Schürfungen sickerte blut- und farblose Flüssigkeit. »Zieh die Decken zurück, Mutter. Dort gibt es noch Schlimmeres zu sehen.«

Sie tat es. Ich hatte es nicht anders erwartet. Aber sie betrachtete zunächst etwas, was der Fluß, soweit wir wußten, nicht verletzt hatte. Er war ein Mann geblieben, ein vollständiger Mann.

Ich biß die Zähne sehr fest zusammen. Meine Mutter scheint einen Mann zu *brauchen*, der ihre Schönheit bewunderte und sein leidenschaftliches Begehren bekundete. Sie ist tatsächlich wunderschön, aber kein Mann in Valgaard ist töricht genug, ihr mehr als heimliche Blicke zu gönnen. Sie ist Lochiels Frau.

Es war niemals so schlimm gewesen wie in den vergangenen zwei Jahren. Jetzt wußte ich den Grund dafür, obwohl ich es nur allmählich erkannt und noch langsamer begriffen hatte. Keine Tochter möchte erleben, daß ihre Mutter eifersüchtig wird, weil ihre Tochter ins Erwachsenenalter übergeht. Aber sie *war* eifersüchtig. Es war hart gewesen, diese Wahrheit zu erkennen, aber schließlich begriff ich sie.

Lochiels Frau war eifersüchtig auf Lochiels Tochter.

Du hast mich geboren, sagte ich stumm. *Wie kannst du das Kind beneiden, das du selbst geboren hast?*

Aber ihre Macht war unbedeutend. Sie war Lochiels Frau, während ich seine *Tochter* war. Ihr Wert war damit vergangen. Sie hatte ihm nur ein einziges Mädchen geboren und konnte ihm auch keine weiteren Kinder gebären. Jetzt ging dieser Wert auf die Tochter über, die den Niedergang der Cheysuli sichern würde, wenn sie klug heiratete.

Für diesen Niedergang lebte meine Mutter. Trotz der Tatsache, daß sie die uneheliche Tochter des Cheysulikriegers war, der den Löwenthron in der Großen Halle Homana-Mujhars innehatte.

»Was ist das?« Sie berührte seine Brust. »Eine tiefe Messerwunde.«

So, wie sie die Decken hielt, konnte ich seinen Körper zwar nicht sehen, aber ich brauchte auch gar nicht hinzuschauen. Ich wußte, was dort zu sehen war. Der Blauzahn ist grausam. »Er hätte verbluten müssen, aber der Blauzahn hat die Wunde verschlossen. Wenn sein Körper wieder warm wird, bricht die Wunde erneut auf. Wir sollten darauf vorbereitet sein.«

Sie betrachtete ihn gierig, bemerkte seine gebrochene Nase, die durch angeschwollene Quetschungen verzerrte Kinnlinie, das verstümmelte linke Ohr. Sogar seinen Mund, als messe sie seine Form an ihrem Wunsch, daß er gut auf ihren eigenen passen möge.

Ich atmete heftig ein. Es verursachte mir Übelkeit, sie sich so aufführen zu sehen.

Sie sah ihn an und lächelte. Dann schaute sie zu mir. Etwas Dunkles trat in ihre Augen. »*Du* kannst ihn haben.«

Mir stockte der Atem. Es war ungeheuerlich, daß sie so etwas auch nur *vorschlagen* konnte. Sie wollte mir meinen Bräutigam überlassen, weil er so schwer verletzt war, daß er unansehnlich und daher ihres Begehrens nicht wert war.

Abscheu erfüllte mich. Ich betrachtete den so zerschundenen, so zerschlagenen und gebrochenen Mann, wie er im Bett lag. *Ich hoffe, du siehst bald gut aus. Und ich hoffe, sie erstickt daran!*

»Jetzt werde ich die Frauen hereinrufen«, sagte sie. »Wir werden tun, was wir können ... Ich muß sicherstellen, daß meine Tochter diesen Mann nicht vor dem Beischlaf verliert.« Sie sprach nur ein Wort, ganz ruhig – sie ist immerhin eine Ihlini –, und Frauen betraten sofort den Raum.

Sie befreiten ihn von den Laken und begannen seinen Körper zu säubern, wuschen Risse und Kratzer aus und reinigten die Messerwunde. Er gab keinen Laut von sich und rührte sich auch nicht, bis sie sein Bein berührten – und dann erwachte er.

In dem Getue um das Bett des Mannes war sein zischendes Einatmen kaum zu hören, aber ich nahm es dennoch wahr. Die Sehnen an seinem Hals standen hart und starr unter der bleichen Haut hervor.

Meine Mutter legte ihre Hand auf seine Stirn und schob das starre Haar zurück. Es war so schwarz wie meines und dicht, aber glanzlos. Sand verkrustete das Kissen.

»Fieber«, sagte sie kurz. »Also die *Malenna*wurzel.«

Ich sah sie scharf an. »Das wird ihn zu sehr schwächen!«

»Du siehst doch, wie er gegen die Schmerzen ankämpft. Ich brauche ihn schwach und nachgiebig, damit die Wurzel wirken kann.«

Damit du deine Kontrolle sicherstellen kannst. Aber ich sagte es nicht.

Die Frauen verschmolzen wortlos und mit zu Boden gewandten Gesichtern mit den Wänden. Ich wußte, ohne hinzusehen, daß mein Vater gekommen war. »›Er ist schwer verletzt‹, sagte man mir.« Er kam durch die Tür. »Das Bein muß gerichtet werden.«

»Du könntest es heilen«, platzte ich heraus und wünschte dann, ich hätte geschwiegen. Man schlägt meinem Vater nicht vor, was er tun oder lassen kann.

Er lächelte. »Wir wissen noch nicht, wer er ist. Er könnte sehr wohl Homaner sein – warum sollten wir die Gabe des Suchers für einen Mann verschwenden, der ihrer vielleicht gar nicht wert ist? Ich werde das Bein mit herkömmlichen Mitteln richten.«

Das bedeutete: Schienen und Stoff. Beides wurde gebracht, und mein Vater wies die Frauen an, den Mann festzuhalten. Dann ergriff er den gebrochenen Knöchel und zog den Knochen gerade.

Ich betrachtete den Mann, der vielleicht Devin und dann für mich bestimmt war. Er rollte unter den bleichen, von Adern durchzogenen Lidern die Augen. Er warf den Kopf hin und her, bis eine der Frauen ihn zwischen die Hände nahm und festhielt. Die Sehnen traten erneut hervor, krümmten seinen Hals. Der verletzte Mund öffnete sich. Die Lippe platzte erneut auf, so daß sie wieder blutete, das Blut sein Kinn hinablief und auf seinen Hals tropfte. Es rann in Hautfalten und befleckte das Kissen.

Helles Karmesinrot auf der bleich geschundenen Haut. Devins Haut?

Ich verspürte ein Schaudern unruhiger Erwartung. Wenn er *wirklich* Devin war, sollte er, gemeinsam mit mir, als Mittel dienen, die Prophezeiung zu vernichten. Ich konnte nur hoffen, daß er wirklich Devin war, damit unsere Pläne ausgeführt werden konnten. Wir waren nahe, zu nahe am Ziel, sagte mein Vater, um die

Schlacht zu verlieren. Kellin, der Prinz von Homana, brauchte nur einen Sohn zu zeugen, und es wäre vorbei.

Aber ich lächelte, als ich darüber nachdachte. Er brauchte tatsächlich nur einen Sohn mit einer bestimmten Frau zu zeugen –, aber Kellin hatte sich in seinem Verhalten als zu selbstsüchtig erwiesen. Mein Vater hatte jahrelang über die Taten des Prinzen gelacht und gesagt, daß Kellin uns, solange er sich so launisch benahm, tatsächlich *half*, aber ich wußte, daß das nicht andauern konnte. Er würde sterben müssen, damit wir sicher sein könnten.

Es schien eine einfache Aufgabe. Kellin von Homana zu töten – und ein Ihlinikind hervorzubringen, das vom Sucher geweiht wäre, damit wir uns niemals wieder um die Prophezeiung sorgen müßten.

Die aufgeplatzte Lippe blutete stark. Meine Mutter stieß einen angewiderten Laut aus. Ich wollte so gern ein sauberes Tuch nehmen und das Blut wegwischen, das Tuch auf seine Lippe pressen, damit er nicht noch mehr Blut verlöre, aber ich wagte ihm vor meinem Vater nicht so nahe zu kommen.

»So.« Mein Vater legte die Schienen an beide Seiten des Beins an und band dann fest Stoff darum.

Der Mund des Mannes entspannte sich wieder. Sein Kampf hatte mehr angerichtet, als nur seine Lippe erneut aufplatzen zu lassen. Jetzt floß auch langsam Blut aus seiner Nase.

Meine Mutter lächelte, als sie es bemerkte. »Ein äußerst unglücklicher Unfall.«

Mein Vater sah sie unverwandt fest an. Ich konnte seine Gedanken nicht ergründen. »Er wird sich wieder erholen«, sagte er, »vorausgesetzt, Asar-Suti wünscht es.« Nun sah er mich an. »Ich werde sicherlich darum ersuchen. Wir brauchen diesen Mann.«

Ich erstarrte. »Ist es Devin?«

»Man hat sein Gepäck genauer durchsucht. Eine

Satteltasche enthielt den Ring, den du ihm im letzten Jahr geschickt hast, ein Versteck mit Wachsteinen und die Adlerkralle, die magisch gegen *Lir*einmischung helfen soll. Und ... dies.« Er hielt es ins Licht. Es war ein Goldring mit einem tief blutroten, fast schwarzen Stein. Darin regte sich ein wie aus dem Schlaf erwecktes Licht. Mein Vater lächelte. »Er kennt mich.«

»Ein Lebensstein!« rief meine Mutter aus und betrachtete den Mann im Bett dann genauer.

Ich biß die Zähne zusammen. *Das macht einen Unterschied, nicht wahr? Du siehst ihn dir nochmals an, um zu ergründen, ob er ein anderes Gesicht zeigen könnte.*

»Devin hätte natürlich einen Lebensstein. Er ist dem Sucher verschworen.« Die hellbraunen Augen meines Vaters sahen mich über den glänzenden Lebensstein hinweg an. »Wenn dieser Mann kein Dieb ist, der ihn Devin gestohlen hat und dann in den Fluß fiel, halte ich es für unwahrscheinlich, daß er jemand anders sein sollte.«

Meine Mutter runzelte die Stirn. »Der Stein ist in einen Ring eingelassen. Warum sollte er ihn nicht tragen?«

Sein Blick ruhte auf ihrem Gesicht. »Solinde gehört nicht mehr allein uns. Sogar in High Crags ehren Männer den Gestaltwandler, der in Lestra hofhält. Ein dem Gott verschworener Ihlini kann jetzt nicht mehr frei umhergehen, ohne Vorsichtsmaßnahmen zu ergreifen. Es war klug, den Ring einzustecken.«

Meine Mutter preßte die karmesinroten Lippen zusammen. »Das wird sich ändern. *Wir* werden wieder regieren, wie zu Tynstars und Bellams Zeit.«

Lochiel lachte. »Hast du sie persönlich gekannt?«

Sie errötete. Sie hörte den Spott hinter seinen Worten genauso heraus wie ich. »Ich weiß ebenso viel über unsere Geschichte wie jeder andere, Lochiel. Trotz meines Cheysuliblutes!«

»Ah, aber ich trage *ihr* Blut in mir.« Er lächelte. »Tynstar war mein Großvater.«

Das ließ sie sofort verstummen. Lochiel unterschied sich sogar von den Ihlini, die seine Macht verstanden. Man konnte leicht vergessen, wie alt er bereits war und wie langlebig seine Vorfahren waren.

Ich lächelte in mich hinein. *Tynstar, Strahan, Lochiel – und jetzt Ginevra. Ich bin ihr Vermächtnis.* Es war mehr, als Melusine beanspruchen konnte, und das wußte sie.

»Wollen wir nachsehen, ob er tatsächlich Devin ist?« Mein Vater hielt den Ring so hoch, daß das Licht darauf funkelte. »Wenn er aber ein Gegner ist, der, wenn er aufwacht, unsere Fürsorge auszunutzen beschließt, können wir jetzt Schritte unternehmen, ihn dann seiner eigenen Lüge auszusetzen.«

Ich betrachtete den Ring. Licht bewegte sich träge darin. Er kannte meinen Vater tatsächlich. Das Blut des Gottes floß genauso in seinen Adern, wie in den Adern all derer, die Asar-Suti verschworen waren. Ich beanspruchte außer meinem natürlichen Erbe noch nichts davon. Ich sollte den Becher bei meiner Hochzeit leeren, um mich für immer dem Dienst für den Sucher zu verschreiben.

»Wird es ihn töten?« fragte meine Mutter.

Lochiel lächelte sie an. »Wenn er nicht Devin ist – sicherlich.« Er hielt den Ring fest. »Mein Geschenk an dich, Melusine – entscheide über diesen Mann.«

»Warte!« platzte ich heraus und bedauerte es sofort, als sich mein Vater zu mir umwandte.

Die karmesinroten Lippen meiner Mutter öffneten sich zu einem Lächeln. »Nein«, sagte sie gehässig. »Er gibt dir alles – dies gibt er *mir!*« Sie riß ihm den Ring aus der Hand, beugte sich über den bewußtlosen Mann, ergriff dessen linke Hand und schob den Ring über seinen Zeigefinger. »Brenne«, sagte Melusine. »Wenn du nicht Devin bist, soll das *Gottesfeuer* dich verschlingen!«

»Du *willst* es!« schrie ich. »Beim Gott selbst, ich glaube ...« Aber meine Beschuldigung erstarb, als *Gottesfeuer* von dem Ring aufflammte – rein bläulich und purpurfarben. Ich wich genauso einen Schritt zurück wie meine Mutter, die aber lachte.

»Seht ihr?« sagte sie. »Er ist überhaupt nicht Devin!«

Aber die Flammen erstarben. Die Hand war makellos geblieben. Tief im Inneren des Lebenssteins leuchtete helles Licht.

»Ah«, sagte Lochiel. »Eine vorschnelle Vermutung.«

»Dann ... ist er es?« Ich betrachtete den Ring an der Hand. »Es ist Devin.«

»Es scheint so. Ein Lebensstein ist mit einem Ihlini verbunden, wie ein *Lir* mit einem Cheysuli verbunden ist.« Er runzelte einen kurzen Augenblick die Stirn, während er Devin betrachtete. »Es ist nur eine andere Entsprechung ...« Aber dann brach er ab. »Wir werden die Bestätigung bekommen, sobald er aufwacht.«

Ich atmete tief durch und stellte die Frage vorsichtig. »Warum heilst du ihn dann nicht, anstatt auf herkömmliche Mittel zu bauen?«

Lochiel lächelte. »Weil auch Devin lernen muß, daß er bei solch unbedeutenden Dingen wie seinem Leben allein von mir abhängig ist.« Er streckte seine Hand aus. Meine Mutter ergriff sie. »Pflege ihn gut, Ginevra. Man kann einen Menschen nicht besser beurteilen, als wenn man ihn in seinem tiefsten Schmerz erlebt hat. Es ist schwierig zu lügen, wenn die Welt in Flammen steht.«

Er führte meine Mutter aus dem Raum. Ich wußte, daß sie zu Bett gehen würden. Dieser Gedanke ließ mich erröten. Ich verstand nicht, welchem Bedürfnis sie damit entsprachen, sondern nur, daß eines bestand, aber sie schienen – nach allen Maßstäben ihrer Persönlichkeiten – besonders gut zueinander zu passen.

Eine der Frauen wischte das Blut von Devins Gesicht. Eine andere trat mit einem Becher vor. *Malenna-*

wurzel, wie ich wußte, mit Wasser vermischt. Ich wollte Einwände dagegen erheben, tat es aber nicht. Es stimmte, daß sein Fieber vertrieben werden mußte. Wenn ihn die Behandlung zu sehr schwächte, würde ich meinen Vater überreden sicherzustellen, daß Devin überlebte.

Mein Vater wollte ein Kind, einen Erben für Valgaard und das Vermächtnis der Ihlini. Wenn ich Devin nicht heiratete, würden wir jemand anderen mit dem passenden Blut finden müssen. Warum sollte man die erforderliche Zeit dafür verschwenden? Der Mann war ja hier.

Ich setzte mich auf einen Stuhl und betrachtete ihn. *Lebe,* sagte ich zu ihm. *Du mußt vieles lernen.*

Und ich ebenso.

Ich hatte die Hochzeit meiner Eltern erlebt. Ich war mir nicht sicher, daß ich mir für mich dasselbe wünschte.

Ich seufzte. *Der Sucher möge mir das Wissen gewähren, das ich brauche, um dies durchzustehen. Ich möchte meinem Vater dienen, aber ich möchte auch mir selber dienen!*

Kapitel Zwei

Das Fieber sank noch vor der Dämmerung. Die *Malenna*wurzel tat ihre Wirkung, säuberte seinen Körper von Unreinheiten, so daß Schweiß auf seine Haut trat. Ich dachte, das Schlimmste sei überstanden. Jetzt konnte die Heilung beginnen. Sie würde wegen der Schwere seiner Verletzungen viel Zeit brauchen, aber ich glaubte, daß er überleben würde.

Die Frauen, die meine Mutter zurückgelassen hatte, damit sie sich um ihn kümmerten, warfen mir heimlich Blicke zu, während sie ihn wuschen. Sie wagten nichts zu mir zu sagen, obwohl ich wußte, daß sie meine Anwesenheit für unschicklich hielten. Aber schließlich war er mein Bräutigam. Wie konnten sie glauben, daß es mich *nicht* kümmerte, ob er überlebte oder starb?

Ich saß auf einem Stuhl, der dicht neben ihm stand. Er beschäftigte mich. Ich wollte ihn heimlich betrachten, ohne daß er es merkte. Ein wacher Mann ist sich seines Stolzes und seiner Erscheinungsart zu bewußt. Ich wollte – ohne solche Hindernisse – *ihn* kennenlernen.

Er atmete mühsam. Das auf die Messerwunde gepreßte Verbandspolster war blutdurchtränkt, schien aber ausreichend sauber. Es roch nicht nach einer Infektion. Es war eine einfache, wenn auch tiefe Wunde. Er konnte sich bei guter Pflege erholen.

Er regte sich und stöhnte, warf den Kopf auf dem Kissen hin und her. Die Kratzer auf seinem Gesicht näßten nicht mehr. Auch seine Haut hatte zu trocknen begonnen und warf unter Krusten Falten. Die Höhlungen unter seinen Augen waren durch die Quetschungen dunkel verfärbt. Die Augenlider flatterten. Seine Wimpern waren genauso lang und dicht wie meine.

Ein unpassender Gedanke. Ich verwarf ihn wieder. Aber dann berief ich ihn erneut herauf, während ich die Gestalt seiner angeschwollenen Nase zwischen den Augen und unter den gewölbten schwarzen Augenbrauen betrachtete. Er hatte schlimme Quetschungen davongetragen, ja, aber ich hielt meine Mutter für blind. Sie war nur imstande, die Verletzungen zu sehen, die der Fluß verursacht hatte, ohne die darunterliegenden, wohlgestalteten Knochen zu bemerken.

Ich glaube, du könntest uns alle überraschen, wenn du genesen bist. Ich atmete tief durch. »Devin?«

Die Lider flatterten erneut und öffneten sich dann. Seine Augen waren von einem klaren Hellgrün, das aber vor Schwäche verschleiert schien. Ich wußte, daß die *Malenna*wurzel dies bewirkt hatte. Sie würde ihm länger den Verstand rauben, als mir lieb war. Ich wollte ihn zurückbekommen.

Ich rückte meinen Stuhl näher ans Bett, damit er mich sehen konnte. Seine Lippen waren stark angeschwollen und von getrocknetem Blut verkrustet. Er bewegte sie, stöhnte und formte dann vorsichtig Worte. Sie – *es* – klang leicht verstümmelt, aber doch klar genug. »Wer …?«

Ich lächelte. »Ginevra.«

Ich wartete. Ich dachte, er würde sofort antworten, daß er Devin sei, oder irgendwie andeuten, daß er wußte, wer ich war. Statt dessen berührte er mit der Zungenspitze vorsichtig seine geschundene Unterlippe, ertastete ihren Zustand und zog die Zunge dann wieder zurück. Seine Lider schlossen sich einen Augenblick und hoben sich dann wieder an.

»Euer Name?« Ich bestand darauf, wollte zusätzlich zu dem Lebensstein noch eine mündliche Bestätigung.

Er runzelte leicht die Stirn. Da sein Haar zurückgestrichen war, konnte ich erkennen, daß die Stirn unverletzt war. Der Fluß hatte ihn wenigstens hier mit seiner Grausamkeit verschont. »Mein Bein ...« Er bewegte eine Hand auf der Felldecke, als wollte er sie beiseite ziehen.

»Nein.« Ich hielt die Hand fest. »Euer Bein ist gebrochen, aber es wurde wieder gerichtet.« Die Hand hielt inne. Ich nahm meine eigene wieder fort. »Erinnert Ihr Euch daran, was geschah?«

Er runzelte erneut die Stirn. »Wo bin ich?«

»In Valgaard.«

Der Ausdruck in seinen Augen änderte sich nicht. Ich sah dort nur verwirrte Leere.

Es mußte die *Malenna*wurzel sein. »Valgaard«, wiederholte ich.

Er bewegte vorsichtig den Mund. Seine Worte klangen undeutlich. »Was ist ... Valgaard?«

Das erstaunte mich. Ich wandte mich jäh an eine der Frauen. »Wieviel *Malenna* hat er bekommen?«

Sie erbleichte. »Nicht mehr als gewöhnlich, Lady.«

»Zuviel«, erklärte ich. »Er bekommt nichts mehr – habt Ihr gehört?«

»Ja, Lady.« Sie blickte angestrengt zu Boden.

Er bewegte sich ein wenig, und ich schaute sofort wieder zu ihm. »Warum bin ich hier?« fragte er.

»Ihr solltet hier sein. Aber ihr wurdet verletzt. Es gab einen Kampf – Ihr seid in den Fluß gefallen.« Oder wurdet hineingestoßen. Wie konnte man eine Leiche besser verbergen?

»In den Fluß?«

Tatsächlich – zuviel Wurzel. »Der Blauzahn.« Ich betrachtete ihn genauer und bemerkte die Benommenheit in seinen Augen. Sie wirkten infolge der Wurzel jetzt eher schwarz als grün. »Erinnert Ihr Euch wirklich an nichts? Nicht einmal an den Mann, der Euch die Messerwunde zugefügt hat?«

»Ich erinnere mich, daß ich ... *gefroren* habe ...« Er

hielt inne. »… stark.« Er schloß die Augen und öffnete sie dann wieder. Sie wirkten jetzt klarer, ohne daß er mehr erkannte. »Zuviel …« Er regte sich. »… Kopf schmerzt.«

»Der Blauzahn«, wiederholte ich und begann zu verstehen. Wenn er sich den Kopf angeschlagen hatte, was im Fluß sehr wahrscheinlich war, würde er wohl noch einen oder zwei Tage lang verwirrt sein. Wenn man dies dann noch im Zusammenhang mit der Wurzel bedachte, hatte er Glück, daß er überhaupt bei Bewußtsein war. »Die Erinnerung wird von allein zurückkehren«, versprach ich ihm. »Ihr werdet wissen, wo Ihr Euch aufhaltet und daß Ihr in Sicherheit seid …« Ich hielt inne. »Devin.«

»Ist das … bin ich Devin?«

Ich grinste. »Sagt es mir, wenn *Ihr* Euch dessen sicher seid.«

Er betrachtete mich genauer. »Wer seid Ihr?«

Deine Braut, antwortete ich, konnte es aber nicht laut sagen. »Ginevra.«

Er sprach es mir nach, rollte die weiche, zischende erste Silbe besonders lang zwischen den Zähnen. Er sprach mit einem merkwürdigen Akzent, eher homanisch als solindisch – aber Devin ist ein Mann aus High Crags, hoch oben an der Grenze zwischen den beiden Ländern. Ich hatte die Sprache schon zuvor gehört. »Wie lange …?«

»Ihr wurdet gestern hierher gebracht. Mein Vater hatte einen Suchtrupp losgeschickt, weil Ihr Euch so verspätet hattet.« Ich lächelte angestrengt. »Ihr seid so kostbar. Es war sehr wichtig.«

»Warum?« Verwirrung stand in seinen Augen. »Ich erinnere mich an nichts …«

»Schsch.« Ich beugte mich vor. »Strengt Euch nicht an … es wird von allein kommen.«

»Ich sollte mich erinnern.« Feuchtigkeit schimmerte auf seiner Stirn. Er erkannte mehr, als sich sein Bewußtsein festigte. »Wer bin ich, daß meine Verspätung einen Suchtrupp wert ist?«

»Devin von High Crags.« Ich hoffte, daß dies die erstickte Kerze seines Geistes entzünden würde.

Er versuchte es. »Nein …«

Es half nichts. Es war das beste, es einfach auszusprechen. »Wir sind einander versprochen.«

Die Kerze in seinem Geist wurde entzündet, loderte in seinen Augen, aber die Erkenntnis nahm immer noch nicht zu. »Versprochen! Wann?« Es war anstrengend für ihn, den Mund zu bewegen. »Ich erinnere mich an *nichts* …«

Ich seufzte. »Dann sollt Ihr dies hören, damit Ihr nicht unwissend bleibt: Ich bin Ginevra von den Ihlini, Lochiels Tochter – und wir sind einander versprochen, um die Cheysuli zu vernichten.« Ich hielt jäh inne, als ich den Ausdruck in seinen Augen sah. »Die Cheysuli«, wiederholte ich dann. »Erinnert Ihr Euch auch nicht an sie?«

»… ein *Wort* …«

»Ein übles Wort.« Ich seufzte erneut. »Laßt es gut sein, Devin. Ihr werdet Euch wieder an alles erinnern.«

»Wer bin ich?«

»Devin von High Crags.« Ich lächelte. »Ihr seid, genau wie ich, Ihlini.« Das war ein weitaus stärkerer Bund als alle anderen, und er würde es wissen, wenn sein Geist sich erholt hätte.

Er seufzte. »Ihlini, Cheysuli … für mich nur Worte. Ich könnte beides sein und es nicht wissen.«

Ich lachte. »Ihr würdet es wissen«, belehrte ich ihn. »Seid versichert, daß Ihr es wissen würdet, wenn Ihr vor den Gott trätet.«

Er öffnete ruckartig die Augen. »Vor den Gott?«

»Asar-Suti.« Er wußte alles darüber, aber ich würde es ihm trotzdem noch einmal erklären. »Mein Vater wird Euch vor den Sucher bringen. Der Gott fordert

Euren Schwur. Ihr sollt Lochiels Tochter heiraten, und Lochiel ist der Lieblingsdiener des Suchers. Es ist notwendig.« Ich lächelte. »Aber Ihr braucht Euch keine Sorgen zu machen. Ihr seid ein Ihlini. Der Sucher wird es wissen – ebenso wie Euer Lebensstein.«

Er folgte meinem Blick und sah den Ring an seiner Hand. Er hob die Hand, um den Stein zu betrachten, sah, wie seine Finger zitterten und senkte die Hand wieder. »Ich … kann mich nicht an diesen Ring erinnern.«

Das war wichtig. Sein Geist mußte tatsächlich stark beeinträchtigt sein, wenn er vergessen hatte, was ein Lebensstein war. Aber das wagte ich ihm nicht zu sagen. »Die Erinnerung wird zurückkehren.«

Er verengte die Augen. »Ihr … werdet mich lehren müssen. Ich habe alles vergessen.«

»Aber sicherlich nicht *dies*.« Ich zeichnete eine Rune in die Luft. Es war nur eine kleine Rune, ohne die Verworrenheit derer, die meine Mutter gestaltete, aber sie war beeindruckend genug, wenn man dergleichen nie zuvor gesehen hat – oder wenn man vergessen hat, wie *Gottesfeuer* aussieht. Es leuchtete lebhaft purpurfarben.

Er betrachtete die Rune gebannt. Seine Finger auf der Felldecke zitterten. »Kann ich … das auch?«

»Ihr müßt es früher gekonnt haben. Es ist das erste, was wir überhaupt lernen.« Ich ließ die Rune leuchten, damit er eine Vorlage hätte. »Versucht es.«

Er hob seine Hand, und ich sah, wie stark sie zitterte. Er versuchte, die Rune unbeholfen nachzuzeichnen, aber seine Finger konnten der Vorlage nicht folgen. Es war, als hätten sie es niemals gelernt.

Die Hand sank aufs Bett. Er war erschöpft. »Wenn ich es früher konnte, habe ich es vergessen.«

Ich löste meine Rune auf. Es war ein wenig verwirrend, einen Ihlini zu beobachten, der nicht einmal die einfachste Rune gestalten konnte, aber es schien ja nicht überraschend. Er würde sich wieder daran erinnern. Im Augenblick war sein Geist, wie der eines kleinen Kindes, der Macht und des Wissens um seine Magie beraubt. »Es wird zurückkehren.« Ich hielt inne. »Und wenn nicht, dann seid versichert, daß ich es Euch lehren werde.«

Seine Lippen bewegten sich schwach, als wollte er lächeln. Aber dann schlossen sich seine Lider wieder. Die Wurzel übernahm erneut die Kontrolle.

Ich stand leise auf. Er sah sehr jung und verletzlich aus. Der Lebensstein wirkte auf seiner Hand schwarz.

Schwarz, nicht rot.

»Ich komme wieder«, sagte ich.

Als ich die Tür öffnen wollte, hörte ich einen Laut. Ich wandte mich um und sah das schwache Schimmern grüner Augen. »Ginevra«, sagte er, als probiere er aus, wie der Name in seinen Mund passe.

Ich lächelte. »Ja.«

Die Lider schlossen sich erneut. »Wunderschön«, flüsterte er.

Ich antwortete aus Verlegenheit nicht. Ich wußte nicht, ob er meinen Namen oder die Frau, die ihn trug, gemeint hatte.

Dann dachte ich an meine Mutter. Ich mußte lächeln. *Du hast ihn mir gegeben*, dachte ich. *Jetzt wirst du sehen, was daraus entsteht.*

* * *

Ich ging sofort zu meinem Vater. Meine Mutter war bei ihm. Sie saß auf einem Fenstersitz im Turmzimmer meines Vaters und betrachtete das rauchende Bestiarium vor den Toren. Ich dachte, daß sie der Festung sehr ähnlich war: stark, stolz und wild. Ich wünschte, ich könnte sie mögen, aber das war vorbei. Ich kannte jetzt ihr Herz, und dieses Wissen verletzte meines.

»Er erinnert sich an nichts«, erzählte ich ihnen. »Nicht einmal an seinen Namen.«

Mein Vater stand vor einer entzündeten dreibeinigen Kohlenpfanne. Der Feuerschein ließ seine Augen bronzefarben wirken. Er wartete.

»Ich habe ihn ihm gesagt. Ich habe ihm auch meinen Namen gesagt und daß wir einander versprochen sind. Ich sagte ihm, wo er hier ist. Aber er erinnert sich an nichts von alledem ... nicht einmal daran, daß er ein Ihlini ist.«

Meine Mutter wandte sich ruckartig zu mir um. Glocken klangen in ihrem Haar. »Er hat *das* vergessen?«

Ich vermied es, unter der Verachtung zurückzuzucken. »Er ist schwer verletzt worden. Die Erinnerung wird zurückkehren.«

»Hast du ihn geprüft?« fragte mein Vater.

Ich legte die Handflächen flach auf meine Röcke und hielt die Hände ganz still. »Das Wissen um seine Magie ist verloren. Sogar *Bel'sha'a.* Er ist ein Kind, Vater ... ein der Macht beraubtes Kleinkind.« Ich atmete unsicher ein, wohl wissend, daß meine Worte ungewöhnlich wichtig waren. »Wenn du ein Werkzeug gesucht hast, konntest du kein besseres finden. Er besitzt nichts, worauf er sich stützen kann, außer dem, was wir ihm geben. Er hat keine vorgefaßten Meinungen. Wie könnten wir den Mann besser lehren, der dem Herrn dienen soll, als indem wir alte Erinnerungen durch neue austauschen?«

Nur ein kaum wahrnehmbares Glitzern in seinen Augen gab seine Begeisterung preis. Ich wußte, daß ich ihn gewonnen hatte. Jetzt brauchte ich nicht mehr so vorsichtig vorzugehen.

Mein Vater lächelte. Ich sah ihn meiner Mutter einen Blick zuwerfen, die ihn mit verengten Augen beobachtete. Auch ihre Augen sind hellbraun, obwohl sie seinen nicht sehr ähnlich sehen. Ihre Augen wirken fast golden, nur wenn das Licht unmittelbar darauftrifft – dann zeigt sich ihre Cheysuliabstammung.

»Er wird mir gehören«, sagte Lochiel.

Ich reckte das Kinn empor. Es war an der Zeit, mich zu erklären, damit sie es nicht zuerst täte. »Aber du wirst ihn mit mir teilen.«

Mein Vater lachte. »Ich tue etwas noch Besseres. Er untersteht deiner Obhut, bis ich den richtigen Zeitpunkt für gekommen halte … Du kannst ihn lehren. In allem.«

Ich empfand unwillkürlich großen Stolz. Er hatte mir noch niemals ein solches Geschenk gemacht. Es war ein Zeichen seiner Anerkennung meines Blutes. Er gab mir die Gelegenheit, meinem Erbe zu dienen.

Dennoch zögerte ich. »Bist du sicher, daß ich dessen wert bin?«

Er lachte. »Du brauchst nicht zu befürchten, daß du es verderben könntest. Ich werde für dich da sein … Ich werde sehen, was du tust. Er ist für den Gott bestimmt, Ginevra, genau wie du. Glaubst du, ich würde ihm Unsterblichkeit verleihen, nur damit du zusehen mußt, wie er wie andere Menschen erkrankt und stirbt?«

»Lochiel!« rief meine Mutter. »Du versprichst zuviel.«

»Tatsächlich?« Seine Stimme klang kühl. »Wünschst du dich an die Stelle deiner Tochter?«

Sie errötete. »Das hast du niemals vorgeschlagen. Selbst als ich fragte …«

Er machte eine kaum wahrnehmbare Geste. Ich hatte sie schon früher gesehen. Ich hatte sie verzweifelt nachzuahmen versucht, weil sie meine Mutter stets zum Schweigen brachte. »Melusine«, sagte er, »du lebst hier, weil ich es dulde.«

Ihre Lippen zitterten, und dann preßte sie sie zusammen. »Ich bin deine Frau.«

»Das machte dich der Gunst des Suchers nicht würdiger.«

Ihre Augen loderten fast gelb. »Du versprichst es *ihr!*«

Er stand neben mir. Seine Hand lag auf meiner Schulter. Er verschränkte die Finger in meinem Haar, das mir offen bis auf die Hüften hing, und ich spürte die Wärme seiner Haut durch den Samt meines Gewandes. »Ginevra ist Fleisch von meinem Fleisch, Blut von meinem Blut, Knochen von meinen Knochen«, sagte er ruhig. »Ihr Geist ist auch mein Geist. Du bist nichts von alledem … Ich habe dich benutzt, um des Kindes willen, und jetzt habe ich sie.«

»Lochiel!«

Er hob seine andere Hand. Ich konnte es aus den Augenwinkeln erkennen. Ich sah meine Mutter an, weil ich nirgendwo anders hinschauen konnte. »Melusine«, sagte er, »ich mochte dich. Du hast mir ein Kind geboren. Du hast Kellin von Homana gesäugt, als ich dich darum bat. Du hast mir gut gedient. Aber du mußt doch sicher erkennen, daß dir und deiner Tochter ein unterschiedliches Ende bestimmt ist.«

»Ich habe sie geboren!« Ich war jetzt ihre einzige Chance.

»Unter Blut und Schmerzen. Ich weiß. Aber das tun auch Stuten, Kühe und Schafe … und sie werden nicht durch die Gunst des Suchers erhoben.« Er hielt inne. »Das mußt du doch verstehen.«

Ihr Gesicht war sehr blaß geworden. »Du willst also meinen Tod.«

»Erst wenn die Zeit gekommen ist.«

»Wenn *ihre* Zeit gekommen ist!«

Lochiel seufzte. »Du bist ein Biest.«

Es war widersinnig. Er war der mächtigste Magier der ganzen Welt, und doch belegte er meine Mutter nur mit einem Schimpfnamen.

Das machte sie zornig. Dann erkannte ich, das er

getan hatte. »Eine Xanthippe! Im Namen Asar-Sutis – bist du wahnsinnig? Eine Xanthippe?«

Mein Vater lachte. Da war etwas zwischen ihnen, das ich nicht verstehen konnte. »Melusine, glaubst du, ich wäre unzufrieden mit dir? Du bist alles, was ich mir wünschen könnte. Du paßt zu mir.«

Ihre Augen schimmerten gelb. »Warum drohst du mir dann?«

»Um meine Langeweile zu vertreiben.« Er strich mir übers Haar und ließ dann davon ab. »Sie ist wunderschön, unsere Ginevra … Und diese Verbindung der Blutlinien wird unser Überleben sichern. Aber Devon muß vor den Gott treten. Der Segen ist notwendig.«

Meine Mutter war jetzt nicht mehr so verärgert, aber noch immer beunruhigt. Sie haßte es, benutzt zu werden. Das hatte ich früher nicht gespürt. Ich war jetzt alt genug, um allmählich zu begreifen. »Und wenn der Segen verweigert wird?« Sie warf mir einen Blick zu. »Was geschieht dann mit Devin?«

»Er stirbt«, sagte Lochiel.

Meine Mutter sah mich an und lachte.

Ich konnte nicht in ihr Lachen einstimmen. Ich wußte, daß sie hoffte, es würde geschehen.

Kapitel Drei

»Ein Narr«, sagte ich zu ihm. Er achtete nicht auf mich. Er setzte sich dennoch auf und schwang die Beine über die Bettkante. Ich beobachtete nicht das geschiente Bein selbst, über das wir gesprochen hatten, sondern das Gesicht des Mannes, der darum kämpfte, sich in den Augen der Frau, die er heiraten sollte, aufzuwerten.

Es bedeutete ihm etwas. Es bedeutete ihm viel. Ich freute mich über den Grund dafür – so viele Dinge auf der Welt geschehen unerwartet, und wir würden ebenso unerwartet die Verbindung zwischen einem Mann und einer Frau teilen, die einander liebten.

Er sah schon viel besser aus. Eine Locke schwarzen, jetzt sauberen und glänzenden Haars fiel ihm in die Stirn. Die Schwellungen in seinem Gesicht waren abgeklungen, so daß die klaren Linien von Nase und Stirn genau ineinander verschmolzen und den schrägen Winkel seiner Wangenknochen und die Klarheit seiner von schwarzen Wimpern – ebenso schwarz wie meine – umrahmten Augen vervollständigten.

»Ein Narr«, murmelte ich zu mir selbst, obwohl er glaubte, es sei für ihn bestimmt. Ich hätte niemals gedacht, daß ich einen Mann auf die Art lieben könnte, wie ich Devin liebte, und wir waren noch nicht einmal miteinander verheiratet. Wir waren bisher nicht mehr als *Verlobte*. Aber alle wußten es, jeder einzelne, trotz unserer Vorsicht. Es war für sie leichter, es zu wissen, als für uns, es zuzugeben. Bis jetzt hatten wir noch nichts gesagt.

Die Enden der Schienen trafen auf dem Boden auf, und Devin zuckte zusammen. Ich wußte, daß ihn das nicht aufhalten würde. Soviel hatte ich in den letzten Wochen über ihn gelernt. Er war ein eigensinniger, unnachgiebiger Mann.

Und sehr schön, so wie ein Mann es sein kann, der dennoch zweifellos ein Mann ist. *Stark,* dachte ich. *Ausgesprochen, sehr stark, wie die Katzen im unterirdischen Gewölbe.*

Mir war zum Lachen zumute. Meine Mutter hatte verloren. Es freute mich unbändig, daß aus ihm geworden war, was ich erwartet hatte, was ich mir zwischen Schlaf und Wachen erträumt hatte, als mein Körper nicht zur Ruhe kommen wollte. Ich begriff jetzt, was zwischen meinen Eltern bestand.

»Devin ...« Ich schüttelte den Kopf. »Es ist nicht nötig. Ich *weiß*, daß du kein Schwächling bist ... laß es heilen.«

Er hatte den Mund zu einer grimmigen, flachen Linie zusammengepreßt. Er hatte die Absicht, es erneut zu versuchen. Ich seufzte und biß die Zähne zusammen. Er würde sich nur selbst schaden.

Ich machte von meinem Stuhl aus eine kleine Bewegung, durch die sich die Verbände lösten und die Schienen herabfielen. Das Bein war – so unverbunden – schlecht zum Stehen geeignet.

Devin betrachtete den gelösten Verband und die herabgefallenen Schienen. »Das hast *du* getan.«

Ich wölbte die Augenbrauen. »Ich habe dich gewarnt.«

»Nein – du hast mich einen Narren genannt.«

»Das war meine Warnung.«

Er runzelte die Stirn. Seine Augen funkelten unter den schwarzen Brauen wie Glas. »Ich kann ohne Hilfe nicht stehen.«

»Nein.«

Er seufzte. »Ich habe die Lehre ordnungsgemäß begriffen. Verbindest du mir das Bein jetzt wieder?«

Er wollte es nicht zugeben, aber das Bein schmerzte.

Auf Magie verzichtend, weil ich ihn so gern berühren wollte, kniete ich mich auf den Boden und verband das Bein selbst wieder. Seine Haut war weich und nachgiebig. Die Knochen darin waren wieder zusammengewachsen, aber die Muskeln schienen noch geschwächt.

Er sah mir zu, während ich den Verband befestigte. Seine Stimme klang rauh, als hielte er etwas zurück, was er eigentlich sagen wollte. »Wenn wir Ihlini wirklich so mächtig sind, wie du sagst, warum überlassen wir die Heilung dann Schienen und Verbänden? Warum heilen wir mein Bein nicht mit Magie?«

Ich setzte mich wieder. Wir verbrachten in dem kleinen Raum viel Zeit zusammen, da ich ihn lehrte, was er bereits gewußt hatte, woran er sich aber nicht mehr erinnern konnte. »Mein Vater wollte, daß du deine Grenzen kennenlernst.«

»Aha.« Er zog die Mundwinkel herab.

»Und es gibt noch einen anderen Grund. Das Heilen ist eine Cheysuligabe.«

»Es scheint eine wohltätige Gabe zu sein. Wenn ich vielleicht eine Cheysuli hier hätte …« Er grinste. »Ich sehe in deinen Augen ein Unwetter heraufziehen.«

»Das solltest du auch merken. Außerdem hätte eine Cheysuli hier in Valgaard keine Macht, wegen des Tores – der Sucher ist zu stark. Die einzige Magie, die hier angewandt werden kann, ist die, die er selbst gestaltet.«

Devin machte ein ernstes Gesicht. »Und wann werde ich ihn kennenlernen?«

»Wenn mein Vater es wünscht.« Ich zeichnete *Ori'neth* in die Luft. »Versuche es, Devin.«

»Ich *habe* es versucht.«

»Versuche es noch einmal.«

Er streckte seine Hand in die Luft. Der Lebensstein an seiner anderen Hand war fort. Er hatte ihn abgenommen, weil der Ring, da er Gewicht verloren hatte, nicht mehr richtig paßte. »Dein Vater ist nicht mehr zu mir gekommen. Woher soll er wissen, wann ich bereit bin?«

»Zeichne die Rune. Er wird es wissen.«

»Weil du es ihm sagen wirst?«

»Niemand sagt Lochiel irgend etwas. Niemand *braucht* ihm irgend etwas zu sagen. Mein Vater weiß um diese Dinge.« Ich seufzte. »Devin ...«

Er versuchte es. Die Finger wurden gekrümmt, verdreht, ahmten das Vorbild nach. Nur ein schwacher Umriß erschien, und schließlich ließ er die Hand wieder sinken. »Da. Siehst du?«

»Du hast *Bel'sha'a* geschafft«, erinnerte ich ihn. »*Ori'neth* kommt als nächstes.«

Devin war mürrisch. »Ich habe kein Geschick dafür.«

Ich lachte ihn offen aus. »Geschick! Du bist ein Ihlini.«

Ich mußte über seine Verstimmung lächeln. »Es war schon besser. Dieses Mal konnte ich die Luft weichen sehen. Wenn du die Luft teilen und das *Gottesfeuer* in den dadurch entstehenden Spalt treiben kannst, wirst du den Trick erlernt haben.« Ich hielt inne. »Du hast auch *Bel'sha'a* gelernt.«

»In sechs Wochen«, sagte er. »Ich werde ein alter Mann sein, bevor ich die dritte Stufe erlernt habe, und als Ehemann nutzlos bleiben.« Er sah mich stirnrunzelnd an. »Was nützen solche Tricks, Ginevra? Sie könnten niemanden aufhalten.«

»*Diese* könnten es nicht, das ist richtig ..., aber dies sind ja noch die ersten Runen, Devin. Dies ist ein Spiel, mit dem man Kleinkinder beschäftigt.« Ich lachte, als sich sein Stirnrunzeln vertiefte. »Aber du *bist* ein Kleinkind! Ich konnte *Bel'sha'a* bereits, als ich drei war. Ein halbes Jahr später beherrschte ich *Ori'neth*. Bei dir war es zweifellos ebenso –, du hast es nur vergessen. Der Fluß hat dir den Verstand geraubt.«

»Ich erlange ihn vielleicht niemals wieder zurück.«

Er war niedergeschlagen. Ich zog meinen Stuhl näher heran, zögerte einen Augenblick, beugte mich dann vor und ergriff seine Hand. Es war eine Vertraulichkeit, die ich zwei Wochen vorher noch nicht gewagt hätte, aber das brauchte ich jetzt. Ich wollte seine aus der Schwäche entstandene Qual lindern.

Und deine eigene steigern?

Ich fuhr dennoch fort, achtete nicht auf mein Gewissen. »Ein Ihlini erlangt seine Macht erst im Erwachsenenalter, und selbst dann dauert es Jahre, bis er seine Fähigkeiten beherrscht. Ich bin selbst nicht sehr gut darin.« Ich war es zwar doch, aber das brauchte ich ihm nicht zu sagen. Ich war Lochiels Tochter, und das Blut setzte sich durch. »Ich bin ein Kind, das ein Kleinkind führt, aber wer könnte sich besser an die Zeit erinnern, in der sich ein einfacher Trick als schwierig erwies? Siehst du das?« Ich machte eine Geste und spürte die prickelnde Kälte in meinen Fingerspitzen. Das *Gottesfeuer* kam auf mein Geheiß gespenstisch purpurfarben hervor. Es hing als leuchtendes Tuch zwischen Devin und mir, aber unsere Hände blieben miteinander verbunden. »Dies ist …«

Er entriß mir seine Hand und hob sie an, als wollte er das *Gottesfeuer* zerreißen. Ich zog es beiseite, bevor er sich verbrennen konnte. Er wußte noch nicht, wie er sich schützen mußte. Ein Schweißfilm bedeckte sein Gesicht. »Ginevra …«

»Was ist los?« Ich erhob mich von meinem Stuhl und kniete mich neben das Bett. »Devin … was ist los?«

»Das … *das* …« In seinen Augen stand Angst. »Ich erinnere mich. Schwach. Feuer … Flamme …« Er schloß die Augen. Sein Körper sank erschöpft in die Kissen. »Warum kann ich mich nicht an mehr erinnern?«

»Die Erinnerung wird zurückkehren«, belehrte ich ihn wie schon so viele Male.

Er regte sich unter der Bettdecke. »Wie kannst du dir so sicher sein? Wie kannst du es *wissen?* Und wenn ich solche Dinge nicht – nie – beherrschen lerne ...« Die wie gemeißelten Lippen wurden fest zusammengepreßt und so ihrer eigentlichen Form beraubt. »Ein Ihlini ohne diese Kunstfertigkeit ist kaum geeignet, Lochiels Tochter zu heiraten.«

Ich nahm seine Hand erneut in meine und preßte sie an meinen Mund. »Er wird geeignet sein«, sagte ich. »Ich werde dafür sorgen.«

Devins Augen wirkten schwarz. Er atmete flach und hastig. »Kannst du so etwas tun?«

Ich sagte, nah an seiner Haut: »Ich kann vieles tun.«

Er wandte seine Hand in meiner um. Er ergriff meine Finger, führte meine Hand zu seinem Mund und ließ mich die Härte seiner Zähne in der Sanftheit seiner Lippen spüren. »Zeig es mir«, flüsterte er.

Ich erschauderte. »Noch ... nicht.«

»Wann?«

Es war eine schwer zu enthüllende Wahrheit, aber er verdiente keine Lügen. »Wenn mein Vater davon überzeugt ist, daß du geeignet bist, dem Gott zu dienen.«

Devins Atem fühlte sich auf meiner Hand warm an, als er leise lachte. »Väter müssen bei Dingen wie diesen nicht immer über ihre Töchter bestimmen.«

»Mein Vater tut es.« Ich entzog mich seinem Griff. »Wenn du das auch nur einmal vergißt, könnte es deinen Tod bedeuten.«

»Ginevra ...«

»Er ist *Lochiel*«, sagte ich. Ich wußte, daß das genügte.

Die Anspannung wich aus seinem Körper. Sein Mund verwandelte sich zu einem ironischen Lächeln. Und dann erstarb auch das, und ich sah statt dessen quälende Verzweiflung. »Ich habe nichts«, sagte er. »Ich *bin* nichts – außer dem, was du aus mir machst.«

Das erschütterte mich. »Du bist Devin.«

»Ich bin niemand«, sagte er, »bis auf das, was du sagst, was ich sei. Ich komme erst durch dich zu mir.« Seine Augen glühten fahl wie *Gottesfeuer*, nur daß sie grün statt purpurfarben wirkten. »Du bist mein gesunder Verstand.«

Ich bat den Sucher, ihm die Kraft zu verleihen, seinen eigenen gesunden Verstand zu finden, aus Angst, daß sich meiner als zu schwach erwiese. Und dann verließ ich den Raum. Ich wollte ihm so gerne geben, um was er bat.

Als die Schiene schließlich abgenommen wurde und Devin stehen konnte, erkannte ich, daß er größer war als ich erwartet hatte. Er hatte während seiner Krankheit Gewicht verloren, aber Bewegung und besseres Essen würden ihn schon bald wiederherstellen.

Innerhalb einer Woche brauchte er auch keine Krücke mehr und lief allein. Mit der neugewonnenen Beweglichkeit kam auch die Lebendigkeit zurück und die Neugier, zu sehen, wo ich lebte. Er konnte wieder recht gut laufen, aber ich bemerkte die Anspannung um Mund und Augen dennoch. Ich wollte, daß er alles von Valgaard sah, damit er es genauso gut kennenlernen würde wie ich. Es würde sein Zuhause sein. Es war wichtig, daß er die Art von Macht verstand, die der Festung innewohnte, damit er seine Macht – wenn er die Fähigkeit dazu erst wieder erlernt hatte – nicht vergessen und sie falsch einsetzen würde.

Er beherrschte schließlich nicht nur *Ori'neth*, sondern auch *Li'ri'a*. Seine Runenmuster waren noch grob gestaltet, aber er brachte sie zustande, und sie leuchteten deutlich in der Luft. Es freute ihn sehr, wenn sie rauchten und spuckten und Funken *Gottesfeuer* abgaben. Ich erinnerte ihn daran, daß die Kontrolle darüber wichtiger war als die Erscheinung.

»Du brauchst neue Kleidung«, sagte ich zu ihm, während wir über den gepflasterten Hof gingen.

»Ich habe Kleidung. Und du hast bereits gesagt, daß die Erscheinung unwichtig ist.«

»Nicht unwichtig, nur *weniger* wichtig – und das bezog sich auf die Handhabung der Magie, nicht auf das Tragen von Kleidung.« Ich betrachtete ihn von der Seite. »Ich wünsche mir bessere Kleidung für dich. Diese paßt dir nicht mehr richtig.«

»Und wenn ich das Gewicht zurückerlange, das ich, wie du sagst, verloren habe, wird die *neue* Kleidung nicht mehr richtig passen.« Er berührte meine Wange. »Laß es gut sein, Ginevra. Ich bin damit zufrieden, was ich besitze.«

»Dann trage wenigstens den Ring.« Ich nahm ihn aus der an meinem Gürtel befestigten Tasche. »Hier. Ich habe ihn dir im letzten Jahr geschickt. Du könntest ihn wenigstens in meiner Gegenwart tragen.«

Er nahm den Smaragd von mir entgegen und betrachtete ihn. Ich sah, wie er den Mund zusammenpreßte. »Ich erinnere mich nicht einmal daran. Nicht mehr als an den anderen Ring.«

»Das macht nichts. Leg ihn an.«

Er tat es. Der Goldring drehte sich an seinem Finger. Ich sah den Ausdruck in seinen Augen.

»Umwickele ihn mit einem Faden«, schlug ich vor. »Wenn es dir wieder gut geht, wird auch er wieder passen.«

Er war enttäuscht und verärgert. »Wird es mir jemals wieder gut gehen?«

»Dev …«

Er blieb jäh stehen und umfaßte mit seinen, von der Krankheit bereits genesenen Händen meine Schultern. »Wird meine Erinnerung *wirklich* zurückkehren? Oder bin ich dazu verdammt, den Rest meines Lebens nur als halber Mensch zu verbringen, der lediglich solche Runen zustande bringt, die auch ein zweijähriges Kind gestalten könnte?«

Es tat mir weh, ihn so betroffen zu sehen. Wenn ich ihm doch nur helfen könnte ...

Ich konnte es. Es lag bei mir, ob ich es riskieren wollte.

Ich seufzte. »Ich glaube, es ist an der Zeit ... Komm mit mir.«

»Wohin?«

»Zu meinem Vater.«

Seine Pupillen weiteten sich. »Du willst mich vor Lochiel beschämen?«

»Dies hat nichts mit Scham zu tun. Mein Vater versteht es.«

Er umschloß den Ring mit seiner Hand, als er sich erneut gedreht hatte. »Kann Lochiel mich wiederherstellen? Oder bedeutet das auch Heilung und ist daher verflucht?«

»Komm mit«, sagte ich entschlossen und legte meine Hand auf seinen Arm. »Frage ihn, nicht mich.«

Der Raum war leer, als wir eintraten. Es war ein kleines Gelaß oben in einem der Türme. Die Wände waren mit runenversehenen Stoffen verhüllt, und der ganze Raum war mit einem Durcheinander von Stühlen, Tischen und Kerzenständern übersät, die durch herabgelaufenen und verhärteten, cremefarbenen Wachs verwandelt waren. Mein Vater bevorzugte diesen Raum, wenn er Privatgespräche führen wollte. Er hielt Überfluß in seiner Familie für unnötig.

Devin war dennoch beeindruckt. Zeuge fleischgewordener Macht zu werden, bringt Menschen dazu. Sie lebte in diesem Raum. Er war von eben jener Beschaffenheit durchdrungen, die auch die Steinmauern schützte.

In Abwesenheit meines Vaters war keine der Kerzen entzündet. Ich blies sanft darauf, so daß sie alle zu brennen begannen, lachte über Devins Gesichtsausdruck, warf mich dann in einen Sessel und schwang ein Bein über die Armlehne. Es war vielleicht eine unziemliche Haltung, aber der Anstand blieb durch die weiten Röcke gewahrt. Ich hatte in letzter Zeit die Jagdhosen abgelegt und trug statt dessen Seide und Samt. Sogar mein Haar blieb jetzt stets gebändigt. Ich hielt es mit einem einfachen Silberdiadem zusammen, damit es nicht ganz so üppig herabfiel. Ich wußte, daß Devin es gern sah, wenn ich das Haar offen trug. Er hatte mich von seinem Krankenbett aus fast gierig beobachtet, wenn ich es nach dem Waschen auskämmte. Es brauchte zwei Tage zum Trocknen. Wenn ich es glatt haben wollte. Ich mußte es offen lassen.

Devin seufzte und sah sich dann im Raum um. Sein Rückgrat wirkte sehr starr. *Beunruhigt – und warum? Er wird Lochiels Sohn werden.* »Sei ganz ruhig«, riet ich ihm.

»Sei *du* ganz ruhig«, erwiderte er. Dann grinste er mich an. »Ich wage zu behaupten, daß du dich genauso fühlen würdest, wenn du dem Cheysulimujhar gegenübertreten solltest.«

»Niemals.« Ich lächelte ruhig. »Aber es ist nicht so. Und du bist ein Ihlini, kein Cheysuli. Was hast du zu befürchten?« Ich warf ihm einen schelmischen Blick zu. »Außerdem behauptest du, dich an nichts zu erinnern. Wie kannst du unruhig sein, wenn du nichts über den Mann weißt?«

Devin stichelte, wenn auch nicht unfreundlich. »Du besitzt eine gewandte Zunge. Du benutzt sie recht oft im Zusammenhang mit seinem Namen … ›Lochiel‹ hier, ›Lochiel‹ da. Wie sollte ich mich anders als seiner unwürdig fühlen?«

»Oh, du *bist* seiner unwürdig …« – ich grinste –, »… aber er wird dich davon entheben. Wenn du Asar-

Suti gegenübertrittst, wird dir Lochiel nicht mehr halb so schlimm erscheinen wie jetzt.«

»Aha. Das beruhigt mich.« Er kreuzte die Arme. »Sollen wir den ganzen Tag auf ihn warten? Oder wirst du jemanden nach ihm schicken?« Er hielt inne. »Befindet er sich überhaupt *in* der Festung?«

»Er ist hier.« Ich neigte den Kopf. »Sehr *hier*.«

Und das war er plötzlich auch, traf auf seine Art ein, um denjenigen zu beeindrucken, wer auch immer auf ihn wartete. Ich hätte ihn wegen seines übertriebenen Auftretens gern getadelt, aber man tadelte Lochiel nicht.

Violetter Rauch vernebelte die Mitte des Raumes. Devin trat hastig zurück, stieß einen Fluch aus, den ich ihm beigebracht hatte, und beobachtete gebannt, wie sich der Rauch zur Gestalt eines Mannes formte.

»Schließ den Mund«, zischte ich.

Devin fügte sich. Mein Vater lächelte. »Das«, sagte er ruhig, »solltest *du* tun können.«

Devins Haut hatte wieder Farbe bekommen. Und jetzt errötete er noch dazu. »Vielleicht konnte ich es früher.«

Lochiel erschien in seiner Jugendlichkeit nicht viel älter als Devin. »Ist überhaupt nichts zurückgekehrt?«

»Keine Erinnerungen.« Er sah mich an. »Ginevra hat mir über mich erzählt, was immer sie wußte, aber die Worte bedeuten nichts. Ich muß glauben, was immer sie mir erzählt. Es ist die einzige mir bekannte Wahrheit.«

Mein Vater sah ihn unverwandt an. »Was kannst du tun?«

Devin lachte, wenn auch ein wenig bitter. Er streckte eine Hand aus. Er zeichnete *Li'ri'a* in die Luft. Es war in der Art eines Kindes, aber er konnte nichts Besseres zeigen. Sein verbittertes Lachen wunderte mich überhaupt nicht. »Das«, sagte er und entließ die Rune wieder.

Mein Vater sprach sanft. »Findest du das lustig?«

»Überhaupt nicht. Ich finde es – und mich selbst – erbärmlich.«

»Aha.« Lochiel lächelte. »Aber ich weiß, wer du bist. Ich weiß, welche Möglichkeiten dir innewohnen. Sonst hätte ich dich nicht dazu auserwählt, mit meiner Tochter Söhne zu zeugen.« Er schaute kurz zu mir, und ich sah ein Leuchten in seinen Augen. »Es macht mir nichts aus, daß du deine Macht vergessen hast. Sie wird wiederkommen. Aber du mußt sie zuerst beschwören, anstatt darauf zu vertrauen, daß du sie nur vergessen hast.«

»Aber ich *habe* …«

Mein Vater streckte die Hand aus und ergriff Devins rechtes Handgelenk. Ich erkannte an dem Ausdruck in Devins Augen, daß er fest zugegriffen hatte. »Beschwöre sie jetzt herauf«, befahl Lochiel. »Rufe sie zu dir. Laß die Macht dich vollkommen ausfüllen, und du wirst erkennen, was du wissen mußt.«

Devin spannte sich an. »Ich *habe* es versucht …«

»Versuche es erneut.« Jetzt klang Lochiels Stimme hart. »Hast du vergessen, daß ich bei dir bin?«

Ich sah die Veränderung in Devins Augen. Er streckte sich tatsächlich, wenn auch unbeholfen, nach der Macht aus. Ich hielt den Atem an, wohl wissend, was mein Vater beabsichtigte.

Devin schrie auf. Ein Ausdruck der Verwunderung überzog sein Gesicht, so daß seine Augen glühten, und dann erlosch dieses Glühen wieder. Er schrie erneut auf, jetzt wie im Schmerz, und fiel auf die Knie, als mein Vater sein Handgelenk losließ. Er atmete hörbar. »Ihr wollt … Ihr wollt, daß ich *so* werde …?«

Lochiel blickte auf ihn hinab. »Du *bist* so. Ich verlange von dir eine durch den Dienst an dem Gott gestärkte Macht und vollkommenen Gehorsam. Nicht Machtlosigkeit, Devin. Das niemals, sondern mehr.« Mein Vater legte eine Hand auf Devins Kopf. »Mit dieser Macht können wir gemeinsam das Haus Homana stürzen und die Prophezeiung vernichten. Glaubst du, mich verlangt es nach einem Narren? Glaubst du, ich brauche ein Kind? Ich brauche einen *Mann*, Devin, der meine eigene Kraft noch verstärken kann. Einen Mann, der mit meiner Tochter schläft und Kinder für den Sucher zeugt.«

Devin kniete noch immer. In seinem Gesicht war nichts mehr von dem zu erkennen, was er zu empfinden gemeint hatte, nichts von der Macht meines Vaters. »Wie kann ich mit einer solchen Leere in mir dienen?«

Lochiel lächelte. »Du bist leer. Das wird vergehen. Wir werden dafür sorgen, daß du wieder erfüllt wirst. Der Gott selbst wird es tun.« Er sah mich an, lächelte und streckte dann die Hand aus. »Nimm meine Tochter. Zeuge einen Sohn mit ihr. Die Hochzeit wird folgen, wenn ich sicher bin, daß sie empfangen hat.« Er führte unsere Hände zusammen, Haut an Haut.

Ich hatte nur Augen für Devin. Die Stimme meines Vaters wurde zu einem Bestandteil des Raumes – wie ein Stuhl oder ein Wandbehang. Man bemerkte solche Dinge nicht, wenn Devin im Raum war.

Seine Augen leuchteten hellgrün. Sein Geist konnte die Heftigkeit seines Verlangens nicht verbergen.

Nicht mehr, als ich die Heftigkeit meines Verlangens verbergen konnte.

»Ihr braucht nicht zu warten«, sagte Lochiel. »Durch Warten kann man viel verlieren. Das Rad des Lebens dreht sich weiter. Wenn wir es nicht bald anhalten, wird unser Leben verwirkt sein.«

Kapitel Vier

Wir hatten die Kerzen gelöscht, lagen jetzt im Bett und genossen unsere Entdeckungsreise. Devins Atem wärmte meinen Hals. »Was hat er gemeint?« Sein Mund hauchte die Worte an meiner Haut. »Warum ist unser Leben verwirkt, wenn sich das Rad des Lebens weiterdreht?«

»Das hat mit den Cheysuli zu tun …« Ich wandte den Kopf, um sein Kinn zu küssen, um den Geschmack seiner Haut zu kosten. »Müssen wir jetzt darüber sprechen?«

Er lachte weich, und seine Fingerspitzen liebkosten meine Haut. »Ja. Du sagtest, du würdest mich alles lehren – nun, vielleicht nicht *dies*.«

Dies tatsächlich nicht. Ich errötete, da ich spürte, wie wollüstig ich war. »Ich bin nicht diejenige, die redet …« Ich hielt den Atem an und biß mir auf die Lippen, als seine Hand fordernder wurde. »Aber … mir scheint … *Götter, Devin!* … daß du, auch wenn du deinen Verstand verloren hast, dies *nicht* vergessen hast.« Ich nutzte seine Bestimmtheit.

Devin lachte erneut. Es war ein tief aus seiner Brust aufsteigendes Rumpeln. Seine Hand wanderte zu meinen Brüsten, zog ihre Rundungen nach. Seine Haut war dunkler als meine – ich bin ihlinihell, und seine Augen waren nicht eisgrau wie meine –, aber unsere Knochen ähnelten einander. Wir Ihlini sind reinrassig.

Seine Stimme bebte. »Ein Mann vergißt nicht, wie sein Körper mit dem einer Frau zusammenkommt.«

»Anscheinend.« Unsere Hüften verschmolzen miteinander. Ich wandte mich ihm wieder zu und erfreute mich an dem Gefühl seiner Haut, die sich an meiner rieb. »Das Rad des Lebens ist eine Cheysuliwendung. Sie sprechen oft in Bildern: das Rad des Lebens, der Webstuhl und so weiter. Sie sind, wenn nichts sonst, ein phantasiebegabtes Volk.« Ich streichelte seine Brust, froh darüber, daß ich nicht mehr seine Rippen zählen konnte. Die Muskeln waren wieder fest. Ich mied die von der verheilten Messerwunde zurückgebliebene Narbe. »Ihre Prophezeiung befiehlt, unser Volk zu vernichten, um ein neues Volk zu gründen: die Erstgeborenen. Wenn wir sie davon abhalten, wenn wir die Prophezeiung vernichten, wird ihr Rad aufhören, sich zu drehen, und die Welt, wie wir sie kennen, wird so bleiben, wie sie ist.«

»Wie sie ist?«

»Nun – wie sie sein sollte. Es wird einige Zeit dauern, sie von ihren Göttern abzuwenden. Sie sind alle unwissend.«

»Die Cheysuli?«

Ich hatte Schwierigkeiten weiterzudenken, während ich seinen Körper erkundete. »Und andere. Die Homaner. Die Ellasier. Die Inselbewohner.« Ich berührte mit den Fingern seine Lippen. »Sogar die Solinder müssen leiden … Ein Cheysulikrieger hat den Thron von Lestra inne.«

»Ketzerei«, flüsterte er belustigt.

»Das ist es.«

»Und wenn wir ein Kind zeugen, können wir dieses Rad anhalten?«

»Mein Vater ist davon überzeugt.«

Er wandte sich um, legte seine Hand auf meinen Bauch und spreizte die Finger. Die Wärme seiner Handfläche war angenehm. »Haben wir es denn gezeugt?«

Ich lachte. »Würde es dir so sehr gefallen, deiner Pflicht bereits nach einer einzigen Nacht entledigt zu sein?«

»Pflicht? Eine Pflicht erledigt man, ohne wirklich

das Verlangen danach zu haben.« Seine Hand griff fester zu, während er sich herabbeugte, um meinen Mund zu kosten. »*Dies* ist keine Pflicht.«

Ich fragte atemlos: »Und wenn ich nicht empfangen habe?«

»Dann werden wir diese ›Pflicht‹ fortsetzen.« Seine Zunge zog meine Augenlider nach. »Glaubst du, ich wollte *aufhören?*«

Meine Seele begann jäh zu frösteln. Ich konnte nicht antworten.

Er spürte meine Stimmung sofort und hörte mit seiner sanften Verführung auf. »Was ist los?«

Ich wollte es nicht sagen, aber ich hatte das Gefühl, ihm die Wahrheit zu schulden. »Es ist etwas … Seltsames … an dir.«

Die Worte klangen zu gefällig. »Wenn ein Mann nichts über seine Vergangenheit weiß, ist Seltsamkeit nur natürlich.«

»Ja. Aber …« Ich brach seufzend ab. Ich wollte nicht weiter darüber sprechen. Nicht jetzt.

Er tat es jedoch. »Aber?«

»Ich wünschte … ich wünschte, du wärst ganz gesund. Ich wünschte, du würdest dich kennen. Ich wünschte du wärst schon vollständig, damit ich mich nicht fragen müßte, welche Teile noch fehlen.«

Devin lachte. »In der wichtigsten Beziehung *bin* ich vollständig.«

»Ich meine es ernst.«

Das galt in diesem Augenblick auch für ihn. Der Wille zur Verführung und die Ironie wichen. Er drehte sich auf den Rücken. Unsere Haare verflochten sich miteinander, Schwarz in Schwarz auf hellen Kissen. Strähnen meines Haars waren um seinen Unterarm geschlungen. »Ja, ich wünschte auch, ich könnte mich an meine Vergangenheit erinnern – ich wünsche es mir jeden Tag und in der Dunkelheit der Nächte …, aber sie bleibt verloren. Da ist *nichts*, außer einer gähnenden Leere.«

Es tat mir erneut weh, ihn so verletzt zu erleben. »Ich möchte, daß es überwunden sei.«

Der Raum war dunkel, bis auf das Licht der Sterne jenseits des Fensters. Ich konnte nur wenig von seinem Gesicht sehen und seinen Gesichtsausdruck gar nicht erkennen. »Ich kann nicht mein ganzes Leben damit verbringen, mich zu fragen, was ich vielleicht gewesen sein könnte, falls ich mich niemals wieder erinnere ... Die Gegenwart ist wichtig. Ich bin das, was du aus mir machst. Ginevra ...« Aber dann lachte er weich und verscheuchte die Ernsthaftigkeit, als könnte er es nicht ertragen, über seine Lage nachzudenken. Er wandte den Kopf und sah mich an. »Welche Frau würde einen solchen Mann nicht begehren? Du kannst mich so oder so formen, bis du hast, was du haben willst.«

Meine Heftigkeit verblüffte uns beide. *»Ich habe, was ich will.«*

Er hielt für einen Augenblick den Atem an. Stieß ihn dann langsam wieder aus. Er drehte sich auf die Seite, sah mich an, verschränkte seine Finger in meinem Haar. Er zog mein Gesicht nah an seines, während er sich zu mir beugte. »Dann werden wir deinem Vater den Enkel schenken müssen, den *er* für den Sucher haben will, und dann werden wir unseren eigenen Sohn zeugen.«

Er hatte recht. Die *Gegenwart* zählte, nicht die Vergangenheit. Wenn das Kind nicht bald empfangen würde, könnte sich das Rad so weit drehen, daß anstelle der Cheysuli wir vernichtet würden.

Aber ich konnte ihm nicht sagen, was ich am meisten fürchtete. Daß die Leere in ihm, die Trostlosigkeit in seinen Augen, die er nicht zugeben wollte, uns unserer Zukunft berauben würde.

Mein Vater gab uns fünf gemeinsame Tage und Nächte, und dann rief er Devin zu sich. Es ärgerte mich, daß er uns nur so wenig Zeit gewährte – glaubte er, wir könnten mit einer Rune ein Kind herbeizaubern? –, aber ich beklagte mich nicht. Devin war auch ohne meine schlechte Stimmung unruhig genug, und ich wagte mich meinem Vater nicht zu widersetzen.

Ich sagte Devin, er solle gehen. Daß es notwendig sei, daß er viel Zeit mit meinem Vater verbringe, damit er besser auf die Rolle vorbereitet sein würde, die er übernehmen müßte, wenn er den Segen des Gottes erst erhalten hatte. Ich sah den Ausdruck in seinen Augen, die Anspannung seines Körpers und wünschte, ich wüßte, wie ich seine Besorgnis vertreiben könnte.

Aber auch sie war notwendig. Ein Mann, der Lochiel gegenübertrat, mußte begreifen, was er tat, um seinen angemessenen Platz in der Weltordnung nicht zu vergessen.

Und so schickte ich ihn mit einem Kuß auf seine Finger und einem Kuß auf den Mund fort, wohl wissend, daß mein Vater ihn auf Arten prüfen würde, die niemand, nicht einmal Lochiels Tochter, vorhersagen konnte. Wenn er auch nur einen Teil der Macht in der Ihlinihierarchie annehmen wollte, mußte er zunächst lernen, wie.

Ich schickte Devin am späten Nachmittag zu meinem Vater. Nur der Sucher und Lochiel wußten, wann ich ihn vielleicht wiedersehen würde. Dann begab ich mich an die Aufgabe, ein Runenmuster auf die Tunika zu sticken, die ich für ihn fertigte – Grün auf Schwarz – und versuchte, keine trüben und unnützen Gedanken darüber zu hegen, was vielleicht geschehen könnte, wenn mein Vater für sich entschied, daß Devins fehlendes Erinnerungsvermögen ihn für die Ihlinimacht zu schwach sein ließ.

Meine Mutter betrat unsere Räume. Sie trug ein üppig leuchtendes Rot – auch auf ihren Lippen. »Also.«

Ich biß die Zähne zusammen und schaute nicht auf, sondern dachte entschlossen an das Muster unter meinen Händen. Sie würde sagen, was zu sagen sie gekommen war. Ich würde mich nicht reizen lassen.

Ihre Röcke raschelten laut, als sie näher kam. »Also ist meine Tochter jetzt in jeder Beziehung eine Frau.«

Laß dich nicht reizen ... Ich nickte wie abwesend und arbeitete äußerst sorgfältig an der Gestaltung einer schwierigen Rune weiter.

Sie wartete. Sie erwartete eine Antwort. Als diese sie nicht bekam, begann die Luft zwischen uns zu knistern. So nahe am Tor wird eine solche Verärgerung zum Laut.

Ich stellte eine Rune fertig und begann dann eine neue.

Die Hand meiner Mutter fuhr herab und riß mir die Tunika aus der Hand. »Und hat sich deine Welt gedreht? Sind die Sterne vom Himmel gefallen?«

Funken sprühten von meinen Fingern. Ich löschte sie mühsam. Ein einzelner Blutstropfen drang an einer Fingerspitze hervor, wo die Nadel mich gestochen hatte, als meine Mutter mir die Tunika entriß. Ich schaute auf und sah ihr Lächeln. Es befriedigte sie zu erkennen, daß sie im Kampf der Willen gesiegt hatte.

Hatte sie wirklich gesiegt?

Ich schüttelte mein Haar zurück, erhob mich und verschränkte die Hände steif in meinen veilchenblauen Röcken. »Sie hat sich tatsächlich gedreht«, sagte ich. »Und sie wird es sicherlich wieder tun, wenn er zu mir zurückkehrt.« Ich lächelte freundlich. »Es sollte dich freuen zu erfahren, daß deine Tochter so gut bedient ist. Ich kann mich über seine Männlichkeit oder über die Häufigkeit unserer Vereinigungen nicht beklagen.«

Sie atmete geräuschvoll ein. Die Farbe ihrer Wangen wetteiferte mit der ihres Mundes. »Ich will solche Reden von dir nicht hören!«

Ich lachte sie aus. »Du fingst damit an!«

»Ginevra ...«

»Beim Sucher selbst«, sagte ich, »kannst du mir das nicht gönnen? Du willst mir schon alles andere nehmen, sogar die Aufmerksamkeit meines Vaters ... Was habe ich dir denn getan? Ich bin weder deine Feindin noch deine Rivalin ... Ich bin deine *Tochter!*«

Sie erbleichte. »Er gibt dir alles. *Ich* muß um seine Aufmerksamkeit betteln.«

»Sicher nicht. Ich weiß, daß es anders ist. Ich *sehe*, daß es anders ist.« Ich hielt meine Hände in den Röcken verborgen, um meine Anspannung nicht preiszugeben. »Du bist nur verärgert, weil du Devin falsch beurteilt hast. Du hast dir seine Verletzungen angesehen und ihn sofort abgeschrieben, erfreut, daß deine Tochter einen unansehnlichen Mann heiraten würde. Und jetzt, da er genesen ist und du erkennst, daß er gut aussieht, ärgerst du dich über dich selbst. Jetzt, da wir miteinander geschlafen haben und du siehst, daß ich zufrieden bin, möchtest du so gern zerstören, was wir uns bedeuten.« Ich hob den Kopf. »Das werde ich nicht zulassen.«

Melusine lachte. »Er wird zerbrechen«, sagte sie. »Wenn er dem Gott begegnet oder noch eher ... vielleicht schon jetzt, bei Lochiel. Sein Kopf ist bar allen Wissens und sein Geist bar aller Macht. Er ist nicht besser als ein hier vor das Tor gezerrter Cheysuli, *lirlos* und machtlos. Ob er im Bett gut ist oder nicht – er ist vollkommen entbehrlich.«

Ich knirschte mit den Zähnen. »Der Lebensstein hat ihn erkannt. Wenn er keine Macht hätte, hätte er ihn vernichtet.«

Die karmesinroten Lippen spotteten einem echten Lächeln. »Es gibt noch eine Prüfung.«

»Mein Vater kümmert sich um diese Dinge.«

»*Du* solltest dich darum kümmern. Du teilst dein Bett mit einem Fremden. Was ist, wenn Lochiel entdeckt, daß er überhaupt nicht Devin ist?«

Diese Frage kehrte immer wieder. »Der Lebensstein hat ihn erkannt.«

»Prüfe ihn«, sagte sie. »Zerbrich den Stein.«

»Das würde ihn töten!«

»Ein Splitter«, sagte sie verächtlich. »Schon der kleinste Splitter würde die Wahrheit enthüllen.«

Die Luft zwischen uns knisterte. Jetzt lag es an mir. »Du tust mir leid«, belehrte ich sie. »Daß du dich dazu herablassen mußt, nur weil er ein Mann ist, der die Tochter der Mutter vorzieht.«

»Was?«

»Ich kenne deine Mittel besser, als du glaubst. Ich habe dich bei Mahlzeiten und anderen Gelegenheiten beobachtet. Glaubst du, ich sei blind? Du buhlst beharrlich um seine Gunst ..., aber er gewährt sie mir allein.«

Sie verzog die roten Lippen. »Ich fordere dich heraus«, sagte sie. »Schlage einen Splitter von diesem Stein ab. Sonst wirst du dich stets fragen, ob du mit Devin von High Crags oder einem Mann eines anderen Erbes schläfst.«

Funken flogen, als ich zur Tür deutete. »Geh!«

Melusine lächelte. Sie zeichnete eine verworrene Rune in die Luft zwischen uns. Bevor ich meine eigene Rune zeichnen konnte, um den Zauber abzuwehren, hauchte sie darauf. Sie wurde zum Bett getragen, wo sie in die Decke einsank und verschwand. »So«, sagte sie. »Warten wir ab, welches Vergnügen es euch bereitet, wenn er dir das nächste Mal *dient*.«

»Es gibt andere Betten«, erwiderte ich. »Und wenn du auch sie verhexen willst, gibt es immer noch den Fußboden.«

Melusine warf die Tunika hin. Die ganze Stickerei hatte sich in ihren Händen gelöst. Meine Arbeit war umsonst gewesen.

Ich wartete, bis sie gegangen war. Dann trat ich zu einer Truhe und nahm den Beutel hervor, in dem

Devin den Lebensstein verwahrt hatte. Ich löste das Band, das den Beutel verschloß, und schüttelte den Ring in meine Hand.

Der Stein blieb in meiner Handfläche schwarz. Kein Leben regte sich darin. Aber ich hatte ihn zweimal leuchten sehen. Zuerst, als mein Vater ihn berührte, und dann an Devins Hand.

Ein zerbrochener Lebensstein beendet das Leben eines Ihlini. Wenn man einen Cheysuli töten will, tötet man seinen *Lir*. Um uns zu töten, zerstört man unseren Lebensstein.

Wenn er nicht wäre, was er zu sein schien, und ich einen Splitter von dem Stein abschlug, würde überhaupt nichts geschehen und wir würden die Wahrheit erkennen. Aber wenn er Devin *war* und ich einen Splitter von dem Stein abschlug, würde ihm das Schaden zufügen.

Ich schloß meine Hand um den Ring. Gold grub sich in meine Haut. Der Stein fühlte sich kühl und unbelebt an. *Zwischen uns muß Vertrauen bestehen. Wenn ich zweifle, untergrabe ich die Grundlage, die wir uns aufgebaut haben.*

Auf Geheiß meiner Mutter.

Ich beugte mich herab und hob die verdorbene Tunika auf. Ich zog sehr sorgfältig die gelösten Stickfäden heraus, sammelte sie auf und wickelte sie wohlerwogen um den Ring. Ich würde ihn bitten, den Ring zu tragen, wo meine Mutter es sehen konnte.

Wenn das vollbracht wäre, würde ich sorgfältig mit dem Zauber beginnen, der den dem Bett auferlegten Zauber meiner Mutter unwirksam machen würde. Fest von meinen Armen umfangen, wo die Leere nicht zählte, fühlte er sich als einziges geborgen.

Fünf Tage später, nach einer langen Begegnung mit meinem Vater, kam Devin unmittelbar nach Einbruch der Dämmerung frohen Herzens zu mir. Die Trostlosigkeit war durch gute Laune und eine unbändige Begeisterung ersetzt worden. Er zeigte keinerlei Nachwirkungen des langen Aufbleibens. »Er sagt, die Macht baut sich auf. Er sagt, er kann sie spüren.«

Ich setzte mich auf. »Bist du sicher?«

Er lachte froh. »*Ich* kann sie nicht spüren – ich spüre heute noch genau dasselbe wie gestern –, aber er hat mir versichert, daß es wahr ist. Also beginne ich zu glauben, daß ich doch noch von einigem Nutzen sein kann.«

»Von *einigem* Nutzen«, stimmte ich ihm zu. »Aber niemand weiß, von wieviel Nutzen.« Ich lachte, als er Entsetzen mimte. »Und was hast du jetzt vor? Ich kenne diesen Ausdruck in deinen Augen.«

Er hob die Hand zu der mir so wohlbekannten Geste. Zwei Ringe schimmerten an der Hand: mein Smaragd und der Lebensstein. Kein Zögern lag in der Bewegung. Seine Finger wirkten fest und sicher, und die entstehende Rune war noch verworrener als jede andere, die er zuvor gestaltet hatte.

»Kir'a'el!« rief ich. »Devin …«

Die Rune schimmerte in der Luft. Dann löschte sie die Kerzen und wurde zur einzigen Beleuchtung im Raum, die die Dämmerung überwog. Sie ließ seine Augen erglühen.

»Nur ein Trick«, sagte er nachlässig, aber er konnte seine Befriedigung nicht verbergen.

»Vor drei Monaten konntest du die Luft noch nicht in Bewegung setzen, um deine Seele zu retten.« Ich hob meine Hand und gestaltete eine entsprechende Rune. Sie war die weibliche Seite *Kir'a'els*. Meine Rune berührte seine. Sie verschmolzen miteinander wie Wachs und verflochten sich zu einer einzigen. Die vereinigte Rune leuchtete in reinstem *Gottesfeuer*. Ich sah Devin unverwandt und fast berstend vor Stolz an. *Dafür* waren wir geboren. »Zusammen können wir alles schaffen!«

»Ein Kind?«

»Noch nicht.« Unsere Hände verschränkten sich, wir ließen unsere Haut in der Rune baden und sprachen dann die Worte, die sie wieder verbannte. »Wir werden es erneut versuchen müssen.«

Seine Augen strahlten noch immer in dem Wissen um seine Macht. »Komm jetzt mit mir nach draußen. Ich habe Pferde satteln lassen.«

»*Du* bist dir deiner selbst sehr sicher.«

»Dann werde ich eben allein gehen.«

»Ha.« Ich wölbte hochmütig die Brauen. »Du könntest nicht einmal über das Feld der Bestien hinausgelangen, ganz zu schweigen davon, den Durchlaß zu finden.«

»Ich habe ihn schon einmal gefunden.«

»Auf einen Pferderücken gebunden wie ein Stück totes Fleisch? *Ja,* du hast ihn gefunden.« Ich ergriff seine Hand und küßte sie. »Dann laß uns gehen. Ich könnte es nicht ertragen, dich zu verlieren.«

Aber noch während ich mich anzog, und nachdem ich ihn des Raumes verwiesen hatte – sonst wäre ich niemals über das Ausziehen hinausgelangt –, wurde ich mir eines leichten Aufflackerns von Angst bewußt. Er war so lange hilflos und der Ihlinimacht beraubt gewesen – und versprach jetzt doch die ganze Bandbreite dieser Macht. Ich neidete sie ihm nicht – wir sind, was wir sind –, aber ich war besorgt.

Würde er so von der Macht und von Lochiels Ehrgeiz vereinnahmt werden, daß er mich vernachlässigen müßte? Wenn das Kind erst geboren war – würde er mich dann noch brauchen? Oder würde ich wie meine Mutter enden: in ihren Augen wertlos, weil meine Pflicht erfüllt war?

Ich zitterte in meiner Nacktheit. Ich beschwor seine Augen vor mir herauf, die in ihrer Zärtlichkeit begierig wirkten. Ich spürte seine Arme, seinen Mund, erkannte die Regungen meines vollkommen auf ihn eingestellten Körpers.

Lochiel hatte mich gezeugt. Melusine hatte mich geboren. Aber Devin von High Crags hatte mich zum Leben erweckt. Ohne ihn würde meine Lebensflamme sich verdunkeln.

Ich will nicht erst durch den Mann, mit dem ich schlafe, zu mir kommen.

Aber er kam erst durch mich zu sich. Ich war seine einzige Quelle in einer leeren Einöde.

Devin ritt mit mir aus Valgaard heraus zu den Felsschluchten. Für ihn, der noch nichts davon gesehen hatte, war das alles neu, und ich erzählte ihm stolz unsere Geschichte. Er war gefesselt und stellte viele Fragen, bis die Katze schrie. Der Klang hallte unheimlich wider.

Er zügelte sein Pferd sofort. Sein Gesicht war starr und bleich, aller Farbe beraubt. Selbst seine Lippen wurden blaß.

»Es ist nur eine Katze«, sagte ich. »Eine Schneekatze, glaube ich. Sie kommen manchmal in die Schluchten – wenn auch meist nur im Winter.« Ich runzelte die Stirn. »Es ist eigentlich zu früh für sie, aber …«

Die Katze schrie erneut. Devin starrte blind vor sich hin.

Ich suchte nach etwas, das seine Stimmung vertreiben würde. »Mein Vater wird zur Jagd aufrufen. Vielleicht würdest du gern mitreiten. Du könntest ein eigenes Fell erbeuten … oder vielleicht könnte ich eine Decke für die Wiege fertigen …«

Da wandte er sich zu mir um und sah mich mit einem solch tiefen Blick an, daß ich dachte, er könnte zerbrechen. Seine Stimme klang wie ein Zerrbild. »Die Katze ruft nach etwas.«

Ich zuckte die Achseln. »Vielleicht nach ihrem Gefährten. Devin …«

Er erschauderte. Die Sehnen an seinem Hals zeichneten sich wie viel zu fest verknotete Seile ab. Sein Mund bewegte sich starr, als wollte er Worte sagen, aber seine Stimme war nicht zu hören.

»Devin …«

»Hörst du es?« Sein Blick war vollkommen leer geworden. »Ein einsames, unglückliches Tier.«

»Devin, *warte* …« Aber er ritt weiter, ohne auf mich zu achten. »Schneekatzen können gefährlich sein. Wenn sie krank oder verletzt ist …« Er hörte nichts davon. Ich wandte mein Pferd und folgte ihm verärgert. »Warte auf mich.«

Er zügelte das Pferd ruckartig. Als ich den Grund dafür erkannte, brachte ich auch meines zum Stehen. »Beim Gott«, flüsterte ich.

Es war doch keine Schneekatze, sondern ein schwarzer Rotluchs. Er kauerte auf einem Sims nicht weit über unseren Köpfen und stieß einen wehklagenden Schrei aus, der durch die Schlucht hallte. Große goldene Augen leuchteten.

Ich hielt den Atem an. »Vorsicht …«

Aber die Katze sprang nicht los. Sie blieb in kauernder Haltung sitzen und sah zu Devin herab. Dann, als ich weiterritt, sah sie mich an und schrie erneut.

Ich hielt jäh an und entschuldigte mich innerlich bei meinem Pferd. Aber der Zauber war gebannt. Die Katze wandte sich um und lief davon, sprang durch einen breiten Spalt aufwärts. Sie war fast augenblicklich verschwunden.

Ich stieß den Atem wieder aus. »Asar-Suti sei Dank …« Ich ritt zu Devin. »Ich dachte, sie würde dich erwischen.«

Er sah der Katze nach.

»Devin.«

Sein Blick war leer.

»Devin!«

Schließlich sah er mich an. »Einsam«, sagte er. Und dann: »Laß uns nach Hause reiten.«

Ich war froh, mein Pferd umwenden und, Seite an Seite mit Devin, wieder auf den Durchlaß zureiten zu können. Mir gefiel die Blässe seines Gesichts nicht und auch nicht die Verwirrung in seinem Blick.

Als fehle ihm etwas – und als sei er sich dessen jetzt bewußter denn je.

Kapitel Fünf

Er schrie im Schlaf und weckte mich damit, so daß ich aufschreckte, eine Hand auf die Brust gepreßt, um den unregelmäßigen Herzschlag zu beruhigen. Er schlief noch, warf sich aber hin und her. Ich sah ihn an seine nackte Hüfte greifen, als wollte er ein Messer ziehen.

»Devin.« Ich legte ihm eine Hand auf die Schulter und spürte die Anspannung seiner Muskeln. »Devin – nein.« Er erwachte sofort, fuhr auf und griff nach meiner Kehle, als wollte er mich töten. *»Devin!«*

Seine Augen wirkten in den Schatten des Raumes wild. Dann kehrte sein Verstand zurück – und das Entsetzen. Er wußte, was er getan hatte. »Götter …«

»Es geht mir gut«, sagte ich schnell, als ich seinen Gesichtsausdruck sah. »Deine Wildheit hat mich nur etwas überrascht.« Er schien sich durch meinen leisen Spott nicht besser zu fühlen. Ich ließ davon ab. »Wirklich. Es geht mir gut.«

Er strich sich mit einer Hand das Haar aus dem Gesicht. Das Mondlicht schien sanft,aber ich konnte die Narben auf seinem Rücken erkennen, wo der Fluß ihn umarmt hatte. Sein Blick zeugte noch immer von vollkommenem Begreifen: Er hätte mich fast erwürgt.

Ich berührte seine Schulter und spürte ihre Anspannung. »Wovon hast du geträumt?«

»Von der Katze.«

Zuerst verstand ich nicht. Dann kehrte die Erinnerung zurück. »Von dem Rotluchs, den wir vor zwei Wochen sahen?«

»Nein. Von einer anderen.« Seine Augen wirkten in der Dunkelheit schwarz. »Es war ein Löwe.«

»Ein Löwe!« Löwen sind mythische Tiere. »Warum solltest du von einem Löwen träumen?«

»Er pirschte sich an mich heran …« Er ließ seufzend den Atem und damit auch die Anspannung ausströmen. »Es war nur ein Traum.«

»Dann werde ich ihn vertreiben.« Ich ergriff die herabgesunkene Stirnlocke mit meinen Fingern und strich sie ihm aus dem Gesicht. »Ich weiß, was zu tun ist.«

»Nein.« Seine Hand umschloß mein Handgelenk und schob es fort. »Nicht … jetzt.« Er schlug die Decke zurück und stand auf. »Ich muß nach draußen.«

Ich war erstaunt. »Mitten in der Nacht?«

»Ich muß ein wenig laufen. Nur die Festungsmauern entlang. Ich möchte allein sein.« Er schlüpfte in sein Hemd, das im Dämmerlicht leuchtete. »Bitte versteh das – in mir tobt ein Dämon. Laß mich ihn austreiben, und dann komme ich wieder zu dir.«

Ich verlegte mich erneut auf Spott, damit ich nicht so klein, so anhänglich klänge. Damit nicht deutlich würde, daß ich ihn zu sehr brauchte. »Morgen früh? Oder ist es ein *schwieriger* Dämon?«

»Ein schwieriger.« Sein Lächeln wirkte angestrengt. »Aber meine Erinnerung an dich wird ihn besiegen.«

»Dann geh.« Ich zog die Decke wieder über meine Brüste. »Aber sei nicht überrascht, wenn ich fest schlafe. Es beunruhigt mich nicht im geringsten, mein Bett leer zu wissen.«

Er erkannte meine Worte als das, als was sie gemeint waren, aber sein Lächeln übertrug sich dennoch nicht auf seine Augen. Er zog sich weiter an, legte einen gefütterten Umhang um und verließ den Raum.

Ich starrte in die Dunkelheit. Entschlossenheit spornte mich an. »Ich kann einen Löwen verbannen. Ich bin *Lochiels* Tochter.«

Er kam Stunden später zurück. Ich schlief nicht. Er bemerkte es sofort und entschuldigte sich dafür, daß er mich durch seine Abwesenheit wachgehalten hatte.

Ich hob die Decke an, damit er darunterkriechen konnte. »Glaubst du, das machte mir etwas aus?« Sein Gesicht wirkte verheert und freudlos, während er sich seiner Kleidung entledigte. In einer Stunde würde es hell werden. »Hast du den Dämon vertrieben?«

Er kletterte neben mich ins Bett, zitterte und zog mich ganz fest an sich. Zuerst tat er es sanft, aber dann hielt er mich so fest, daß ich zu zerbrechen glaubte. Er erschauderte einmal, zweimal. »Ginevra …« Es klang durch mein Haar gedämpft, aber es war dennoch ein Hilfeschrei. »*Götter* …«

Ich hatte gewußt, daß das kommen würde. Er war zu stark verletzt worden. Jetzt schnappte der Draht zurück.

Ich hielt ihn fest, schlang meine Arme um seine Schultern und die Beine um *seine* Beine, bis er von Haut und Haar umhüllt war. »Ruhig«, flüsterte ich. »Ich bin bei dir. Ich werde immer bei dir sein.«

»Ich glaube … ich glaube, ich werde wahnsinnig.«

»Nein. Nein, Devin. In dir wohnt kein Wahnsinn.«

»Ich wache in der Nacht auf, in der Dunkelheit …«

»Ich weiß.«

»… und da *ist* nichts, überhaupt nichts außer Leere und Qual … Und dann erinnere ich mich, daß du da bist, immer du – Ginevra, hier, bei mir. Und ich weiß, daß du meine Rettung bist, meine einzige Möglichkeit zu überleben – und ich habe *Angst* …«

»Wovor hast du Angst?«

»Daß … du gehst. Daß ich mich als unwürdig erweise. Daß ich aus Valgaard vertrieben werde. Daß du mich zurückweist, weil ich nicht sein kann, als was Lochiel mich braucht.«

Ich strich ihm das Haar aus dem Gesicht. »Du sagtest, er sei erfreut über deine Fortschritte. Und ich habe es auch gesehen. Es gibt nichts, was du fürchten müßtest, Devin. Was kann sich zwischen uns stellen?« Und dann, als er nicht antwortete: »Wohin bist du gegangen?«

Er schwieg zunächst. Dann drehte er sich auf den Rücken und barg mich in einem nackten Arm. Mein Kopf ruhte in seiner Schulterbeuge. »Ich bin hinabgestiegen«, sagte er schließlich. »Ins unterirdische Gewölbe.«

Einen flüchtigen Augenblick lang glaubte ich, er meinte das Tor. »Die Katzen«, platzte ich heraus.

»Ja.« Er war sehr still. Der Sturm war vergangen, aber es blieb schmerzlich, die Nachwirkungen zu erleben. Sein Gesicht wirkte noch immer wie verheert. »Sie sind wilde Tiere, Ginevra. Sie sind nicht für Käfige geschaffen.« Er stieß sanft den Atem aus. »Und auch ich nicht.«

In meiner Brust begann sich eine hohle Angst auszubreiten. »Es sind Katzen.«

»Ich habe ihnen in die Augen gesehen«, sagte er. »Ich sah die Wahrheit darin. Sie wissen, was sie verloren haben. Sie sehnen sich danach zurück.«

Ich wiederholte verzweifelter: »Es sind *Katzen.*«

»Das bin ich, auf meine Art, auch. Ich bin ihnen sehr ähnlich. Ich bin in meinem Unwissen gefangen.«

Plötzlich erkannte ich es. »Du willst sie freilassen.«

Er verschränkte seine Finger in meinem Haar, fuhr hindurch. »Wenn wir das täten, würde Lochiel sie nur durch neue ersetzen. Vielleicht sogar durch die schwarze, die wir in der Schlucht sahen. Ich glaube … ich glaube, ich könnte es nicht ertragen, noch mehr Katzen eingesperrt zu sehen, als er bereits gefangen hat. Nein. Laß sie in Ruhe. Sie sind schon zu lange hier.«

Ich zog ihn noch fester an mich und wärmte seinen Körper, wie es mich auch verlangte, seinen Geist zu wärmen. *Wie lange?* fragte ich mich. *Wie lange wirst* du *gefangen sein?*

Wie lange würde ich im Käfig seiner Arme gefangen sein?

Solange ich es zuließ. Solange ich es wollte.

›Ewig‹ klang erschreckend.

Die Tür öffnete sich ganz leise, als ich vor der polierten Platte saß und mein Haar kämmte. Ich sah Devins Gesicht sich spiegeln, als er um die Tür herumspähte. Und ich sah seinen Gesichtsausdruck.

Ich hörte sofort auf, mich zu kämmen, und drehte mich auf meinem Stuhl um. »Was ist los?«

Seine Stirn war merkwürdig gefurcht – verzweifelt. »Ich wollte dich überraschen.« Aber er schien nicht so niedergeschlagen, daß das Lächeln aus seinem Gesicht gewichen wäre.

»Was ist los?« wiederholte ich.

Als ich mich erheben wollte, bedeutete er mir sitzenzubleiben. »Nein, warte.« Er war jetzt ernst und sehr angespannt. Er streckte eine Hand aus, die Handfläche nach oben gerichtet. Er betrachtete sie genau. Ich betrachtete *ihn*. Ich sah die Anstrengung, die er aufwandte, und dann die bestürzte Verwunderung, die er so schnell wieder unterdrückte, als wollte er das kindliche Vergnügen an einer vollbrachten Aufgabe verbergen.

Eine kleine Säule reinen weißen Lichts tanzte in seiner Handfläche. Sie drehte sich langsam, verknüpfte sich und verwandelte sich dann zur Gestalt eines Vogels, strahlend wie ein Diamant.

Ich hielt den Atem an. Der aus Flammen bestehende Vogel wurde zu einem wirklichen Vogel.

Devin streckte die Hand weiter aus. »Für dich.«

Ich streckte ebenfalls die Hand aus, nahm den Vogel auf einen Finger und unterdrückte den Drang zu schreien. Es war eine winzige weiße Nachtigall, in jeder Beziehung vollkommen und sehr, sehr wirklich. Sie neigte den Kopf, beobachtete mich aus schimmernden Augen und begann dann jubelnd zu singen.

Devins Augen leuchteten. »Lochiel sagt, es ist wegen Valgaard. Daß die Macht einfach *besteht*, obwohl ich mich nicht daran erinnern kann. Wir sind dem Tor so nahe … Er sagt, da ist greifbare Macht, die wir jeden Tag atmen. Ein Mann – oder eine Frau – muß nur wissen, wie er sie benutzen kann. Sogar ein Cheysuli könnte dies nach einiger Zeit tun, sofern er das Alte Blut besitzt.«

Die winzigen Füße des Vogels klammerten sich an meine Finger. Ich konnte Devin nicht ansehen, aus Angst, daß ich Zeuge der Veränderung würde, wenn ich ihm die Wahrheit sagte, die nicht alle Menschen dulden würden. »Du weißt es, nicht wahr …, daß ich auch Cheysuli bin?«

Er lachte. »Da deine Mutter ein Mischling ist, sollte man es annehmen.«

Ich setzte die Nachtigall auf den Rand meines Spiegels. »Das Haus Homana und mein Haus sind so eng miteinander verflochten, daß es ein Wunder ist, daß wir unsere jeweiligen Eigenarten bewahren.« Jetzt sah ich ihn an. »Macht es dir nichts aus?«

Er kam zu mir und verschränkte seine Finger in meinem Haar. »Cheysuli, Ihlini – welchen Unterschied macht das? Wichtig ist nur, daß wir einander haben.«

»Es ist makelbehaftetes Blut. Die Cheysuli wollen uns vernichten.«

»Also werden wir sie zuerst vernichten.« Er lachte. »Es ist eine Frage der Erziehung, nicht des Blutes. Vorurteile und Haß werden geschaffen. Sie sind nicht angeboren. Du dienst den Ihlini, weil du nichts anderes kennst …, wenn du in Homana aufgewachsen wärst, würdest du statt dessen den Cheysuli dienen.«

»Das könnte ich niemals tun!«

»Wenn du es nicht besser wüßtest, könntest du es selbstverständlich tun.«

»Aber ich *weiß* …«

»Natürlich weißt du. Und darum dienst du dem Sucher.«

Ich konnte die Frage nicht vermeiden. »Was ist mit dir?«

Devin lächelte. »Ich werde tun, was getan werden muß. Da der Gott uns Unsterblichkeit gewährt, wäre es schade, wenn wir seine Gnade zurückwiesen –, und daher werden wir stets aufpassen, daß unser Volk nicht durch die Cheysuli ausstirbt.«

Ich nahm seine Hände und preßte sie auf meinen Bauch. »Wir werden nicht aussterben. Nicht solange das Kind in mir lebt.«

Verwunderung bestimmte sein Gesicht. Er strich mit seinen Fingern sanft über die Falten meiner Röcke. »Hier?«

Ich lachte. »Ungefähr. Es ist noch zu klein, als daß du es schon spüren könntest. Aber in sechs Monaten wirst du deinen Sohn begrüßen.«

Er berührte mein Gesicht. »Ich danke dir«, sagte er. »Du hast es mir ermöglicht, ein Mann zu sein.«

Diese Feststellung wirkte auf mich seltsam. »Aber du *bist* ein Mann!«

»Ein unvollständiger Mann. Verstehst du? Jetzt können wir heiraten. Jetzt kann ich endlich vor den Gott treten und ihn meinen Wert bestimmen lassen.«

Ich hörte seinen Herzschlag an meinem Ohr. Der Vogel hinter uns hörte auf zu singen. Als ich mich umschaute, war die Nachtigall fort.

Vorstellungen sind vergänglich. Devin zumindest war es nicht.

Ich hatte das Tor und die Höhle, die ihn beherbergte, schon viele Male gesehen, aber noch nie durch Devins Augen. Es war eine neue Erfahrung.

Ich nahm seine Hand, als wir aus dem Gang in die Höhle traten. Er tat als erstes, was jeder tut: Er legte den Kopf zurück, um die Bögen der vor den widergespiegelten Flammen lebendig wirkenden Glasdecke zu betrachten. Deren Symmetrie war unvergleichlich. So viele Deckenschichten, so viele aufwärtsstrebende Bögen und wuchtig gedrehte Säulen, die sich vom Boden emporwanden. Wir mußten durch sie hindurchgehen. Am Ende der Kolonnade lag das Tor selbst.

Devin war verwirrt. »Woher kommt das Licht? Ich sehe keine Fackeln.«

Ich lächelte. »Es kommt vom Tor. Sieh nur, wie viele Male es widergespiegelt und in den Säulen und Bögen hundertfach vervielfältigt wird.« Ich beobachtete seinen begierigen Blick. »Das Tor selbst befindet sich in der Erde, aber es ist offen, so daß sein Licht ungehindert strahlen kann. Es ist *Gottesfeuer*, Devin – es ist das Licht der Wahrheit, mit dem der Sucher die dunklen Winkel deiner Seele ausleuchten kann.«

Das Licht spiegelte sich auch in seinen Augen. Ich konnte keine Pupille erkennen, nur eine weite, leere Schwärze, die jetzt von lebendigem *Gottesfeuer* erfüllt wurde. »Er wird meine Schwäche erkennen.«

»Alle Menschen sind schwach. Er wird dir die Schwäche nehmen und sie durch Stärke ersetzen.«

»Hast du darum keine Angst?«

»Ich habe Angst.« Ich berührte seine Hand. »Seine Macht ist schrecklich. Wenn man seine Erscheinung betrachtet, erkennt man, daß er – oder sie – die fleischgewordene Verächtlichkeit ist.« Ich schloß meine Finger um seine regungslose Hand. »Der Sucher wartet.«

»Ginevra!« Er zog mich zurück, als ich mich den Säulen zuwandte. »Ginevra – warte.« Linien der Anspannung waren in sein Gesicht eingezeichnet. »Ich brauche dich.«

Ich führte seine Hand zu meinem Mund. Ich spürte sein kurzes Zittern. Er hatte Angst – wie alle Menschen, die Asar-Suti gegenübertreten müssen. Ich sagte an seiner Handfläche: »Ich bin bei dir. Ich schwöre vor dem Gott: Ich werde immer bei dir sein. Wir sind bereits durch das Kind in meinem Körper miteinander verbunden. Wenn wir den Hochzeitsbecher gemeinsam getrunken haben, werden wir für immer miteinander verbunden sein.«

Seine Stimme klang rauh. »Ich bin … unwürdig.«

»Des Gottes unwürdig?« Ich lächelte. »Oder meiner unwürdig?«

Devin lachte. Nur darauf hatte ich gehofft. »Beidem«, antwortete er.

Ich wölbte hochmütig die Augenbrauen. »Dann brauchen weder der Gott noch ich jemals zu befürchten, unzufrieden werden zu müssen. Die Dinge sind, wie sie sein sollten.« Ich schaute zum Tor und dann zurück zu ihm. »Komm mit«, sagte ich sanft. »Es hat keinen Sinn, die Wahrheit hinauszuzögern.«

»Die Wahrheit«, wiederholte er, »ist das, was ich fürchte.«

Ich hielt seine Hand fest in meiner. »Warum?«

»Ich bin das, was du aus mir gemacht hast. Ginevras Devin, was auch immer – oder *wer* auch immer – das ist. Ich weiß überhaupt nichts über meine Vergangenheit … Was ist, wenn Devin von High Crags ein Mann ist, der gewöhnlich sein Geld bei Wirtshauswetten und seinen Samen bei Wirtshaushuren zu verschwenden trachtet?«

Mein Lachen hallte in der Höhle wider. »Dann wird es eine höhere Wahrheit sein, daß Devin von High Crags jetzt ein anderer Mann ist.« Ich schüttelte mein Haar zurück. »Und man wird vielleicht behaupten, daß es das Werk des Gottes war – oder die Wahrheit dort erkennen, wo sie liegt.«

Jetzt wurde er mißtrauisch. »Wo?«

Ich führte seine Hand zu meinem Herzen. »Hier«, sagte ich, »tief in meiner Seele. Welche andere Wahrheit gibt es?«

Devin schaute an mir vorbei. »Dann sollten wir es hinter uns bringen. Laß sie den Hochzeitsbecher bringen. Ich bin sehr durstig.«

Mein Vater wartete am Tor zur Unterwelt auf uns, in ein vom *Gottesfeuer* purpurfarben gefärbtes Schwarz gekleidet. Er hielt einen runenversehenen Silberbecher in der Hand. Zu seinen Füßen lag der Gott selbst.

»Wo ist er?« flüsterte Devin.

»Dort.« Ich neigte den Kopf. »Unter der Erde – dieser Teich ist das Tor.«

Ich hörte zögernd eine Überraschung aus seiner Stimme heraus. »Diese Öffnung im Boden?«

»Seine Erhabenheit benötigt keinen Reliquienschrein«, sagte ich schroffer als beabsichtigt. Ich erwartete, daß Devin in seiner Verehrung des Gottes umsichtig war. Das galt auch für jeden anderen.

Devin betrachtete das Tor. Licht schwappte an den Rand, und Rauch stieg auf. Er umspielte meinen Vater und heftete sich an die Falten seines Gewandes. Sein Blick war einzig auf Devin gerichtet.

»Komm her«, sagte Lochiel.

Devin umfaßte meine Hand fester. »Was ist das?« flüsterte er.

Er meinte den Sockel unmittelbar hinter meinem Vater. »Eine Kette«, flüsterte ich zurück. »Ein Andenken an einen Cheysuli, der geglaubt hatte, meinen Vater besiegen zu können.«

»Sie ist entzweigebrochen.«

»Der Cheysuli zerbrach sie. Er ergab sich meinem Vater und brach die Kette in zwei Hälften.« Ich drückte seine Hand. »Genug jetzt. Wir haben eine Aufgabe zu erfüllen. Oder willst du die Zeremonie absagen, die uns in den Augen des Gottes vereint?« Devin lächelte flüchtig. Er betrachtete den Becher.

»Er ist leer«, sagte Lochiel von der anderen Seite des

Tores her. Er streckte den Becher aus. »Fülle ihn, Devin, wenn du meine Tochter besitzen willst.«

Die Anspannung wich von Devin. Er wandte sich zu mir um, führte meine Hand an seine Lippen und küßte meine Finger. Dann ließ er meine Hand los und wandte sich zu Lochiel um. Er streckte die Arme über den Schlund des Tores hinweg aus.

So verletzlich, dachte ich. *Der Gott braucht sich nur zu erheben und ihn ganz zu verschlingen.*

Aber der Sucher tat es nicht. Devin nahm den Becher aus der Hand meines Vaters entgegen und kniete sich dann an den Rand des Tores. Ohne zu zögern, ohne ein Anzeichen von Angst, tauchte er den Silberbecher in das pulsierende *Gottesfeuer*.

Licht umhüllte ihn. Devin lachte und tauchte den Becher noch tiefer ein. Als er voll war, stand er auf, neigte Lochiel gegenüber anerkennend den Kopf und wandte sich dann mir zu. Der rauchende Inhalt des Bechers flackerte auf und leuchtete heller als zuvor, so daß das Licht alle Schatten aus Devins Gesicht vertrieb und die Dunkelheit von ihm fortspülte. Seine Augen strahlten hellgrün.

Ich legte meine Hände über seine und führte den Becher zum Mund. Ich trank flüssiges Licht und ließ es mich erfüllen. Kaltes Feuer brannte, als mein Blut sich daraufhin regte.

Götter, es war süß. Solch ein süßes, kaltes Feuer ... Ich lachte, schüttelte mein Haar zurück und führte den Becher dann an Devins Mund.

Er trank daraus. Ich sah, wie sich seine Augen entsetzt weiteten. Ich fürchtete einen schrecklichen Augenblick lang, er könnte das *Gottesfeuer* wieder ausspeien. Aber er schluckte es hinunter. Er erschauderte. Als ich das Smaragdgrün seiner Augen bläulichem Schwarz weichen sah, wußte ich, daß es vollbracht war.

Die Stimme meines Vaters drang in unser Bewußtsein. Es erforderte Anstrengung, ihm zuzuhören. »Ihr habt das göttliche Blut des dem Gott eigenen Tores geteilt. Sein Blut ist euer Blut. Ihr könnt jetzt nicht mehr getrennt werden.«

Devin wandte sich um. »Kommt noch mehr?«

»Es kommt immer mehr.« Lochiel streckte seine Hände aus, und Devin gab ihm den Becher. Mein Vater lächelte und ließ den Becher dann in das Licht und den Rauch fallen. »Aber ihr habt bereits begonnen. Knie dich hin, Ginevra – hier neben das Tor.«

Ich war zu klug, um die Anweisung in Frage zu stellen.

»Bleib hier. Du mußt als erste an die Reihe kommen, damit auch das Kind geweiht wird.«

Ich wagte Devin nicht anzusehen. Ich kniete neben dem Tor, dachte an mein Kind und wartete auf den Gott.

Er kam sofort, ohne Vorwarnung. Ich merkte nur, daß ich geblendet wurde, als das Licht hervorsprang und mich dann überwältigte. Ich spürte Hände mich berühren, durch meine Kleidung nach der Haut greifen, bis ich befürchtete, sie könnte mir von den Knochen geschält werden. Ich erschauderte einmal und wurde dann wieder still. Die Hand des Gottes ruhte auf mir.

Ich wußte nur, was mein Vater mir erzählt hatte: daß die Hand des Gottes, das Licht des Suchers die innerste Seele offenbarte. Verborgene Wahrheiten wurden aufgedeckt. Kleine Eitelkeiten enthüllt. Die unbedeutenden Wünsche eines Menschen wurden als das bloßgestellt, was sie tatsächlich waren, um sie durch den vollkommenen Dienst am Gott zu ersetzen.

Mein vollkommener Dienst bestand darin, dem Gott ein Kind zu gebären. Ein Sohn für den Sucher, der im Licht lebt ...

Ich lachte laut. »Ein Sohn!« schrie ich. »Ein Sohn, um das Haus der Cheysuli zu vernichten!«

Und der Gott war fort. Ich spürte ihn genauso jäh weichen, wie er gekommen war. Ich schwankte dort am Rande des Tors, in wirbelnden Rauch gehüllt, und dann half Devin mir aufstehen, damit ich nicht hineinstürzte. »Ginevra?«

Es war lebenswichtig, dies zu wissen. Ich wandte den Kopf und sah meinen Vater an. »Ist es vollbracht? Ist es *vollbracht?*«

Lochiel lächelte. »Der Gott ist sehr angetan.«

Dann entzog ich mich Devin. »Knie dich hin«, sagte ich.

Schwärze wohnte seinen sonst klaren grünen Augen inne, aber ich sah noch mehr. Die Leere war geblieben, obwohl er aus dem Becher getrunken hatte.

»Knie dich hin«, wiederholte ich. Ich berührte sein Gesicht, um meinen Befehlston zu entschärfen. Für ihn, und nur für ihn, bot ich den Schlüssel dar. »Laß die Katze frei«, flüsterte ich so leise, daß mein Vater es nicht hören konnte. »Befreie sie aus dem Käfig deiner Angst.«

Devin kniete sich hin. Er verschränkte die Arme vor der Brust und verbeugte sich neben dem Tor tief und ehrerbietig. Der Gott brach hervor.

Ich hielt den Atem an. *Es wird nur einen Augenblick dauern …*

Devin schrie. Er schrie und schrie in einer Sprache, die ich nicht kannte und sprach Worte, die ich nicht verstehen konnte. Sein Kopf sank zurück, während er ruckartig beide Arme ausstreckte. Er kauerte dort, durch den Gott wie gelähmt, auf den Knien. Die schwarzgewordenen Augen schienen geweitet und blind.

Ich konnte nicht anders: Ich schrie ebenfalls auf. Ich sah die Umgestaltung, die Umwandlung von Knochen und Haut. Die Umwandlung von einem Menschen in eine Katze: Die Hände wurden zu Pranken, die Fingernägel zu Krallen, die Zähne verlängerten sich zu

Fängen und der Laut, der aus seiner Kehle drang, wurde mitten in der Entstehung vom Schrei eines Menschen zum Schrei einer zornigen Katze.

Er war schwarz wie die Nacht. Wie die Katze, die wir in der Schlucht gesehen hatten. Aber die Augen waren von dem reinsten Grün.

Ich war wie auf dem Stein angewurzelt. *Cheysuli … Cheysuli … Cheysuli …*

»Bestrafe ihn!« rief Lochiel. »Bestrafe den Missetäter!«

Gott, er war ein *Cheysuli!*

Der Gott ließ ihn wieder zu einem Menschen werden, damit er es selber erkennen konnte. Ich suchte angestrengt nach Merkmalen eines Cheysuli, nach Zeichen eines Dämons, aber ich sah nur Devin.

Ich erreichte ihn mit einem Schritt. Ich schlug mit aller Kraft zu, schlug ihm meine Hand ins Gesicht. »Wie konntest du das tun?« schrie ich. »Wie konntest du uns das antun?«

Uns, hatte ich gesagt, nicht *mir*.

Es machte mich zornig.

»Wie?« schrie ich. Und dann boshaft: »Ist dies Teil deines *Tahlmorra?* Eine Ihlini zu verführen, damit sie dein Kind empfängt?«

Keine Antwort war in seinen Augen zu erkennen. Der Gott hielt ihn unbeweglich, in die Luft gekreuzigt. War er ebenso taub wie blind?

»Tritt zurück«, sagte mein Vater. »Der Gott wird sich um ihn kümmern.«

Ich folgte zitternd seiner Aufforderung. Ich sah das Aufflackern in den grünen Augen. Dann erschütterte den Cheysuli ein Schaudern.

»Tahlmorra«, keuchte er in der Sprache, die ich nicht kannte. *»Tahlmorra lujhalla …«*

Mein Vater unterbrach ihn. »Hast du dich jemals gefragt«, sann er, »wie es wäre, für immer in *Lir*gestalt gefangen zu sein?«

»… lujhalla me wiccan … Cheysu …« Und dann: »Nicht Devin …«

Der Gott sprang erneut hervor. Anstelle des Mannes wand sich eine Katze mit smaragdgrünen Augen.

Ich konnte nur an die fehlenden Merkmale denken: *überhaupt nicht gelb*.

Lochiel sah mich an. »Wir werden ihn freilassen«, sagte er. »Und dann werden wir zur Jagd aufrufen.«

Kapitel Sechs

War es so, fragte ich mich, *daß sie dich zuerst hierherbrachten?*

Die Katze blieb bewußtlos, tief im aufgezwungenen Schlaf gefangen. Sie hatten ihn widerstandslos seitlich auf ein Pferd geworfen und am Packrahmen festgebunden.

»Ginevra«, sagte mein Vater.

Die Zunge der Katze hing aus dem schlaffen Maul heraus. Die Augen waren halb geschlossen und durch die Berührung des Gottes trübe.

Wir beide haben ein Bett geteilt. Wir haben unsere Herzen geteilt. Wir haben unsere Seelen geteilt. Und jetzt teilen wir dies: eine Jagd auf Leben und Tod.

»Ginevra.«

Wieder war es Lochiel. Ich zögerte nicht länger. Ich wandte mein Pferd von der Katze ab und ritt vor die Jagdgesellschaft, ließ niemanden meine Schwäche sehen. Ich war Lochiels Tochter.

Ich führte sie aus Valgaard heraus, über das Feld der Bestien und durch den schmalen Durchlaß der dahinterliegenden Schlucht. Dann hieß mein Vater uns anhalten und schnitt das Tier mit seinem eigenen Messer frei. Der schwere, schwarze Körper fiel dumpf zu Boden. Er regte sich nicht. Die trüben grünen Augen blieben halb geschlossen und bewußtlos, und die rote Zunge hing in den Staub.

»Ginevra.« Zum dritten Mal.

Ich sah sie alle an: die fünf Günstlinge meines Vaters und meine Mutter, die mich unvermindert begierig betrachtete. Schließlich sah ich ihn an, der Asar-Suti unermüdlich und vollkommen diente.

»Laß sie«, sagte ich. »Die Jagd kann morgen fortgesetzt werden.«

Zum ersten Mal, seit wir die Festung verlassen hatten, erhob meine Mutter die Stimme. »Ich wundere mich«, sagte sie, »daß du nichts unternimmst, um sicherzustellen, daß er nicht flieht. Wäre es nicht klüger, ihn jetzt zu töten?«

Lochiel betrachtete die Katze. »Wohin sollte er gehen? Er ist mit Ginevra verbunden, durch den Gott gebunden. Und vielleicht auch durch das Kind in Ginevras Körper.«

Ich konnte ihn nicht ansehen. Ich schämte mich, ich *schämte* mich so sehr darüber, daß ich mich entweiht hatte. Daß ich mir erlaubt hatte, ihn zu lieben.

»Nein.« Er schüttelte den Kopf. »Unsere Beute wird nicht fliehen. Er wird hier auf uns warten, bis wir wiederkommen.«

»Eine süße Rache«, erklärte ich. »Wenn du ihn gefangen hast – wirst du ihn dann zu den anderen ins unterirdische Gewölbe sperren?«

»Dorthin? Nein. Wenn ich mich entscheide, ihn zu übernehmen, wird es wegen seines Fells geschehen. Ich habe Lust, meine Füße im Winter auf das Fell eines toten Cheysuli zu betten.«

Meine Mutter verzog schadenfroh den Mund.

In Valgaard öffnete ich die Deckel aller Truhen, zog die Kleider hervor und stapelte sie dann auf dem Bett aufeinander. Ich nahm die Kästchen mit meinen Geschenken und schüttete ihren Inhalt auf die Kleider. Schließlich beförderte ich das Nachthemd, das ich in unserer ersten gemeinsamen Nacht getragen hatte, zutage und warf es ebenfalls auf den Stapel. Dann berief ich das *Gottesfeuer* herauf.

»Die Verschwendung eines bequemen Bettes«, sagte meine Mutter.

Ich wandte mich nicht um. Es kümmerte mich nicht.

Sollte sie dort stehenbleiben, wenn sie wollte. Ich wollte nur dies alles brennen sehen.

Alles. *Alles*. Jedes einzelne Teil.

»Willst du dich selber auch verbrennen?«

Jetzt fuhr ich herum. Die Flammen spiegelten sich in ihren Augen. »Du begehrtest ihn«, sagte ich boshaft. »Du wolltest ihn von Anfang an. Wie gefällt es dir zu wissen, daß er ein *Cheysuli* war?«

Meine Mutter lächelte. »So bin ich. So bist du. Und ja, ich hätte mit ihm geschlafen. Er war in jeder Beziehung ein *Mann*.«

Ich verzog den Mund. »Ein Gestaltwandler!«

Ihre Augen loderten. Sie schaute an mir vorbei zum Bett, während das *Gottesfeuer* es verschlang. »Wer hat dich mehr gereizt?« fragte sie. »Der Krieger – oder die Katze?«

Ich wollte sie anschreien. Ich wollte auch sie verbrennen. Ich wollte den Spiegel von der Wand reißen und ihn ins Feuer schleudern.

Noch während ich das dachte, zersprang der Spiegel.

Melusine schüttelte den Kopf. »Es ist gefährlich, wenn Lochiels Tochter zornig ist. Selbst die Mauern sind in Gefahr.«

»Warum bist du gekommen?« schrie ich. »Hoffst du, daß ich weinen werde?«

Sie trug das Haar aufgesteckt. Das Licht spiegelte sich in all den Edelsteinen. »Früher wollte ich, daß dein Vater mich so sehr begehren sollte, wie Devin dich. Er tut es aber nicht. Früher wollte ich, daß dein Vater mich so sehr mögen sollte wie dich. Er tut es aber nicht und wird es auch niemals tun. Und so bin ich in jeder Beziehung zwischen Männern und Frauen – und sogar zwischen Vätern und Töchtern eindeutig die Besiegte.« Ihr Gesicht wirkte sehr ruhig, aber ihre Augen loderten noch immer. »Ich habe ein einziges lebendes Kind geboren. Ich bin bei der Geburt fast gestorben und wurde so zerrissen, daß ich niemals wieder gebären konnte.«

Das Bett hinter mir brannte. Und ebenso Devins gesamte Kleidung, der Schmuck, den ich ihm geschenkt hatte, das Nachthemd, das er mir zärtlich und voller Verlangen abgestreift hatte. »Du willst mich bestrafen.«

Das *Gottesfeuer* in ihren Augen wurde schwächer. Das Bett war fast verbrannt. »Das Kind, das du in dir trägst, ist das Kind der Prophezeiung.«

Ich legte eine Hand auf meinen Bauch.

»›Der Löwe wird mit der Hexe schlafen‹«, zitierte meine Mutter. »Das sagt ihr Wahnsinniger – der *Shar Tahl*, ein Prinz.«

»Aidan«, murmelte ich. Die Erkenntnis überwältigte mich, das Wissen davon, wer ich war: ein Gefäß für das Kind, das mein Volk vernichten könnte. »Ich habe mir mit seinem Sohn eine Wiege geteilt. Mein Vater hat es mir erzählt.«

»Du hast dir als Kind eine Wiege mit ihm geteilt. Als Frau hast du sein Bett geteilt.«

Das riß mich aus meiner Benommenheit. »Es war *Kellin?* Er? Aber ... er hat nichts davon gesagt! Er hat keinerlei Andeutung gemacht! Er war ...« Ich brach ab und beendete meinen Satz dann, ohne zu überlegen. »... Devin. Wir dachten alle, daß er Devin sei.« Ich sah sie an. »Du willst mich bestrafen. Darum bist du gekommen.«

Ihre Augen waren wieder gelb. »Du hast mich fast getötet«, sagte sie. »Aber *dich* verlangte Lochiel, und ich konnte nicht wieder gebären. Du warst seine einzige Hoffnung. Ich zählte nicht mehr. Und dann kam *er* – und als du erst empfangen hattest, gab Lochiel euch beiden, was mir hätte gehören sollen!«

Das *Gottesfeuer* erstarb zu Asche. Ich trauerte um die Frau, die so verbittert war. Ich trauerte um mich selbst, weil ich meine Mutter verloren hatte, als ich sie am dringendsten brauchte.

Und ich trauerte um das Kind, das nun doch nicht die Rettung meines Volkes, sondern der Verkünder seiner Vernichtung war.

»Ich werde sterben«, sagte ich, »aber du wirst leben, um es zu begreifen.«

Als ich sicher war, daß sie fort war, schloß ich die Tür und verriegelte sie außerdem sorgfältig. Dann belegte ich das Schloß noch zusätzlich mit einer Rune, damit nicht einmal meine Mutter die Tür öffnen könnte. Nur mein Vater hätte es vielleicht vermocht, aber er würde nicht kommen.

Das *Gottesfeuer* war erloschen. Das Bett, der Schmuck, das Nachthemd – alles war darin verbrannt. Geblieben waren nur verkohlte Stückchen und veilchenblaue Asche.

Die Trauer wurde zu Schmerz. Der furchtbare Zorn war gestillt.

Ich kniete mich hin. Ich tauchte meine Hände in die Asche und schloß sie um die eiskalten Überreste. Sie verbrannten meine Haut nicht. Der Schmerz befand sich ausschließlich in meinem Inneren, wo niemand ihn sehen konnte.

Aber ich wußte darum.

Ich würde immer darum wissen.

Solcher Schmerz brennt. Er verzehrt Herz und Seele.

Als der Ruf kam, drückte ich mich nicht davor. Ich zögerte auch nicht. In die Überreste meines Stolzes gekleidet, betrat ich das Turmzimmer und stellte mich ihm. Meine Nachgiebigkeit war leicht zu erhalten. Bei dieser Geschichte war für nichts anderes Raum als für Scham.

Er saß auf einem hohen Stuhl vor einem Grimoire auf einem dreibeinigen Ständer. Er trug rostbraune Jagdlederkleidung, als plane er bereits, wie die Jagd weitergehen solle. Dadurch daß sein Haar gerade erst kurz geschnitten worden war, konnte ich die Form seines Schädels erkennen. Mein Vater war ein wunderschöner Mann, aber die Schönheit wurde jetzt durch die Erinnerung an einen anderen Mann getrübt, der Lochiel in meinem Geist als das Vorbild für die reine männliche Schönheit so unauslöschlich ersetzt hatte.

Ich haßte mich dafür, aber ich konnte nichts dagegen tun. Ich sah meinen Vater an, betrachtete sein Gesicht und ließ die Gesichtszüge eines anderen Mannes sich darüberlegen.

Es war leicht zu bewerkstelligen. In diesem Augenblick erkannte ich, daß sie einander sehr ähnlich waren.

Meine Lippen teilten sich. Alle Farbe wich daraus. »... wahr«, platzte ich heraus. »Alles ist *wahr* ...«

Er wölbte die geschwungenen Brauen. »Was ist wahr?«

»Ich habe es bisher nicht erkannt, aber jetzt ...« Ich zitterte. »Unsere Völker sind durch mehr als nur Feindschaft miteinander verbunden.«

Nur wenige Kerzen warfen ihr Licht. Die meisten waren nicht entzündet. »Ja«, sagte mein Vater. Seine Augen wirkten in dem gedämpften Licht bronzefarben. »Wir haben es jahrelang geleugnet. Sie haben es jahrzehntelang geleugnet. Wir haben es eher bejaht als die Cheysuli. Die meisten von ihnen leugnen es noch immer.« Er lächelte flüchtig. »Wir, die dem Sucher dienen, verkörpern alles, was sie nicht unterstützen können. Ich finde es weniger belastend für uns, die Wahrheit einzugestehen. Immerhin wollen wir sie nur vernichten, um erhalten zu können, was wir uns so hart erkämpft haben: Selbständigkeit vor den Göttern.«

Ich erschauderte. »Aber ... der Sucher.«

»Ich sagte: ›*Götter*‹.« Er betonte die Vielzahl. »Sie verehren einen Pantheon von Göttern, während wir begriffen haben, daß die wahre Macht nur bei einem

Gott liegt.« Dann schwieg er und versuchte, mich anhand meines Gesichtsausdrucks einzuschätzen. »Dadurch sind viele Antworten möglich.« Er erhob sich von seinem Stuhl und entnahm den Seiten des Grimoire etwas. Kerzenlicht schimmerte. Es war ein goldener, mit Gagaten besetzter Ring. »Er lebt wieder«, sagte er. »Er erkennt meine Berührung.«

»Aber er erkannte auch *seine* Berührung! Und er ist ein Cheysuli!«

»Kellin ist vieles. Kellin von Homana ist dem Erstgeborenen selbst sehr nahe. Er hat das Alte Blut im Übermaß, doppelt und dreifach ... Die Erdmagie lebt in ihm.« Der Ring funkelte tiefrot. »Unsere Lebenssteine antworten auf Macht. Er konnte so nahe am Tor nicht erlöschen. Er erkannte seine Gaben an, nicht mehr. Aber er würde ihn nicht töten. Sein Blut ist dem unseren sehr ähnlich.«

»Altes Blut«, sagte ich. »Unseres ist noch älter.«

»Nein.« Seine Stimme klang nachdenklich, während er den Ring sinnend betrachtete. »Es ist genauso alt, Ginevra. Es ist in jeder Beziehung gleich. Wenn ich meine linke Hand schneiden und mein Blut vergießen, dann in Kellins Hand schneiden und *sein* Blut vergießen würde, würden wir erkennen, daß beides gleich ist. Aber bevor wir das Blut nicht vermischen, bevor wir einander nicht die Hände reichen, kann daraus nichts entstehen, außer daß wir verbluten würden, wenn sich die Schnitte als zu tief erwiesen.«

Der Schnitt in meinem Herzen ging tatsächlich sehr tief. »Dann ist Devin von High Crags tot.«

»So könnte es scheinen.« Er schloß seine Hand über dem Ring und ballte sie zur Faust. Als er sie wieder öffnete, war der Ring nur noch ein zerbrochener Edelstein. Er blies ihn von seiner Handfläche. »Aber jetzt ist es gewiß.« Sein Blick war fest. »Komm her, Ginevra.«

Ich erschauderte. Unterdrückte es.

»Ginevra«, schalt er. »Hast du Angst vor mir? Glaubst du, ich würde dir etwas antun?«

Meine Lippen waren starr. »Das ist nicht nötig«, sagte ich. »Ich habe dir Schande bereitet. Ich habe dich entehrt. Du brauchst nichts anderes zu tun, als mir deine Aufmerksamkeit zu entziehen, und ich werde ein Nichts sein.«

»Ein Nichts.« Er lächelte. »Lochiels Tochter sollte niemals *ein Nichts* sein.«

»Ich bin es. Ich *bin* es.« Ich fiel auf die Knie. »Der Gott wird meine Schmach jedes Mal erkennen, wenn ich vor ihn trete. Und ich werde *wissen*, daß er es weiß!«

Mein Vater kam zu mir. Ich beugte den Kopf vor ihm. Er legte seine Hände auf meinen Kopf und barg ihn sanft. »Du hast alles, was ich mir an einer Tochter wünschen könnte. Du hast mich nicht enttäuscht. Du hast mich nicht entehrt. Du hast nicht schändlich gehandelt. Du hast auf mein Geheiß gehandelt. Wenn du dich tadelst, tadelst du auch mich.«

Ich hob den Kopf und sah ihn an. »Ich würde *niemals* …«

»Ich weiß.« Lochiel lächelte. Seine Augen wirkten in dem trüben Licht schwarz statt braun. »Nichts was wir tun, ist schändlich. Hörst du? Ich will es nicht anders verstanden wissen. Nichts was wir tun, ist schändlich.«

Ich nickte, dankbar, daß er meine Entwürdigung soweit abgewehrt hatte.

»Gut.« Seine Hände regten sich. Er hob mich hoch. Unsere Gesichter waren einander sehr nahe. Er betrachtete meines genau, und dann lächelte er. »Deine Mutter lebt auch in dir. Du bist auch ihre Tochter.«

»Ja.« Obwohl ich es haßte, das zuzugeben.

»Vieles an Melusine finde ich höchst unterhaltsam, besonders ihre Leidenschaft. Bist du genauso?«

Mein Gesicht brannte in seinen Händen.

»War der Cheysuli zufrieden?«

Ich begann zu zittern.

»Hast du ihn ausreichend befriedigt?«

»Gott …«, platzte ich heraus.

Lochiel lächelte. »Morgen nach der Jagd werde ich in dein Bett kommen.«

»In mein *Bett?*«

»Um den Samen des Cheysuli zu vernichten, werden wir ihn durch meinen Samen ersetzen.«

Allein in meinem Zimmer, in dem kein Bett mehr stand, fragte ich mich, ob er ein anderes, für ihn geeignetes heraufbeschwören würde.

Konnte ich auch das verbrennen?

Er würde einfach noch eines heraufbeschwören.

Glaubt er, ich würde mich unterwerfen?

Oder würde er auch meine Unterwürfigkeit heraufbeschwören?

Ich schaute zur Tür. Ich betrachtete den Riegel. Kein Wachzauber, den ich gestalten konnte, würde Lochiel davon abhalten, in mein Zimmer einzudringen. Keine Abwehr, die ich heraufbeschwören konnte, würde Lochiel davon abhalten, in *mich* einzudringen.

Nach der Jagd.

Nachdem die Katze getötet wurde.

Was würde meine Mutter dazu sagen?

Ich unterdrückte das Lachen, bevor es zu einem Schluchzen wurde. Ich preßte mir die Hände auf den Mund, um ein weiteres Schluchzen zu unterdrücken, damit ich mich nicht beschämte.

Ich wußte, daß es Mittel gab. Es gab viele verschiedene Möglichkeiten.

Ich wollte das Kind nicht. Ich wollte, daß das Kind starb.

Es gab auch noch andere Möglichkeiten als diese.

»Deine Mutter lebt auch in dir.«

Er wollte es so, um sich daran zu ergötzen.

Nachdem die Katze getötet sein würde.

Ich löste den Türriegel und verließ den Raum, in dem kein Bett mehr stand. Ich dankte dem Gott, daß ich es verbrannt hatte. Was der Cheysuli und ich, trotz Jahrhunderten der Feindschaft, geteilt hatten, war weitaus reiner als die Verbindung, die mein Vater im Sinn hatte.

Ich ging ins unterirdische Gewölbe, um mir die gefangenen Katzen anzusehen. Sie begrüßten mich mit Fauchen, schlagenden Schwänzen und dem starren Blick des Raubtiers, während sie die Grenzen ihres Lebens abschritten.

Was hatte er über sie gesagt? *»Sie wissen, was sie verloren haben. Sie sehnen sich danach zurück.«*

Er hatte in der Gestaltung seines Selbst seine Menschlichkeit verloren. Wußte er, daß er sie verloren hatte? Sehnte er sich danach zurück?

Wußte er, im tiefen Abgrund der Dunkelheit, warum er nicht gehen konnte?

Erinnerst du dich an meinen Namen?

Verstand er, was geschehen war?

Erinnerst du dich an die Wahrheiten, die wir in unserem Bett erfahren haben?

Erinnerte er sich überhaupt an den Gott und daran, wie es kam, daß er für immer in Katzengestalt gefangen war?

Erinnerst du dich an den Schwur, den ich leistete, als du sagtest, du brauchtest mich?

Ich erinnerte mich an alles.

»Cheysuli«, sagte ich laut. Das Wort klang fremd, in einer fremden Sprache gebildet.

Er hatte etwas gesagt, als der Gott die Wahrheit enthüllte. Etwas über das Schicksal. Ich kannte das Wort dafür. Die Cheysuli nannten es *Tahlmorra*.

»Schicksal«, sagte ich laut, »ist ein anderes Wort für Aufgabe.« Das war ein Ihliniglaube. Wir gestalten unser Schicksal – abhängig von unseren Bedürfnissen.

Eine der Katzen fauchte. Sie streckte eine lohfarbene Pranke mit gespreizten Krallen durch die Eisenstäbe und schlug nach mir, schlug in die Luft.

Was hatte er noch gesagt? *»Vorurteile und Haß werden geschaffen. Sie sind nicht angeboren. Du dienst den Ihlini, weil du nichts anderes kennst.«*

»Ich *bin* eine Ihlini«, sagte ich. »Was erwartest du, was ich sonst tun sollte?«

Die Katze hob die Pranke und fauchte.

»Haßt du mich?« fragte ich. »Weil ich eine Ihlini bin?«

Seine Worte wogten durch meinen Kopf. *»Cheysuli, Ihlini ... welchen Unterschied macht das? Wichtig ist nur, daß wir einander nah sind.«*

Ich hatte ihm etwas geschworen.

Ich betrachtete die Katze. »Schwüre werden geleistet, um gebrochen zu werden.«

Er war der Vater meines Kindes.

Der Vater des Erstgeborenen.

Qual überwältigte mich. »Befreie mich davon!«

Mein Schrei hallte in dem unterirdischen Gewölbe wider und schreckte alle Katzen auf.

Sie wissen, was sie verloren haben. Sie sehnen sich danach zurück.

»›Laß sie in Ruhe‹, sagtest du. ›Sie sind schon zu lange eingesperrt.‹«

Er war nicht eingesperrt. Er würde nicht eingesperrt *werden*. Mein Vater würde ihn töten, ihm dann das Fell abziehen und es als Teppich benutzen.

Würde er mit mir darauf schlafen, wenn er merkte, daß ich kein Bett mehr besaß?

Ich biß die Zähne zusammen. »Also dafür«, sagte ich. »Ich ehre den Schwur soweit – und dann sind wir einander los.«

Ich wußte, was ich verloren hatte. Ich sehnte mich danach zurück. Aber ich wußte, daß ich es niemals wieder besitzen würde.

Kurz vor der Dämmerung verließ ich Valgaard, überquerte das Feld der Bestien und betrat durch den Durchlaß die dahinterliegende Schlucht. Dort fand ich die Katze, die ich als Mensch namens Kellin gekannt hatte.

Ich war in einen schweren Umhang gehüllt. »Du weißt, was du bist«, sagte ich. »*Ich* weiß, was du bist. Meinem Vater nach bist du, was du sein sollst –, bis er einen neuen Teppich auf seinem Boden auszubreiten wünscht, damit seine Füße im Winter warm bleiben.«

Die Augen waren groß und grün. Sein Verstand war zurückgekehrt. Sein Blick wirkte elend.

»Ich schulde dir einen Schwur«, sagte ich. »Ich habe ihn bereitwillig geleistet, ohne zu wissen, wer du bist, und könnte ihn guten Gewissens als ungültig betrachten …, aber zwischen uns bestehen Dinge, die man nicht so leicht vergessen machen kann.« Ich betrachtete die Katze neben ihm. »Hast du ihr gesagt, daß ein Kind gezeugt wurde? Daß das Kind der von den Cheysuli so geliebten Prophezeiung hier in meinem Körper lebt?« Ich preßte die Hände auf meinen vom Umhang verhüllten Bauch. »Wenn ich dieses Kind leben lasse, vernichte ich mein Volk. Ich vernichte ein ganzes Volk. Das werde ich nicht tun. Aber ich werde auch nicht zulassen, daß mein Vater dich tötet. Es verlangt mich nicht danach, jeden Winter erneut die Steine zu betrachten, die sie in die Höhlen stecken werden, die dann einst deine Augen bargen.«

Der schwarze Schwanz schlug aus. Die grünen Augen sahen mich unverwandt an.

»Dann komm«, sagte ich, rauh und zornig darüber, daß es mich kümmerte. »Ich werde dich aus dieser Gestalt befreien, damit du wieder deine eigene annehmen kannst. Die Ihlini und die Cheysuli haben jahrhundertelang gegeneinander gekämpft – ich glaube, es schadet nichts, wenn wir noch eine Weile länger kämpfen.«

Wenn es geschehen sollte, mochte es geschehen. Ich würde, wie meine Mutter gedroht hatte, nicht mehr leben, um es zu sehen. Der Gott würde, damit der Handel zustande käme, etwas verlangen, um ihn zu besiegeln. Ich besaß nur das eine von Wert, was er mir gegeben hatte.

Das ist es wert, es aufzugeben, dachte ich, *damit ich nicht jahrhundertelang zusehen muß, wie die Nachkommen unserer Völker ihr Leben verschwenden, indem sie einander im Namen einer Prophezeiung zu töten versuchen.*

Das war es wert, es aufzugeben, damit ich meine Mutter nicht für ein Geschehen in der Ewigkeit im Bett meines Vaters ersetzen mußte.

Intervall

Die Frau kniete am Tor, und Feuer loderte in ihren Händen auf. Sie streckte sie ruhig aus, griff über die Öffnung hinweg und ließ lebendiges *Gottesfeuer* zu einem Spiegelbild ihrer selbst werden. Der Gott wand sich in ihren Händen, wie er sich im Tor gewunden hatte.

Sie trennte ihre Hände und wandte sie zur Seite. Die Flammen wogten auf ihren Handflächen und leckten von ihren Fingern empor, während sich jeder Tropfen *Gottesfeuer* zu den anderen hin ausstreckte. Dann führte sie ihre Hände zusammen und vereinte die Hälften wieder. Sie schuf einen Becher aus Flammen und goß ihn mit sich selbst ein. Blutrote Runen bildeten sich am Rand aus. Funken sprühten in dem Becher. Rauch stieg von seinem Inhalt auf.

Sie hob den Becher an den Mund und trank die Flammen aus. Der Becher war fort. *Gottesfeuer* leuchtete in ihren Augen.

Sie betrachtete die Katze, die in der Nähe kauerte, neben dem Rand des Tors. Sie hatte die Pinselohren flach angelegt. Feuer loderte in den grünen Augen, während der Schwanz den Basalt peitschte.

Der Mund der Frau öffnete sich und Rauch drang hervor. Ihre Stimme schien lebendiges Licht zu sein. Jedes Wort war ein Funke, der sich von ihren Lippen löste und zu einer Rune gestaltete. Die Worte, die sie sprach, verbanden sich zu Sätzen, bis die Runen eine mitten in der Luft hängende Kette bildeten.

»Er wußte es nicht«, sagte sie. »Er glaubte, ein Ihlini zu sein. Er kam um Zustimmung heischend zu dir, nach deiner Berührung dürstend, danach dürstend, dem Sucher zu dienen. Er wollte sich mit dir verbinden. Er hatte nicht erwartet, was du in seiner Seele enthülltest.«

Die zähe Flüssigkeit brodelte. Rauch wogte auf. Die Runen entsprachen hell in der Dunkelheit leuchtenden Worten.

»Ich stelle die Strafe nicht in Frage. Er ist ein Cheysuli, ein Missetäter. Aber er wollte nur dienen. Sein Herz war bar aller Feindschaft. Er wollte keinen Frevel begehen.«

Eine zweite Halskette wurde mit der ersten zu einem leuchtenden Gürtel vereint. Er schwebte aus der Luft herab und legte sich um ihre Hüften, schloß ihre Handgelenke zusammen. Rauch drang aus ihrer Nase. Ihre Augen weinten Blut.

»Ich biete dem Gott der Unterwelt, der im Licht lebt, der unsere Seelen erhellt, diesen Handel: mein unsterbliches Leben für seine wahre Gestalt.«

Sie weinte schwarzes Blut. Es lief ihre Wangen hinab und tropfte in das Tor, wo das *Gottesfeuer* sich selbst zischend willkommen hieß.

Sie warf sich zu Boden. Die Klammern lösten sich aus ihrem Haar, und es fiel in das Tor hinab, wo das *Gottesfeuer* die Strähnen verschlang. Das Feuer verweilte an ihrem Haaransatz und breitete sich dann in einer leuchtenden Feinarbeit als schimmerndes Netz über ihr Gesicht aus.

Ihr Atem bestand aus Flammen. »Laß ihn gehen«, bat sie. »Laß ihn ein Mensch sein. Ich gebe dir mein Leben. Ich gebe dir das Kind.«

Das *Gottesfeuer* schwappte hervor. Es brach als Woge über die Katze herein, hielt sie in weißem Feuer gefangen und zog sie dann unerbittlich auf das Tor zu.

»Nein!« schrie sie. »Ich habe dir das Kind versprochen!«

Krallen klammerten sich an das Gestein. Und dann wurden die Krallen zu menschlichen Fingern mit blutenden, abgebrochenen Nägeln, die sich in den rauchenden Fels gruben. »Ginevra!« rief er mit der Stimme und dem Mund eines Menschen. *»Ginevra!«*

Sie brach aus ihren Fesseln frei, warf sich auf die Knie und umfaßte mit ihren Händen in menschliche Haut gehüllte Handgelenke. Sie zog ihn vom Tor fort, löste auch seine Fesseln. Er kletterte heraus, verspritzte Tropfen *Gottesfeuer* und wurde als Mensch wiedergeboren.

Sie löste den Griff um seine Handgelenke, während sie erneut auf die Knie fiel. »Geschafft«, keuchte sie.

Der Mann atmete mühsam. Er zeigte vollkommen tierhaft grollend die menschlichen Zähne, als hätte er vergessen, wie man mit dem Mund Worte bildete.

»Geh«, sagte sie kurz. »Der Handel ist vollzogen. Wenn du jetzt bleibst, ziehst du neuerlich die Aufmerksamkeit auf dich.«

Der Mann lachte rauh. Er kniete sich in einer fast gehorsamen Geste hin, aber das Leuchten in seinen Augen antwortete verschiedenen Bindungen. *»›Der Löwe wird mit der Hexe schlafen‹.«*

Sie starrte ihn an. »Was?«

»Mein *Jehan* hatte recht. Und jetzt sind wir verheiratet – Lochiels Tochter und der Prinz von Homana.« Lachen entrang sich erneut seiner vom Feuer rauhen Kehle. »Ich wage nicht voraussagen, wie die *Shar Tahls* unsere Geburtslinien entwirren werden. Es wird vielleicht mehr Jahrzehnte dauern, als uns beiden zur Verfügung stehen.«

Ihr Gesicht verkrampfte sich. »Geh.«

»Nicht ohne dich.«

Sie hielt den Atem an und stieß ihn dann wieder aus. Alle Farbe wich aus ihrem, aus zerbrechlich scheinenden Flächen gebildeten Gesicht, das genauso zart wirkte wie die Bögen, die über ihnen zersprangen. »Das ist zu Ende. Das ist vorbei.«

Grüne Augen leuchteten in dem rein gemeißelten

Gesicht, die in ihrer Wildheit, in ihrer Begierde eher tierhaft als menschlich wirkten.

»Geh«, sagte sie erneut, als das Tor hinter ihr aufloderte. »Jetzt besteht nichts mehr zwischen uns.«

Er schoß seine Hand um ihr Gelenk. »Was uns jetzt verbindet, ist völlig anders entstanden als das, was wir im Bett miteinander erfuhren.«

Das Lachen der Frau hallte von Basalt und Kristallbögen wider. »Feindschaft?«

Er zog sie vom Boden hoch. »Sein Name ist Cynric.«

Teil IV

Kapitel Eins

Kellin erkannte es sofort. *Sie versteht nicht – sie begreift nicht, was wir hier taten, indem wir aus dem Becher tranken.*

Ginevra entzog sich ihm. Sie baute zwischen ihnen eine Mauer aus miteinander verbundenen, lodernden Flammen auf.

Seine Rune zerriß ihn. »Ich habe aus dem Becher getrunken«, erklärte er ihr. »Mein Wissen ist nicht vergessen.«

Eisgraue Augen wurden schwarz, als sie verstand. »Was habe ich getan?« flüsterte sie. »Was habe ich angerichtet?«

Er wollte seltsamerweise lachen. »Ich glaube – Frieden.« Sein Geist beschäftigte sich bereits mit der Durchführung. »Nur eines bleibt noch zu tun …«

Sie erkannte, was er vorhatte. »Nein! Nicht das …«

Er beachtete sie nicht, sondern schritt auf den glasartigen, in sich selbst gedrehten Basaltsockel zu und nahm die schweren Kettenglieder an sich. Er würde die Kette zu seinem Vater bringen und sich als wert erweisen, Aidans Sohn zu sein.

Er wandte sich wieder Ginevra zu. Ihr Gesicht war in Licht gebadet, und die schattigen Höhlungen unter ihren Wangen betonten noch die feine Gestaltung ihrer Züge. *Götter, sie ist großartig. Sie haben es gut gemacht, als sie sie schufen.* Er sagte in rauhem Ton: »Jetzt können wir gehen.«

»Nein! Ich nicht!«

Sie war der verkörperte Stolz, wunderschön und voll glühender Entschlossenheit. Das Licht des Tores schimmerte in ihrem Haar. Es war jetzt vollkommen silbern, bis auf den rein weißen Rahmen um ihr Gesicht. Sie wußte es nicht. Sie hatte nicht verstanden, was der Gott ihr, zusätzlich zu dem, was ihm angeboten worden war, noch gestohlen hatte.

Es ändert nichts, daß ich weiß, was sie ist. NICHTS. Ich begehre sie jetzt noch genauso sehr wie vorher. Und – ich brauche sie ebensosehr.

Und doch war sich Kellin, als er sie ansah und erkannte, was er über die Frau wußte, die eine Ihlini war, die er aber auch liebte, deutlich einer seltsamen Spaltung in seiner Seele bewußt. Auch er war in dem Glauben an gewisse Sicherheiten, an gewisse Grundsätze, wie die Überzeugung, daß nur ein Volk überleben könnte – und sollte –, aufgewachsen. Vermutungen wurden auf einem überlieferten Glauben begründet. Er fragte sich jetzt, ob im Namen des Dienstes vielleicht *Schäden* angerichtet wurden.

Für die Ihlini ist der Dienst für den Sucher genauso bindend – und ehrenhaft – wie unser Dienst für die Cheysuligötter. In diesem Augenblick verstand er. Er begriff letztlich, wie sein Vater, im Namen der Prophezeiung, seinen Sohn aufgeben konnte.

Sollte nicht auch *er* in der Lage sein, etwas für einen höheren Zweck zu opfern?

Er betrachtete die Frau. Ein kleiner Teil von ihm wollte sagen, sie sei eine Ihlini und ein Feind und daher des Hasses wert. Aber der größere Teil von ihm erinnerte sich der anderen Frau. Hatte er es nicht selbst gesagt? *Vorurteile und Haß werden geschaffen. Sie sind nicht angeboren.* Er hatte sie als Ihlini geliebt, weil er es nicht anders gewußt hatte. Warum sollte sich jetzt, *da* er es anders wußte, alles ändern? Ginevra blieb einfach *Ginevra.*

Kellin lachte im Erfassen der Wahrheit, die kein Kind erkennen konnte, gequält auf. *Er hat die Kindheit seines Sohnes aufgegeben, aber er wird ihn als Erwachsenen um sich haben. Ich habe ein altes Vorurteil aufgegeben, damit ich mit einer Frau leben kann, und diene damit dem höchsten aller Zwecke.*

Ginevra richtete sich auf, als er das Tor umrundete. »Ich habe dir deine Freiheit geschenkt! Jetzt geh!«

Er umfaßte mit einer Hand ihr Handgelenk. Die andere umklammerte die Kette. Als sie von ihm freizukommen versuchte, ergriff er mit vollen Händen ihr Haar, so daß es mit blutigen Fingern und dem mit Runen versehenen Gold durcheinandergeriet. Er hielt ihren gefangenen Kopf ganz still zwischen seinen Handflächen. »Ich will ...« Er konnte es nicht sagen. Es erfüllte sein ganzes Sein, es wollte aus ihm hervorsprudeln, aber er konnte es nicht sagen.

Ihr Gesicht zuckte. »Du willst das Kind!«

Er öffnete den Mund. Er wollte nicht fauchen, nicht vor ihr die Zähne entblößen, aber er erinnerte sich zu genau daran, was es bedeutete, eine Katze – und nicht ein Mensch zu sein.

Sie war Lochiels Tochter.

Kellin lachte. Er sah die Anspannung in ihrem Gesicht, die Qual in ihren Augen und erkannte, daß er etwas erklären mußte. Wenn er nur die Worte finden konnte. »Ginevra ...« Er biß die Zähne zusammen. *Warum lasse ich sie nicht in dem Glauben, es wäre wegen des Kindes? Das fiele leichter.*

Aber er wollte sein Handeln nicht mehr auf der jeweiligen Entscheidung begründen, welches der leichteste Weg war. »Ich habe ... ich habe zuviel verloren.« Er würde es sagen. Er *würde* es tun. »In der Vergangenheit – zu viele Menschen.« Sein Atem berührte ihr Haar, das blütenweiß um ihr Gesicht und silbern in seinen Händen lag. *Sage die Worte. Sage sie, damit sie erkennt – sage sie, damit DU erkennst.* »Wenn ... wenn dies Ketzerei ist ...« Er atmete geräuschvoll ein. »Wenn es Ketzerei ist, Lochiels Tochter zu lieben, dann verbrenne mich jetzt.«

Ihre Augen waren nur noch als dunkle Höhlungen zu sehen. Ginevra schwieg.

Er stieß heftig den Atem aus. »Ich dachte, es wäre eine Lüge. Ich schwor, *dieser* Löwe würde niemals mit der Hexe schlafen.« Er sah sie begierig an, während er ihr Gesicht barg. »Aber er hat es getan, und es hat ihn gelüstet ...«

»Wie kannst du das sagen?« schrie sie. »Obwohl du weißt, was wir sind ...«

»*Weil* ich weiß, was wir sind, kann ich es sagen.« Kellin ergriff sie fester und wollte so gern die richtigen Worte finden, aber er wußte nicht wie. Plötzlich hatte er Angst. Angst, doch nicht siegen zu können. »Ginevra ...«

Ein Tropfen *Gottesfeuer* brach aus dem Tor hervor. Es überschüttete sie mit Funken. Ein unheimliches, klagendes Pfeifen begleitete den Rauch.

Ginevra wich zurück, und dann weiteten sich ihre Augen. »Er weiß ... Der Gott *weiß* ...«

Der Boden unter ihren Füssen erbebte. Hoch über ihnen barst einer der Bögen. Glas regnete herab.

»Keine Zeit mehr ...« Kellin zog sie mit sich, während er auf die Kolonnade zueilte, die vom Tor zum dahinter gelegenen Durchgang führte. Weiteres Glas barst. Das Geräusch, das entstand, als es auf dem Boden auftraf, wurde vom Feuerprasseln des Tores verschluckt. *Gottesfeuer* schwappte an die Ränder und ergoß sich dann über den Boden.

Sie stolperte neben ihm, kämpfte um ihr Gleichgewicht. »Ich sagte dir, du solltest *sofort* gehen, damit sein Durst nicht neu erwacht! Du bist zu lange geblieben!«

Das stimmte, aber er hatte es für sie getan. »Dann sollten wir uns besser beeilen.«

Die Stimme hallte in der Höhle wider und übertönte das Feuerprasseln des Tores mit Leichtigkeit. »Ginevra wird nirgendwo hingehen. Sie ist meine Tochter – und untersteht der Obhut des Suchers.«

Sie fuhren augenblicklich herum. Lochiel stand auf der anderen Seite des Tors. In seinen ausgestreckten Handflächen tanzten karmesinrote Runen. Sein Umhang rauchte vor *Gottesfeuer*, das um seinen Körper wirbelte. Die braunen Augen wirkten in dem unheimlichen Licht wie geschmolzene Bronze. Die so reine und klare Gestaltung seiner Züge wurde hinter der menschlichen Maske erkennbar, die den verkehrten Zweck verbarg.

»Sie hat einen Fehler gemacht«, sagte er, »aber er kann leicht korrigiert werden.« Die Runen in seiner Hand loderten höher auf, heller, obwohl ihr Strahlen ihn nicht beeinträchtigte. Die Runen verknoteten sich, teilten sich wieder und gestalteten sich neu. »Zunächst ist da das Kind. Wir können es nicht leben lassen. Ginevra weiß das. Du brauchst dir nur ihr Gesicht anzusehen.«

Das tat Kellin nicht. Er wußte, was er dort sehen würde. Sie war zutiefst eine Ihlini. Er wußte nicht, ob sie ihn genug liebte, um das Kind zu gebären, dessen Dasein auf der Welt das ihre vollkommen verändern würde.

Glasbögen brachen stückweise aus der Decke, fielen hinter sie und zerbarsten auf dem Basalt. Ein Splitter traf Kellins Wange. Der Boden erbebte erneut. Das Feuer des Tores loderte weiß und schwappte erneut über die Ränder. Kellin hatte die Kunst beherrschen gelernt, das *Gottesfeuer* zu handhaben, um Runen zu gestalten, aber er verstand es auch besser, als daß er geglaubt hätte, die Flut eindämmen zu können. Lochiel blieb *Lochiel*. Seine Künste waren mächtiger und seine Absichten tödlich.

Kellin wich zwei Schritte zurück und nahm Ginevra mit sich.

Lochiels Blick war auf seine Tochter gerichtet. »Sie weiß, was getan werden muß.«

Ihr Gesicht war gerötet. »Ich diene dem Sucher.«

»Ja«, sagte er, »das tust du. Auf alle notwendigen Arten – und mit gewissen Opfern.«

»Wartet …«, platzte Kellin heraus.

Ginevra schrie auf und fiel dann auf die Knie. Ihr Körper erschauderte. Ihr Gesicht spiegelte ihre Qual wider, während sie den Mund aufriß und die schreckliche Anspannung dann zu kraftlosem Erstaunen wurde. »… tötest mich …«, keuchte sie. »… um es zu töten, tötest du *mich* …«

»Eine angemessene Strafe.« Lochiels Runen leuchteten jetzt heller. »Du hast einen Fehler gemacht.«

Kellin zog sie hoch, wandte sie vom Tor ab und schob sie vorwärts. »Geh weiter – *geh* … verlaß die Höhle!«

Ginevra schrie. »… in mir …«, keuchte sie. »… so *dunkel* …« Sie streckte ruckartig die Hände aus und griff in die Luft. *Gottesfeuer* sprühte von ihren Fingerspitzen. Ihr Haar leuchtete in dem Licht silbern. »Mein eigener … Vater …«

Lochiel sagte ruhig: »Ich kann weitere Kinder zeugen.«

Kellin gestaltete seine eigene Rune und schleuderte sie über das Tor, wobei sie *Gottesfeuer* blutete. Lochiels *Gottesfeuer* flammte auf und zerschmetterte Kellins Rune zu einem Schauer nutzloser Teilchen. »Tricks«, sagte der Ihlini und sah erneut seine Tochter an. »Ich würde tausend Ginevras töten, um den Erstgeborenen zu vernichten.«

»Du … wirst nicht … Du wirst *nicht* …« Sie streckte die Hände nach Kellin aus. »Nimm …« Sie biß sich tief in die Lippen, während sich seine Finger um ihre schlossen. »Ich … werde es … nicht … zulassen …«

»Welche Wahl hast du?« fragte Lochiel. »Dies ist dein Opfer. Gib es bereitwillig, damit du mir keine Schande bereitest.«

»Dir *Schande* bereiten! Dir?« Ginevra wand sich vor Schmerz und lachte atemlos. Sie umklammerte Kellins

Hand. »Ich brauche keine Wahl zu treffen ... Du hast sie *für* mich getroffen ...«

Gottesfeuer stieg im Tor auf, sank dann wieder zurück, spritzte auf und bildete auf dem Boden erneut Lachen.

Sie umklammerte seine Hände fester. *»Kellin ...«* Sie grinste entsetzlich, als sie ihren Vater ansah. »Du bist Lochiel der Ihlini, der Diener des Suchers –, aber wir – *wir* – sind mehr ... In meinem Körper lebt der Erstgeborene. Glaubst du, er wird zulassen, daß du ihn tötest?«

Lochiel lachte. »Er ist noch ungeboren, Ginevra! Und das wird er auch bleiben.«

»Nein ...« Sie biß sich erneut auf die Lippen. Blut wallte rot und makellos auf. Sie hatte die Unsterblichkeit aufgegeben. »Er hat getrunken ... Und ich habe getrunken. Das Kind hat ebenfalls getrunken. Wir zusammen sind mehr, als selbst du besiegen kannst.« Sie entblößte beim Zerrbild eines Lächelns ihre blutbeschmierten Zähne. »Der Gott ist, genau wie deine Katzen, hungrig. Ich glaube, es ist an der Zeit, daß er genährt wird.«

Kellin spürte, wie ihre Fingernägel sich in seine Haut gruben. Dann erkannte er, was sie vorhatte.

»... hilf mir ...«, keuchte sie. »Ich kann es nicht ohne dich tun ...«

Nein. Und er konnte es auch nicht ohne sie oder das Kind in ihrem Körper tun.

»Erdmagie«, murmelte Kellin. »Dies ist ein Tor, wie der Schoß der Erde. Hier ist es verzerrt, aber es gibt dennoch eine stärkere Macht ...«

»Jetzt!« schrie Ginevra, und die Mauern um sie herum erbebten. Bogengänge stürzten ein und zersprangen auf dem Boden in Stücke.

Gottesfeuer loderte auf. Es brannte im Inneren weiß. In seinem Spiegelbild, als sein Diener, schien Lochiels Gesicht gestaltlos. Er war, in diesem Augenblick, die Verkörperung des Gottes. *»GINEVRA!«*

»Er ist hungrig!« schrie Ginevra. »Er schreit nach Nahrung!«

»Im Namen des Suchers, im Namen Asar-Sutis …«

»Ja!« schrie sie. »Immer in seinem Namen, in jeder Beziehung. Du bist sein Geschöpf. Soll der Gott dich nehmen!«

Lochiels Augen loderten auf. »Ich werde diese Festung zerstören, bevor ich dir erlaube, das Kind von hier fortzubringen!«

Ginevra lachte. »Du wolltest es töten! Jetzt änderst du deine Meinung?«

»Weil ich es tun muß«, sagte er. »Die Gestalt des Suchers ist das *Gottesfeuer*. Ich denke, er würde gern wieder einmal als Mensch auftreten sein, damit er frei im Land umherwandern kann, es zu vernichten.«

Sie klammerte sich fester an Kellins Hand. »Wenn du ihm einen Körper geben willst, dann gib ihm deinen eigenen!«

»GINEVRA!«

»Deinen eigenen!« schrie sie. Und dann: *»Jetzt*, Kellin!«

Sie brannten ihm mit ihrer Macht die Augen aus, hinterließen nur geschwärzte, geschmolzene Höhlen und ließen die Runen in seiner Hand explodieren. Seine Kleidung fing Feuer. Seine Gesichtshaut schälte sich zurück, so daß die Knochen entblößt wurden. Seine Lippen wurden zu einem Schlund, der die schönen Zähne zeigte. Lochiel stolperte vorwärts, schlug mit unnützen Stümpfen am Ende flammender Arme um sich und stürzte dann in das Tor.

Das *Gottesfeuer* wurde gedämpft, als prüfe es seinen Gewinn. Und dann brach es als Geysir purer Flammen auf und leckte an den gezackten Überresten der zerbrochenen Kristallbögen. Das Tor blutete durch Lochiels Opfer *Gottesfeuer.*

Ginevra erschauderte. Sie fiel auf die Knie. Silbernes Haar bauschte sich um sie herum und über den vor

Gottesfeuer dampfenden Boden und das schmelzende Glas. Ihr Schluchzen blieb vor dem Rumpeln des Tores ungehört.

»Komm.« Kellin drängte sie aufzustehen. »Wenn Asar-Suti eine zweite Portion braucht ...«

Sie ergriff mit starren, zitternden Händen mehrere Händevoll gottgebleichtes Haar. Tränen schimmerten auf ihrem Gesicht. »Welcher Mann zeugt ein Kind wie *mich*, das seinen eigenen Vater ermordet?«

Der Boden kräuselte sich. Dadurch entstanden in den riesigen Säulen, die sich bis zum Dach emporwanden, Risse. Schwarzes Glas regnete herab. Dann brachen weitere Bögen, das Gitterwerk der Decke, und schließlich das Dach selbst ein.

»Ginevra!« Kellin zog sie mit einer Hand hoch, während er die zwei Hälften der Kette an seinem Gürtel befestigte.

Risse erschienen am Rande des Tores. Sprünge verliefen auf sie zu. Als das Dach herabstürzte, fiel ein Teil davon platschend in das Tor, so daß *Gottesfeuer* herausspritzte. Etwas schrie in seinen Tiefen.

Der Boden schwankte unter ihnen. Von hoch oben über ihren Köpfen, vom Bollwerk der Festung, erklang ein Zornesgeheul.

»Sie wissen es«, sagte Ginevra. »Alle Bande sind zerbrochen. Lochiel ist tot, und so sterben auch *sie* – und Valgaard fällt.« Sie umklammerte fest seine Hand. »Ich muß meine Mutter finden.«

Als sie aus dem Durchgang herauseilten, wartete Melusine bereits. Sie hielt ein aus lebendigem *Gottesfeuer* gefertigtes Schwert in ihren Händen. »Was habt ihr getan?« schrie sie. »Was habt ihr angerichtet?«

Ginevra lachte wie wahnsinnig, als sie ihre eigenen Worte wiederholt hörte. »Lochiel ist tot.«

»Die Mauern fallen«, sagte Melusine. In ihren Augen loderte das Licht des Wahnsinns. Sie waren gelb wie die eines Cheysuli. »Valgaard ist zerstört ...« Sie sah Kellin an. »Verwandter«, sagte sie. Und dann hob sie das Schwert hoch über den Kopf.

»Nein!« Ginevra schlug zu, bevor er etwas tun konnte, durchbohrte die Brust ihrer Mutter mit einer einzigen flammenden Rune. Das Schwert wurde gelöscht. »Nein«, wiederholte Ginevra. Ihr Blick wirkte gequält. »Geh fort«, sagte sie. »Verlasse Valgaard jetzt.«

Melusine lachte. »Ohne Lochiel? Du mußt verrückt sein!«

»Mutter ...« Aber der Boden zwischen ihnen brach auf. Eine gezackte Öffnung erschien. Kellin stolperte, fing sich wieder, griff dann nach Ginevra und riß sie zurück, während Melusine schreiend in die Öffnung stürzte. *»Mutter!«*

Er begehrte nicht auf und versuchte auch nicht zu erklären, daß keine Hoffnung mehr bestünde, als das *Gottesfeuer* schon hervordrang und sie zurücktrieb. Ginevra wußte es. *»Shansu«,* flüsterte er, obwohl sie es nicht verstehen würde.

Sie preßte eine Hand auf ihr Gesicht, damit er ihre Tränen nicht sah.

Kellin drängte Ginevra vorwärts, bis sie auf ihren Valgaardpferden den Durchlaß passiert hatten und sich sicher in der Schlucht befanden, wo der Boden nicht aufbrach, die Wände nicht einstürzten und kein Dach über ihren Köpfen nicht auf sie herabfallen konnte. Dort wartete Sima.

Er hatte geglaubt, daß die Verbindung durch Ginevras Anwesenheit abgebrochen wäre, aber er konnte Sima deutlich hören. *Du hast gut daran getan,* sagte sie, *meine Verwandten freizulassen.*

Er dachte an das unterirdische Gewölbe, wo er mit seiner Macht die Türen aus den Angeln gehoben und die Katzen befreit hatte. *Sie hatten ein besseres Tahlmorra verdient, als bei Lochiel zu sterben.*

Simas Augen schimmerten golden. Die Pinselohren zuckten. *Verstehst du dies?*

Nein. Ich wurde gelehrt, wir könnten uns nicht mehr miteinander verbinden, sobald ein Ihlini in der Nähe wäre.

Du hast etwas vom Gott in dir. Das macht sich nicht nur in deiner Magie, sondern auch in deiner Widerstandsfähigkeit bemerkbar. Ihr seid beide Kinder der Götter. Die Zeit der Spaltung geht zu Ende. Sie sah Ginevra an. *Kümmere dich zuerst um sie. Wir werden später noch Zeit haben.*

Kellin glitt von seinem Pferd, warf die Zügel über einen Ast und trat dann zu Ginevras Pferd. »Steig ab«, sagte er und streckte eine Hand aus.

Ginevra blickte von ihrem Pferd auf ihn herab. Asche beschmutzte ihre Wangen. Das Silberhaar hing als wirrer Vorhang an beiden Seiten ihres Gesichts herab. In ihren Augen offenbarte sich solch eine gewaltige Qual, daß er fürchtete, sie könnte sie zerbrechen.

Er konnte nicht anders. *»Meijhana ...«*

Beim Klang der fremden, in Valgaard fast völlig ausgerotteten Sprache, zuckte Ginevra zusammen. Dann löste sie vorsichtig und wohlerwogen einen Fuß aus dem Steigbügel und stieg an der anderen Seite ab. Damit befand sich das Pferd zwischen ihnen.

Sie hätte genauso gut eine Klinge nehmen und sie ihm tief ins Herz stoßen können. Er war fassungslos.

Götter, betete er, *laßt diese Frau mich niemals hassen. Das könnte ich nicht ertragen.*

Ginevra führte das Pferd zur anderen Seite der Schlucht. Dort setzte sie sich, im Aufruhr ihrer Seele, auf einen Baumstumpf und starrte mit eisgrauen, glasigen Augen in die Schatten.

Kellin wandte sich mühsam wieder zu seinem Pferd um. Er löste den Sattelgurt, zog Sattel und Decken herab und rieb den Pferderücken mit einer Handvoll Blättern ab. Als er damit fertig war, ging er zu ihrem Pferd und behandelte es ebenso. Ginevra schwieg.

Rauch kroch in die Schlucht. Sie war jetzt angefüllt mit Gerüchen: verbrannte Haut, der Gestank der Unterwelt, der Duft einer zerstörten Welt.

»Es ist fort«, sagte Ginevra.

Kellin wandte sich von ihrem Pferd zu ihr um.

»Fort.« Sie zeichnete eine Rune in die Luft. Er erkannte sie an der Bewegung ihrer Finger als *Bal'sha'a*. Aber nichts entstand daraus. Ihre Finger bewegten sich geschickt, und doch entflammte als Antwort darauf nichts zum Leben. »Das Tor ist geschlossen«, sagte sie. Die der Macht beraubte Hand fiel kraftlos herab und lag dann gekrümmt auf ihrem Schoß. »Und daher gibt es jetzt kein *Gottesfeuer* mehr.« Ihr Blick wirkte seltsam leer. »Alle, die ich kannte, sind tot. Und alles, was ich kannte, ist verloren.«

Seine Stimme bebte. »Ginevra ...«

Ihr Gesicht wirkte verheert. »Lochiel hatte recht. Wir sind wahrhaftig vernichtet.«

»Nein.« Er atmete langsam durch, fuhr dann vorsichtig fort. Er wollte auf keinen Fall mißverstanden werden, sonst würde das, was sie zwischen sich aufgebaut hatten – und was jetzt in Gefahr war – zerbrechen. »Nein, nicht vernichtet.« Er würde sie nicht belügen. Er würde sie *niemals* belügen. »Vielleicht in dieser *Erscheinung*, aber dein Volk überlebt. Asar-Suti ist besiegt, aber es gibt noch Ihlini auf der Welt.«

»Gute Ihlini?« Sie lächelte bitter. Es war eine schreckliche Nachahmung des Lächelns, das er früher in ihr hervorgerufen hatte. »Jene, die den Sucher ablehnen, werden sicherlich überleben und wohlwollend betrachtet werden, aber was ist mit – uns? Mit jenen wie mein Vater und vor ihm Strahan und vor *ihm* Tynstar?« Ihre Kinnlinie zeichnete sich messerscharf ab, als sie die Zähne zusammenbiß. »Was ist mit den Ihlini, von denen ich eine bin?«

»Du hast es selbst gesagt: Das Tor ist geschlossen.«

Sie zeigte keinerlei Regung. »Ja.«

»Ich möchte gern glauben, daß sich Ihlini wie diese von den dunklen Künsten abwenden und eine neue Welt gestalten werden, wenn wir den Krieg beenden.«

»›Ihlini wie diese‹«, wiederholte sie. »Wie ich?«

Er sagte es offen: »Du bist nicht dein Vater.«

»Nein.« Mondlicht schimmerte auf ihrem Haar. »Nein, das bin ich nicht. Sonst hätte ich dich sicherlich dort am Tor getötet.« Sie verzog flüchtig den Mund. »Vielleicht hätte ich es tun sollen.«

»Ja«, stimmte er ihr zu. »Oder die Katze freilassen sollen, damit die Jagd hätte fortgesetzt werden können.«

Das erschütterte sie. Es erschütterte sie so sehr, daß er wußte, daß sie die schwierige Lage ebenso deutlich erkannte wie er.

Er sagte ihr die Wahrheit. »Ich glaube nicht, daß es Cynrics Aufgabe ist, die Ihlini zu töten.«

Ihre Stimme klang barsch. »So wie wir meine Mutter und meinen Vater getötet haben?«

Meine arme Meijhana. Er ging zu ihr und kauerte sich vor sie hin. »Gleichgültig wie heftig du mich auch bekämpfst – es wird sie nicht zurückbringen.«

Ginevra lachte rauh. »Wie kann ich dich bekämpfen? Du hast dort in der Höhle nur getan, worum ich dich gebeten hatte. Was kümmert es mich, *wie* es geschehen ist oder daß wir die Macht eines ungeborenen Kindes dafür benutzen?«

Er ergriff ihre Hand. »Bestrafe dich nicht dafür, daß du beschlossen hast zu leben. Du hast getan – *wir* haben getan –, was getan werden mußte.«

»Das alles? Das *alles?*« Ihre Hand zitterte in meiner. »Mein Vater. Meine Mutter. Mein – Zuhause.« Tränen schimmerten in ihren Augen, während sie eine Hand auf ihren Bauch legte. »So stürzt das Volk der Ihlini. Wie die Prophezeiung es vorausgesagt hat – aber noch bevor er überhaupt geboren ist!« Ihre Stimme klang belegt. »Bist du froh darüber?«

Er legte seine Hand auf ihre, die auf ihrem Bauch ruhte. »Er ist auch ein Ihlini.«

Sie entwand ihm ihre Hand und preßte dann beide Hände auf ihren Mund. Die Finger zitterten heftig. Sie sprach gedämpft durch sie hindurch: »Wie kannst du mich lieben? Ich muß alles sein, was du haßt.«

»Als ich ein Cheysuli war ...« Er lächelte, als er ihre Überraschung sah. »Als ich ein Cheysuli war und es wußte, haßte ich die Ihlini. Ich hatte keine andere Wahl. Sie wollten mein Haus stürzen. Sie hatten Menschen getötet, die ich liebte. Sie würden auch *mich* töten, wenn ich ihnen die Gelegenheit dazu gäbe.« Er zog ihre Hände herab und hielt sie in seinen. »Als ich ein Cheysuli war, es aber nicht mehr wußte, konnte ich verstehen, daß das Leben weitaus vielfältiger ist. Daß die Götter, wenn sie einen Menschen demütigen wollen, eine aus Spott geschmiedete Waffe führen.«

»*Deine* Götter!«

»Meine Götter. Und auch deine.« Er hob eine Strähne ihres Haars. Das Silber verwandelte sich im Sonnenuntergang zu Gold. »Du wußtest, was geschehen würde.«

Ginevra erstarrte.

»Du wußtest es nur zu gut. Das hast du angedeutet, als du zu mir kamst, um mich zum Tor zu bringen, damit ich meine menschliche Gestalt zurückerlangen konnte.« Er sah ihr in die Augen. »Du trauerst um mehr als um ihren Tod. Du trauerst wegen deiner Schuld, weil Lochiels Tochter, die erzogen wurde, ihrem Volk zu dienen, im Namen der Liebe das Leben des einzigen Mannes bewahrte, der ihr Volk vernichten konnte.«

»Du beschämst mich«, sagte sie.

Er war erschüttert. »Wodurch?«

»Durch die Wahrheit. Die Wahrheit beschämt mich. Ich habe mein Volk verraten.« Sie legte die zitternden

Finger auf seinen Mund. »Und ich würde es wieder tun.«

Er wollte ihr in diesem Augenblick, als er ihre Wahrheit als ganze erkannte, ebenfalls eine Wahrheit vermitteln. Er wollte ihr – und sich selbst – eingestehen, welcher Dämon sein ganzes Erwachsenenleben lang in seiner Seele gehaust hatte.

Er hatte es früher nicht gewußt. Und wenn jemand es ihm gesagt hätte, wenn jemand es gewagt hätte, hätte er sich mit Spott getröstet. *Ich habe in meinem Leben schon viele Waffen geführt, aber noch keine so scharfe Waffe wie die Klinge der Ehrlichkeit. Ich denke, es ist an der Zeit, sie bei mir selbst anzuwenden und das Krebsgeschwür herauszuschneiden, das ich so lange pflegte.*

Kellin nahm ihre Hände und legte sie auf seine Brust, damit sie seinen Herzschlag spüren konnte. »Ich habe in meinem Leben vor vielen Dingen Angst gehabt, aber vor nichts mehr als vor der Vertrautheit, eine Frau zu lieben. Ich habe mit vielen Frauen geschlafen, ja, um in dem sinnlosen Versuch, den Schmerz des Gefühls zu dämpfen, ein körperliches Bedürfnis zu befriedigen – aber nichts genügte. Ich fühlte mich stets leer, stets verzweifelt, trotz allem, was ich glaubte. Trotz allem, wonach ich mich sehnte.« Seine Finger wärmten ihre. Er preßte ihre Handflächen an sein Herz. »Aus Angst, andere zu verlieren, habe ich meine Seele bewußt entstellt. Ich habe die Verbitterung gepflegt. Ich habe Menschen vertrieben, auch jene, die ich liebte, weil ich niemandem wichtig sein wollte, damit *mir* niemand wichtig sein mußte ... Wenn sie mir wichtig würden, verlöre ich sie, und das hätte ich nicht ertragen können. Nicht nach so vielen Toden.« Er führte ihre Hände an seinen Mund und küßte sie. »Der Fluß gab mir die Möglichkeit, ein anderer Mensch zu werden, vielleicht der Mensch, der ich schon die ganze Zeit über sein sollte. Du siehst nicht Kellin von Homana vor dir, sondern Kellin *den*

Menschen, den Ginevra gebildet hat.« Er berührte mit dem Mund ihre Hand. »Ich bin dein Werk. Wenn du mich jetzt vernichten wolltest, müßtest du mir nur deine Liebe entziehen.«

Sie wandte den Blick von ihm ab. Sie schaute über seine Schulter. Jenseits des Durchlasses, jenseits der Bestien, brannte Valgaard noch immer. Die Luft war rauchgeschwängert.

Er würde ihre Hände nicht loslassen. »Was wir teilten, konnte eine ganze Welt verwandeln. Sogar diese.«

Der Geruch des Rauchs hing dicht in der Luft. Ginevra verzog flüchtig den Mund. »Ich habe kein Dach mehr über dem Kopf«, sagte sie. »Es ist vollkommen eingestürzt.«

Kellin barg ihr Gesicht in seinen Händen, zog die Finger durch ihr glänzendes, üppiges Haar. Dann sagte er weich: »Homana-Mujhar steht noch.«

Sie zuckte sichtbar zusammen. Aber er erkannte, daß sie es sofort bedauerte. »Ich bin Lochiels Tochter.«

Er preßte die Lippen auf ihre Stirn. Er küßte sie zweimal, dreimal und löste sich dann von ihr. *Ungeachtet Cynrics, ungeachtet der Prophezeiung – wie könnte ich jemals erwägen, diese Frau aufzugeben?*

Er hatte es niemals erwogen. Nicht ein einziges Mal.

Diese Wahrheit brandmarkte seine Seele, während seine Lippen zärtliche Worte dafür bildeten. »Ich brauche dich«, flüsterte er, »wie ich noch niemals zuvor jemanden gebraucht habe. *Du* bist meine Ausgewogenheit.«

Er wußte, daß das nicht genügte. Aber es war alles, was er ihr geben konnte.

Als ihre Hand seine Schulter berührte, öffnete Kellin die Augen. Es war Nacht. Er hatte nicht geschlafen. Sie ebensowenig.

Er wartete. Er bewahrte Schweigen, hielt stand. Die

Anspannung in ihren Fingern, als sie seine Schulter berührte, entsprach seiner eigenen Anspannung.

Die Schlucht roch nach Rauch. Valgaard brannte. Der Vollmond über ihnen schien violett und schwarz gefärbt.

Sie zog ihre Hand zurück. Als sie ihn erneut berührte, spürte er ihre Finger kühl auf seinem Gesicht. Sie strichen über seinen Mund und verweilten dort.

Kellin setzte sich auf. Er hockte sich auf die Fersen, während sie es ihm gleichtat. Ihre Knie und Hände berührten sich.

Ginevra sah ihm ins Gesicht. Ihres war von dem Umhang ihrer Haare überschattet. Er sah einen Wangenknochen, ihre Stirn. Ihre Augen waren für ihn nur dunkle Höhlen. »Wenn ich deine Ausgewogenheit bin, bist du mein Lebensstein.«

Kellin wartete schweigend ab.

Sie nahm eine seiner Hände und führte sie zu ihrer Brust. Sie wölbte seine Finger darum. *»Laß mich wieder etwas empfinden.«*

Kapitel Zwei

Ginevra hielt Kellin oben auf der zum Eingang Homana-Mujhars führenden Treppe zurück. Starre Hände gruben sich in seinen Unterarm, woraufhin er sich sofort umwandte. »*Meijhana* … was ist?«

Ihr Gesicht schien eine wie gemeißelte Maske mit brennendem Eis anstelle der Augen zu sein. »Wie wirst du es sagen?« fragte sie. »Wie wirst du ihnen sagen, wer ich bin?«

Kellin lächelte und stieg eine Stufe tiefer, damit er nicht zu sehr über ihr aufragte. Sie war kleiner und zarter als er, aber ihre Statur strafte die Größe ihres Geistes Lügen. »Das ist einfach. Ich werde zu ihnen allen sagen: ›Dies ist Lady Ginevra. Diese Lady ist meine *Cheysula*. Ihr solltet alle froh sein, daß die Bestie endlich gezähmt ist.‹«

Sie errötete. Ihre Fingernägel gruben sich durch den Stoff in seine Haut, die heller als die anderer Cheysuli, aber dunkler als ihre eigene Haut war. »Und werden sie *mich* auch gezähmt wissen wollen? Die böse Ihlini?« Sie hatte sich in Solinde ausgeweint. Jetzt zeigte sie ihm den einer Cheysuli würdigen Stolz. »Zumindest hast *du* mein Zuhause ohne übertriebene Vorstellung betreten.«

Es fiel ihm schwer, hier und jetzt, hier draußen, vor dem Palasteingang, auf dem Hof und vor den Wächtern im Wachhaus Hände und Mund von ihr zu lassen. »Ich war bewußtlos«, erinnerte er sie. »Ich habe nicht die leiseste Ahnung, ob eine Vorstellung stattgefunden hat oder nicht. Bei dem wenigen, was ich überhaupt weiß, hättest du mich genauso gut an den

Knöcheln aufgehängt und über einem Feuer getrocknet haben können.«

Ginevra ließ seinen Arm los. »Das hätte niemals geschehen können. Dein Geist war viel zu durchweicht!«

»Meijhana.« Er ergriff ihre Hand und zog sie durch seinen Arm, wobei er sie mit seiner Hand wärmte. »Ich kenne dich zu gut. Du bist kein Mensch, der die Wahrheit meidet, auch wenn sie hart ist. Du wirst es ihnen selbst erzählen.«

»Ja«, sagte sie, »das werde ich. Gib mir nur die Gelegenheit dazu!«

Kellin lachte. »Dann komm mit in mein Zuhause.«

»Götter …«, brach es aus ihr hervor. »*… warte …*«

Er wandte sich prompt um, setzte sich auf die Stufen und legte die Arme um seine hochgezogenen Knie, während sich Sima neben ihm niederließ. Er spürte das Schnurren der Katze als leises Zittern an seinem Oberschenkel. Als Ginevra sich nicht rührte, schaute er schließlich auf. »Nun?«

Sonnenlicht schimmerte auf Silber. Er hatte ihr üppiges schwarzes Haar geliebt, aber dieses Silber gefiel ihm ebenso gut. *Sie könnte kahlköpfig sein – und ich würde sie dennoch lieben.* Und dann grinste er. Wer hätte vorhersagen können, daß Kellin von Homana sein Herz überhaupt verlöre, noch dazu an eine Ihlini?

»Was tust du?« fragte sie.

»Ich warte. Du wolltest, daß ich warte.« Er hielt inne, durch ihre Gegenwart und die Ahnung davon, wie sich das Leben mit ihr gestalten würde, freudig erregt: Es würde niemals langweilig, niemals ruhig verlaufen. Der Prinz und die Prinzessin von Homana beherbergten keine furchtsamen Seelen. »Soll ich Essen herausbringen lassen? Wenn wir noch länger hierbleiben wollen …«

Ginevra atmete scharf ein. Ihre Wangen bekamen wieder Farbe. Sie wandte sich auf dem Absatz um und marschierte weiter in den Palast hinein.

Er schob Sima beiseite, die ihm das Bein zu brechen drohte. *Streitsüchtig.*

Dann paßt sie gut zu dir.

Wie könnten wir auch nicht zueinander passen? Wurde es nicht vorhergesagt?

Sima verengte die Augen. *Nicht unmittelbar. Die Prophezeiung besagte nur, daß der Löwe mit der Hexe schlafen würde. Sogar die Götter konnten nicht vorhersehen, daß ihr euch so ähnlich sein würdet.*

Er lächelte. *Inzwischen ist sie vielleicht schon in der Großen Halle und steht dem Mujhar selbst gegenüber.*

Oder sie hält sich in deinem Zimmer auf und steht den Bildern anderer Frauen gegenüber.

Kelin setzte sich kerzengerade auf und erhob sich dann sofort.

Sima ließ Gnade walten. *Sie ist im Sonnenraum und spricht mit der Königin. Überlasse die Frauen einander – dein Platz ist jetzt beim Mujhar.*

Und du?

Simas Pinselohren zuckten. Sie schaute an ihm vorbei ins Sonnenlicht, auf einen bestimmten Gedanken gerichtet, den er nicht erkennen konnte. Sie legte die Ohren kurz an und hob sie dann wieder.

Kellin stichelte. *Lir?*

Sie sah ihn an. Ihr Blick schien gleichmütig. Er spürte in diesem Augenblick, daß sie durch das Äußere hindurch in seine Seele blickte, und fragte sich, wie sie ihr gefiel. *Es ist deine Aufgabe,* belehrte sie ihn.

Kellin lächelte. »Er wird verstehen. Wenn ich es erst erklärt habe. Sie werden alle verstehen.« Er lachte vor Freude auf. »Ganz sicher mein *Jehan,* der zweifellos immer schon genau wußte, was aus mir werden sollte!«

Die Katze sah ihn schief an, während sie an seinem Knie vorbeistrich und dann den Palast betrat. *In der Großen Halle,* sagte sie, *wo der Löwe lebt.*

Er ging sofort dorthin, stieß die gehämmerten Türen auf und sah den Mujhar, wie erwartet, ruhig im Bauch des Löwen sitzen und sinnend seine Halle betrachten.

Kellin blieb unmittelbar hinter den Türen stehen. Es war ein halbes Jahr her, seit er von einem Mann fortgeschickt worden war, der seinen einzigen Erben ohne jeden Zweifel retten wollte. *Nun, der Erbe war gerettet worden. Homana war erhalten geblieben.* Kellin lächelte flüchtig und erwartungsvoll. Er wollte vieles sagen, vieles teilen, aber vor allem von Ginevra sprechen. *Ich werde ihm zu verstehen geben. Und wie könnte es auch nicht gelingen? Lochiel ist tot. Das Rad des Lebens dreht sich noch immer.*

Kellin atmete tief ein, hob den Kopf und ging dann steten Schrittes die Feuergrube entlang zum Podest. Dort senkte er den Blick aus Achtung vor dem Mann auf dem Thron und entrichtete den Cheysuligruß.

Der Mujhar antwortete nicht.

Die Erwartung schwand. Kellins Magen verkrampfte sich. *Weiß er bereits? Ist uns die Nachricht zuvorgekommen: ›Der Prinz von Homana hat eine Ihlinihexe zur Frau genommen‹?*

Der Muhjar gab nichts preis. Als Kellin es nicht länger ertragen konnte, hob er schließlich den Kopf. »Großvater …«

Er hielt inne. Er stand eine ganze Weile nur da. Er leugnete es einmal, zweimal. Die Wahrheit verletzte ihn. Er wollte sie beiseite schieben und eine andere Wahrheit heraufbeschwören.

Aber die Wahrheit blieb die Wahrheit. Auch Magie konnte sie nicht ändern.

Ihm sank der Mut.

Kellin erklomm die drei Stufen des Podests und sank auf die Knie. Er streckte eine zitternde Hand – ohne den Siegelring – aus, um die dunkle Cheysulihaut zu berühren, die noch immer ein wenig warm war.

Er sah sich nach Sleeta um, aber der Rotluchs war fort.

Kellin dachte an Sima. *Sie wußte es. Als sie auf den Stufen saß* ... Aber er ließ von dem Gedanken wieder ab. Er betrachtete das Gesicht des Cheysulikriegers, der Homana mehr als vierzig Jahre lang regiert hatte. Sein Körper war nur leicht zusammengesunken und etwas gegen die Rückenlehne des Thrones geneigt, als ruhe der Mujhar nur. Ein goldbeschwerter Arm lag leblos und mit nach oben gerichteter Handfläche auf einem lederverhüllten Oberschenkel. Die andere Hand lag kraftlos auf der Armlehne, so daß sich die dunklen Cheysulifinger der Wölbung der Löwenpranken anpaßten. Am Zeigefinger schimmerte dumpf der Siegelring von Homana.

Obwohl die Haut leblos war, gaben die Knochen die Wahrheit dennoch preis. Brennan war sogar im Tode noch immer ganz ein König.

Kellin gelang ein starres Lächeln. Er sprach es aus, wie er es ihr auf den Stufen vor dem Palast gesagt hatte. »Dies ist Lady Ginevra. Die Lady ist meine *Cheysula*. Du solltest froh sein, daß die Bestie endlich gezähmt wurde.«

Im Löwen herrschte Schweigen. Der Mujhar hatte abgedankt.

»So viel ...«, flüsterte sein Enkel vor dem König kniend. »Ich wollte dir so vieles sagen.«

Vor allem *leijhana tu'sai*, weil du ebenso *Jehan* wie Großvater für mich warst.

Der Mujhar von Homana verließ die Große Halle und ging sofort zu Aileen, wo sich auch Ginevra befand. Er war sich einer seltsamen Gemütsruhe bewußt, als hätte jemand alle Trauer und allen Schmerz aus ihm herausgewrungen. Er fand nur mühsam die nötigen Worte.

Anschließend sagte er das, was ihm am wichtigsten

war: daß er Aileens *Cheysul* weitaus tiefer geliebt und geehrt hatte, als er es hatte zeigen können, und wie er auch sie liebte und ehrte.

Er sah in ihrem Gesicht das Gesicht seines Vaters: von Unwetter gelöster Kalk, der unter der Sonne zerfiel. Sie fraß sich tief unter die Oberfläche und offenbarte den Granit ihrer Trauer, hart und scharf, undurchdringlich und zeitlos wie die Götter.

Schließlich bewegten sich die bleichen Lippen. »Wenn dies Erinn wäre, würden wir ihn zum geweihten Grabhügel bringen und ihn den *Cileann* übergeben.«

Aber dies war nicht Erinn. Sie würden ihn in sein Grabmal tragen und mit den anderen Mujhars zur letzten Ruhe betten.

Kellin küßte seine Großmutter. Er schickte nach einem Diener. Dann schickte er nach einem *Shar Tahl* und nach dem Stammesführer des Keep.

Er schickte auch nach seinem *Lir*, damit sie bei Ginevra bliebe, die großes Mitgefühl empfand, und kehrte dann in die Große Halle zurück.

Menschen kamen. Sie trugen den Körper fort. Sie händigten ihm einen Ring aus. Sie nannten ihn ›Mylord Mujhar‹. Sie ließen ihn allein, als er es wünschte: allein in der Halle, während der Tag in die Dämmerung überging.

Kellin fühlte sich überaus elend. Er saß auf dem Podest und wünschte, es wäre ein anderer Tag, wünschte, er könnte das Rad des Lebens anhalten und dann erneut drehen, aber dieses Mal rückwärts, rückwärts, *RÜCKWÄRTS*, damit die Zeit umgekehrt würde und sein Großvater wieder leben könnte.

Er starrte in die lodernde Feuergrube. *Ich will nicht Mujhar sein.*

Er hatte es sein ganzes Leben lang gewollt.

Ich will ihn zurückhaben. Großvater. Soll er *Mujhar sein.*

Sie hatten ihn von Geburt an darauf vorbereitet, den Platz seines Großvaters als König einzunehmen.

Ein König muß sterben, damit ein Anderer an seiner Statt regieren kann.

Kellin schloß die Augen. Er hörte in der Stille all die Streitigkeiten, die sie gehabt hatten, all die harten Worte, die er hinausgeschrien hatte, weil sein Großvater zuviel verlangte, zuviel von ihm forderte, seinen Enkel so ankettete, daß er niemals irgendeine Freiheit kennenlernen sollte.

Die Worte schmeckten in seinem Mund wie Galle. »Zu vieles ist ungesagt geblieben.«

Der Löwe kauerte hinter ihm. Seine Gegenwart schien fordernd. Kellin erhob sich mühsam und wandte sich zu ihm um. Vergoldete Augen sahen ihn an.

Er bewegte sich, weil er es tun mußte. Er konnte nicht länger still sitzen. Er erklomm das Podest. Berührte den Thron. Trat an seine Rückseite und drehte sich zur Wand um. Er betrachtete angestrengt den Wandteppich, während die Löwen in dessen Falten zu gestaltlosen Flecken wurden.

Er erinnerte sich sehr deutlich an den Tag, an dem Ian gestorben war. An eine kleine Hand, nicht wesentlich dunkler als die eines Homaners, und eine alte Hand mit bronzefarbener Haut, die im Alter spröde und gelblich geworden war.

»Götter«, sagte er laut, »ihr hättet einen besseren Mann wählen sollen als mich.«

»Die Götter haben ihre Wahl sehr gut getroffen. Du wirst es beizeiten erkennen. Ich erkenne es schon jetzt.«

Kellin wandte sich um. *»Jehan.«* Er war nicht sonderlich überrascht. Es schien vollkommen zu stimmen. »Du weißt es.«

»Ich weiß es.«

»Hast du die Königin gesehen?«

Aidan sah ihn fest an. »Ich habe deine *Cheysula* nicht gesehen.« Er ließ Kellin Zeit, seine Worte zu begreifen. »Aber ja, ich habe meine *Jehana* gesehen.«

Es war schwer, es auszusprechen. »Wußtest du es – vorher?«

Aidans Gesicht wies neue Falten um Augen und Mund auf. »Ich habe das Vorrecht, von Dingen zu wissen, bevor andere sie tun. Das gehört zu meinem Dienst.«

»Das ›Vorrecht‹ zu wissen, daß dein Vater gestorben ist?«

»Das Vorrecht, gewisse Dinge zu wissen, damit ich den Weg für höhere Zwecke bereiten kann.«

Kellin lächelte flüchtig. »Ein wahrer *Shar Tahl*, der seine Worte in Unklarheit kleidet.«

Aidan lächelte ebenfalls. »Ich glaube, es ist nötig.«

Kellin nickte. Sein Vater kam steten Schrittes auf das Podest zu, auf dem er stand. »Woher weiß man, ob man seines Erbes wert ist?«

»Das weiß man selbst niemals.« Aidan blieb vor dem Podest stehen. »Aber *ich* weiß es, Kellin. Das genügt im Augenblick.«

Kellin schluckte mühsam. »Bist du zu ihm gekommen?«

»Ich bin zu dir gekommen. Ich bin gekommen, um den Löwen zu binden.«

»Binden …« Kellin seufzte. Er fühlte sich sehr alt. »Das habe ich früher gefürchtet.« Er strich sich eine Haarsträhne zurück. »Der Löwe hat mit der Hexe geschlafen.«

Aidan nickte. »Ich weiß.«

Kellin wollte lächeln, aber sein Gesicht fühlte sich alt und leer an. »Du hast mir jenen Tag vorausgesagt. Du hast gesagt, ich würde heiraten.«

Aidans Augen schimmerten rein gelb. »Das tun die meisten Prinzen.«

»Aber du wußtest, daß es Ginevra sein würde.«

Das Schimmern erlosch. Aidan sah ihn ruhig an. »Es schien ein guter Weg sicherzustellen, worauf wir alle hingearbeitet hatten.«

»Der Löwe hat mit der Hexe geschlafen. Und daher setzt sich die Prophezeiung ...«

»... fort.« Aidans Gesicht wirkte sehr ernst. »Aber trotz allem, was du jetzt vielleicht hoffst, ist sie noch nicht erfüllt. Es bleiben noch immer einige Dinge zu tun.«

»Ah.« Kellin griff an seinen Gürtel und öffnete die Schnalle mit unbeholfenen und trägen Fingern. Er löste die Kettenglieder. »Hier. Sie gehören dir.«

Aidan nahm die zerbrochene Kette entgegen, während Kellin seinen Gürtel wieder schloß. »Setzt Euch, Mylord. Es ist an der Zeit, daß ich den Löwen anbinde.«

Er war zu erschöpft, um diese Aufgabe in Frage zu stellen. Er setzte sich. Das Löwenmaul gähnte. Kellin berührte das Holz und spürte einen Widerhall uralter Macht. *Meine Macht?* fragte er sich. *Oder Macht, die von meinem Großvater übriggeblieben ist?*

Aidan stand vor dem Podest, vor der Feuergrube. Seine Augen leuchteten im umbrafarbenen Licht eines vergehenden Tages wild und gelb. Er hielt Kettenglieder in den Händen. »Shaine«, sagte er, »der das *Qu'mahlin* begann. Sein Neffe Carillon, der Homana zurückeroberte und das *Qu'mahlin* beendete. Dann kam Donal, der Sohn von Ali und Duncan – und nach ihm Niall, gefolgt von Brennan.« Gold klang an Gold. »Das nächste Glied ist zerbrochen. Sein Name war Aidan. Ich habe es selbst zerstört, um meinen Sohn dafür einzutauschen. Um zweifelsfrei zu wissen, daß das, was ich opferte, Homana stärken würde.« Er hielt das kürzere Ende der Kette hoch. »Zwei weitere Glieder. Eines davon ist Kellin. Das andere ist Cynric benannt.«

Aidan lächelte. Er wandte sich zur Feuergrube um

und ließ die beiden Kettenhälften in die Flammen fallen.

Kellin schaute vom Thron auf und hielt dann inne.

Aidan sagte mit Nachdruck: »Die Kette soll den Löwen binden.«

Ihre Blicke verschränkten sich. *Er bat nicht – er befahl.* Und dann lachte Kellin. Er stand vom Löwenthron auf und stieg die Podeststufen hinab. Er kniete sich mit dem Rücken zum Löwen neben die Feuergrube. Er wußte, was er tun mußte.

Aidan wartete.

Was ist Feuer anderes als Feuer? Ich habe dem Gottesfeuer widerstanden. Ich habe Gottesfeuer gestaltet. *Dieses kommt von meinem Jehan – seine Flammen sind sicherlich reiner.* Kellin atmete tief durch. Er versenkte die Hände in den Flammen und dann weiter hinab in den Kohlen.

Es brannte, zerstörte aber nicht. Die Finger trafen auf Metall. Er suchte die Form eines Kettengliedes und konnte es nicht finden. Er fand etwas anderes.

»Befreie es«, sagte Aidan.

Kellin nahm es aus dem Feuer und war überrascht zu erkennen, daß seine Hand unverletzt geblieben war. Er öffnete sie. In der Handfläche lag ein Ohrring. Der Kopf eines Rotluchses sah ihn an.

»Weiter«, sagte Aidan.

Kellin legte den Ohrring an den Rand der Feuergrube. Er griff erneut in die Flammen, tauchte tief in die Kohlen ein und entnahm der Grube zwei *Lir*bänder.

Aidan blieb geduldig. »Und noch einmal.«

»Noch einmal?« Aber er legte auch die Armreife auf den Rand der Feuergrube und tauchte erneut beide Hände in die glühenden Kohlen.

Aidan lächelte. »Ein König braucht eine Krone.«

Kellin zog sie hervor. Ein runenversehenes, aus *Lirs* gestaltetes Diadem schimmerte auf seinen Handflächen. Es war so kunstvoll gearbeitet, daß kein Mensch, der es betrachtete, dem Wunsch widerstehen konnte, es aufzusetzen.

Die Stimme klang leicht und ruhig und nur soweit erhoben, daß sie das Podest erreichte. »Dies ist also Cheysulimagie.« Ginevra hob die geschwungenen Augenbrauen, während sie die Halle entlangkam. »Kommt all Euer Gold aus dem Feuer?«

»Nein«, antwortete Aidan. »Unser Gold ist nur Gold, auch wenn es bei der Ehrenzeremonie von den Göttern geweiht wird. *Dieses* Gold soll jedoch dasjenige ersetzen, das er durch sein Mißgeschick verloren hat.«

»Mißgeschick.« Ihr Blick ruhte auf Kellin. Sie hatte das silbern gewordene Haar gezähmt, indem sie es mit einem blutroten Band fest geflochten und gebunden hatte. »Das Mißgeschick, das ihn ohne eine jede Erinnerung an seinen Namen, seinen Rang und sein Volk zurückgelassen hat.« Jetzt sah sie Aidan an. »Ihr seid derjenige, den mein Vater am meisten fürchtete.«

Aidans Haar schimmerte im ersterbenden Licht rostbraun. »Das hat er mir nie gesagt.«

»Er hat Euch gefürchtet. Er hat es auch *mir* nie gesagt – mein Vater war kein Mensch, der Gefühle wie Angst zugab –, aber ich glaube, er muß es getan haben. Er sprach wiederholt von Euch, erzählte mir, wie Ihr, in Eurem Wahnsinn, nach Valgaard gekommen wart, um mit ihm um Euren Sohn zu handeln. Ich glaube, er wußte nicht, was Ihr darüber hinaus noch tun könntet, und das ängstigte ihn.«

Kellin umklammerte das Diadem. Das Gold fühlte sich in seinen Händen warm an. Sogar die Gestik verriet nicht, was zwischen seinem Vater und Ginevra vorging. Er konnte es nicht entschlüsseln.

Aidans Gesicht entspannte sich. »Ich hätte Euch erwählen können.«

»Ja. Und mich hierherbringen können.« Sie warf

Kellin einen Blick zu. »Mylord überzeugte mich, daß ich, wenn es geschehen wäre, niemals erkannt hätte, daß ich etwas anderes als eine Cheysuli bin.«

»Aber das seid Ihr«, antwortete Aidan. »Ihr seid vieles, Ginevra … unter anderem Cheysuli. Unter anderem Ihlini.«

Sie straffte sich. »Und die Mutter des Erstgeborenen.«

Aidan betrachtete ihren Bauch. Es war noch nicht viel zu sehen, aber ihre gewölbten Hände gaben die Wahrheit preis. Er sah ihr lächelnd in die Augen. »Ihr könnt entscheiden, was Ihr sein werdet. Die Götter haben uns einen freien Willen gegeben – auch den Ihlini.«

»Entscheiden?« Sie warf Kellin erneut einen Blick zu und sah erst dann wieder Aidan an. »Wie entscheide ich es? Und was erwähle ich?«

»Wie Ihr in Erinnerung behalten werden wollt.« Aidan erhob sich. »Ihr könnt Kellins *Cheysula* sein. Ihr könnt Königin von Homana sein. Ihr könnt nur eine Mutter sein – oder die Mutter des Erstgeborenen.«

»Ich war immer Lochiels Tochter und werde es immer sein.«

Aidan neigte den Kopf.

»Und das kennzeichnet mich«, erklärte sie. »*Daran* werden sie mich immer erkennen!«

»Ja«, stimmte Aidan ihr zu, »weil es nötig ist.« Seine Augen wirkten im schwindenden Licht sehr wild. Flammen ließen sie in sich verschmelzen. »In bezug auf Euch ist meine Vorhersage erfüllt.«

Sie war bestürzt. »Welche?«

»Ihr wart die Hexe. Aber das ist vorbei. Wenn Kellin erneut mit Euch schläft, wird er mit seiner *Cheysula* schlafen. Wenn Ihr mehr sein wollt, werdet Ihr selbst die Wahl treffen müssen.«

Sie errötete. »Ihr meint, wenn ich mich entschiede, sie daran zu erinnern, daß ich die Erbin von Lochiels

Macht bin.« Sie lächelte. »Das könnte ich tun. Das könnte ich leicht tun.«

»Es würde davon abhängen«, erwiderte Aidan ruhig, »wie Ihr es zu tun wünschtet.«

Sie sah ihn unverwandt an und schaute dann wieder zu Kellin. Sie schien in diesem Augenblick der verkörperte Stolz zu sein.

Leijhana tu'sai, dachte er, *daß ihr mir das Urteilsvermögen gegeben habt – oder es mir genommen habt! –, damit ich jenseits der Mauern der Feindschaft unserer Völker blicken und die Frau dahinter sehen kann.*

Das Feuer ließ ihre Augen leuchten und schmolz das Ihlinieis. Ihre Stimme klang jetzt anerkennend und voller Wärme, die ihm den Atem nahm. »Dann würde ich wählen, die Frau zu sein, die einen König gekrönt hat. Damit sie wissen, daß ich keinen Krieg will. Damit sie wissen, daß ich Ginevra bin und nicht nur Lochiels Tochter.«

»Dann tut es«, sagte Aidan.

Ginevra hob den Kopf. Sie kam dabei stetig heran. Neben der Feuergrube hielt sie inne, blickte dem Löwenthron von Homana in die blinden, vergoldeten Augen und lächelte flüchtig. »*Tahlmorra*«, sagte sie trocken. »Nennt Ihr es nicht so?«

Aidans Stimme klang ruhig. »Alle Männer – und alle Frauen – haben ein *Tahlmorra*. Ihr seid genauso sicher durch Cheysuli- wie durch Ihlinigötter entstanden ... Sie waren – und bleiben – das gleiche. Aus ihrer Sicht sind wir alle ›Cheysuli‹. Das Wort bedeutet ›Kinder der Götter‹.« Er lächelte sanft und ohne Überheblichkeit. »Wir sagen über Zwillinge: ›Sie sind zwei Blüten desselben Strauchs.‹ Obwohl unser Strauch geteilt und die beiden Hälften in verschiedene Gärten gepflanzt wurden, bleibt die Wurzel doch dieselbe. Es ist an der Zeit, daß wir uns neu auspflanzen.«

Sie zögerte. »Asar-Suti? Der Sucher?«

»Wir sind nur Erscheinungen unseres Schöpfers.

Wenn es Böses zwischen den Menschen gibt, sollte man sich zuerst die Götter betrachten, von denen sie dieses Böse erbten.«

Kellins Magen verkrampfte sich. »Dann ist er nicht tot.«

»Das Tor wurde bei der Zerstörung Valgaards geschlossen. Ein Neuaufbau erfordert Zeit. Während Asar-Suti sich darum bemüht, vergehen vielleicht Jahrhunderte.«

Ginevra lächelte bitter. »Dann sollte ich den König besser krönen, bevor das Tor neu aufgebaut ist.« Sie hielt die Krone über Kellins Kopf. Flammen spiegelten sich in dem Gold. Sie sagte deutlich: »Im Namen aller Götter, sogar des Suchers, der nur einer unter ihnen ist, erkläre ich Euch zum Mujhar von Homana.«

Kellin beugte den Kopf. Das Diadem fühlte sich kühl an, als sie es ihm mit zitternden Fingern aufsetzte. Es erwärmte sich an seiner Stirn.

»Es ist vollbracht«, sagte Ginevra.

Aidan lächelte. »Und so wird der Löwe durch die Hexe, mit der er geschlafen hat, gebunden.«

Kellin hob den Ohrring auf. »Aber dies ist *Lir*gold. Wie könnte *es* mich binden?«

»Erinnerungen«, antwortete Aidan. »Durch die Geschichte und das Erbe und eine Abstammung, die jahrhunderteweit zurückreicht. Wenn der Löwe brüllt, muß er sich daran erinnern, was zuvor geschah, damit er die Welt weise regieren kann. Verantwortung bindet einen Menschen – und einen König noch mehr. Unterschätze ihr Gewicht nicht.«

»Nein«, sagte Kellin. »Niemals wieder, *Jehan*.«

Eine der gehämmerten Türen wurde geräuschvoll geöffnet. Ein Mann kam herein. Kellin stand auf.

»Schon«, murmelte Aidan.

Kellin sah seinen Verwandten an. Harts Haar war weiß. Sein hageres Gesicht war von Kummerfalten durchzogen. Er schaute kurz zu Aidan und Ginevra und heftete seinen Blick dann auf den Enkel seines Zwillingsbruders. »Ich kam zu Brennan«, sagte er, »aber anscheinend haben die Götter es für angemessen erachtet, mir meinen *Rujho* zu nehmen.«

Kellin nickte stumm.

Hart sah Aidan an. »Der Thron hätte eines Tages dir gehört. Bist du deshalb endlich nach Hause gekommen?«

In Aidans Augen regte sich etwas. »Ich bin aus vielen Gründen nach Hause gekommen, *Su'fali*. Ich bin gekommen, um meinen *Jehan* zu ehren, den die Götter zu sich nahmen, um meiner *Jehana* beizustehen, um meinem Sohn, dem Mujhar, zu huldigen und um Zeuge der Ankunft des Erstgeborenen zu werden.« Die gelben Augen funkelten wild. »Aber auch um zu trauern. Gestehst du mir das zu?«

Hart nickte beschämt. Er schaute von Aidan zu dessen Sohn. »Brennan ist von uns gegangen, und daher komme ich zu dir, seinem Erben.« Qual wallte einen Augenblick auf und wurde mühsam eingedämmt. »Ich hatte einst einen Sohn. Owain. Lochiel hat ihn ermordet. Jetzt habe ich keinen Sohn mehr. Ich bin gekommen, um dir Solinde zu übergeben.«

Kellin war erstaunt. »Du hast Töchter!«

Harts Stimme klang fest. »Blythe hat nur Mädchen geboren und wird keine weiteren Kinder haben. Cluna hat drei Totgeburten gehabt und kann niemals wieder empfangen. Jennet ist im Kindbett gestorben. Und Dulcie hat vor zwei Monaten den Hochprinz von Ellas geheiratet.« Hart entspannte sich ein wenig. »Sie war es müde, auf dich zu warten.«

Kellin lächelte flüchtig.

»Und daher werden die Söhne, die sie vielleicht gebärt – ich fürchte, wir neigen zu Mädchen – als Ellasier aufwachsen.«

Kellin stand ganz still. Sein Nacken kribbelte. Er sah jäh zu seinem Vater und erkannte das Leuchten in

Aidans Augen. *Er sagte, er weiß Dinge. Er besitzt das ›Vorrecht‹, sie zu wissen. Er wußte, daß dies geschehen würde*. Die Erkenntnis sank tief wie ein Messer in ihn ein. *Und er weiß, was noch geschehen wird*.

Er würde es aufhalten. Er wußte wie. Er schaute wieder zum Bruder seines Großvaters. »Du wirst so bald nicht sterben. Dies ist also unnötig.«

Hart sagte nur: »Brennan ist heute gestorben.«

Nach einem Augenblick der Betroffenheit, wandte sich Kellin ab und betrachtete angestrengt den Gobelin mit den Löwen. Er konnte Harts Blick nicht ertragen. Er konnte es nicht ertragen, seine eigene Trauer im Gesicht seines Großonkels widergespiegelt zu sehen.

Kapitel Drei

Als Ginevra schließlich, von der langen Geburt erschöpft, einschlief, saß Kellin mit ihrem Sohn in den Armen neben ihr, empfand Verwunderung, Stolz und Erleichterung – und dachte an die Prophezeiung der Erstgeborenen.

Lochiels Tochter regte sich und fiel dann erneut in Schlaf. Er legte eine Hand auf ihr herrliches Haar und strich es ihr sanft aus dem Gesicht. Ihre Lider waren gesenkt, verbargen ihre Augen vor ihm, aber er wußte, was sie verschlossen: das flammende Eis des Ihlini*gottesfeuers*, das Vermächtnis von Lochiels Macht.

Die Frauen hatten seinen Sohn in unzählige Lagen Stoff gewickelt. Das Kind, dachte er, war häßlich, viel häßlicher als Fohlen oder Hundewelpen, aber er vermutete, daß das rotgesichtige, runzlige Kind bald zu einem richtigen Menschenkind und schließlich zu einem Mann werden würde.

Kellin atmete tief ein. *Welche Art Macht wirst du besitzen? Wirst du überhaupt menschlich sein?*

Sima, die zu seinen Füßen lag, bemerkte träge durch die Verbindung, daß er das Kind doch aufwachsen und selbst entdecken lassen sollte, wie sein *Tahlmorra* aussähe. Ein Vater könnte den Ton, wenn er ihn zu stark verwässerte, in Schlamm verwandeln, so daß ihn überhaupt niemand mehr zu nutzen imstande wäre.

Kellin lächelte. *War ich das? Schlamm?*

Sima blinzelte. *Du warst mit zuviel Sand versetzter Ton. Du schnittest in die Haut des nichtsahnenden Töpfers ein.*

Ah. Er lachte leise. Und dann dachte er an andere

Kinder, die keinen Vater hatten, der sie überhaupt wässern konnte. *Ich werde sie herkommen lassen.*

Sima gähnte. *Achte darauf, nicht zuviel zu erbitten. Du hast sie jenen Frauen überlassen. Wenn du sie herholst, wirst du mehr Schaden als Nutzen anrichten.*

Es sind meine Kinder.

Uneheliche Kinder.

Er hörte seine eigene Überheblichkeit widerhallen und erkannte, was Sima beabsichtigte. Sie besaß größere Weisheit als er. Sie war immerhin ein *Lir.* »Dann werde ich es ihnen selbst überlassen zu kommen, wann immer sie wollen, um ihr Erbe zu erkennen.«

Und?

Er lächelte. *Und ich werde sie besuchen, um an* ihrem *Leben teilzuhaben.*

Schon besser. Sie schlug einmal mit dem Schwanz. *Was wirst du mit den anderen tun?*

Mit welchen anderen? Er erstarrte. *Gibt es noch mehr?*

Ich meine diejenigen, die noch geboren werden.

Die noch geboren werden! Sima, bei allen Göttern, hältst du mich für einen selbstsüchtigen, brünstigen Narren? Welcher Mann auf der ganzen Welt würde sich einer anderen Frau zuwenden, wenn er diese *Frau in seinem Bett weiß?*

Sima schnurrte laut und schloß dann ihre goldenen Augen. Sie sagte nichts mehr dazu. Ihre Aufgabe war erfüllt.

Kellin lachte weich und betrachtete seinen Sohn. *Wie würde es einem Krieger ohne einen Lir wie Sima oder Sleeta oder Teel oder Ians Tasha oder Blais' Tanni wohl ergehen*? Er berührte die Stirn seines Sohnes. *Welcher Lir wird an deiner Seite sein – wenn du überhaupt einen Lir bekommen wirst?*

»Kellin.«

Er schaute auf. Hart stand im Eingang. Er wußte, ohne daß ein Wort gefallen wäre, was ihm mitzuteilen sein Verwandter gekommen war. »Sie sind hier«, sagte Kellin. »Corin. Und Keely.«

Harts Gesicht verkrampfte sich. »Hat Aidan dich vorgewarnt? Oder hast du deinen eigenen Anteil an seiner Fähigkeit, voraussagen zu können?«

Es schmerzte, aber er wußte, daß sein Schmerz geteilt wurde. Er quälte sie alle. »Ich habe keine anderen Fähigkeiten als wir alle. Ich weiß nur, was wir alle wissen: daß der Löwe die Länder verschlingen wird.« Er winkte eine der Frauen heran, übergab ihr Cynric und erhob sich. »Du bist gekommen, um mir Solinde zu übergeben. Wir werden vermutlich feststellen, daß sie gekommen sind, um mit ihren Reichen in gleicher Weise zu verfahren.«

Stumme Achtung war in Harts Blick zu erkennen. »Brennan hat mir von seinen Ängsten, von seinen Enttäuschungen geschrieben. Er wußte sehr genau, was du sein *könntest*, wenn du dir erlaubtest, es zu erreichen. Ich erkenne jetzt, daß er sich nicht geirrt hat.« Er nickte kaum merklich. »Ein passendes Vermächtnis für meinen *Rujho*. Brennan hat es gut gemacht. Und daher wird Homana gedeihen.«

Kellin blieb am Eingang stehen. Er sah zuerst Corin. Der Herr von Atvia stand mit dem Rücken zu einem der tiefliegenden Fenster. Ein rötlicher Fuchs saß neben seinem Bein: Kiri. Die Mittagssonne spiegelte sich auf dem *Lir*gold. Das einst lohfarbene Haar war silberdurchzogen, und der Bart, den Corin noch immer trug, zeigte Spuren von Weiß. Aber das Alter beeinträchtigte die Spannkraft seines Körpers und seine stolze Haltung in keiner Weise. Auch wenn er nicht die übliche Hautfärbung besaß – er war dennoch durch und durch ein Cheysuli.

Kellin wurde sich ihrer aller Anwesenheit bewußt, sobald er den Raum betreten hatte: Aileens Sonnenraum, in dem Aileen in einem Sessel saß. Neben Corin stand eine dunkelhaarige Frau mit ausdrucksvollen braunen Augen. Kellin wußte, daß es Glyn, Corins

Cheysula, war. Die zweite Frau mit vollkommen weißem Haar und Augen wie Eis – *Ginevras Augen* – war Ilsa, Harts solindische Königin. Keely, Corins Zwillingsschwester, saß in ihrer Nähe. Sean, der Herrscher von Erinn, der hinter ihr stand, war sehr groß und fiel daher besonders auf. Selbst wenn er schwieg, konnte seine Anwesenheit von niemandem, nicht einmal von einem König, übersehen werden.

Und schließlich war da Aidan, sein Vater, der ruhig hinter seiner Mutter stand, einen Raben neben sich, und die Szenerie betrachtete, als wüßte er sehr genau, was geschehen würde.

Er weiß es zweifellos. Kellin schaute wieder zu Corin, während Hart an ihm vorbei den Raum betrat und zu Ilsa ging. Er fragte sich, was zwischen seinen Verwandten vorgegangen war, während sie auf sein Eintreffen gewartet hatten. Sie hatten sicherlich von Brennan gesprochen. In Keelys Augen stand ruhige, beständige Trauer. Ihre Gesichtshaut spannte sich fest über die hohen, ausgeprägten Wangenknochen. Das eigensinnige Kinn war emporgereckt. Aber Kellin erkannte dort auch Sanftheit, die sie jedoch vielleicht nicht zugeben würde. Alle sagten, sie sei eine sehr stolze Frau.

Er lächelte in sich hinein, als er erkannte, daß sie Röcke trug. Er hatte die Geschichten über ihre ungestüme Jugend gehört. *Sie gehört in Hosen, ein Schwert in der Hand.* Es hieß, Shona sei Keely sehr ähnlich gewesen. Er versuchte, im Gesicht seiner Großmutter seine Mutter wiederzufinden. Er versuchte, im Gesicht seines Ahnen sich selbst wiederzufinden.

Aber Sean war ganz Erinnier, im Adlerhorst aufgewachsen. Kellin war Cheysuli. *Unter anderem – was mich auf das Gespräch bringt.*

Sean brach polternd die Stille. »Junge«, sagte er, »wir sind zwar aus anderen Gründen gekommen, aber wir schulden dir unseren Respekt für den Mujhar von Homana.«

»*Leijhana tu'sai*«, sagte Kellin und sah die bestürzte Nachdenklichkeit in Keelys Blick. Hatte sie gehört, daß Brennans Erbe sein Volk abgelehnt hatte? Nun, es wurde Zeit, daß sie begriffen. »Ich heiße euch im Namen meines anderen Ahnen in seinem Heim willkommen.«

»In deinem Heim«, sagte Keely weich.

Corin lächelte grimmig. »Ich bin gekommen, um eine recht wichtige Angelegenheit mit Brennan zu besprechen. Statt dessen stelle ich fest, daß ich mit seinem Erben sprechen muß. Es könnte – schwierig werden.«

Kellin nickte. »Niemand von euch kennt mich.« Er sah Keely an, dann Sean. »Nicht einmal du, der eine stolze, meinem *Jehan* würdige Tochter aufgezogen hat. Und ich werde, wenn ich Glück habe, ihrer würdig sein.« Er trat beiseite und winkte Sima herein. Die Katze strich eng an seinem Knie vorbei und trottete dann zu einem der tiefliegenden, von heller Mittagssonne überfluteten Fenstersimse. Sie sprang hinauf, rollte sich zusammen und machte es sich dort bequem. »Ihr habt vielleicht einigen Unsinn über einen jungen, törichten Prinzen gehört, der nichts von seinem *Lir* wissen wollte, weil er sie oder sich selbst zu verlieren fürchtete, wenn sie getötet würde. Aber der Mann war unwissend. Er erkannte nicht, welche Art Gabe die Götter ihm damit boten.« Er sah Sima an und bemerkte, daß die anderen es ihm gleichtaten. »Er erkannte rechtzeitig, daß ein Krieger ohne *Lir* überhaupt kein Mann ist … und vollkommen ungeeignet, den Löwenthron innezuhaben.«

Corins Schultern entspannten sich. Er lächelte jetzt offener. »Neuigkeiten verbreiten sich langsam.«

»Viel langsamer als Gerüchte.«

Corin lachte kläglich. »Ich kenne deine Geburtslinie genauso gut wie meine, da ich erheblichen Anteil daran habe … Ich habe keine Schwierigkeiten damit. Aber du bist ein sehr junger Mujhar.«

»Ich bin im selben Alter, wie du warst, als du zu deiner Insel davongesegelt bist.«

Corin sah Keely an. »Das ist lange her, *Rujholla*.«

Keely Haar wies ebenfalls die ersten Silberfäden auf, die das Gold ihrer jüngeren Jahre verwandelten. »Viel zu lange, fürchte ich, als daß wir uns an die Empfindungen der Jugend und die Gründe, aus denen wir taten, was wir taten, erinnern könnten.« Sie lächelte ihrem Bruder zu und schaute dann zu Kellin. »Man hat uns berichtet, daß es einen neuen Prinzen von Homana gibt.«

Kellin sah keinen Grund, auf Gefälligkeit oder auf die Überlieferung einer Kultur zu vertrauen, die sich jetzt weiterentwickeln würde. »Mehr als das«, sagte er unbeschwert. »Cynric ist der Erstgeborene.«

Wieder lag Anspannung im Raum. Er fragte sich, ob sie glaubten, daß er es nicht anerkennen würde, daß er leugnen würde, mit einer Ihlini geschlafen zu haben, ungeachtet dessen, was daraus entstanden war.

Kellin verstand: So würde es noch jahrelang bleiben, bis die alten Vorurteile erstarben. »Ihr Name ist Ginevra. Sie trägt auch unser Haus in ihrem Blut: Sie ist, genau wie ich, ein Enkelkind Brennans.«

Das Schweigen lastete schwer. Keely brach es. »Wir stellen das nicht in Frage. Die Götter haben verdeutlicht, daß es eines Tages geschehen würde, obwohl ich zugeben muß, daß niemand von uns geglaubt hat, du würdest tatsächlich eine Ihlini *heiraten*.« Sie warf einen besorgten Blick zu Aidan, der als Cynrics Prophet gedient hatte. »Aber es ist schwierig für mich, sie als etwas anderes denn als *Lochiels* Kind anzusehen. Und er hat meine Tochter getötet …«

»… und fast auch seine eigene Tochter.« Kellin sah es zu ihnen durchdringen, bemerkte bestürzte Aufmerksamkeit. »Als er erfuhr, daß das Kind, das sie trug, Cynric war, versuchte er sie zu töten. Ginevra weigerte sich, das Opfer zu bringen, das er und sein

Gott verlangten. Mit meiner Hilfe – und der Hilfe ihres ungeborenen Kindes – tötete sie ihren Vater. Sie hat ihn in das Tor seines eigenen Gottes gestoßen.« Er sah sie alle nacheinander an, bis er wußte, daß er sie auch erreicht hatte. »Wir haben den Ihlini für immer besiegt. Es war Ginevras Entscheidung, daß dieser Krieg beendet sein sollte.«

Keelys Blick schwankte nicht. Ihr Lächeln war bittersüß. »Wenn du sie so sehr mögen kannst, sollte ich mich vielleicht in der Kunst des Vergebens unterweisen lassen. Ich würde gern vergeben. Sie ist durch die Heirat meine Enkelin. Aber solche Dinge fallen einer kinderlosen Frau nicht leicht.«

»Kinderlos!« Kellin schaute zu Sean und sah die qualvolle Bestätigung. »Aber … du hattest auch einen *Sohn* …«

Adern standen an Keelys Hand hervor. »Sean und Riordan gingen nach Atvia, um Corin und Glyn zu besuchen. Ich kam dieses Mal nicht mit.« Kummer verzerrte ihr Gesicht. »Dieses *eine* Mal ging ich nicht mit …«

»Keely.« Sean legte eine große Hand auf ihre Schulter. »Es war ein Sturm im Drachenschwanz. Ich wurde verletzt … Um mich zu retten, hat mein Sohn sein Leben aufs Spiel gesetzt.« Seine Augen schimmerten plötzlich, obwohl seine Stimme fest blieb. »In Erinn regieren stets Männer. Von meiner Linie ist niemand mehr übrig geblieben.«

Kellin atmete tief ein. »Will Erinn mich denn haben?«

Aileen lachte leise. Der Kummer hatte sie zutiefst gezeichnet, aber sie war sowohl von der Hautfarbe als auch von ihrer Sprache her noch immer eine vollkommene Erinnierin. »Mit *deinen* Augen, mein Junge? Sie werden kein *Kivarna* brauchen … Deine Abstammung läßt keinen Irrtum zu! Sie werden einen erinnischen Herrn haben, auch wenn er Mujhar von Homana *ist*.«

»Und was mich betrifft«, sagte Corin, »so habe ich immer gewußt, daß ich woanders nach meinen Erben Ausschau halten müßte.« Er nahm Glyns Hand. »Manche Menschen behaupten, eine unfruchtbare Königin sei nichtswürdig –, aber ich weiß es besser. Ich würde sie für nichts und niemanden eintauschen.« Er wechselte einen Blick mit der Frau, die nicht sprechen konnte, und schaute dann wieder zu Kellin. »Es schien mir natürlich, daß Brennan mein Erbe wäre, wenn ich ihm vorangehen sollte – trotz der Streitigkeiten in unserer Jugend. Er war ein äußerst mitfühlender und *fähiger* Mann, einer, der verstand, was Verantwortung bedeutet. Er war weitaus besser zum Regenten geschaffen als ich.« Nun schwankte seine Stimme doch etwas. »Das ist jetzt vorbei, aber es gibt noch einen Mann, dem ich mein Reich anvertrauen würde.«

Kellin antwortete nicht sofort. Er war sich deutlich bewußt, daß ihn alle abwartend ansahen und seine Antwort erwarteten. Er wußte, wie sie lauten würde, aber er fragte sich, ob *sie* es auch wußten. Wenn sie überhaupt verstanden, was mit ihrer Weltordnung geschah.

Es hat nichts mit mir zu tun. Aber sie erkennen es nicht. Sie sehen nur *mich und denken an die unmittelbare Gegenwart – statt an die Zukunft. Sie haben sich noch nicht mit dem angefreundet, was ich tat, indem ich mit Ginevra einen Sohn zeugte. Ich bin für sie nur Kellin, mehr nicht – außer vielleicht für meinen Jehan, der dies alles sehr wohl versteht.*

Er lächelte Aidan zu und sah die Antwort in dessen gelben Augen. Sein Vater wußte tatsächlich. Der *Shar Tahl* wußte viele Dinge. Er war immerhin das Sprachrohr der Götter.

Eines Tages werden auch sie wissen. Sie werden verstehen. Es hat nichts mit mir zu tun.

Kellin sah Sima an. Dann schaute er zu den anderen zurück und antwortete ihnen. »*Ich* will keines eurer Reiche besitzen.« Ihre Bestürzung wurde durch eine kurze Bewegung und die Anspannung in ihren Augen deutlich. »Solltet ihr mir vorangehen, seid versichert, daß ich eure Länder achten und ehren und tun werde, was nötig ist, um das Volk zufrieden zu halten – aber ich werde keines der Länder zu meinem Land erklären. Ich werde nur bis zu jener Zeit als Regent dienen, mit der mein Sohn das angemessene Alter erreicht hat.« Er sah seinen Vater an. Aidan lächelte zufrieden. »Der Löwe wird die Länder vielleicht verschlingen, aber der Erstgeborene wird sie im Namen der uralten Götter regieren.«

Epilog

Die Krallen des Löwen krümmten sich unter Kellins Händen. Seine Finger folgten der Krümmung, zogen das vergoldete Holz nach. Er suchte die Kraft des Löwen zu gewinnen, damit sie ihn durch die Zeremonie trüge, die, in ihrer Feierlichkeit, ein neues Zeitalter verkünden würde.

Seine Arme waren schwer vom *Lir*gold. Seine Stirn erbrannte unter noch stärkerem Gewicht. Die Last an seinem linken Ohr aber wirkte, nachdem dort lange Zeit nichts gewesen war, unendlich beruhigend. Er war endlich in jeder Beziehung ein Cheysuli, ein *lir*geweihter Krieger, der auch seine Ausgewogenheit gefunden hatte.

Kellin atmete tief ein, hielt den Atem eine ganze Weile an und stieß ihn dann langsam wieder aus. Er spürte Simas Anerkennung, die – zwischen Mujhar und Königin geschmiegt – neben seinem rechten Bein saß und so beiden Unterstützung bot. Sie saß schweigend und mit einem über die Pranken gelegten Schwanz da. Die großen goldenen Augen waren auf jene gerichtet, die sich versammelt hatten, um der feierlichen Amtseinsetzung eines neuen Prinzen von Homana beizuwohnen.

So viele Menschen. Zunächst natürlich seine Verwandten, die in der Nähe der Feuergrube standen: Aileen, die das *Lir*diadem trug, das Brennan ihr vor langer Zeit geschenkt hatte. Ihr Sohn, Aidan, mit einem Raben auf der Schulter und die Hand seiner Mutter haltend. Hart mit Rael, und Ilsa. Corin und Kiri mit der stummen Glyn. Keely, neben der Sean stand. Und

Lirs, so viele *Lirs* auf Dachbalken und Fenstersimsen und in Ecken.

Auch andere waren da: das in jeder Beziehung vollständige homanische Konzil und die Schloßbewohner, Gavan, der Stammesführer des Keep, mit Burr und anderen *Shar Tahls*, sowie eine Vielzahl von Kriegern und Frauen mit großäugigen Kindern aus allen anderen Keeps Homanas. Es waren auch Ihlini da, aus Solinde, die Asar-Suti nicht ehrten. Niemand wurde abgewiesen. Jene, die nicht mehr in die Große Halle paßten, versammelten sich in den Gängen, in anderen Räumen, in den Höfen und sogar, wie man Kellin gesagt hatte, in den Schloßküchen.

Die Feuergrube loderte. Die Sonne jenseits der Buntglasscheiben schien in die bevölkerte Halle, spiegelte sich in *Lir*gold und anderem Schmuck und tönte die hellen homanischen und die dunklen Cheysuligesichter gleichermaßen.

Kellin bemerkte es. Er bemerkte alles, aber nichts so deutlich wie die Frau an seiner Seite.

Sie stand ruhig zu seiner Rechten und hielt den in Stoff gewickelten Cynric im Arm. Sie trug ein weinrotes Samtgewand, das in seiner Üppigkeit beinahe schwarz wirkte. An den Ohren trug sie Rubine und Gagate. Ihr schlanker Hals war mit dem Gold seines *Lir*reifs beschwert. Das lockere silberne Haar fiel bis zu den Knien herab. Ihr fein gemeißeltes, fremdartig schönes Gesicht, das durch ihren Stolz, durch ihren flammenden Geist und durch eine Entschlossenheit, die den eisigen Ihliniaugen innewohnte, noch bemerkenswerter wurde, war von Weiß umrahmt.

Dies war *ihr* Sohn. Wenn es allein ihre Aufgabe wäre, würde niemand von ihnen es vergessen.

Kellin lächelte. *Sie werden sich von diesem Tag her an sie erinnern. Ganz gleich, was noch geschehen mag – sie werden Ginevra niemals vergessen.*

Er betrachtete erneut die Menschenmenge und

erhob sich dann vom Thron. Er streckte die rechte Hand aus. Ginevra legte ihre linke Hand hinein, während sie mit dem rechten Arm weiterhin Cynric hielt. Nur zwei Schritte – und sie standen an der obersten Stufe des Marmorpodests.

Aidan löste sich aus der Menge. Seine Stimme klang sehr ruhig, aber niemand in der Halle konnte überhören, was er nun sagte. »Er ist das Schwert.« Ein Funkenschauer stieg aus der Feuergrube auf. »Er ist das Schwert und der Bogen und das Messer. Er ist die Dunkelheit und das Licht. Er ist Gut und Böse. Er ist das Kind und die Älteren, das Mädchen und der Junge. Der Wolf und das Lamm.«

Niemand sprach. Kein Kind quengelte, kein *Lir* plusterte sich auf.

Aidans Augen waren schwarz. *»Ich bin niemand. Ich bin jedermann. Ich bin das Kind der Prophezeiung, das Kind der Dunkelheit und des Lichts, der gleichen Abstammung wie jene Ebenbürtige, bis das Blut wieder vereint ist.«*

Buntglas zersprang. Leere Fenstersimse wiesen plötzlich Dunkelheit auf: Der Mond glitt über die Sonne und verharrte dort. Im Inneren der Halle wurde es dunkel. Außerhalb davon ebenfalls.

Menschen schrien angstvoll auf. Homaner, wie Kellin wußte. Denn Cheysuli fürchteten die Götter nicht.

Aidans Stimme flüsterte: *»Das Schwert ... und der Bogen ... und das Messer.«*

Die Flammen in der Feuergrube loderten auf. Der Eisendeckel, der die Treppe zum Schoß der Erde verdeckte, flog auf und krachte auf das aufgestapelte Holz. Stärkere Bewegung entstand von allen Seiten im Gewirr von Asche und Flammen: der stürmische Ausbruch Dutzender von *Lirs*, die aus der Öffnung drangen. Sie wirkten in den Flammen wie cremefarbener Marmor mit cremefarbenen, aber blinden Augen. Doch als sie ins Licht brachen, in die Dunkelheit der

Verfinsterung, verwandelte sich der Marmor in die Hüllen lebendiger *Lirs*.

Ginevra umklammerte Kellins Hand. Er spürte, daß sie zitterte, spürte in ihrem und seinem Herzen die Verwunderung darüber, daß ihr Sohn der Erbe solch gewaltiger Macht sein konnte.

»Ich bin Cynric«, sagte Aidan, *»und ich bin der Erstgeborene jener, die zurückgekehrt sind.«*

Lir auf *Lir*, aus der Gefangenschaft befreit, gesellte sich zu seinen Brüdern und Schwestern auf den gehämmerten Dachsparren, auf den runenversehenen Fenstersimsen, am Rande der Feuergrube. Andere versammelten sich neben dem Podest.

Die Flammen in der Feuergrube erstarben. Die Halle blieb dunkel.

»Cynric«, sagte Aidan, *»der Licht in die Dunkelheit bringen wird, damit alle Menschen sehen mögen.«*

Es herrschte vollkommene Dunkelheit. Das Schweigen klang laut.

Dann verstand Kellin. Er schaute zu Ginevra und bemerkte in der Düsterkeit der Halle ihr glänzendes Silberhaar. »Wickele ihn aus.«

Sie öffnete den Mund, während ihr Blick davon zeugte, daß sie begriff. Ginevra befreite das eine Woche alte Kind geschickt aus seinen bestickten Stoffhüllen. Sie übergab ihn zärtlich Kellin, der ihn nackt der Menschenmenge entgegenhob.

Die winzigen Arme bewegten sich. Feuer sprang in der Dunkelheit auf. Ein hell leuchtendes Gold, das aus den von einem Säugling gestalteten Runen erwuchs, die Dunkelheit nahm und sie besiegte. Das Feuer schien im Kern bläulich weiß.

Die aufwärtsgerichteten Gesichter wurden beleuchtet. Kellin hörte Murmeln und sah tastende Hände, die gegenseitig ausgestreckt wurden. Homaner und Cheysuli verbanden sich durch Ehrfurcht miteinander.

Kellin schaute zu seinen Verwandten, die neben

dem Podest standen: die weinende Aileen, Hart und Ilsa, Corin und Glyn, Keely und Sean, die sich alle an den Händen hielten. Er sah versunkene Gesichter.

Aidan hob die Hände und machte eine Geste, die sie alle einschloß. »Aus ihnen allen soll sich ein *Lir* erheben, der des Erstgeborenen würdig ist. Der des Kindes würdig ist, das vier kriegführende Länder und zwei magische Völker vereint hat.« Seine Stimme schwebte über sie hinweg. »Cynric, das Kind der Prophezeiung, der wiederauferstandene Erstgeborene!«

Regung kam in die Menge, als die Krieger die *Lirs* betrachteten, und eine jäh fühlbare Erkenntnis. Kellin spürte es auch.

Er sah Sima scharf an. *Was ist los? Werden wir die Lirs doch noch verlieren?*

Simas Blick ruhte mit unverwandter Anspannung auf ihm. Ihre Pupillen waren nicht zu erkennen. *Du hast es gut gemacht. Die Cheysuli haben es, Jahrzehnt auf Jahrzehnt, bis Jahre zu Jahrhunderten wurden, gut gemacht. Es ist jetzt an der Zeit, daß zwei Völker zu einem werden. Damit die Macht – so wie früher – festgeschrieben wird. Du wirst mit Lochiels Tochter noch weitere Kinder zeugen, und sie werden ihrerseits eigene Kinder zeugen, bis die Erstgeborenen wieder als Volk lebensfähig sind.*

Ein Schaudern überwältigte ihn. *Was ist mit uns? Was wird aus den Cheysuli und den Ihlini? Sterben wir aus? Werden wir ersetzt?* Er warf einen gequälten Blick auf die versammelten *Lirs*. Dann fragte er verzweifelt: *Habe ich mein eigenes Volk vernichtet, um deines zu erheben?*

Ihre Schwanzspitze zuckte.

Kellin begann zu zittern. *Sima – werde ich dich trotz allem verlieren? An meinen Sohn?* Er konnte es nicht ertragen. Er konnte den Gedanken nicht ertragen. *Götter – tu das nicht! Willst du, daß mein Volk mich als Ungeheuer betrachtet?*

Schau, sagte Sima.

»Schau!« schrie Aidan.

Kellin hörte es. Zunächst war er sich nicht sicher. Dann hörte er Ginevra keuchen und fuhr unbeholfen herum, während er das Kind fest an seiner Schulter barg. Er konnte nicht anders. Er trat vom Podest herab, während Sima ihm voranging und Ginevra ebenfalls zurückwich.

Aber er wußte. Er *wußte.* Und seine Zweifel schwanden.

Er sah Sima an. Sie war jetzt ausgewachsen und ein edles Tier. *Du hast es die ganze Zeit gewußt.*

Die goldenen Augen blinzelten. *Ich weiß vieles. Ich bin immerhin ein Lir.*

»Schau«, flüsterte Ginevra. »Sieh nur, was wir getan haben!«

Kellin sah erneut hin. Worte erfüllten seinen Geist, seinen Mund – zu viele Worte. Er konnte sie nicht alle aussprechen, konnte sie nicht alle *denken.*

Schließlich sprach er die einzigen ihm möglichen Worte aus: *»Leijhana tu'sai …«* flüsterte er. »… für einen *Lir* wie diesen.«

Der Thron fiel in diesem Augenblick zusammen. Holz zersplitterte und löste sich, Gold bekam Risse und wurde wie Staub abgestreift. Die Schultern brachen zuerst durch, hoben sich aus der Gefangenschaft frei, dann drehte sich der Kopf, befreite sich von einem uralten starren Brüllen. Die gähnenden Kiefer schlossen sich. Das kauernde Tier ließ sich auf alle viere nieder, schüttelte seine schwere Mähne und versprühte Holzsplitter und Gold.

Die Menschen in der Halle schrien auf: Homaner, Cheysuli, Ihlini. Einige sanken auf die Knie. Andere schickten Gebete an verschiedene Götter.

Holz barst geräuschvoll. Ein ausgewachsener männlicher und in der Blüte seiner Jahre stehender Löwe schälte sich aus dem zerbrochenen Gefängnis heraus. Die goldenen Augen glänzten, waren jetzt von dem vom Alter matt gewordenen Gold befreit und gaben die Seele des Löwen preis. Dort brannte eine Flamme, die zu einem Freudenfeuer aufloderte, während der Löwe die Halle überblickte.

Er schüttelte sich. Holzsplitter flogen in die Halle. Jene, die in der Feuergrube landeten, knackten einmal und wurden dann zischend in Rauch verwandelt.

Der Schmutz der Vorzeit und der Glanz von tausend Händen wurden mit einem einzigen Zucken der wuchtigen, von der Mähne überwachsenen Schultern abgestreift. Das Podest war von dem gerade geborstenen Holzfell übersät. Vor ihnen stand jetzt der Löwe von Homana, wie er einst gewesen war, bevor eine vollkommen falsche Macht ihn in Holz verwandelt hatte.

Die wuchtigen Kiefer öffneten sich und gaben furchteinflößende Zähne frei. Sein Brüllen erfüllte die Halle. Noch in ihren Rahmen steckende Glasreste zersprangen zu einem farbigen Sprühregen.

Das Brüllen erstarb. Der Löwe witterte in der Luft und bemerkte dann das winzige Kind. Der Blick der goldenen Augen schärfte sich. Er trottete vorwärts, blieb auf der obersten Stufe des Podests stehen und blickte auf das Kind herab, das von seinem Brüllen unbeeindruckt geblieben war. Tief aus seiner Brust stieg ein Laut beständiger Zufriedenheit auf – der Laut eines neu gebundenen *Lirs*.

Ja'hai-na, dachte Kellin. *Gefangen oder nicht – allein dieser Augenblick, hier in der Halle, war stets sein Tahlmorra.*

Er betrachtete das in seinen Armen geborgene Kind. Seine Augen waren geschlossen. Die Fäuste schienen kraftlos. Aber Kellin wußte, daß sein Sohn niemals nach solchen Dingen beurteilt werden würde. Er war Cynric, der Erstgeborene. Er würde sich selbst nach persönlichen Eigenarten beurteilen, die wesentlicher waren als alle anderen.

Der Löwe brüllte erneut. Der Mond wich von der Sonne. Sonnenlicht erfüllte die Große Halle, wo ein nacktes Kind, eine Woche alt, winzige leuchtende Runen gestaltete.

Ginevra schrie stumm auf. Kellin umfaßte und küßte ihre Hand und hob sie dann hochachtungsvoll. Er wollte, daß jedermann wußte, wie sehr er seine Königin ehrte. »*Shansu*«, flüsterte er. »Der Krieg ist beendet.«

Als sich der Löwe hinter ihnen niederließ, wandte sich Kellin den versammelten Menschen zu und hob seinen Sohn erneut hoch. »Sein Name ist Cynric. Im Namen der Cheysuligötter, die uns alle empfangen und geboren haben, bitte ich euch, ihn als meinen Erben anzunehmen, als den Prinzen von Homana – und den wiederauferstandenen Erstgeborenen!«

Zunächst antwortete ihm nur Schweigen. Dann waren Murmeln, das Rascheln von Kleidung und das Klimpern von Schmuck zu hören. Und schließlich die vollkommen uneingeschränkte Zustimmung, die von den Dachbalken widerhallte. Zwei Sprachen vereinigten sich: Homanisch und Cheysuli. Und die Antwort war in einem einzigen, zweimal ausgesprochenen Wort enthalten.

»*Ja'hai-na!*«

»Angenommen!«

Zuerst kam Aidan, gefolgt von Aileen. Dann Hart, Corin und Keely. Dann Sean, Glyn und Ilsa. Jeder von ihnen näherte sich mit dem Verwandtenkuß dem kleinen Prinzen von Homana. Nur sie konnten es tun.

Und dann kamen nacheinander die anderen: Cheysuli, Ihlini, Homaner –, um ihrem Erben, dem Sohn, dem Erstgeborenen zu huldigen, während der Löwe von Homana auf dem Podest hinter dem Kind, wo Deirdres Wandteppich hing, seinen neugeborenen *Lir* bewachte.

Anmerkungen des Autors

Die ›*Chroniken der Cheysuli*‹ waren ursprünglich nicht als Reihe gedacht, sondern nur als Einzelbuch mit dem Titel *The Shapechangers*. Es war mein Vorstoß in die *geschriebene* Fantasy, obwohl ich sie bereits seit vielen Jahren lese. Ich hatte andere (unveröffentlichte) Romane geschrieben, aber keine Fantasy, weil ich davor Angst hatte. Ich liebte das Genre zu sehr und fürchtete, ich könnte ihm nicht gerecht werden.

Aber meine Lieblingsautoren – Marion Zimmer Bradley, C. J. Cherryh, Katherine Kurtz, Patricia McKillip, Anne McCaffrey etc. – schrieben einfach nicht schnell genug, um meiner Lesesucht nachzukommen. Ich beschloß, daß der einzige Weg zu überleben darin bestand, einen ›zufriedenstellenden Zustand‹ herzustellen, indem ich meinen eigenen Roman schrieb.

Und so ersann ich einen Plot über ein Volk von Gestaltwandlern und ihre tierischen Vertrauten – sowie ein einer irdischen Kultur entstammendes Mädchen, das zu einer magischen Gestalt wurde.

Aber Plots müssen stets angereichert werden ... Ich fügte Königtum und eine Prophezeiung hinzu und schuf die Ihlini. Und dann eines Tages, unmittelbar nach einer Unterrichtsstunde in Kulturanthropologie, in der wir fünfzig Minuten damit zugebracht hatten, als allgemeine Übung Dreiecke und Kreise zu zeichnen, beschloß ich, mein neuerworbenes Wissen auf meinen einzelnen Fantasyroman anzuwenden.

Eine Trilogie entstand.

Weitere Dreiecke und Kreise wurden der Darstellung hinzugefügt. Die Trilogie wurde zu einer siebenbändigen Reihe. Und als ich erkannte, daß sieben Bücher nicht *gänzlich* alles abdeckten, fügte ich ein weiteres an und brachte es so auf acht Bände, woraufhin ich mir selbst versprach, es zu beenden. *Finis.*

Zwölf Jahre später ist es beendet. Die Prophezeiung ist erfüllt.

Keine Autorin wendet einer Welt und ihren Menschen gern den Rücken zu, nachdem sie soviel Zeit damit verbracht hat, sie zu erschaffen. Homanas Wurzel ist immerhin das *Zuhause.* Aber sie tut es, zumindest für eine Weile, weil längeres Verharren bedeuten würde, den kreativen Stillstand zu riskieren.

Die ›*Chroniken der Cheysuli*‹ decken annähernd hundert Jahre der Geschichte Homanas und seiner Völker ab, geweihte wie ungeweihte. Ich glaube, daß Cynric, das Kind der Prophezeiung – das Endresultat jahrhundertelanger Genmanipulationen –, seinen eigenen Anteil an Abenteuern haben wird. Gedanken mache ich mir auch über die Frage der fünf undokumentierten Jahre, die Finn und Carillon im Exil verbrachten, die Kindheit von Duncan und Finn, die Abenteuer, denen Keely, Hart und Corin gegenüberstanden, nachdem sie Homana verlassen hatten, das wahre Ausmaß der Liebe zwischen Hale und Lindir und die Ereignisse, die das *Qu'mahlin* auslösten (obwohl ein Kurzroman als Vorläufer in DAWs Anthologie von 1988, *Spell Singers,* erschien).

Bei einer so umfangreichen Entwicklung bleiben Geschichten zu erzählen übrig. Vielleicht *werde* ich sie eines Tages erzählen.

J. R.
Chandler, Arizona
1992